前 夜

◎李传君 著

云南出版集团
云南人民出版社

图书在版编目（CIP）数据

前夜 / 李传君著. -- 昆明：云南人民出版社，2023.2
　ISBN 978-7-222-21820-8
　Ⅰ. ①前… Ⅱ. ①李… Ⅲ. ①长篇小说-中国-当代 Ⅳ. ①I247.5
　中国国家版本馆CIP数据核字（2023）第022836号

出　品　人：赵石定
项目策划：杨晓东
责任编辑：吴　磊
装帧设计：郭　芳
责任校对：杨晓东
责任印制：窦雪松

前夜

李传君　著

出　版	云南出版集团　云南人民出版社
发　行	云南人民出版社
社　址	昆明市环城西路609号
邮　编	650034
网　址	www.ynpph.com.cn
E-mail	ynrms@sina.com
开　本	165mm×230mm　1/16
印　张	19.5
字　数	280千
版　次	2023年6月第1版第1次印刷
印　刷	成都现代印务有限公司
书　号	ISBN 978-7-222-21820-8
定　价	69.00元

如有图书质量及相关问题请与我社联系
审校部电话：0871-64164626　　印制科电话：0871-64191534

目 录

001　第一章
007　第二章
011　第三章
016　第四章
023　第五章
029　第六章
035　第七章
042　第八章
048　第九章
054　第十章
060　第十一章
067　第十二章
074　第十三章
080　第十四章
086　第十五章
093　第十六章
098　第十七章
106　第十八章
112　第十九章
118　第二十章
124　第二十一章
130　第二十二章
136　第二十三章

142　第二十四章
148　第二十五章
154　第二十六章
159　第二十七章
165　第二十八章
172　第二十九章
177　第三十章
183　第三十一章
189　第三十二章
196　第三十三章
202　第三十四章
209　第三十五章
216　第三十六章
223　第三十七章
230　第三十八章
236　第三十九章
242　第四十章
249　第四十一章
256　第四十二章
262　第四十三章
268　第四十四章
276　第四十五章
283　第四十六章
289　第四十七章
294　第四十八章
300　第四十九章

第一章

凌江市因凌江穿境得名，千里凌江从莽莽丛山葱郁的森林起源，由北向南顺势奔涌，却在这块秀丽的浅丘地带蜿蜒回旋，形成一个巨大的"W"。

两岸呈犬牙交错的三个半岛，自古便有些说法：北岸两个半岛八字劈开，酷似张开的女人臂膀，两臂正中自然形成船舶停靠的良港，千百年来，历代凌江人从这里往返进出，与外界互通有无，并伴随着自身代代繁衍生息。而南岸另一半岛尚属农村，有人说像一个刚刚出生的婴孩，哇哇哭叫着呼喊母亲的拥抱，这也是凌江自古充满生气的缘由。

城市自然由港口向左右伸展，然后再以港口为圆点呈扇形向北蔓延，直至一道铺满苍松翠柏的山岭阻隔，凌江城市扩展的步伐才稍稍放缓。不过，千年凌江在历史的长河中不断蜕变，又经历一个又一个春天的摧拔，这座古老的城市，已悄然长成亭亭玉立的现代都市。

古老的港口凌江渡，刚刚得以重新开发，半圆形的码头广场上，立了尊8米高的浣纱女雕塑，此雕塑出自省城一家美术院校教授之手，据说是他的封关之作。雕塑采质曲阳天然汉白玉，恬静圆润，细纱绕指，翩然欲飞，却也彰显出凌江的文化底蕴。两座气势磅礴的大楼矗立两旁，一是凌江之春大酒店，一是绸都国际商厦，两楼俨然两扇大门，大门洞开，再往里更是别有洞天，几条商业步行街集纳了中西各民族风韵。晚上五彩霓虹次第闪烁，从凌江之春大酒店或绸都国际商厦顶楼鸟瞰，好比炸开的烟花般绚烂。

罗五洲来到陵江之春大酒店29楼，他推开办公室窗门，让6月江面的凉风从外面飘进来，然后倒了杯红酒，轻轻地摇晃着杯子踱步到窗前，舒心地俯瞰他的得意之作。

眼下这片凌江渡城市综合体，最让罗五洲高兴的是，他开发这个项目,赚了3个亿。这也是近年来凌江城市建设一项重大工程,三天后将举行盛况空前的开业剪彩仪式。

因此,市接待办最近一个星期都忙于通知各机关、事业单位及企业、社会团体,但凡本单位有30岁以下、性格开朗、头脑灵活、长相姣好的女员工,鼓励报名面试临时接待人员,共需35名,工作时间两天,每天薪酬500元。

"又在选美了!"几乎凌江每一个片区,每一条街头巷尾,大家都在热议这一话题。因为这在凌江已不是新鲜事,早前几年全省的旅游发展大会幸临凌江,省上几大班子的领导全部出席,那时节,凌江可谓繁花似锦,着实让老百姓也大饱了眼福。

"今年不知谁会被点中?"凌江电视台几大当家花旦自然成了台里关注的焦点。这天一大早,几名记者编辑正闲着没事,不由谈论起这个话题,突然《凌江新闻》栏目主播刘清粼闯了进来,大家看见她便立马收嘴,相互诡异地挤眉弄眼。

"说什么呢?不会又在说我坏话吧?"刘清粼眨巴着一双大眼睛,显得格外动人。无疑,刘清粼是几大当家花旦中的NO1。"你明知故问吧?刘大美女肯定是跑不掉了,哪一次少了你呀?"《社会观察》栏目记者余晓莉笑着说。几个人玩笑了一阵,又进入正题。

"今年我是打死也不去了,那种场合坏人太多,平时道貌岸然、衣冠楚楚,可仅限于台上,台下吧,个个庸俗下流!"刘清粼说着,脸颊渗出两朵红云。接着她的话,余晓莉跟着附和。其他人不信,纷纷说到时候台长一声令下谁敢不从,刘清粼急得直跺脚,甚至赌咒发誓:谁去谁是小狗!

可在权力面前个人的抗拒是毫无用处的。不出所料,快下班的时候,刘清粼被台长李志强叫进办公室。李台长从讲政治的高度足足给她上了一个多小时的课,她的抗拒渐渐从坚决到乏力,直至最后几乎全被摧毁,她长叹一声,胡乱地表了个态就从台长办公室出来了。

走在集中办公区的过道中,她能明显感觉到许多灼热的目光向她全身穿透而来,以至于最后几步不得不用小跑来逃避,进入自己的办公室,她哇地一声哭了。

罗五洲仍沉浸在成功的喜悦之中。眼前的美景，让他感慨不已，不由自言自语："想不到我罗五洲还有今天！"的确，他应该感慨万千，今天的成功，要是倒回去10年，不，就5年前都是不可思议的，因此叹息之后，他心里的滋味又如同杯里的美酒，那是红彤彤的香甜……

"罗总，都准备好了。"女秘书玉手轻叩那扇紫檀木门，把罗五洲从刚刚开启的回味影像中拉回来。"知道了，我马上就到。"他放下酒杯，在镜前整理了一下自己的仪容，确认自己已是神采奕奕后，随女秘书来到会议室。

那间会议室也是刚刚装修完毕，可谓别致有加，说是会议室，倒更像一个朝堂。正门由两个衣着光鲜的女孩把守，入里，坐席分列两边，与会之人须按级别资历各自找准自己的位置，正对面有五步台阶，再上才是主席台，正中位椅背特高，如鹤立鸡群。

罗五洲在诸位参会人员的掌声笑脸簇拥下径直走向主席台正中位置落座，其左膀右臂分别坐的是两位美女副总：分管公关与市场营销的张玉玲和分管财务后勤工作的谭月茹。

罗五洲环顾四周这些熟悉的面孔，每一张脸上除了写满应有的喜悦之外，他还读出了另一种意味，那就是对他本人由衷的崇敬。他突然感觉自己好比初登大宝的新君，面对群臣高呼万岁自己只能强压胸中的兴奋故作沉静地回应平身。他平缓地说了句："大家都坐下吧。"

这是罗五洲的公司盛世凌江实业有限公司半年总结会，除了常规性的总结外，大家期盼的是，公司因开发凌江渡取得超预期的成功，罗总应该兑现当时的承诺论功行赏。

的确，这是罗五洲本次开会的重要目的之一，他是一个说话算数的人。

"诸位，你们都是我罗五洲打江山的功臣，我不会忘记你们的功劳。"大家饱含期待地望着罗五洲，等待他的下文。"我们之所以能赚3个亿，得归功于能以低廉的拆迁价钱和超低的土地价格，这又得归功于政府的大力支持，说到底，离不开有关领导的大力支持。"大家仍一言不发地盯着罗五洲，等待他把话说完。"我们盛世凌江这几年从一个小建筑队发展成这么大的房地产开发商，从一个根本就入不了政府官员法眼的小企业发展到今天在凌江这个地盘举足轻重的经济实体，连书记市长都给几

3

分脸面的企业，还真离不开两个人，就是我身旁这两位美女副总……"

"当然，我说这话并不是否认其他人的功劳，我再次强调一句，今天坐在这里的都是功臣，论功行赏是我罗五洲一贯的做事原则，我不会让你们失望的！"罗五洲补充说。

结果当然皆大欢喜，尤其是张玉玲和谭月茹，公司各奖励她们一套100平方的精装房，位于凌江之春大酒店后面一幢32层电梯公寓，此楼每户中庭窗户都正对东皋村阳升之地。

据说该幢楼是公司采用国内最好的材料特别打造而成，户型设计和装修风格均是依照各类重要人物的喜好与品味量身定做，无不时尚前沿，又颇显尊贵与豪华。

这幢楼的主要用途是用来打通关节，开拓公司的业务，罗五洲把奖励给张玉玲和谭月茹的房子安排在这里，为的是让他们跟重要人物进一步贴近。

会议的最后一项议程是安排三天后的凌江渡城市综合体开业剪彩仪式，届时省委常委、省政府副省长肖宗华和市上四大班子领导均要参加，当然接待这些人政府自有周密安排，但罗五洲吩咐公司也要做好充分的配合和准备，尤其是在该花钱的时候不能表现出小家子气。

诸事安排妥当之后，已是下午6点。随即，罗五洲来到公司专门为他装修的休息室，那是一间带会客厅的卧室。他将疲惫的身躯重重地砸到沙发上，长长地舒了口气。他闭上眼尽情地享受着自己的劳动成果，就像一个农民躺在饱满的秋天里，眼前尽是缀满枝头的红彤彤的苹果。

"罗总，那个怎么安排？"女秘书进来问。"什么？"罗五洲不明白。"就是剪彩嘉宾和参会来宾的红包。"女秘书说。"哦，"罗五洲想了想，"从五位数到三位数，按级别安排。省级的五位数，厅级、地市级的大四位数，县处级小四位数。记者通通三位数。"

女秘书正转身要离开，被罗五洲叫住。"陵江之春大酒店有一间帝王套房，市里要求留给肖省长住，里面怎么样？""我没去过，不清楚。要不您亲自去看看？"女秘书说。

"好的，你陪我去吧。"罗五洲跟在女秘书后面，两人一起来到33楼。这套房没有门牌号，房门双扇雕花，兽首门环，为套二双卫设计，客厅摆设为明清仿古黄花梨木家具，书架上从《四书五经》到《三言二拍》等中国古代经典著作一应俱全。

  主卧安放着龙凤呈祥紫檀木仿古雕花架子床,床上叠放有凌江百年老字号锦面蚕丝被。次卧设施稍简,全为陪衬,是专为服侍入驻主卧之客的人而设的,故而不能喧宾夺主。

  "好!好!"罗五洲连声赞叹。女秘书懂事地在客厅烧水泡茶。茶香升起,在古色古香的屋内散发,从宫灯里洒下的柔和灯光落在女秘书的手指间,就像一只百灵鸟在清晨的林子里穿梭,罗五洲一时看呆了,竟忘了喝茶。

  其实,只消他伸手一拽,这个美丽的女子就会梦寐以求地醉倒在他怀里,可是罗五洲没有那么做。他一向信奉兔子不吃窝边草的诤言,就算不是窝边草,罗五洲也很少打主意,因为他压根儿就不是好色之徒。在他的世界里钱比女人重要,但钱也不是能让鬼推磨的万能魔法,尽管他会为了钱殚精竭虑,但也不是为了钱不择手段。

  罗五洲默默地喝了一会儿茶,对恭候一旁的女秘书说:"天不早了,你回去吧。"

  送走女秘书,罗五洲一个人自斟自饮又喝了一会儿茶。今晚就住这里吧!作为亿万富翁的他,尽管也不是个嗜钱如命的守财奴,但他还真没舍得花钱住过这么高端雅致的房子,自己的酒店当然无须掏钱,因此他想趁此好好浸润一下那些达官贵人视若平常的气息。

  凌江市委、市政府这两天的工作重点也转移到省委常委、副省长肖宗华即将到凌江视察并参加凌江渡城市综合体剪彩仪式上,如此高度重视的原因只有一个:肖宗华分管城市建设,接待好他就意味着为凌江城市建设开拓一条光芒灿烂的前路。

  市委还特意召开会议,不仅市委、市政府班子成员全体参加,就连各大委、办、局一把手也被邀参会。会议先是听取市接待办的具体方案,然后各部门相继汇报了准备情况,汇报的人声音洪亮,听取的人正襟危坐,会场雅静得连笔纸间唰唰唰的摩擦声都能听得见。

  可当会议议程进行到一个关键环节后,气氛一下子沸腾了,自由发言的,欢声笑语交头接耳的,跷二郎腿的,吞云吐雾的都有,总之,个个兴奋得不得了。

什么话题能有如此大的发酵作用？自然是女人。接待办忙活选美，各单位争相献美，市政府大门口几乎天天都有年轻靓丽的女子声称要去面试，接待办专门给门卫打了招呼，不用她们出示证件并登记，可以直接进出。最后，接待办从好中选优，轻松敲定了35名绝佳人选。借这次会，接待办将她们的资料制成多媒体文件，在投影仪上放映，让参会人员充分发表意见，故而会场氛围十分活跃，35位人选一致通过。

会议正处高潮，一副秘书长神色匆匆走进会议室，在市委书记李永辉耳边低语一阵。

李永辉面色凝重地敲着桌子："怎么搞的？凌江渡投资商怎么搞的嘛！咋个还没有摆平？"说完宣布散会，所有参会人员在李永辉的带领下来到窗子边。

推开窗户往外一看，市委门口聚集了上百人，他们打着横幅：赶走黑心开发商，还我们的房子，还我们的家园。

李永辉问分管城市建设的副市长周平："不是说都已经安置补偿到位了吗？怎么还有那么多人在闹？要是剪彩的那天也这么多人闹，看你们怎么交代！"兼公安局局长的副市长张亚斌凑上来："书记，不要担心，我马上安排警力，保证剪彩的那天不会出现这种情况。"

李永辉喔了一声，补充说："光堵也不是办法，毕竟问题摆在那里，最终还是要解决的嘛，你们赶紧跟那个什么打个招呼，叫他务必在剪彩之前彻底解决好一切问题，否则以后的城市开发项目他就别想拿了！"众人纷纷点头领命，然后各自散了。

十余名戴着头盔手持警棍、盾牌的特警跑步来到市委大门口，一字排开护卫着。几个激动的群众嘴里说着什么直往特警身边靠，特警用盾牌推着。……群众情绪越说越激动，怒潮一般涌向市委大门，特警长队顷刻被扭弯，眼看就要被冲破……

又一声警笛鸣响，十余名特警跑步加入到护卫大门的行列……

第二章

　　夏日凌江，经过冬去春来的沉淀与酝酿，开始绽放出色彩斑斓的活力与清爽，城市的每一幢高楼都潜藏着生命的脉动，人们换上轻盈靓丽的衣裳，与时光争抢着速度与激情。

　　越是剪彩日子临近，罗五洲越是激动万分，这样高兴着，回忆的闸门不由自然打开……

　　罗五洲本出生于凌江渡码头搬运工的家庭，家中兄弟姊妹多，生活十分拮据。到了读书的年龄，生不逢时，故而学无所成。成年后只好接替父亲继续在搬运社卖苦力。

　　后来，罗五洲也随当年的民工潮去了沿海，在建筑工地搅拌过水泥砂浆，也进过厂当过工人，但最终都没能挣到多少钱。

　　后来，他发现别人贩卖假冒货发了财，自己也大胆去做，没想到三五年就赚了一两百万元，这便更坚定了他做生意的念头。于是，罗五洲开始全国各地跑，开始大包小包自己爬火车去各地卖，后来竟能包一个车皮到边境去卖。

　　到这个世纪初，罗五洲便成了名副其实的千万富翁了。有了一定的经济实力，也足够衣锦还乡了，罗五洲决定回凌江发展。那个时候，凌江的城市建设才刚刚起步，房地产业尚未萌芽，他也只不过是一个小小的建筑包工头，后来成了建筑队队长，再后来便有了自己的建筑公司。罗五洲从修学校、修政府办公楼以及一些单位宿舍起步，渐渐地到承揽星级酒店、商住综合楼修建与装饰等。不过，他发现在这个行业，建筑商也不过是这个链条中利润并不丰厚的环节，真正处于"食物链"顶端的是开发商。因此，就在5年前，罗五洲成立了他的盛世凌江实业有限责任公司，主业为房地产开发。

　　他的理想是，以房地产为基础，同时向多个行业拓展。罗五洲回到凌江时，虽然城市变化了许多，但凌江渡早已百般凋零，冬去春来几乎无一船停靠，沿江上千码头工人及其家人成了低收入人群。罗五洲很心痛，他有很深的码头情结，他发誓要彻底改变凌江渡，当然也是要向这块生养他的地方证明，他已不是当年码头上那个衣衫褴褛、只知埋头扛包的少年了。

于是他将所有的本钱用来开发凌江渡城市综合体。开发凌江渡，自然切中了凌江大发展的脉搏，在立项审批、拆迁补偿、规划建设、融资贷款等方面，政府都给予了很大的支持。

当然，在外闯荡多年的罗五洲也深谙官商之间的游戏规则，开发过程中，他几乎没遇到过任何部门的刁难和掣肘，但凡一提起盛世凌江的罗总，无不啧啧赞叹。然而，当年那些淳朴厚道的街坊邻居，一夜间便有些翻脸不认人，动不动"你娃儿是什么东西我还不清楚?"不是躺挖掘机前阻挡就是爬施工塔吊要往下跳。

但凡这个时候，罗五洲只好动用张玉玲去求助分管城市建设的副市长，结果政府动用了非常手段，才最终拆了。可房子是拆了，毕竟给拆迁户的赔偿还未最终摆平敲定。有几户人直到现在都还在四处上访，听说开业剪彩那天还要去闹事。这如同一根鱼刺卡在罗五洲的喉咙里，这两年他一直担心某一天会被突然捣腾一下，让你疼痛难忍。

想到在市委大门口发生的那一幕，罗五洲的心便揪得很紧，他给张玉玲打了个电话，叮嘱她向市政府再次汇报，到时候多出点警力，以保证开业剪彩不出意外。

其实，当时发生在市委大门前的那一幕，被对面咖啡馆三楼的一双眼睛看得清清楚楚，他就是"凌江全接触"栏目记者方振东。

作为党报记者，他深知这些都不能见报，但他得到线索，还是毫不犹豫地来到了现场。即使不能将这些红线禁止的新闻事件公之于众，他也要用相机真实记录下来。

每当他介入此类新闻事件，他常常这样与领导争辩，因此在报社留下一个"咬卵犟"的绰号。

回到报社后，方振东忙着从相机里导出照片，准备存储在电脑硬盘里，可正忙着，总编辑谢永刚几乎是吼叫着他的名字来到他面前："方振东，上午去哪里了?"

方振东被这突如其来的吼叫弄得六神无主，但本能的对抗让他强制性地冷静了下来，他淡淡地回答："没去哪里啊，出去采了个新闻，我马上写，10分钟搞定。"

"还撒谎！是不是去市委门口拍照了？""没有啊！……"方振东想极力掩饰过去。

"别以为那些警察是吃干饭的！"谢永刚仍在气头上，火气有越烧越旺的趋势，"人家虽然没逮住你现行，但你一走，人家就上咖啡馆调查了，老板说有个什么什么样的人，穿什么衣服，手里拿着相机在窗子边上对着市委大门拍照！不是你是谁？"

"……哦，是吗？……我是去拍了几张照片，但我没想要发呀，谢总你也知道报社肯定不会发，我自己留着，这也违反纪律了？"方振东意识到今天的照片有可能保不住了。

"你身为本报记者，你拿着相机去拍这么敏感的照片，你的行为不是你个人行为你懂吗？是职务行为！"

方振东冷着不动。谢永刚说："快删！一张都不许留！不删的话，后果怎么样你自己清楚……"双方僵持地对视了一分钟。

万般无奈，方振东只好在谢永刚的监视之下把照片全部删除，心里纵有满腔愤懑，只好强行往肚子里吞。他感觉四周的墙壁和头顶上的天花板直往他身上压，实在不能忍受。方振东拧起包便冲出了办公室。漫无目的地走在滨江大道上，方振东仰天长吸一口气，似乎轻松了一些。这时，他想起了刘清粼。每当自己感到孤独无助或是心灵受伤的时候，他都会想起她。自从刘清粼担任《凌江新闻》主播以来，方振东就被她的一颦一笑摄取了魂魄，刘清粼三个字好比郁闷燥热的空气中飘来的一丝充满花香的凉风，能顿时让他精神焕发。

方振东拨通了刘清粼的电话，约她在映象凌江茶楼坐坐。因是同行又都认识，刘清粼没有拒绝。晚8点左右，刘清粼从台里出来，没有卸妆就忙着赶到映象凌江，与方振东笑语寒暄一阵，便静静地品起茶来。两个人时而看对方一眼，然后抿嘴笑笑，似乎都有话但又在等待对方先开口。

"今年的凌江茗兰真不错！"两人几乎异口同声地说道，然后尴尬地大笑。还是茶打破了两人的话匣，方振东滔滔不绝地向刘清粼介绍起凌江这种清明前采摘的名茶，从品种选育到技术推广，从基地规划到产品深

9

加工，方振东无所不知。

"看来党报记者真是博学多才啊！"刘清粼一句玩笑地赞美让方振东的眉头紧锁："党报记者啊！我不知道应该引以为傲呢还是该怎么着？我时时感到困惑和无奈，当记者快5年了，当初的热血和理想离我越来越模糊和遥远……"

方振东出生于凌江一个县的偏远农村，高中毕业以全县文科第三名的优异成绩考取国内一知名师范大学中文系，毕业后进入《凌江日报》当记者。万人歆羡的职业曾让他热血沸腾。他立志要"铁肩担道义，妙手写文章"，谁知走上工作岗位后，他却一次又一次地充当着文字机器人，仿佛自己的灵魂被一种无形的力量牵引着，无数次地言不由衷，原本诚实忠厚的品性似乎正被一把钢锉悄悄地磨蚀……

"哎！很有同感，"刘清粼感慨地说，"我做新闻主播也快3年了吧，当初把这个职业看得是多么高尚，多么圣洁，看起来是万众瞩目，可透过关注你的这些眼睛直通他们的心灵，有多少人正在翻腾着邪念，尤其是个别位高权重之人……"

两人的肺腑之言，仿佛晴天突降冰雹，气氛也由欢快变得凝重。"我越来越感觉自己就像一只弱小的金丝雀，无数支猎枪正悄悄地瞄准我的胸膛……"刘清粼伤感地说。

"不会那么严重吧？"方振东虽这么说，其实他明白刘清粼话中的含义。这几年但凡有省级以上的领导莅临凌江，刘清粼便会被点名抽调去接待，有时候市委宣传部副部长任槐还会亲自出面给她做工作，从晓之以理到动之以情，从威逼利诱到苦口婆心，叫她拒绝不了也无法拒绝、不敢拒绝。

方振东望着刘清粼，此刻她的眼眶里闪烁着泪光，十分招人怜惜，他很想凑过去握住她的手，将其揽入自己的怀中，可他们毕竟还隔着一座山，或是隔着一层纸。

愣了片刻，方振东从桌上抽出几张面巾纸递给刘清粼，轻轻地问："这次也有你吗？"刘清粼点点头："不去又能怎样呢？除非不要这个工作。"

"不要这个工作又怎么了？"方振东迸出这句话的同时，重拳狠狠地砸在桌子上，引起周围喝茶的人纷纷侧目，刘清粼示意他不要冲动。

"那换一个工作又能怎样呢？机关、事业单位、企业及社会团体，去哪儿都会有一张大网在头顶罩着，你是飞不走的，纵然有再坚硬的翅膀，也得寻找一个枝头栖息吧，当你筋疲力尽地想要歇一歇时，你猛然发现又有无数支猎枪向你靠近……"刘清粼说。

"难道就没有办法了？难道就这样甘愿受命运的摆布吗？"听刘清粼一说，方振东也觉得很可怕，歪着头两手一摊的表情显得很可爱，倒把刘清粼逗笑了。

"算了，不说这些了，说点高兴的吧。"刘清粼转移了话题，渐渐地彼此才感觉轻松愉悦些，兴致也越来越浓，不觉到了深夜，连茶楼打牌的人都走光了，两人才离开。

第三章

清晨，薄雾围绕着绿油油的桑园，随着几声鸡鸣，座座村居开始苏醒。

站在东皋村眺望对面的凌江市景，尤其是凌江渡近几年的翻天覆地，让东皋村人羡慕不已，一些须发花白的老人时时叹息说："不知这辈子还能不能住上那样的房子！"

"一定会的！"当几个老人再次表达这样的感叹时，一辆黑色的帕萨特"嘎"的一声刹在他们面前，车上下来一个精瘦的中年男子笑盈盈地对老人说。

这人是凌江丝制品集团的董事长范树人，因东皋村是集团桑园基地之一，他常来这里视察，故而男女老少都认识他。

"范总，是你呀！……就凭我们给你种点桑养点蚕卖点茧子，就能住上那样的房子？别做梦了！"老人们一边接过范树人递来的中华烟点燃，一边毫无遮掩地调侃着说。

11

前夜

"当然不行！这年头国际市场丝绸价格一直走低，服装行业的新材料又层出不穷，都把我们逼到了穷途末路。"范树人说。

"那咋办？"老人们问。"我们决定大大压缩丝绸本行业的产能，只是做少量高端产品。"范树人说。可这番话立马引起老人们的忧虑："那搞了几十年的蚕桑说停就停了？把桑树挖了再种粮食？可种粮食永远亏本啊！那就更加富不起来，就更别想住好房子啰。"

"别急！"范树人说，"大家不仅能住上好房子，还能过上好日子，我们准备在这片桑园上重新描画未来的蓝图……"

范树人卖了个关子，吊起大家的胃口。于是大家不停地追问。

"总之，以后大家不用那么起早贪黑地摘桑养蚕了，大家轻轻松松地坐在家里，不知不觉地就把人民币挣到口袋里了！"听范树人这么说，几个老人如云里雾里。

"老范不是要来这里搞开发吧？"凌江燃气集团公司董事长苏实竟神不知鬼不觉地来到东皋村，看见围着一堆人，便靠上来听。见范树人等说得那么绚丽，冷不丁冒出话。

范树人惊诧地回头，苏实壮硕的身体好比一尊佛像，红润的脸庞总是春风常在。

"哟！老苏啊，东皋村的天然气早就通了呀，没有你应该关心的事儿了吧？这里可是我们公司的基地。"范树人觉得苏实无事不登三宝殿，来这儿肯定有什么企图。

苏实把范树人拉到一旁，见村里的人没有跟上来，才开口说："你刚才说你要在这里重新描画蓝图，该不是对岸的大动作让你眼红了，也想尝试换套锅灶做饭吃？"

苏实进一步试探，范树人却滴水不漏："哪里哪里，即使有新的蓝图，还不是立足于本行业，我是想在这里打造一个丝绸文化特色小镇，其核心是建立丝绸文化博物馆，我们凌江丝绸不是有悠久的历史嘛，老祖宗给咱们留下的遗产，是该好好地继承发扬光大的嘛。"

"好哇！老兄，"苏实举起手拍了拍，"可打造一个特色小镇得投入不少钱呀！依贵集团近几年的财务状况，能行吗？再说投入得有回报，你我虽然都是企业家，但也总不能老是做公益吧？还得想办法赚钱，把资产做大，那样自己也才有成就感不是吗？"

"对对对，老苏你说到我心坎上了，可怎么样才能赚钱？怎么样才能把资产做大呢？"范树人想套出苏实心里的话。

"你是揣着明白装糊涂！我给你直说吧，现在只有搞房地产最赚钱，你看对岸，当初破破烂烂一大片，没有人看好，可罗五洲这么一弄，就净赚了好几个亿呀！你有这么好的一块地，还不抢先开发，到时候被别人抢了可别后悔！"

"老苏，该不是你也惦记着我这块地吧？"范树人直勾勾地盯着苏实。

"哈哈！"苏实在范树人肩膀上拍了一巴掌，"看你小子说的，你的地？这也仅仅是你们建的基地，土地性质还是农用地呢，要开发还得等政府征用拍卖以后才算，从这个角度来说，你我起点一样。"

苏实顿了顿，接着说："不过，我们可以合作，你充分配合我去拿下这块地，由我们公司出钱开发，你们占股份，怎么样？"范树人没有吭声，苏实又说："这是唯一的办法。"

"什么唯一的办法？"来人的声音柔软似棉，倒是高跟鞋敲击水泥路面的响动很大，众人循声张望时，张玉玲抿着一张红艳艳的嘴笑着给大家打招呼。

"两位老总在谈什么呀？"范树人和苏实不约而同对视了一眼，不知该如何回答。

半晌，苏实说："张美女，怎么有闲心到这儿走走？该不是为了换个角度看风景吧？听说凌江渡要剪彩开业了，恭喜恭喜哦！不知我有没有荣幸参加这个盛大的仪式啊？"

"说对了，我的确是来换个角度看风景的；马上要开业了，我们罗总的理念是广结四海的朋友，更何况咱们都是在凌江混的，两位老总肯定在邀请之列！"张玉玲气场十足地说。

"张大美女可否透露透露，贵公司下一步又要在哪里演绎另一个神话？"范树人说。

"神话故事永远属于你们国企，你们可以把无变成有，也可以把有变成无；我们民营企业嘛，只能像老黄牛一样低头默默耕耘。就拿凌江渡来说吧，你们看到的只是我们目前表面的光鲜，而背后，这几年的辛酸又有谁能体会呢？"

张玉玲不愧是公司负责公关和销售的副总，面对财大气粗的老总竟

13

能轻松自如。

几个人不阴不阳地笑谈一阵，张玉玲掷地有声地抛出一句话："东皋村就是我们下一步要投入巨资开发的一个项目，我们在两年前就开始在运作了，你们是国企，又不是房地产这个行业的，就不要来凑这个热闹了，如果你们真的热心凌江的建设，我回去给罗总做点工作，看能不能吸纳你们一点儿资金入股，不过5000万以下就别来了啊。"

张玉玲的话把大家说得哑口无言，苏实的脸由青变红，再由红变青；范树人则一直紧皱眉头，待张玉玲走后，他攒足一口气，重重地哼了一声。总之，两人心里都很不爽。

可两人正气着，又来一辆高级轿车，挂着省城的车牌。

凌江市教育局局长文治国先从车上下来，忙着打开后排车门，然后下来几个陌生人。

见是熟悉的部门领导，范树人和苏实都满脸堆笑上来打招呼，文治国一一点头，并介绍几个陌生人："几位领导是省教育厅来的，考察凌江师范学院新校区的选址。"

"哪来的凌江师范学院？"两人十分诧异。"你们消息闭塞了吧？我们凌江师专马上就要升本科了！这可是我们凌江第一所本科院校，目前的校园太小，才300多亩，肯定还得大建新校区。"文治国得意地说。

"那新校区是准备选择东皋村了？"范树人紧张地问。

苏实也望着文治国讳莫如深的脸等待答案。

"有这个考虑吧，这儿依山傍水，风景秀丽，真是个教书育人的好地方！"文治国说。

"老范啊，我知道这是你们公司的基地，如果师院新校区真的选址在这里，到时候我不希望听到任何反对声音哈！你还要大力支持凌江的教育事业啊！"文治国接着说。

"一个大学的新校区需要多少地？"苏实问。"少说也得五六千亩吧。"文治国随口说道。"不可能吧，需要那么多地？500亩足够了吧！"范树人吃惊地说。

"500亩？一两万学生装得下？再说，就只修个学校？那还不相当于一座孤庙！这么多学生吃喝拉撒休闲娱乐总得配套齐全吧？况且从事这些配套服务的行业少说也得几千人吧？那他们住哪儿？他们的吃喝拉撒又从何而来？还不得搞点房地产把人气商气给制造起来？"文治国滔滔不绝地说。

"看样子是要把东皋村全盘吞下。那这么多村民往哪里赶？"范树人嘀咕道。"那就是政府的事儿了，"文治国说，"配套一个幸福美丽新村建设就完了，东皋村老百姓是享福了！"

"我听说这里要拿出来搞房地产开发，而且听说盛世凌江已经早就在运作了。"苏实说。"吹牛吧，谁批了？市长批了还是书记批了？现在的地都还没征收，他们运作什么呀？"文治国笑着说。

"那倒也是！"苏实听文治国这么说，倒放了些许心，对张玉玲也不怎么气愤了。倒是范树人依旧眉头紧锁，筹措了很久的公司脱胎换骨计划眼看就要泡汤了。

半年前，丝制品集团召开全体职工大会，讨论公司今后朝哪条路走，绝大部分职工支持公司成立房地产开发子公司，并打算做通市政府的工作，将城郊几处桑园基地买过来，拿公司现有资产抵押贷款，以求在房地产中杀出条生路。

眼下看来，这路上都是豺狼虎豹，还没上路，便已然听到了狼嚎虎啸。

倒是东皋村顷刻间沸腾了，大家奔走相告村里的土地即将被征收，房屋即将被拆迁，近几年这样的事在城郊一些村相继发生过，农民都在拆迁征收中发了财。

如今时来运转轮到东皋村了，谁听了不兴奋呢？

消息自然传到了村支部书记刘雷的耳朵里，他打电话给女儿刘清粼，问消息是否属实，刘清粼叫他不要相信传言，做好自己的本职工作要紧，即使真的要征收拆迁，国家有政策，谁也不要存非分之想。

刘雷一向相信女儿，就没再多问征地拆迁的事儿。可是，越来越多的村民轮番来到刘雷家核实消息的真假，刘雷自然是一一劝诫。但劝诫似乎无效，大家宁愿信其有不愿信其无，于是兴高采烈地回到自个儿的家，纷纷做起征收拆迁发财的梦。

第四章

　　太阳从东边山窝里冒出来，凌江渡剪彩仪式会场鼓乐喧天。

　　东皋村的男女老少早已在田边地角或是屋顶树杈岩石包上找准位置，齐刷刷地盯着对岸光彩夺目的凌江渡，尤其不放过那块巨大的LED显示屏。

　　人们稀奇地谈论着，指点着，甚至时不时还咒骂着："狗日的！好先进哦！这么远都看得那么清楚……"

　　而今日的凌江渡的确与往日不一般，舞台外沿正中，装点着一朵直径数米用锦缎编织成的牡丹花，围绕它的更是成千上万束各色奇花异卉。

　　广场里摆上了千余套桌椅，并以不同颜色标示不同区域，让不同界别的人就座；前排都是有软皮靠背的单人沙发，沙发与沙发之间都配有茶几，上面摆放了精致的茶杯和鲜花，会场两边身着杏红丝绸旗袍的礼仪小姐个个身姿绰约，如同盛夏的红莲傲然挺立。

　　会场陆续坐满了人，是市政府组织的各行各业代表，其中也不乏秀眉俊眼、衣着撩人的女子，自然引起一些脖子上挂有吊牌的人端起相机装模作样地狂拍。

　　广场四周，早已被施工围栏加警戒线里三层外三层地把市民观众阻挡在外，每隔两米就有一位装备齐整面目威肃的特警，入口处安排了四名特警、两名公安民警。

　　他们只认牌不认人，偶尔也有没牌的人想混进来，眉飞色舞地向警察解释什么，而警察总是板着一副面孔摇头，稍不见效便示意特警上来，连推带搡将人请离现场。

　　每当这时便会招致三五米开外围观的人一阵骂，但骂归骂，警察似乎也相当地克制，最多死盯你一眼便不作声。

　　"咦！不是说9点准时开始吗？时间到了，怎么还没见领导进场？"会场上有人坐不住了，这句话顿时引起一阵骚动，大家纷纷起身往入口处张望。

"是不是被上访的人给拦住了？"有人笑着说。"那还真说不准呢。"有人附和。

"完全有可能！我们刚才经过市委、市政府门口，看见好多手拿盾牌的警察，从滨江路过来也看到有打横幅的人群，还有很多警车和警察。"有人说。

"闹一闹也好，让肖宗华看看，他在凌江制造了多少遗留问题！"大家闲着也是闲着，便纷纷议论起这个前任凌江市委书记，似乎对他没有多少好感。

"听说他到省上三四年时间，在每个市州都发展了至少一个婆娘！"

"他哪有那本事嘛，还不是各市州领导主动进贡的！"

"小声点……不要被便衣听到了！"

"怕什么……"

这些话虽然没被便衣听了去，但坐在媒体席的方振东却听了个仔细。

下面的小会开得正热闹，忽听一阵掌声，大家不约而同地将脑袋扭向入口处，肖宗华高大的身躯一出现，接待办一帮人和张玉玲组织的盛世凌江员工带头鼓起掌来。

肖宗华也两手合拢轻轻地拍着。紧随着肖宗华的是刘清粼，显然她被市委、市政府安排定向接待肖宗华。

然后省政府秘书长、省建设厅、国土厅厅长，凌江市委、市政府主要领导，凌江各县区主要领导依次出场，规格虽然有别，但每人均安排了一位定向接待的女性工作人员。

她们个个出类拔萃，此时此刻都无一例外春风拂面，顾盼含情。

刹那间，照相机频频闪光，那些真假记者、真假摄影爱好者就像蜜蜂嗅到了花香一样直往领导面前踊。

只有方振东稳坐不动。他轻蔑地在心里嘀咕：这些马屁精装得也太喜剧了啊！

方振东目不转睛地盯着刘清粼，见她僵尸一般尾随着肖宗华，心里说不出是什么滋味。

肖宗华在前排正中落座后，刘清粼便随同其他美女闪到一旁。

那些女孩显然是经过培训了的，人虽然站在外边，但眼睛还得亮亮

前夜

地留意着各自的主儿，热了递把定制的丝质折扇，没水了还得颠着猫步上前，绾起细长的兰花指提壶续水。

刘清粼似乎心事重重，呆坐在会场边出神，好几次被接待办主任点醒，她才懒洋洋地走到肖宗华面前伺候着。

这倒引起肖宗华的特别注意，他衔着一丝意味深长的笑看着刘清粼，直到刘清粼别过脸，两朵红云渗出腮帮，他才移开目光。

这一切同样被方振东看得仔细。

剪彩仪式开始了，肖宗华等一干领导上台咔嚓几下，又引来照相机喊喳喊喳一阵，随即是震耳欲聋的鞭炮声，扔气球、放鸽子，弄得一时间花容失色。

方振东不喜欢这阵仗，拿了个通稿就离开了会场，连开发商准备的红包都没拿。

下午的活动是参观凌江渡城市综合体建设成就，由市委、市政府组织，盛世凌江公司是主角，因有领导参加，刘清粼等定向接待人员也不能脱岗，还得紧紧跟随。

直到下午4点活动结束，领导们被邀请到市委开一个会，她们才被允许休息两个小时，但临走接待办主任再三叮嘱，晚餐务必陪同领导，一个都不能少。

晚餐本来在凌江之春大酒店，可临到晚餐时间，刘清粼被通知前往军分区内部餐厅。

接待办的车把她送了过去，这可是她第一次走进这个神秘的大院，前几次定向接待省里的领导，也只是在市委内部餐厅，这回如此安排，可见凌江对肖宗华的重视非同一般。

刘清粼想起下午她回台里交接晚上《凌江新闻》主播工作时，临时接替她的同事透露过一句，有传言肖宗华就是下一届的省长。想到这里，刘清粼心里紧张地跳了起来。

不觉已到吃饭的餐厅，推门进去，只见一张可以围坐20余人的大圆桌，肖宗华已坐在上席首座，旁边位置空着，一位穿军装的人把刘清粼径直领到那张空座上。

"把手机调到静音，领导不喜欢电话铃打扰。"有人附在她耳朵边上叮嘱。

18

刘清粼只好照做，额头上的汗珠差点滚落下来，她看了看四周，见省政府秘书长，几位厅长，以及市上几大班子一把手和军分区司令员、政委旁边都安排了她这样的人。

不一会儿，厨师上菜了，都是一些在凌江任何一家高级餐厅都吃不到的，除了太空和宇宙里的，能找到的都有，可谓海陆空全席。

菜名吧，也是军分区厨师专门琢磨出来的，世上独一无二。比如那红烧熊掌，取名为"乾坤在握"，清炖娃娃鱼取名"蛟龙出海"，油焖白鹭取名叫"扶摇青云"……

刘清粼向来不喜荤腥，自然是很少动筷子，倒是出于应付，给肖宗华的盘子里夹了不少。

肖宗华吃得也很少，有些菜他连瞥都不瞥一眼，倒是跟桌上的人喝酒挺来劲，尤其是美女敬酒，几乎是来者不拒，好几位三两杯下肚便春风拂柳了，他还是那样稳如泰山。

刘清粼在一位市领导多次暗示下也给肖宗华敬了三杯，肖宗华总是一仰脖子吞下，然后还要把杯子倒竖逼着刘清粼喝光。

因肚子里吃得少，刘清粼不胜酒力，没几下子就歪在椅子上不言不语了。

而方振东的晚饭却吃得不香。

下午的活动结束后，他也参加了肖宗华等人在市委开的会，然后回报社写稿子。由于涉及到省领导，稿子还得肖宗华的秘书亲自审定，因此一直在办公室等到晚上9点半。

审定稿传回后，他又按上面的意见作了些修改，然后再送上去审，到最后彻底脱手已经晚上10点多了，这时他才泡了一碗方便面吃起来。

吃着吃着他想起了刘清粼，不知她现在在做什么，于是拿出电话拨了过去，可对方一直无人接听，便越吃越没味，他反复地拨打刘清粼的电话，可始终无人接听。

方振东索性放下碗筷。他想去找刘清粼，可又不知她在哪，就漫无目的地在街上瞎转。

"哥们儿，去哪儿呢？"方振东回头一看，见是几个熟面孔：

钱应来，受过高等教育，还当过老师，前几年见有人混进"记者"行列日进斗金便辞了职，到西川新闻在线拿了个"记者"吊牌，堂而皇之

前夜

把"记者"做得有滋有味；

莫仁新，初中毕业，在广东开过洗脚房，不知怎的混进了江口法制报，还拿了记者证，从来没写出一篇真正像样的新闻，可逮住一点负面信息搞起"舆论监督"却丝毫不手软；

尤佳满，一个跑黑车的混混，居然也打着《正义》杂志"记者"的招牌，跟前两位长期勾搭在一起。显然，钱应来是头儿，另两位则是跟班小兄弟。

他们三人一组，经常开车出去，绝不会空手回来，讲的是日薪多少，经常嘲笑那些循规蹈矩吃皇粮的党报党刊记者，说他们是浪费了"记者"这个资源。

方振东扭过头不想理会，但三人已经凑了上来，且满嘴酒气。

"别走啊，哥，我们去唱歌吧，给你叫个妹妹，陪你乐乐，我请客！"莫仁新说。

"方哥哪儿看得上那些庸脂俗粉，人家心目中的主儿是仙女儿呐。"钱应来说。

听钱应来这么说，莫仁新赶紧问："谁呀？"钱应来卖起了关子，"在凌江这个地方，咱们圈儿里谁才配得上称仙女儿呢？"

两人胡乱猜了一阵，钱应来直摇头："我常说，大学可不是白读的，就是在里面混上几年，都跟你们这些没文化的强，起码见识就不一样。"

两人连忙瘪嘴嗤鼻："哟哟哟！你只不过在凌江师专泡了几年学妹，有什么了不起，要说见识，咱哥儿俩走南闯北什么没见过？"

"得得得，不跟你们内讧了，告诉你们吧，电视台里的女一号是谁？"钱应来提醒。

钱应来这么一提，他俩立刻不约而同地回答："刘清粼啊！"俩人对视片刻，鼓起了掌："方哥有福。上手了吗？"

方振东厌恶地说："别说那么难听，我们是朋友。"不知是愤怒还是羞恼，他的脸红了，幸好是夜晚，路灯从树影里洒下斑驳陆离的光，掩盖了他的窘迫。

"糟糕！"钱应来像是突然想起什么，惊叫一声。大家都诧异地盯着他，"方哥今晚看到刘清粼了吗？"钱应来问。方振东摇头。

"你去凌江之春大酒店15楼，那里有个海市蜃楼小剧场，她多半在那儿呢。"钱应来说完，莫仁新和尤佳满偷偷地笑了起来。

钱应来也笑着对方振东说："没跟哥哥汇报，我有个远房的远房表妹在小剧场当服务员，刚才我约她出来唱歌，她说今晚有重要的领导会去那里，走不了。"

"刘清粼不是肖宗华的定向接待人员吗？很可能被那帮人弄到那里去了。"莫仁新说。

方振东听了，不由怒火中烧，一路小跑来到凌江之春大酒店，按了电梯上到15楼，正要进海市蜃楼小剧场，却被两个大汉挡住。

"干什么的？"大汉吼道。"找人！"方振东想把大汉的手推开，不料大汉的手却纹丝不动，声音更大了："这里不能进！趁早离开！"

方振东仔细一看，原来是两名便衣特警，上午也在剪彩现场。

"《凌江日报》的记者，找刘清粼，麻烦放我进去，见了她立刻出来。"方振东只好放软语调，然而特警不通融，还说："记者更应该懂规矩，不能进就是不能进。"

这下可惹火了方振东，"这不是工作时间，里面也不是什么重要的工作场所，为什么不能进？"边说边硬往里闯。

这时从剧场又出来两个便衣警察，其中一人认识方振东，把他拉到一旁劝说："老兄，你还要不要这个饭碗？别胡闹了，赶紧走，不要让我们为难。"

"干嘛？我要是不走呢？你们还敢把我拷起来？"方振东越说越气。

方振东的吼叫，惊动了剧场里好些人，门口探出一个脑袋，是市政府秘书长王波，他皱着眉头问："怎么回事？谁在这儿闹？"警察回应说一个人喝醉了。

王波一下子来气了："你们警察连个醉汉都收拾不了吗？"话音刚落，从里面出来个女的，见是方振东，先是倒吸一口凉气，接着过来把方振东拉到楼梯拐角处。

这女的不是别人，是凌江日报社校对室的，叫丁淑萍，大学刚毕业，因急于上进，模样儿也乖巧，这次主动报名给领导服务。"方哥，你怎么会来这里？"

方振东说明了缘由，丁淑萍告诉他刘清粼已经被灌得人事不省了，现在正躺在沙发上睡觉呢，不过不用担心，没人会对她怎么样，肖宗华毕竟是省上的大领导。

丁淑萍打电话叫来了另一位同事，把方振东送回了家。方振东一整晚没睡觉，隔几分钟就给丁淑萍打电话，问刘清粼的情况，直到得知刘清粼被安全送回了她的住所为止。

且说海市蜃楼小剧场，凌江市委、市政府精心为肖宗华准备了丰富多彩的节目。知道肖宗华喜欢京剧，特意请来戏剧梅花奖得主唱了一段《贵妃醉酒》。

剧情根据市政府接待办的要求做了改动，"贵妃"着戏装晃晃悠悠下台来，一边唱着一边端起真酒杯给肖宗华献酒，嘴里念白道："臣妾恭请陛下再饮一杯！"

这着实把肖宗华乐得合不拢嘴，赶忙上前搀起"贵妃"，然后把递上的酒一饮而尽。

剧场还推出了几个本地或临近市被评为非物质文化遗产的表演项目，然后让肖宗华一展歌喉唱了曲《向天再借五百年》，其他领导也分别登台献艺，最后便是交谊舞时间。

霎时间，一夜春风来，万树梨花开。蜂儿蝶儿也纷纷活跃了起来。

刚才散落于各个角落鼓掌、献花、敬酒的美女们开始各自施展技艺了，他们翩翩然来到各位主子们面前，齐刷刷地伸出温润的玉手，把故作矜持的主子们拉起来滑进舞池。

接待办主任慌忙去摇晃熟睡的刘清粼，被肖宗华制止，"别惊醒她，让她睡吧。我累了，独自坐会儿。"接待办主任尴尬地笑了笑走开了。

不一会儿，接待办主任领来一个女子，正是刚才唱《贵妃醉酒》的京剧演员，卸了妆更加楚楚动人，但明显脸上写着已不年轻的年龄，还带几分不情愿的意味。

接待办主任在她耳边悄声说了几句什么，那演员才笑脸盈盈地坐在了肖宗华身边闲聊。不觉间，两人越聊越起劲，一直到凌晨两点曲终人散。

散场后，肖宗华特意交代他的秘书将刘清粼送回住处，还叮嘱凌江方面的人不要批评她。然后，他在市委书记的亲自陪同下来到酒店33楼专门给他准备的房间休息。

第五章

刘清粼因饮酒过量吐了一个整夜，第二天起来差点栽了一个跟斗。她试着走动几步，只觉头重脚轻，如踩棉花。偶尔浑浊的脑海里翻腾出一个酒字，不觉又是一阵干呕。

看来没法上班了，只好打电话向部门主任请假，本以为会被主任骂几句，哪知主任态度特别好，并嘱咐她好好休息，休息多少天都行，直到休息好了再来上班。

临了，主任还特别强调，这是台长李志强的意思。

刘清粼纳闷了一阵，担心昨天没陪好肖省长，单位要解聘她，于是壮胆给李台长打了个电话。李志强在电话里很开心的样子，直表扬她没给电视台埋地雷。

李台长也叫她放心休息几天，还说上班后有新的岗位等待着她。

刘清粼问什么岗位，李志强说："先保个密，你上班就知道了。"

而方振东却不走运，先是昨晚所谓大闹小剧场的事，市领导很生气，叫市委宣传部通知凌江日报社务必要做出处理，市委常委、市委宣传部部长蒋光明更是大发雷霆地拍了桌子。

一大早，蒋光明就把办公室主任魏德宝叫来，让他向凌江日报社传达市领导的意见。

魏德宝得令后没有吭声，回到自己办公室呆坐了一会儿，才懒洋洋地抓起电话拨到凌江日报社，而总编辑谢永刚出差到广东考察地市报发展之路，要一个礼拜才能回来，接电话的副总编辑表示报社一定引起高度重视，待处理结果出来后立即上报宣传部。

市委宣传部副部长任槐带着市教育局长文治国来向蒋光明汇报工作，表示省教育厅对凌江师专升本科院校很支持，并对凌江市教育系统的前期工作很满意。

文治国大谈凌江要借师专升本建设新校区的大好机遇，高起点、高标准、高规格地规划一个教育文化产业园区，并以此设置、储备一大批项目，进一步推动城市建设。

蒋光明听后连连称好，顺便问起他俩昨晚接待省教育厅客人的情况，文治国回答："领导，按照您的指示安排得很好，省厅的客人一直玩到凌晨三点钟，丝毫没有困倦的感觉，直夸凌江真是个好地方呢，并表示以后要多来凌江考察学习。"

蒋光明笑着说："这就对了，别看来的仅仅是处长，却在很多方面掌握着实权，甚至可以说比副厅长管火。"

几个人正说得热火朝天，新闻科长神色慌张地进来报告，"《凌江日报》的报道出大问题了！"蒋光明脸上的笑顿时僵硬了，任槐赶忙问："出什么问题了？"

新闻科长说，一是把肖宗华弄成了肖中华，而且在头版头条粗黑标题上，二是文中本应是"肖宗华作了重要讲话"，见报时却漏掉几个字成了"肖宗华要讲话"。

报纸发出去后，凌江广大读者纷纷致电报社质问，肖宗华过去在凌江讲的废话还不多吗？到了省上都几年了，他还要在凌江讲话，讲什么呀？

蒋光明从桌子上抓起当天的《凌江日报》看了看，顿时气得脸色铁青。

魏德宝又被叫到蒋光明办公室，得到的指令是立即打电话给谢永刚，叫他马上结束考察，当天回到凌江，立刻处理这一新闻舆论事件，并向市委宣传部作出深刻检讨！

蒋光明还特别提出对相关记者的处理意见：予以解聘，5年之内凌江新闻单位均不得录用！

老东西，这是不给人留活路啊！魏德宝在心里骂，想起那个叫方振东的记者就要丢掉饭碗，不免为之惋惜。

魏德宝对方振东略有了解，写过很多有深度的报道，是个难得的人才。哎！魏德宝叹息一声，不由联想到自己的境遇，心里翻腾着难言的苦涩，眼睛也湿润起来。

那还是十多年前，凌江市尚属凌江地区下辖的一个县级小市，魏德宝从省城师范大学毕业在凌江中学任语文教师，他立誓要"蜡炬成灰泪始干"，竭尽毕生所学教好每一个学生。

很快，魏德宝就成长为全市中学语文教学学科带头人，那年他26岁。当他从全市教育系统表彰大会上领回烫金的奖状时，双喜临门了。

校长亲自做媒，将市中心医院总务科一名叫郑霞的姑娘介绍给他。在魏德宝眼里郑霞美得无可挑剔，于是满口答应了这门亲事。

当年"七夕"节，魏德宝约郑霞在凌江公园见面，然后手挽手去看了场电影，接着一起度过了一个让他终生难忘的夜晚。

几个月如胶似漆，让魏德宝心中爱情的烈火越烧越旺，他迫不及待地向郑霞求婚，郑霞问他："假如某一天，你发现我并不是你想象中的那样完美，你还会爱我吗？"

魏德宝双膝跪地，对天发誓："今生今世，我魏德宝如负郑霞，让月亮变成夺命弯刀，将我粉身碎骨……"郑霞满眼热泪，将魏德宝的头紧紧捂在自己胸口。

婚后不久，儿子魏小宝出生了。接下来几年，夫妻生活还算无恙。

再往后，魏德宝发现妻子经常夜不归家，有时候还整夜关机。

可怕的猜疑如缕缕钢丝缠绕于心，并一天一天地收紧，让魏德宝的心快要碎了……

在一个彻夜无眠之后的清晨，魏德宝等到疲惫不堪的妻子回来，两人爆发了一场史无空前的战斗。

妻子索性告诉他，在她还是姑娘的时候就跟一个市领导好上了，那个领导如今仕途无比顺畅，说都是她带来的好运，因此要与她长久好下去。

闻听此言，魏德宝顿感头脑如炸药引爆，这个站在他面前曾经被他奉为天神的女人瞬间变得丑陋无比！在她妩媚的笑容和魔幻的身段里，竟然隐藏着这么天大的秘密！

"既然是这样，那离婚吧。"魏德宝平静下来说。

谁知郑霞哈哈哈地笑了起来，"傻瓜！人家不会破坏咱们的家庭，他还说了，如果你愿意，他可以把你调到机关工作，甚至还可以提拔你。"

"我不愿意！这都他妈什么逻辑？霸占我的老婆，还要我接受他的安排？那狗杂种是什么东西呀？"魏德宝咆哮着说。

前夜

"吼什么呀？你有能耐是吧？你到镜子前照照，像你这样儿的，我当初会嫁给你？捡了便宜还卖乖！你想一辈子当个穷教书匠？就没有点追求？你还是男人不？"一阵让人无言以对的恶毒数落，直戳魏德宝的心。说完，郑霞拿着包上班去了。

冷战。分居。想离离不了。学校里流言渐起。同事们经常在背后指指点点，嘻嘻哈哈。魏德宝的脸皮被一次一次地钝锉，逐渐变得冷热无感、荣辱不惊。

时光不知不觉地过去，郑霞给家里买了一套房，再一套房，儿子读上贵族学校。魏德宝也从学校调到凌江市市中区宣传部，一去就当了办公室主任。

再过了几年，魏德宝调到市委宣传部，从办公室副主任到主任也只用了不到半年。但他也最终证实了一个可怕的事实，那个强扔一顶绿帽给他的人就是现在的顶头上司蒋光明。

蒋光明是土生土长的凌江人，从政之路，如鱼得水。

蒋光明将部里的一切财务开支、报销大权都交给魏德宝负责，凡是魏德宝拿去的报销单，他统统不看便大笔一挥签上自己的名字。

刚开始，魏德宝还循规蹈矩、谨小慎微，后来，他试着将他私人开支的一些发票也拿去单位报销，蒋光明都视若不见，仍然是毫不怀疑地签字。

渐渐地，魏德宝胆子大了起来，把家里的所有开支，甚至通过各种渠道弄来一些发票，编造一些名目去单位报销，蒋光明就像傻瓜一样，居然没有一丁点儿觉察。

这样下来，一年灰色收入连他自己都暗暗吃惊。有时魏德宝会感到害怕，但转念一想：老东西！夺妻之恨，永世难忘！我不弄点儿太亏了，这一切理所当然。

在执行蒋光明的指令时，魏德宝虽不敢明怼，但往往是阳奉阴违，蒋光明有时候会发现些蛛丝马迹，但也没有跟他斤斤计较。

故而这次蒋光明叫魏德宝向凌江日报社传达他的处理意见，他故意将"予以解聘，5年内凌江新闻单位均不得录用"掐掉不说，只是叫谢永刚立即回来处理。

谢永刚回来后，立即召开编辑部会议，认真追查这次事故的来龙去脉。

方振东承认原稿中确实把肖宗华的名字弄错了，但争辩说记者只是整个采编环节中的第一个责任人，从新闻采写到报纸出版，这中间的每一个环节都很重要，出了差错只追究记者的责任有失公正。

可后面的每一个环节上的人都拒不承担责任，编辑说他后面还有校对，校对说他是根据审定稿样来校的，况且后面还有值班主任，值班主任说他后面有值班副总编辑负责把关付印，副总编辑说他一晚要看十几个版面，不会对内容看得那么仔细。

本来对方振东就有点成见的谢永刚最后决定：方振东调离采编一线，去夜班轮岗一个月，先从校对做起。

方振东显然不服，要求将原稿及修改样全部张贴公布，让全报社来评说，谢永刚呵斥说："你还想事情闹得不够大？你不服是吧？那再加一条处理决定，扣罚一个月奖金！"

方振东只好哑巴吃黄连认了。可谢永刚心里也有些愧疚，他是看过原稿、审定稿及修改样的，问题的关键还是出在审定稿上，肖省长的秘书大概是喝了酒，删除一些内容时笔锋没收住，无意间多划了几个字，估计他本人也没看出来。

更重要的是，报社这帮人不负责任，也不认真读一读看是否通顺，是否符合常理，就机械地按审定稿把报纸印出来了！

谢永刚也知道他想追究其他人的责任很难，因为他了解过当晚的具体情况，此稿经手的编辑、校对、值班主任和副总编辑都有各种背景，尤其是副总编辑的妹夫在市委组织部。

所以这黑锅只有让方振东这个愣头青背了。"哎！这样也好，给他一个教训，希望他能变得稳重点。"谢永刚这样想，不过他没有下令扣罚方振东的奖金。

可蒋光明不同意谢永刚的处理决定。"我不是给出了处理意见吗？对涉事记者予以解聘，5年内凌江新闻单位均不得录用，你怎么不执行？"谢永刚一脸茫然。

魏德宝赶忙出来打圆场："这种事责任不在一人，如果解聘，那整个链条所有人都有责任，难道都要解聘？如果一出事就撵人，那还有谁敢做事？"

魏德宝这么说，蒋光明很不舒服。"谢总编也是从大局考虑，从长远考虑，惩前毖后，治病救人，处理适可而止，不能轻易砸人家饭碗，还是要以人为本嘛。"魏德宝接着说。

谢永刚如获救星，连连称是。而蒋光明却一个劲儿地盯着魏德宝，半天没说一句话。

"那就给他一个机会，不过你们要借此整顿工作作风！粗枝大叶、麻痹大意是绝对不行的，你们要搞一次政治学习，还要搞一次业务培训，我安排个副部长来讲讲。"蒋光明说。

蒋光明说完，谢永刚赶紧接着："好好好，我回去后立马安排，能否恳请领导您来给大家上一堂课？""看吧，如果有时间，我一定来。"蒋光明的脸色总算由阴转晴。

从蒋光明办公室出来，谢永刚问魏德宝："事先蒋部长给过处理意见？"魏德宝说："哦，是这样，我觉得有点儿过了，就没传达给你们。"

谢永刚朝魏德宝肩膀上使劲拍了一巴掌，"哥哥，你差点害了我呀！"

"没那么严重，蒋部长一天忙着呢，过几天被其他高兴的事儿一冲就忘了。"魏德宝说。

"那倒也是，不过今天我还得感谢你给我圆场，改天我请你喝酒！"谢永刚双手合十，朝魏德宝点了几个头走了。

万般无奈，方振东只好去校对室当夜猫子，而以往在夜班当校对员的丁淑萍却调到了一线当记者。

几个晚上以后，方振东真切地感受到这夜班上起来还真不是滋味，凌晨三四点下班，白天只好补瞌睡，生物钟完全颠倒不说，关键是越来越与世隔绝，根本没机会见到刘清粼。

方振东因此偶尔使性骂人，直到有人点醒他自己的饭碗曾经悬于一线后，才稍稍收敛了些。

第六章

　　刘清粼在家休息了两天，觉得身体好多了，于是来单位上班。
　　当她一大早来到办公室自己的座位时，却发现一个陌生的姑娘坐在那里。那姑娘模样儿倒十分清秀，只是从神气上看有些刚从学校出来的稚嫩。
　　刘清粼吃了一惊，莫非自己的位置已经被人顶替？
　　那姑娘发现了站在她身旁的刘清粼，赶紧站起来满脸堆笑地问："刘老师吗？省城传媒大学的实习生，我学的播音主持，台里安排我跟您实习，以后请您多多指教，老师好！"
　　那姑娘说完向刘清粼深深一鞠躬。刘清粼放下心来，坐下来问："你叫什么名字？"那姑娘回答："很荣幸跟老师同姓，单名一个玲字，王令玲的玲。"
　　"为什么要来电视台实习？"刘清粼一边整理桌上的东西，一边问。
　　"……学播音主持不来电视台去哪儿？"刘玲不好意思地回答说。
　　"有了这才艺，哪个单位都抢着要，电视台可没你想象的那么美好，你可得有心理准备。"刘清粼说。"在电视上露脸不是很风光吗？我从小就崇拜这个职业呀！"刘玲很不理解。
　　两人正聊着，忽听办公室有人通知开会，于是她俩一边说着话一边来到会议室。刘清粼敏锐地感觉到今天的会议气氛有点异常，但异常在哪儿她也暂时弄不清，只是发现有两天没来上班，平时熟悉的同事好似看陌生人一样向她投来别样的目光。
　　刘清粼只好把这种目光理解成对她身边这个实习生的好奇，她还有意提醒刘玲说："看，你一来就那么引人注目哦。"说得刘玲心里开了花，她连忙大方地向那些目光点头回应着。
　　"今天的会议只有一个议程，就是宣布昨天党委会的决定，时间很短。"台长李志强说。台下立马安静下来，等待他下面的话。

前夜

"自从时政部副主任王立同志调到省城高就以后，这个位置一直空着，我们班子讨论了很多次，究竟提谁最合适，昨天我们开了党委会，经过充分地民主评议，决定任命……"李志强微笑着扫了台下一眼，"刘清粼为新的时政部副主任。"

李志强的话把刘清粼吓了一跳，她万万没想到会是她！背上立刻渗出汗来。

由于心里丝毫没有准备，刘清粼胸口扑扑直跳，她慌乱地向四周瞥了瞥，发现大家都在看着她，虽然笑脸居多，但也有几张脸的表情高深莫测。

刘清粼的脸渐渐地红了，她想低下头，不料会场响起阵阵掌声，是台长李志强主动拍起手带动的，刘玲鼓掌尤其卖力，嘴巴还凑近刘清粼的耳朵："祝贺您，刘老师！"

就这样，刘清粼当了将近四年的新闻主播，忽地一下子升为实职副科级干部了，除了协助时政部主任搞好工作外，她还要负责对主播行道的新兵进行传帮带。

李志强特别嘱咐她不仅要教业务，还要传授其他方面的素养，尤其是社会活动、人际交往等方面的能力。刘清粼想推脱，声称这些她最不在行，怕误人子弟。

可李志强死拧着她挑起这副担子，无奈之下，刘清粼只好接过，心里暗想："哎！能蒙就蒙吧，车到山前再寻路。"

刘清粼升职的消息不胫而走，几乎凌江各大机关事业单位都传遍了，有说好也有说歹的。一次在凌江举办的全省工业强市推进会上，市委组织部领导还向兄弟市一位副市长特别介绍刘清粼，说她是凌江近几年提拔的最年轻的副科级干部。

那位副市长趁此机会名正言顺地把刘清粼从上到下瞧了个够。说了好多冠冕堂皇赞美之辞后，那位副市长真诚地说："小刘，如果到我们市，我立马提你为正科级主任！"

刘清粼也觉得奇怪，她升职不到一个月，好像天高地阔起来，以前在她面前还官腔十足的人一下子变得十分客气，几乎每个区、县的党政一把手都主动或者安排秘书给她打过电话，除了表示祝贺外，几乎都是想请刘清粼赏光吃饭、喝茶。

甚至有的区县宣传部领导主动拿出一个宣传方案要跟电视台签订战略合作，而且指定要把这笔业务拿给刘清粼。

李志强当然更高兴，索性把刘清粼再提一级，直接担任广告部主任，以便给电视台开拓广阔的财源。刘清粼于是忙了起来，应酬也自然成了家常便饭，有时候酒不喝不行。

罗五洲自然嗅到了其中的味道，便打发张玉玲登门拜访刘清粼。一提起盛世凌江，刘清粼心里就有些不爽，但碍于工作，不得不接见张玉玲。

"盛世凌江多牛啊！以前从来不主动找电视台，就算电视台想巴结你们，恐怕也不见得会理睬我们吧，今天怎么了？是有头有脸的张总张大美女主动登门。"刘清粼调侃说。

"因为今非昔比，您刘清粼当了广告部主任，换成以前，肯定也不会这样。"张玉玲说的很直白。"怎么讲？"刘清粼毕竟稚嫩，比起社交场上的老油子张玉玲，她不是对手。

"要说盛世凌江吧，在凌江确能呼风唤雨，可出了凌江就很难说了；你刘清粼已今非昔比了，肖省长身边的红人儿，我们罗总想靠近肖省长，市委、市政府那帮人愣是不给机会，上次罗总说去给省领导敬个酒都不被允许，哎！这权力呀，还是比金钱牛！"张玉玲说。

刘清粼气得脸红，赶忙打断她的话："你如果是想通过我去靠近肖省长，我马上就要下逐客令了，我可不是谁身边什么红人，我也不想！"说完，就要抓桌子上的电话。

张玉玲赶紧道歉："对不起，妹妹，我说错了，我来主要是跟电视台签年度广告合作，一年360万，你们差不多每天进账一万，我想你们再拽也不会跟人民币过不去吧？"

刘清粼看着眼前这个妖野的女人，想撵还不敢撵，她现在的身份告诉她单位的利益高于一切，这送上门来的大业务，要是被她撵走了，李志强肯定会暴跳如雷。

于是，刘清粼把手从电话机上收回来，"那……你们的具体宣传方案做出来了吗？"

"不需要具体方案，我们罗总的意思是，合同内容尽量简单，我们需要宣传的时候再跟电视台具体商议，如果我们这一年没来找你们，就相

31

当于白送。"张玉玲说。

刘清粼笑了起来，"这不符合广告业的常理呀，我不能做主，还得请示领导。""正好，我也想拜访一下李台长，烦请刘主任引见。"张玉玲说。

两人来到李志强办公室，李志强还没听完就立马表态："很好！马上签合同，清粼，你又为我们台立了一大功！"

在李志强的安排下，合同立马签定，张玉玲高兴地说："完成了罗总交代的任务，我回去交差了，明天先打100万到电视台账户。"

凌江电视台广告收入日日看涨，刘清粼在大会小会上都受表扬，刚开始还有人不服，也滋生了些难听的议论，可后来大家就习惯了，每次表扬刘清粼，会场上一概鸦雀无声。

凌江电视台的红火可招来了凌江日报社的不满。一日，谢永刚与省报凌江记者站站长江声涛在凌江外滩喝夜啤酒，不慎便露了出来。

"李志强他嘚瑟什么呀，一个刘清粼被他捧成摇钱树了，也怪当今这个鸟风气，一个长得有几分姿色的女主播陪省领导喝了顿酒跳了几曲舞……"谢永刚多喝了几杯，管不住嘴了。

这言者无心听者有意，江声涛不动声色地陪着谢永刚喝酒，冷不丁儿地问一句，这一句一句地可把刘清粼近一个多月的事儿打听得一清二楚。

江声涛回想起自己到任凌江这三个多月以来，工作总是打不开局面，前不久回报社开记者站半年工作会议，领导狠狠地批评了他，说他是山大无柴，一米八的大个儿，俊俏的脸蛋都白长了，并提醒他要是一年完不成报社规定的200万元经营任务，自觉走人。

回来后，他逢人便给笑脸，见官就套近乎，还时常请宣传系统的人吃饭喝酒打牌，可还是效果不佳。正愁眉不展呢，谢永刚的一席话点醒了梦中人。

江声涛心里暗暗叹息，自己怎么就不是个女儿身！于是，他决定尽快去靠近刘清粼。

第二天，江声涛特意妆扮了一番，并早早地把他那辆挂着省城车牌的帕萨特洗得干干净净，车里还喷了香水，上午九点钟左右，便开车来到凌江电视台。

他先去找了李志强，因是省报驻凌江的江站长，没有人拦他。李志强认识江声涛，刚来的时候，市委宣传部专门召集给他接过风，两人还互敬过酒，似乎也比较谈得来。

一进门，李志强便迎上来握住江声涛的手，"老弟！稀客稀客，快快请坐。"紧接着安排泡茶，闲聊几句后，江声涛开门见山地说："李台，我是来取经的，电视台的广告经营搞得如此火热，把您的好点子拿出来分享分享。"

李志强奇怪，江声涛平时清高得很，怎么今天这么低调起来了？见对方没说话，江声涛接着说："或者直接给老弟支支招吧，老弟再这样下去，怕是饭碗都要掉了。"

李志强谦虚地客套几句，说："我们的法宝想必你也在外面听说了吧，新任广告部主任刘清粼，一个非常能干的女孩子。"

"那还不介绍我认识，我也想拜她为师呀！"听江声涛这么说，李志强眯缝着眼瞅着江声涛："你小子没安好心吧？我可警告你，别打她主意哈！"

"哪儿能呢，我知道她是谁的人，再说，我也不会为了自己断了哥哥您的财路啊。"江声涛死拧着要见刘清粼，李志强只好打电话把刘清粼叫到办公室。

刘清粼一进门，江声涛便起身向她点头示意，李志强给他们相互做了介绍。

江声涛说："真是名不虚传啊！"他不由仔细打量起刘清粼，见她粉面明眸，发如黑瀑垂肩，袅袅行走，双峰微颤，躯体与手足，简直搭配得再好不过，江声涛心跳不由加快了节奏。

刘清粼自然也注意到面前这个挺拔俊秀的男子，尤其是他那双湿润泛光的眼眸，对视片刻就要使人晕眩，本来平静的心池也被惊动层层涟漪。

"什么名不虚传呀，江站长。"刘清粼笑着，脸颊已飘来两抹桃红。

"以前只是传说，如今亲眼目睹，刘主任完全可以堪称凌江头号美女！"刘清粼摇摇头："我哪里敢当啊。"李志强见他俩有些不对劲，尴尬地咳嗽一声。

"你们当我这个大活人是空气啊？要不，江老弟！你去刘主任办公室

33

前夜

详聊，门外还有很多部门主任要找我说事儿呢。"李志强这么说正中江声涛下怀，便随刘清粼来到她办公室。

江声涛见刘清粼已被他的气场捕获，一进门便单刀直入地说："刘主任救救我，我都着急死了。"刘清粼不解地问："什么事儿？说得那么严重。"

"你得先答应我，一定要帮我。"江声涛厚着脸皮示弱，想博得刘清粼善良的同情。"你先说说看。"刘清粼也很警惕，没有一口答应。

"哎！"江声涛叹息一声说，"现在不知怎么了，新闻媒体都以经营为王了，国家有关部门三令五申记者站不能从事经营活动，但报社还是要给大家分配任务。"

"嗯，那怎么了？"刘清粼说。"凌江记者站在全省是个肥缺，报社规定一年至少得完成200万元。我来凌江好几个月了，毫无斩获，所以着急上火，这几天还常常失眠。"江声涛一副可怜巴巴的样子。

"那好办，不在记者站呆了呗，回总部跑口子，该不会有经营压力了吧？"刘清粼总算听明白江声涛的意思了，想随便一挡把他支走。

"不行，好的口子若跑不出经济效益就要随时被换。"江声涛说，他之前就是跑"三农"口的，跑了一年没给报社带回一分钱的广告，结果换了人，别人一上广告就来了，所以哪怕身上全是嘴也难以为自己辩解。

江声涛说，这次来凌江他是立了军令状的，如果再没有经营业绩，恐怕等待他的就不是换人这么简单了。"如果我被解聘了，我只有给刘主任提包了，怕是你都不会要吧！"

江声涛边说边叹气，倒把刘清粼也说动了，也跟着长吁短叹起来，他仿佛觉得眼前这个汉子也是英雄生不逢时，本有一身好武艺，可不得不为几斗米折腰。

"可我能帮你什么呢？"刘清粼说。"你就别谦虚了，我知道你有的是办法。"江声涛说。"我有什么办法？签的那些单吧，都是人家主动送上门来的，不算我的本事。"刘清粼说。

"妹妹……我比你长几岁，不知是否能有这份荣幸这么称呼你？"江声涛充分地动员一张厚脸皮和油嘴滑舌的功能了，"妹妹如果真心帮哥，只消给那些客户稍稍暗示，他们就会分一杯羹给我，那就算挽救我于危难之中了。"

34

"这样……不好吧。让你得好处,却使我欠人情,哪个傻瓜会做这样的买卖?"刘清粼说。可江声涛死活不放手,"你如果帮我拿到了广告,提成归你,我只要业绩就行了。"

刘清粼想再推辞,恐怕真要被人误解自己是因为贪图好处才不答应的,十分为难地想了片刻,说:"我试试吧,不过你不要抱多大的希望;还有,哪个要你的提成?你那么不容易,我如果拿了你的提成,不知道你背后会怎么糟践我的为人呢。"

江声涛死活要请刘清粼吃饭,说得万分真诚,都差点把刘清粼动摇了,可刘清粼的矜持还是让自己站稳了阵脚,回应说:"今晚我确实已经安排好了,改天吧。"

江声涛顺水推舟地说:"也好,改天我给你打电话。"两人说着,已到中午下班时间,一起走出办公室后,刘清粼去单位食堂,江声涛下楼,心里嘀咕着中午到哪儿去蹭顿饭。

第七章

凌江师专果真升为凌江师范学院了,这对凌江来说是天大的好事,有史以来第一个全日制本科院校,凌江有此高等学府,城市品级便高升一档。当然,教育局长文治国是有功的。

凌江党政班子马上就要调整了,文治国最近很忙,一是轻车熟路地常往省教育厅跑,厅长吴松柏是他五年的上级直接领导,吴厅长很赏识文治国,两人私交也很不错。

但文治国深知光走上层路线是不够的,几十年官场阅历练就了他的八面玲珑,对全市市委委员,他一个都不准备忽略,打算逐一拜访并大大地下一注,只能成功,不能失败。

足足忙活了一个月,一切都办理得他认为四平八稳之后,文治国将

前夜

紧张的身心调到放松状态，趁一个周末，他亲自上省城，再次拜访老领导吴松柏。

临走时，文治国还带上了他经常召唤的三名漂亮的女教师，其中就有凌江一中美术老师曹丽萍。从几次接待吴厅长的酒宴中，他明白吴厅长十分喜欢曹丽萍，因为吴厅长说过："教美术的曹老师自身就是一件珍稀的艺术品"。

曹丽萍的老公张小五，在凌江市岸北区林荫路派出所上班，主要负责凌江师专片区的社会治安，不过领导安排给他最多的公务则是查赌抓嫖，每年为单位创造不少罚没收入。

这个周末该张小五休息，几个高中同学约了他好几次，说是几家人一起，在市郊找个农家乐玩一天，吃两餐、包喝茶、打牌、垂钓还不到1000元，平均每人也就100元左右。

张小五本打算跟妻子一起去，谁知一大早学校就来电话说，文局长要带曹丽萍去省城出差，可把张小五给气得："都周末了，还出什么差？什么差那么重要，局长还得带上你？"

"要不你陪我一块儿去吧？"曹丽萍勾着张小五的脖子，撒娇地说。"我才不跟你去呢，我一见你们那些领导就恶心。"张小五说。

"恶心什么呀？再恶心人家手里有权，你除了恶心还能拿他怎么地？"曹丽萍笑了笑，拍了下张小五的脸蛋，"吃什么醋嘛！"张小五急了："你是我老婆，周末跟别的男人去别的城市，美其名曰出差，当我是傻子呀？我连吃醋都不行吗？"

"你以为我们去干什么？"曹丽萍也生气了，"你以为你老婆是吃素的？想对我怎么样的人尽管放马过来，我就不信了，这不是万恶的旧社会！看上哪个女人就上手？"

张小五把脸撇到一边不理她，曹丽萍接着说："骑驴看唱本，咱走着瞧，看到底是谁高。""行了，你一个女流之辈，算计得过男人？而且还是在官场里混得有模有样的男人，人家脑子里装的可不是豆腐渣。"张小五说。

"嗤！文治国不就是想利用我的美貌去讨好吴厅长吗？我何尝不可以将计就计，利用他搭的这个梯子去靠近吴厅长？"听妻子这么说，张小五眼睛瞪得像灯泡："你想怎么样？老婆，千万别那么天真，到头来吃了亏划不来!"

曹丽萍哈哈一笑:"放心吧,老公,姓吴的碰都没碰我一下,但是我通过他却打通了调往省城十六中的渠道,全国名校哇,我去了那里,光一年办培训班都可挣几十万!我再把你调过去,你知道省城警察收入是凌江的几倍吗?"曹丽萍比划着五个手指。

"靠谱吗?"张小五心里的气渐渐地消了,对妻子陪文治国去省城出差一事自然也默许了,于是打电话给他几个同学,取消了周末的聚会。

老婆走了,张小五一个人很无聊,在家待着很不是滋味儿,于是转悠到单位,陪上班的哥们儿吹牛。一上午过去了,中午也不想回家做饭,干脆跟大家一起叫盒饭。

下午除了这样混也没别的事,不觉已是华灯初上,所长过来见张小五闲着也是闲着,便安排他晚上带几个人去抓赌,说是最近市民反映,凌江师专西门外"酷爷到"茶楼有人打大牌,一晚上输赢好几万。

这一网油水足,张小五很乐意加这个班。

晚上十点半左右,他带了两个社区综治人员径直奔向"酷爷到",先由一人控制住吧台服务员,然后和另一人把一个个包间门踢开,迅速拍照,并大声呵斥都不许动。

最后,只在一个包间抓到现行,光桌上的现金就收了近5万元。打牌的四个人中有一名女性,凌江师专宣传部部长,姓梅;另外三名是钱应来、莫仁新、尤佳满。

因凌江师专升级,媒体宣传接二连三,因此梅部长近来牌局不断,钱应来作为凌江师专的校友,梅部长的学弟,自然是要应约的。

谁知道呢,睡到凌晨了还尿在床上,梅部长想到自己前途瞬间被毁,禁不住哭了起来。

钱应来几个倒还镇定,反正都是在媒体边缘晃悠的人,光脚的不怕穿皮鞋的。听声音、观动作,钱应来发觉这个警察有些面熟,仔细想了想,总算想起来了,有一次哥仨去曝林荫路派出所的光,所长请他们吃饭,桌上陪同的就有张小五。

想到这里,钱应来放心了,赶紧赔上笑脸:"小五哥,是我们三个呀,这位是我师姐,给个面子。"张小五打量了一下钱应来,"你谁呀?"

"钱应来,西川新闻在线记者,他们俩也是记者。"钱应来说。张小五

前夜

摇摇头，"不认识。"

钱应来着急地提醒说："上次，有你们所长，还有你，我们在，在凌江楼船上吃鱼……"

"哦！"张小五笑了笑，又立马扯下脸皮："记者是吧？记者更应该遵纪守法！记者就更应该为社会良好风气树立榜样！聚众赌博，违法的，不知道啊？"

"是是是！下不为例。"钱应来以为张小五得势教训他们一顿就算了，哪知最后还是坚持要带回所里问笔录。几个人一时半会儿想不出招，便机械地坐上警车来到派出所。

张小五把四个人交给另一位民警问笔录，问完后便叫一个综治人员守着门，不让他们走。

就这样一直晾着，到凌晨一点时分，张小五才过来，张嘴便说："每人罚款5000元，交了钱就可以回去了。"

四个人面面相觑，愣了一会儿，钱应来说："小五哥，真的有必要逗硬吗？""别套近乎，叫我张警官，或者直接叫我名字。"张小五眼都没抬，埋头只管填单子。

"用不着跟媒体把关系搞得这么紧张吧？"钱应来说。"啥意思？"张小五搁下手里的笔，"想走后门儿没成功，变威胁了是吧？知道你们是记者，我请示了领导，领导说记者更应该依法严格处理！叫你们以后长点记性，法律的尊严是不可冒犯的！"

"钱都被你们搜光了，我们身上都没有了。"莫仁新说。"有银行卡吧，我们可以派人陪你们去取。"张小五说。

看来不交罚款肯定是出不去了，"如果实在要罚，那能不能少罚点？"有前面两个哥在，尤佳满一向不喜欢搭话，而此时，他忙不迭地帮腔说。

"不行！"张小五很肯定地摇摇头。几个人商量了一下，决定由尤佳满出去取钱。约半个小时后，尤佳满回来把钱交了，几个人才垂头丧气地被放出来。

还未走出派出所大门，钱应来突然想起一件事，立刻精神抖擞，扯起嗓门喊道："张小五！"这一声几乎惊动了所里全部值班民警，不由都跟张小五跑了出来。

"你就是个王八蛋！"钱应来指着张小五，咬牙切齿地说。"骂谁呢？"

38

张小五说着就凑了上来。"骂的就是你！"钱应来也迎了上去。"告诉你，别骂人啊！"张小五瞪着眼说。

"我还真没骂你，自个人回家看看你老婆还在不在床上？"钱应来幸灾乐祸地笑着，"抓赌抓嫖堪称英雄好汉啊！老婆陪人家睡觉，自己却甘愿当缩头乌龟，这算什么呀？"

张小五顿时恼羞成怒，"去你妈的！"冲上来就要打钱应来，被其他同事拉住。"来打我呀！我保证不还手，最好打我一顿还把我关起来！"钱应来耍起了无赖。

梅部长还有尤佳满、莫仁新被这突如其来的一出吓到了，赶紧把钱应来往外扯。

离开派出所很远了，钱应来还不解恨，便绘声绘色地给三人讲起外面有关张小五老婆曹丽萍的传闻，添油加醋地说她是省市好些领导包养的情妇。

其实也仅仅是茶楼酒肆间的一些传闻，没有丝毫真凭实据。要说有，也仅仅是几次曹丽萍被校领导三更半夜打电话从床上叫起来，说是政治任务，须立马赶到某某地方陪上面来的大领导。说是陪，也就是吃点宵夜，喝点酒，或者唱唱歌、跳跳舞而已。

在凌江各部门、各战线，这并不算稀奇。可在钱应来此时此刻嘴里冒出来，曹丽萍几乎成了人尽可夫的女人了。

张小五本来就有这个心结，又被一个完全没有交情的办案对象这么残忍地一戳，那结先是瞬间肿胀，堵在胸口让他喘不上气来，接着又砰的一声爆裂，热血飞溅。

从派出所回到家，他就给老婆打电话，可曹丽萍的手机处于关机状态。焦急、怀疑和愤怒让张小五无法控制，他打开家里的酒，咕噜咕噜地灌了一瓶又一瓶。

张小五脑子里总是沸腾着曹丽萍跟别人不堪入目的画面，他拼命地拳击自己的头，想把这些想象中的画面驱走，可仍然无济于事。

直到凌晨五点钟左右，曹丽萍的手机终于打通了。"你在什么地方？到底在干什么？"张小五发疯一样地吼道。曹丽萍懒洋洋地问："怎么了，老公？"

张小五质问曹丽萍为什么要关机，曹丽萍解释说手机没电了，走的

39

前夜

时候没带充电器。

接着，张小五连珠炮似的问曹丽萍，晚上在哪里吃的饭，都有谁在，喝了多少酒，跟谁喝得最多，饭后又去了哪里，干了些什么，几点回的宾馆，又在哪儿借的充电器，手机有电了为什么不来个电话……

问得曹丽萍很不耐烦，索性挂了电话。而张小五又打过来，说你竟然挂我电话，并命令她上午10点钟前必须回凌江。

本来还要在省城待一天，吴厅长都还没出场呢，头天只是几个处长陪文治国，吃住都在一家私人会所，而且还没让文治国买单。

文治国想等今天吴厅长百忙之中闪亮登场了，他无论如何也要代表凌江市教育界好好请请吴厅长。

曹丽萍经张小五那么一闹，坚持要回凌江，另两个女教师也跟着说回去，急得文治国六神无主，他可是把三位漂亮女教师热切盼望见到英俊潇洒的吴厅长的信息给传递了上去，到时候就他光杆司令一个，怎么收场？

一番连哄带吓，三位女教师勉强答应吃了午饭才回，文治国答应今年评职称时给予照顾。

下午六点多钟，曹丽萍回到家中，正准备洗个澡，张小五从后面一下子抱住她，吓了她一跳："干嘛呀！"张小五扳转她的身体，抱得更紧了，充满血丝的眼睛死死地盯着曹丽萍。

"你想做什么？老公……"没等曹丽萍说完，张小五将自己干涸的嘴唇压在了妻子的唇齿间，然后狂吻着妻子的脸和脖子。"不要……讨厌……我好累哦……"

曹丽萍不明白张小五为什么非要在此时示爱，心想这两日诸多事情，确实亏欠了他许多，便不作反抗由着他来，可就在两人行将成事的时候，张小五停住了。

"这里怎么了？"张小五发现曹丽萍右乳上有一对弯弯的红色印痕。"什么怎么了？"曹丽萍起身低头一看，心里颤颤地说，"没怎么呀！""是不是被人咬的？"张小五大声吼了起来。曹丽萍给了丈夫一耳光："说什么呢？谁咬的？你把我当成什么了？"

张小五也毫不手软还了一巴掌。两人便你一言我一语地吵了起来。吵了一阵后，两人对下文也没有了兴趣，各自穿好衣服。

"曹丽萍我告诉你,如果我逮住你背叛我的证据,我会让你死!"张小五丢下这句话,甩手关门出去了。

曹丽萍也憋着一肚子气,心里纳闷那到底是什么印痕。

她努力回想昨晚的每一时刻的每一细节,晚饭时本来就喝多了,又转场去KTV,喝了不知多少啤酒和红酒,只知道大家玩得很疯,几个处长吃饭时还有模有样,到了KTV尤其是零点以后,就好像妖洞里窜出来似的原形毕露。

她模糊想起一个处长趁灯光昏暗的片刻,把头埋进她胸前乱刨,她还感觉痛了一下并叫了一声,那处长就起身正襟危坐了,后来……

后来记忆就越来越模糊了,直到回房间一头倒在床上,直到张小五给她打通电话,头脑才稍稍清醒了些。

"莫非那印痕就是那个处长留下的?"曹丽萍越想越害怕,再努力地回忆了一遍,确信自己没有吃更大的亏时,心里才稍稍安定了下来。

但对张小五,她绝对不敢实话实说,接连好几天她坚决咬定是胸罩勒的。

张小五在办公室睡了几晚,实际上翻来覆去根本没有睡着。又一次在办公室一宿彻夜难眠!第二天天亮,所长安排他和另外两个民警开一辆车到辖区巡逻治安。

碰巧,警车刚刚出派出所大门,张小五就看到文治国。因为市教育局就在林荫路派出所对面,而且街道很窄,中间没有隔栏,文治国上班快走到教育局门口了,简直就在眼前。

那夜的疑虑和愤怒瞬间又被点燃,张小五示意同事停车,车一停,他跳下来,几个箭步冲到街对面,不费吹灰之力便将文治国扳倒在地,随后用脚猛烈地踹。

文治国挨警察一顿踹赶紧喊道:"抓错人了,抓错人了,我是文治国,教育局局长……"

张小五一听"文治国"三个字,气不打一处来,左手提起文治国的衣领,右手拍拍就是几耳光,"打的就是你文治国!"

文治国看清打人的是张小五,吼叫着:"张小五!你疯了?你知道后果吗?"

张小五还要打时,被他另两个急忙跑过来的同事制止住。因正是上

41

班高峰期，这一幕顿时引起数百人围观，林荫路造成了交通堵塞，派出所和交警中队也被惊动了。

接下来当然是张小五被同事带走，警察赶紧劝退群众，疏散交通。结果，张小五被关了几天禁闭，并受到岸北区公安局给予的严重警告处分。

等他从禁闭室出来，凌江大街小巷传遍了有关张小五夫妻和文治国的故事，版本三五个之多。

在曹丽萍上课的班上，这样的段子连学生都在相互传，弄得曹丽萍好几天都不敢抬头看讲台下面。

第八章

凌江之春大酒店顶楼是个空中花园餐厅，从下面往上看一切均藏于云端，无人能察觉。而登凌其上，似乎日月星辰便唾手可得，凌江万物亦尽收眼底。

餐厅景致富丽、高雅，亭台楼阁别有一番天地，小桥流水增添许多情趣。故而自开业以来一直生意火爆，凡凌江达官贵人都喜欢在这里招待客人，一来可以显摆主人身份特殊，二来可以给客人带来几多荣耀。

今晚餐厅因一重要客人的寿宴包了场，从早上10点到晚上9点，这里开流水席，凡来祝寿的客人一旦凑齐一桌，便可立即通知厨房上菜，吃完后便转入休闲厅品茗聊叙。

更重要的是，主人专设一个收礼间，门前两名英俊的男童微笑伫立迎客，里面一粉面如桃的美女专门司茶，还有一位先生模样的人，笔墨伺候着，不是送墨宝，而是写礼簿。

为了这个48岁的生日，宋冬梅从年初就开始谋划，首先不能显得她小家子气，再者人生临近半百，拥有的一切美好正在幻化烟云，因此对钱财自然也就毫不吝惜了。

生日当天一大早，宋冬梅便打电话给她的远房侄女谭月茹，在空中花园餐厅张罗着，自己便直奔童颜美容造型工作室去化妆。

工作室是电视台一名叫童颜的化妆师开的，因其化妆技法高超，宋冬梅是这里的常客，童颜知道她的身份，亲自小心伺候着，当然价钱收得也从来不客气，一个普通的妆容至少也得680元，像今天这么特殊的日子，收个1680元也不为过。

光时间就耗费了3个钟头，童师傅还调动了三四个助理一旁帮忙。效果一出来，宋冬梅站在镜子前打量镜中的自己，然后微笑着朝童师傅点了点头。

大约从中午11点半到晚上8点半，往来于空中花园的客人络绎不绝，对某些客人，与其说是来祝贺，不如说是来许愿还愿。

宋冬梅也喜欢这种众星捧月般的热闹，从这桌窜到那桌，酒喝了不少。

夜晚的灯火一盏一盏地亮了，正开心着，有人在她耳边小声说道李书记夫人唐晓薇来了，宋冬梅立刻赶往门口迎接。

只见唐晓薇一身素淡打扮，却不显得俗陋，反倒在灯火阑珊的映衬下，更有些微仙气。

"不好意思，来晚了，姐姐。"唐晓薇旁边跟一个年轻人，手里提一个印满外文的袋子，只是微笑不说话，宋冬梅知道那是唐晓薇的司机。

"说哪里话，你来的再晚都不算晚，咱们是好姐妹呀！"宋冬梅挽着唐晓薇的手往席间拉，被唐晓薇挣脱，"姐姐，我就不在这里吃饭了。"说着便示意司机把礼物送上。

"这是我不久前从法国带回来的香水，我想你喜欢。"唐晓薇又从自己的手提包里拿出一个厚厚的红包塞到宋冬梅的手里，"妹妹的一点心意，我就不挂礼了，你收着便是。"

苏实得知宋冬梅的生日，急忙赶来，却已席终人散，经人引领在凌江之春大酒店18楼桑拿洗浴中心高级女宾区找到她，两人在一单人休息间坐下。

苏实笑盈盈地递上自己备上的厚礼，宋冬梅稍稍客套一番便揣进手提包里。"真是对不起啊，大姐，我是刚才找王波秘书长时才得知您的生日，您看您，多低调啊，往后这样的好日子，可别忘了我这个老弟哟！"

苏实这么说，宋冬梅高兴地笑了起来，"这怪我，燃气集团在凌江也算是数一数二的国有企业，苏总这样的人物赏光也是我的荣幸，明年一定提前请，不来就是你的不是了哈！"

两人嬉笑一阵，话题转入正轨，苏实找宋冬梅是因为两年前那笔款子的事情，数额也不小，5000多万，王波以市长周朝礼的名义给苏实打电话，叫他往一个账号里打这笔钱，说是临时挪来应急，很快就会归还，还说如果苏实帮了这个忙，以后有好事就会想起他。

可是，两年间苏实多次找到王波，王波先是好言好语宽慰苏实，叫他再等一段时间。可一等就是两年！钱不仅没收到，所谓的好事一件也没轮到他。

苏实想想都有些害怕，甚至有时候寝食难安，这么大一笔公家的钱，要是打了水漂，他是要把牢底坐穿的。

这天，苏实又找到王波，王波很不耐烦地告诉他："我是奉周市长的命行事，你要钱得找市长去。"苏实顿时急了："这话怎么说的？当初电话可是你打的，那个账号也是你提供的，你堂堂的市政府秘书长，正处级领导干部，怎么翻脸不认人啊？要问市长也是你去问呀！反正我就是找你，这么大一笔钱，可不是开玩笑的，出了事，你我都走不了干路！"

王波见苏实跟他硬杠起来，愣了一阵，语气放缓说："我不是那个意思，老兄，你急我比你更急，咱俩是拴在一起的蚂蚱，咱们得想办法呀，把钱追回来才是硬道理。"

可怎么追？两人商量一阵，没别的法子，又不敢直接问周市长，后来王波建议苏实去找宋冬梅，并告诉他宋冬梅正好过生日，在凌江大酒店能找到，于是苏实就赶了过来。

苏实稍稍一提，宋冬梅就明白了，她最清楚这事，想起来心里还酸酸的。

两年前，谭月茹从省城财经大学研究生毕业后，来凌江看望远房姨妈宋冬梅，并托姨父周朝礼给安排个工作。

周市长见这个侄女长得洁净，性情也温和，戴一副眼镜，斯文中不乏冷艳，于是心生喜欢，对其要求也满口答应。

可进机关事业单位也不是周市长一个人就说了算的，要等机会，且逢进必考，于是告诉她到一家有发展潜力的企业也不错，没那么多约束，收入也相当可观，谭月茹答应了。

周朝礼把罗五洲叫来，稍稍暗示，罗五洲便明白，立马安排谭月茹给公司财务总监当助理，月薪8000元，并高标准购买"五险一金"。

另外，还给谭月茹专门安排了一个小套二住房，这是公司副总才享受的待遇。

盛世凌江公司开发凌江渡出现了资金短缺，四处筹资，罗五洲急得如同热锅上的蚂蚁，便悬巨赏称，谁要是解决了公司燃眉之急，公司将给予高额奖励，并立即提升职位。

谭月茹想到了姨父周朝礼，她先给宋冬梅打电话，宋冬梅觉得这事值得操作，便故意先卖关子，说这恐怕很难办，目的是拒绝谭月茹几次，若她再来恳求，她便好提条件。

哪知谭月茹直接去找了周朝礼，且周市长满口答应。

不到一星期，罗五洲公司账上就来了5000万，罗五洲见谭月茹可以栽培，便提拔她当公司副总，分管财务后勤；另外拿出百分之一奖励，50万元当天就打进了谭月茹的账户。

毕业不到半年，谭月茹便品尝到人生中最甜的那一块蛋糕，兴奋得几宿睡不着觉。

后来，宋冬梅知道了这事，醋意大发，把周朝礼狠狠地骂了一顿。最让她气愤的事，她一丁点好处都没捞着，以精明能干著称的市长夫人，竟然败在一个黄毛丫头手里。

现在苏实来求她，宋冬梅便故作不知情地问："有这样的事儿？到底是不是老周安排的呢？"

"王秘书长说是，我也从来没问过周市长，再说，我也很难见着市长他人啦。"苏实说。

"哎哟，该不是小王耍的什么鬼花样儿吧？如果真是那样，这钱要收回来可就难了。"宋冬梅听苏实这么说，心里有底了。

"那怎么办呢？这么大一笔公家的钱，我可担不起这个责啊！"苏实额头上的汗水都出来了。"怎么办？那要不是我们老周的意思，你找我也解决不了。"宋冬梅说。

"如果真是那样，恳请姐姐给周市长提提这事，市政府秘书长胆敢假传圣旨，坑了我们小老百姓事小，坏了市长的声誉可是大事啊！"宋冬梅想了想，叫苏实把事情的来龙去脉再细讲一遍，苏实起身给宋冬梅倒了

前夜

杯茶,坐下来长长叹息一声。

"当时王波交代以后,我提出要签一个书面协议,毕竟对方是省城一家投资公司,跟我们从来没有业务往来,公司老总我们也不熟悉,王波开始没同意,后来说市长催办得紧,就答应了,过了两天,王波把对方约到我公司,双方拟好合同并签字盖章,说是借三个月,月利按0.5%收取,若逾期违约,便按0.8%收取。我觉得划得来,又有王秘书长担保,就做了,哪知弄成现在这个局面……"苏实说完,不停地喝水,顷刻身上的T恤都湿了。

"合同还在吗?"宋冬梅问。苏实赶忙从文件包里拿出来。宋冬梅看了看合同,上面确实有王波的担保签名,文内表述丝毫没牵涉周朝礼。"合同约定的利息都支付给你了吗?"

"最初3个月确实支付了利息,一共75万元,都存入了我们公司的账户,可后面不仅没支付利息,连本金都要不回来了,幸好公司知道这事儿的人很少,要不然我肯定会被员工给生吃了。"苏实说。

宋冬梅看着苏实沉默不语,她在想,这里面肯定有名堂,莫非是谭月茹吃了这笔利钱?

如果是那样,她非得把谭月茹叫来问个明白。"这事让我想想,你等我的电话吧。"宋冬梅对苏实说。

苏实连连道谢,正准备离开,宋冬梅又说:"这事儿说容易也容易,不过还是挺麻烦的,时间上你要有点耐心。"

"姐姐,我可再也拖不起时间了,您只要尽快给我办了,给您一个点子的酬谢。"苏实说。

见宋冬梅没有表态,他赶忙又说:"如果全部把本钱很快收回来,两个点!两个点可以吗?"宋冬梅笑了笑:"我哪儿在乎这些呀。"

两人就这么说定,苏实临走前,再给宋冬梅斟了一杯茶,然后才点头哈腰地出了门。

宋冬梅赶紧把谭月茹叫来问:"那笔钱怎么还没还人家?"

"什么钱呀?"谭月茹被这突然冒出的问题弄得摸不着头脑。"两年前,你找你姨父帮忙给你们公司弄的那个5000万。"

"啊?当初我们都准备要还了,可那边说可以先不忙,罗总说如果不忙我们可不承担违约的那几个百分点的利息,那边说可以,按原利息计算，罗总认为比银行贷款便宜，也就暂时没还。"谭月茹说。

"那边是谁？"

"就是省城那家投资公司，我知道钱是由凌江燃气集团公司出的。"

"也就是说那三个月之后，你们公司照样在付利息？每个月0.5%？"

"当然啦！这两年下来，利息都600多万呀！"听到这里，宋冬梅纳闷，苏实怎么说后面的利息一分钱没拿到呢？是谁在说谎还是谁吃了这笔钱？看来还得把王波叫来问问。

"如果现在要我们马上还钱，恐怕难啊，我们公司刚拿下一个项目，买地都花了一个多亿，过一年应该没问题，等房子拿到了预售许可，钱就陆陆续续来了。"谭月茹说。

"一年，恐怕人家不干。"宋冬梅说。

"我可以给罗总做点工作，利息可以多付点。"

"嗯，那也要看人家答不答应，纸包不住火，时间久了人家也怕，你给再多的利钱，恐怕也比不了人家身家性命的安全重要。"

"那当然。燃气公司苏总找过您了？"

"是的。不过现在看来，他还不知道那笔钱最终是你们公司借的。你也要暂时保密呀，传出去可不得了。"宋冬梅说。

谭月茹点点头。宋冬梅又暗自想了想，脸上浮出了笑容："我帮你们问问，人家能否宽限一年半载。"然后把谭月茹打发走了，立马打电话叫王波来一趟，几乎是命令般口气。

王波过来后，没等宋冬梅张嘴，主动说："我知道你要问什么，我都告诉你好吧？免得我背黑锅，背了两年了，再也不想背了。"

王波告诉宋冬梅，当初人家要还钱，是周市长说的暂时不忙还，利息可以照旧；以后每个月人家确实都付了利息，扣除省城那家投资公司的手续费以外，都以现金方式给了周市长。"换句话说，钱都流进了你们自己家，你还拿我兴师问罪，我冤不冤啊！"

听王波一说，宋冬梅顿时惊诧万分，她知道这笔钱肯定是老周隐瞒她放进了一个秘密小金库，因为在她所能掌控的若干账户上，从来没有出现过这笔钱。

老周要拿这笔钱干什么？莫非……她越想越气，想立马跟老周宣战，要对方老实交代，但她又瞬间冷静下来，决定先不打草惊蛇，等暗中调查取得充分证据后，再拿老周是问。

第九章

　　方振东足足熬了一个月的夜班，人都瘦了一圈。他本想恢复一线采访工作后，好好地调整一下生物钟，可总编辑谢永刚又立马给他安排了一项工作，作一篇5000字的凌江师范学院的专题报道，并在学院成立庆典及挂牌当天，作一篇省教育厅长吴松柏的专访。

　　方振东知道，这完全是给前几天几个广告版做嫁衣，吃不着肉也喝不了汤的活儿，全报社没人接招，除了安排他方振东，别无人选。推脱是不可能了，何况自己刚被处理过。

　　得在干这项苦差事之前，约约刘清粼，方振东想。这一个月日夜煎熬，跟刘清粼的工作时间正好黑白颠倒，想见也见不着。有几次下班回家，一想起刘清粼便彻夜难眠，导致第二天起得很晚，除了慌慌张张洗漱吃饭外，又得匆匆忙忙去上班，根本抽不出一丁点儿时间。

　　仍然在映象凌江茶楼，刘清粼准时赴约。

　　当看到刘清粼的身影出现在电梯口，方振东的心激动不已，胸口好比煮沸的开水，咕咚咕咚无法平静。

　　"清粼，好久不见了……你……你还好吧？"跟刘清粼打招呼，都有些结巴了。"还好，你呢？"刘清粼笑着说，"你瘦了。"

　　这一句话差点把方振东的眼泪催出来了，他深深叹息一声说："是啊，度日如年，怎么能不瘦呢？说真的，我……我好想看到你呀！"

　　"谢谢你这么挂念我，我还好，"刘清粼抿了一口茶，"上次陪肖省长，听说你很担心我，还为我受了报社处分，真的很抱歉。"刘清粼说着，眼眶湿润了。

　　"我真的很担心你，我知道在那种场合，作为一个女孩是无助的，我受怎样的处分都没有什么，只要你能平安无事就好。"方振东见刘清粼还记挂着他，心里很高兴。

"振东，你的脾气也得改一改，理想与现实毕竟不在同一平行线上，有时候却是背道而驰，该低头的时候还不能不低头，大丈夫能屈能伸才对，一味地刚，容易被折断，我不希望你年纪轻轻地就被人断送了前程啊，这是为你好，你认真想想。"刘清粼劝方振东。

听了刘清粼的话，方振东有些吃惊，他望着刘清粼半晌说不出话来。"当领导了是不一样啊，这境界一下子就高出我们一般人许多。清粼，你变了，怎么变得这么快呢？"

"不是，你千万别误会，不管我的职位有什么变动，我们永远都是最要好的朋友，面对庞大而复杂的社会，个人是非常渺小的，不管你赞不赞同，这是事实，客观事实，不以人的意志为转移。相信我，我没有变，至少对朋友的真诚没有变，永远都不会变。"刘清粼说。

"朋友？"方振东沉吟片刻，"其实……清粼……我不知道该怎么对你说，有时候我信心十足，但有时候我又自惭形秽，有句话我埋在心里很久了，压得我都快疯了……"

方振东的眼睛渐渐映出了血丝，"今天我无论如何都要告诉你，清粼，不管你是什么反应和态度……"

刘清粼傻傻地望着方振东，或许她知道方振东要说什么，或许她压根儿就不知，眼下的表情是其真实内心的呈现。

"我……我喜欢你，清粼，打从我们认识，我就无法将你的影像从脑海里清洗掉，反而随着时光的推移，这个影像越来越清晰，越来越有生命力，一个活生生的你已经深深地扎根在我的心田里，我发誓要用我一生的心血来浇灌你，真的……"

"我要让你开得比世界上任何一种花都艳丽，我要让你拥有的比世界上任何一种人都富有；当然，这不是指物质财富，那也许我做不到；我要让你每天都沐浴着幸福的阳光，要让你不受一点委屈，不受一点欺辱，为了你的荣耀和尊严，我愿意用生命去捍卫……"

渐渐地，两行热泪从刘清粼眼眶里涌出来，"别说了，振东，我没有你心目中那么好；真的很感动，真的，你这么喜欢我，我，可是……我不知道该怎样做才不辜负你这份情感。"

前夜

"不需要你做什么，清粼，一切都由我来做，你尽管做我的天使就好，有你在我心里，就好比拥有了整个宇宙……"方振东伸手抓住刘清粼的指尖，"没有你我真的活不下去，请相信我对你的情感，是十二分的纯粹，过去几年一直是我对你的一厢情愿，也从来没告诉你，今天我恨不得把心里的话全都吐出来，也许你会觉得我有些唐突，请相信我好吗？我会用实际行动来证明今天说的一切……"

刘清粼慢慢地抽回被方振东握住的手指，摇了摇头。"振东，我今天无法答应你什么，我的内心告诉我，这确实太突然了，我一点儿心理准备都没有。你要给我时间，但我又没办法给你承诺，给了你时间就等于会有一个令你满意的结果，咱们都随缘好吗？"

刘清粼用祈求的眼光看着方振东，她知道方振东是真诚的，但更重要的是，他知道方振东的性格又是十分执拗的，因此很担心断然拒绝会沉重地打击到他。

"好！我愿意等，哪怕等一生一世！"方振东这么说，让刘清粼一时无言以对，只好笑了笑，赶紧找个理由离开。"哦，对了，我单位还有事先走一步，你要不再坐会儿？"

方振东没有勉强挽留，十分理解地站起身，"我送送你吧。"刘清粼不好推辞，只好让方振东把她送到楼下，两人都面红耳赤，互相挥挥手告别而去。

顷刻间，方振东觉得一身无比的轻松。

接下来一周，方振东完全沉浸在工作中，他几次到凌江师范学院去采访，收集到丰富的素材，用了一个通宵完成了5000字的专题报道，拿给学院审核。

梅部长对方振东的文章大加赞赏，正好钱应来也在，梅部长很不客气地批评这位师弟：

"人家这才是真正的大记者，工作敬业，文章写得漂亮，哪像你呀，只知道拉广告、打牌、喝酒、唱歌。"

钱应来厚着脸皮说："要怪还得怪凌江师专，教不出好学生，人家方哥什么学校毕业的？名校！"梅部长呸了一口："哪有这样糟践自己母校的？我应该代表学校把你开出校籍才是！"

"开呀！别忘了关键时刻是谁救了你，你眼里嘴里无才无德的钱应来才是你的贵人呢，嘿嘿！"梅部长一听，吓得赶紧给钱应来使眼色，示意他不要再往下说。

梅部长对方振东说："方记者，稿子就这样挺好，谢谢你，等见报了，我好好感谢你一下！"方振东说："感谢倒不必了，只是吴厅长的专访，还得你特意安排一下。"梅部长满口答应说："没问题。"

等方振东走了，梅部长抓起桌上的鸡毛掸子就打钱应来："你这张臭嘴，要砸我饭碗是吗？怎么一耍无赖就管不住嘴了？"

钱应来嬉皮笑脸地说："我的好师姐，不是我这张嘴，你还能坐这里吗？恐怕被贬到哪儿当勤杂工都说不准呢。"

钱应来还真没说错，自打那晚四人打牌被抓，梅部长就担惊受怕派出所会把案情通报给学院，谁知后来剧情大反转，张小五殴打文治国，被钱应来等人知道后，嚷着要去采访。

派出所万般无奈，最后所长决定还是不让家丑外扬，条件是钱应来负责摆平一切前来骚扰的记者，派出所退还罚款并销案，尤其是保证不向凌江师范学院通报案情。

梅部长悬着的心落了地，又给了钱应来一笔广告。

庆典当天，方振东一早就来到凌江师范学院，得到的消息是吴厅长上午没时间接受采访，只好下午再来。然而，下午方振东一直给梅部长打电话都没人接，发短信也没见回。

方振东着急地在校园里打转，也无心欣赏美丽的风景。

直到晚上6点半，梅部长才回电话过来，说是现在正吃晚饭呢，饭后还有一个文艺演出，吴厅长是必须出席的，演出结束还要接见几个人，估计要晚上10点半才有时间。

方振东急了，明天的报纸要见报，那要是到了10点半吴厅长又说累了，第二天才接受采访怎么办？梅部长说叫他弄个提纲过去，好让吴厅长先准备。

于是，方振东赶紧用手机短信编了个提纲给梅部长发了过去，只好继续等待。

终于挨到晚上10点半，梅部长叫方振东赶紧过去，吴厅长已经回酒店房间了。

方振东赶到酒店，只见吴厅长门口等候的人排起了长队，大部分他

前夜

都认识，主要是各区县教育部门的负责人，还有一些学校的校长。一一打过招呼后，方振东也只好排队等候。

等了一会儿，房门开了，出来一个女人。那女人丰乳细腰，长腿翘臀，不是别人正是曹丽萍，但方振东不认识。

曹丽萍没想到外面那么多人，把头埋得低低的快步离开了，只留下淡淡的香水味飘散在楼道里。

接着出来的便是文治国，门口那些人忙不停地直呼："文市长！"方振东知道他已经由教育局局长升任分管教育的副市长了。那女人究竟什么身份呢？跟副市长一起见厅长？

正在纳闷，房间里又出来一个年轻人，"谁是《凌江日报》记者？"方振东应声答应，那年轻人给他几页纸，"采访嘛吴厅长没有时间了，就按这个报道吧。"

方振东一看，是早上他列的提纲，估计那年轻人是吴厅长的秘书，帮吴厅长作了书面回答。虽然有些不满意，只要能交卷就好。方振东匆匆离开酒店，回报社写稿子去了。

稿子写完都11点多了，方振东伸了个懒腰，准备回家休息。突然他看到手机上一条短信，是钱应来发来的，问他在哪里。

本不想理会，钱应来又发来一条："哥们儿，赶快到凌江边大黄果树下来，不来后悔。"

"究竟什么事？直说。"方振东回复道。

过了片刻，钱应来干脆打电话给他："你知道我看到谁了？刘清粼！跟谁在一起吗？""跟谁？"方振东顿时紧张起来。"先不告诉你，赶快过来。"钱应来说完就挂了电话。

方振东不敢再犹豫，立刻打了个车来到指定地点。虽然晚上的月光很明亮，但要在树影婆娑中找到熟悉的人，还是很费劲。

他正东张西望，钱应来不知从哪里冒出来，拍了一下他的肩膀："小声点，我带你去。"随即抓住方振东朝滨江路石阶下面走。

"你怎么碰到她的？"

"我吃完饭洗了个脚，出来想在江边溜达溜达，无意中就看到了他俩。"

走了几步，钱应来指着桥墩下两个人影："他们在那里，你悄悄地靠近，千万别被发现了。"说完，朝方振东挤了一下眼："是男人就应该雄起，夺回自己的美人儿。"

方振东傻愣愣地望着那两个偶尔在灯光下晃动的人影，狐疑地问："你确定是刘清粼？那男的到底是谁？"

"别婆婆妈妈的，自己过去看，我先走了，改天请我喝茶哟。"钱应来说完就走了。方振东心里扑通扑通直跳，只觉热浪一阵一阵地涌上脑门。

慢慢地，方振东贼一样靠过去，借着灯光，他看清了刘清粼的脸，面前的男人是江声涛。两人靠得只差一个拳头那样近，像是在谈论什么高兴的事，两人都在笑。

方振东屏息侧耳细听，那声音忽隐忽现，加之江风习习，自己的心跳又十分厉害，风声心跳声似乎都掩盖得了两人的说话。

于是他试着再走近几步，正好有一丛陆苇挡住他，他猫着腰再认真听，终于听到了他们说话的内容。

"……你说的是方振东吧？凌江日报社那个榆木脑袋，呵呵！"这是江声涛的声音。

"……不许你这样说他，振东可是我的好朋友……"这是刘清粼的声音。

"你这么护着他，是不是喜欢他？他哪儿比得上我呀，论工作、论职位、论出身、论收入，还有……论对你的感情，他样样都无法跟我比。"

"你那算什么呀！"

两个人岔开话题说了点别的，接着又扭过头来说到方振东。

"清粼，谁最适合你？你考虑清楚哟，我认为我们俩最合适；你跟着方振东，会吃亏一辈子的，他那一根筋，会给你带来幸福？打死都没人相信。"

"可是……哎！我也觉得振东不太适合我，人是很好的人，心也很善良，有时候特让人感动，但总觉得他身上还是缺乏点什么。"

听到刘清粼的话，方振东心痛如绞，恨只恨近在咫尺的这个男人横刀夺爱，他很想冲出去跟他一比高下。

江声涛又说话了："对嘛，自从我第一眼看到你，我就肯定你是我的！谁也别想染指。"

"你太自信了吧？老实说，你是不是想利用我搞创收？如果以后让我发现了你的野心和虚伪，我可饶不了你……"

53

江声涛没让刘清粼说下去，他猛地将刘清粼搂进怀里，不顾刘清粼拼命地反抗，疯狂地吻她。渐渐地，刘清粼推搡的手静止了，耷拉下来任凭江声涛摆弄……

眼前的一幕一幕，都如同毒蛇在撕咬方振东的胸口，午夜的江风越来越寒凉，江边休闲的人越来越少，方振东感觉自己就像无家可归的孤儿，独自一人蜷缩在芦苇丛中，泪如雨下……

第十章

蒋光明升任市政协主席，不久即将走马上任。原南岸区区委书记唐鹏程升任市委常委、市委宣传部部长，另有几个副市长人选变动，自然也有一些其他级别的干部职位变动。

魏德宝还是原职未动，这让他很恼火，深感自己吃了大亏，以至于彻夜难眠。

而郑霞却不然，睡得不但很香，且在梦寐中嘴角还挂着甜甜的笑。

不能就这样算了！魏德宝决定第二天去找蒋光明摊牌。

天一亮，郑霞就精心地梳洗打扮起来，衣服、首饰试了一件又一件，还不断地问魏德宝："这样好不好看？"魏德宝本来就心烦，经郑霞这么一问，更是火上心头：

"好不好看怎么的？又不是穿给我看，今晚又不回来了是不？老子现在落难，心里难受，没察觉呀？"

听魏德宝这么说，郑霞正要冒火，忽然转念一想，这几年也的确委屈他了，为了维持两人的夫妻关系，魏德宝表现出了超极限的忍耐。

"好了好了，你不就是因为没升吗？这算难吗？我去跟他说说。"郑霞平静地说。

魏德宝痛苦地摇头："我的事我自己知道怎么做，不需要你去。"

"那随便你吧，但我提醒你，可别把局面闹僵了哈，这样对谁都没有好处。"

郑霞从衣柜里挑出一件桃红色的丝质内衣，装进包里，正准备出门，魏德宝一把拉住她："我不知道这种日子何时是尽头，你还要跟他纠缠好久？"郑霞一脸茫然，默不作声。

"难道就这样一直下去吗？我不是块木头啊！要么我们干干脆脆地把婚离了，要么就立马结束这种状态，这些年积攒的也够了，或者干脆把工作都辞了，我们不是在省城也买了几套房子吗？到了省城，谁也不认识咱们，一家人从头开始新的生活，怎么样？"

郑霞还没打算止步，她摆脱魏德宝的手："你疯了？现在才哪儿呀？你身上才多少脓血呀？跟人家大领导比，连根毛都不算，别说那些没出息的话，干几年再说。"

"可是，凡事都有终结，万物皆有兴衰，人的贪欲如果不加约束是很可怕的，我想当前这种环境也不可能持续永久，对于贪得无厌者，上天迟早要惩罚的！"魏德宝想劝住郑霞，"你在中心医院跟几个院领导垄断药品和医疗器械的采购，外面已经传得沸沸扬扬了。"

郑霞不以为然："传得沸沸扬扬又怎样？谁还能把我怎么样？别咸吃萝卜淡操心！"

魏德宝见郑霞不听劝，也就没有再说，眼巴巴地看着她神采奕奕地扭头走了。

或许她说的对，或许是自己太神经质了，农民出身的自己骨子里潜藏着天生胆小怕事的劣根，魏德宝努力这样想来说服自己。

那就再干他几年吧！但无论如何得让那老东西给个更高的平台！

来到单位，魏德宝直接进了蒋光明的办公室，单刀直入地表明自己的想法。蒋光明没想到魏德宝有这么大的胆子，一时不知说什么好，只是意味深长地看着他。

半晌，蒋光明说："干部提拔是组织上说了算，你这次没动，说明组织上认为你工作还不够出色，等等吧。"

魏德宝呵呵一笑："我混了这么多年，多少还算个明白人，蒋部长要提拔谁，重用谁，还不就走个形式？"

蒋光明依然默不作声。魏德宝走到他跟前，两人双目对视，只隔一张

55

办公桌。"这几年,我没有功劳也有苦劳吧?我对您可谓牺牲得片甲不留吧?"

蒋光明大手一挥,"好了!你想要说什么?"

"我想说什么?其实我不说你也明白,还需要我说得直白些吗?"魏德宝冷笑一声。

"那你到底想要什么?要更大的官当?你是那块料吗?别以为咱们队伍里都是庸碌之辈,即使有特硬的关系推荐,那也要有真本事才能胜任!"蒋光明说。

蒋光明这话如同钢叉直刺魏德宝的心脏,他的脸顿时红得发紫。

"你已经是正科级了,再跳一级就是副处,对于处级干部的挑选和任命,组织上特别谨慎;还有,这些年别以为我什么都蒙在鼓里,你也捞了不少吧?"蒋光明乜斜一眼魏德宝说。

魏德宝点点头:"没错,是捞了点儿,但跟你比起来,连小巫都谈不上。"

"那你知道我为什么没戳穿你吗?还不是看在……她的面上,否则,我能睁一只眼闭一只眼?"蒋光明的话再次重重地刺激了魏德宝的尊严,但他只能怯懦地低下头。

蒋光明继续数落着:"好好在原职位呆着,平时搞好领导和同事之间的关系,至于利益方面,估计你不会受损;人要知足。你名叫魏德宝,不要养成个'喂不饱',否则人人都讨厌!"

本以为找到蒋光明,蒋会顾忌情面满足他的要求,谁知不但没得逞,反而被狠狠挖苦数落,魏德宝越想越不是滋味,班也不上了,气冲冲地跑到茶楼,要了个包间独自闷着。

凌江从城区边际流过后,便奇妙地在地上画了个大圆圈,然后折向东南奔涌而去。圆圈起笔与收笔之间并未接拢,但相距仅约500余米,圈内自然形成一个巨大的岛屿,岛上地势平坦,早前还有人种庄稼,近年来一直荒芜,杂草长得十分茂盛。沿圆岛四周,四五十家采砂场零星分布,由一个叫马五爷的人独霸经营。

凌江市房地产业的繁荣,给马五爷创造了巨额财富,当然马五爷也很会来事儿,凡凌江开发商、建筑商乃至一定层级的官员中不少都跟他有些交情。

为了更好地加深与这些人之间的情谊,马五爷干脆把这个面积大约3000亩的岛屿长期租下来,在上面修了些路,栽了各种名贵花木,并建起一个名叫"闻涛花开"的山庄,庄内幽静典雅,吃喝玩乐应有尽有,渐渐成为凌江又一个好玩的去处。

自打山庄开张,每逢傍晚,一辆辆豪车开来,直到凌晨三四点,岛上依然灯火通明。

蒋光明即将走马市政协就任主席,凌江有头有脸的人物纷纷要表示热烈祝贺,当然免不了找个好地方让蒋主席好好高兴高兴。地点嘛,闻涛花开休闲山庄最好不过。

蒋光明也来过几次,对这里情有独钟,政协的人当然掌握到这个信息,就选在了这里。

参加的人除了市委宣传部、市政协中层以上干部外,全市所有的政协委员一一在列,罗五洲、范树人、苏实也是政协委员,自然不会缺席。

文治国虽然今非昔比,但他却没有忘记过去的老领导,也要求参加,市中心医院几个院领导还有总务科长郑霞,为特别邀请对象。

席次的安排,有人开玩笑说将魏德宝和郑霞分别安排在蒋光明的左右,但玩笑归玩笑,最终还是没人敢,魏德宝和郑霞连主桌都没上成,而是跟两单位副科一级的坐一起。

几番美酒佳肴过后,一些纯粹应付场子的人渐渐离席而去,再过几个时辰,大家都酒足饭饱兴尽,在蒋光明一声"撤了"之下,都红光满面地走出餐厅,山庄工作人员说根据大家的喜好,可以喝茶、打牌,也可以洗浴、按摩或者是唱歌。

文治国称还要准备明天的会议,就不陪老领导进行下面的节目了。蒋光明没有吭声,市中心医院几个院领导赶忙凑上来说:"听说蒋主席牌技高超,我们很想跟您学习学习!"

蒋光明笑了笑,任由几位拉至一棋牌包间,郑霞也跟了去,笑哈哈地说:"我们轮流上,把蒋主席的钱多赢点儿!"引起蒋光明一阵开心地笑。

其实不说也明白,分明是轮流给蒋主席送钱,只是出口都是市中心医院而已。

"魏哥,我们去吼两曲?"同桌吃饭的几个年轻人见魏德宝独自一人没人理会。"走嘛,咱们去吼两嗓子,再喝点儿!"魏德宝有些酒意了,走起路来摇摇晃晃地。几个年轻人扶的扶,拉的拉,踉踉跄跄走进了KTV。

一坐下,魏德宝就吆喝着拿酒,服务生立马抱了两件啤酒进来,魏德宝叫服务生每人开一瓶,先吹个起床号,意思是大家每人先干一瓶再说。几个年轻人也兴致正浓,鼓掌赞同。

只听一阵咕噜咕噜,几个人都不甘示弱地将一瓶酒灌进肚子里,服务生赶忙又给每人开了一瓶,并打开音乐,叫大家点歌唱。几个人各自唱了几曲,魏德宝又嚷嚷可以吹冲锋号了,怎么个吹法?即每人连干三瓶。有一两人不赞同,但没拗过魏德宝,最终还是只有跟着吹。

罗五洲、范树人和苏实既没有打牌,也没有唱歌,三人相约一起泡个澡,然后找个清静的休息室聊天。三人心照不宣,聊着聊着就聊到了东皋村,各自都想看到对方的底牌。

"两位国企老总是生意上的前辈,我仅仅是个新兵,至于东皋村嘛,确实是本公司下一个开发项目的首选地,听说两位也想吃这块肉,不知是真是假?"罗五洲率先打破僵局。

范树人看了一眼苏实,没直接回答,而是进一步问:"你真的想开发东皋村?怎么开发?有没有一个初步的想法或者是规划?说来让我们开开眼界,你毕竟是凌江房地产行业的成功者,我们俩都是门外汉,所以还得多向你请教呢。"

罗五洲笑笑:"我也是摸着石头过河,运气好罢了,谈不上成功者。我听公司副总张玉玲讲,你们已经多次实地考察了东皋村,想必是胸有成竹了吧?我还想听听你们的高见呢,说不定咱们还会成为一个战壕里的兄弟!"

"张总上次开玩笑说,我们可以入点股到里面,刚才您罗总又亲口讲我们还有可能并肩战斗,可我们都知道,你罗总哪里缺钱呀,该不是用缓兵之计让我们退却吧?"苏实说。

听苏实这么说,罗五洲大笑一声,拍着胸口说:"我罗五洲秉承风雨同舟、祸福共存的理念,这几年也交了不少朋友,如果两位老兄真能跟我罗某同心同行,我保证不会让你们吃亏。所谓路遥知马力,日久见人心,咱们一回生二回熟,就让时间来证明吧。"

苏实和范树人面面相觑,摸不清罗五洲的话中有几分真诚。但可以肯定的是,他们都不想与罗五洲合作开发东皋村,而是各自有自己的算盘，都想独自拿下，故而没有动声色。

三人正聊着，忽听外面人声喧闹，忙问服务员怎么回事，服务员出去了片刻，回来说一个客人喝醉了，把洗浴中心外面喷泉当厕所使了，并与保安发生了争执和抓扯。

三人相识一笑，不由起身出去看热闹。大厅围了一圈人，拨开人发现，三名保安扭住一个戴眼镜的男子，那男子一边挣扎，一边嘟囔："我……上个厕所……怎……怎么了？"

"这是上厕所的地方吗？"保安说。

"不是厕所是……什么？你……你看他……不也在尿吗？"那男子指着大厅中央一个赤裸雕塑，下面正喷着水。众人不由哄堂大笑，原来是那雕塑造成的错觉。

"来来来，你看清楚，这是人吗？"保安把男子拉到雕塑旁。"你看……他还……还没穿衣服呢，我……我还知道……穿衣服……"众人又是一阵大笑。

这时，人群外跑过来几个年轻人，神色慌张地挤进来："魏哥，你怎么跑这里来了？"

原来那男子正是魏德宝。"他找厕所跑这里来了！"保安将魏德宝交给几个年轻人，叮嘱他们看好，别再出这种洋相。

几个年轻人十分费劲地将魏德宝弄回KTV包间，"魏哥，包间里不是有厕所吗？"

"你……你们响动太……大，我尿不出来，想……找个清静点……的地方，爽爽地……尿一回……"几个人被魏德宝逗笑了。

"来，继续……吹号！"魏德宝抓起一瓶酒就要灌，被大家制止住："魏哥，我看差不多了，要不我们叫郑姐过来接你回去？"

"别……别告诉她；我……没醉，再来……"说着，魏德宝趁大家不注意，将瓶中的酒灌进了嘴里。

可酒还没完全下肚，魏德宝"哇"地一声，连酒和肚里的东西吐在了地板上。

几个人忙叫服务员来打扫，其中一人说："我们到此为止吧，大伙儿把魏哥送回去。"大家点头赞同，一起扶着死猪一样的魏德宝，打电话叫来单位的司机，一起上了车。

前夜

在车上，魏德宝不知是醉还是梦，嘴里时不时冒出一句："你……你等着瞧，我……我饶不了你……"几人笑着问："你饶不了谁呀？"

魏德宝手在空中舞了舞，却没有回应，不到一分钟，便瘫在座椅上鼾声如雷。

郑霞陪蒋光明打牌，丝毫不知道魏德宝在外面发生的事情，她配合几个院领导，输给蒋光明不少钱，心里也乐滋滋地，不觉时间已经凌晨1点半，大家都困了，轮番打着呵欠。

马五爷给几位都安排了房间，如果再打下去，岂不浪费了一夜春宵？因此都想说不打了，可蒋光明不发话，自己也不好说，只有硬着头皮陪着。

院长给郑霞使了个眼色，郑霞用脚轻轻地勾了一下蒋光明的小腿，蒋光明瞄了她一眼，郑霞还她一个迷蒙的眼神，蒋光明立刻懂起了，伸了个懒腰，假装看了看表：

"哇！这么晚了，明天都有工作，就散了吧？"

几个人假装客气地问："主席还没尽兴吧，我们陪您到天明！"

蒋光明摇摇手："都休息了吧，身体是革命的本钱，把身体熬坏了，怎么为人民服务？"

"那是那是！"大家顺水推舟，都说下次再好好陪主席玩，然后各自回房间睡觉。

郑霞先是回到了自己的房间，不一会儿便洗完澡换好睡衣，熟练地推开了蒋光明的房门，蒋光明已经洗漱好，正坐在床上等她。

第十一章

不觉又一个中秋临近。节日里，凌江处处美满祥和。

中秋假期刚过，市政府便召开会议，要求在全市开展师德师风教育活动。凌江市各大媒体及省级驻凌江新闻单位均派了记者参会。

江声涛作为省级党报驻凌江负责人，被安排在记者席重要位置，其后排才是凌江日报社记者等人的座位。方振东坐在江声涛的斜后位，两人见面也没打招呼，只是意味深长地相互盯了对方几秒，然后都把脸撇开。

会议由秘书长王波主持，议程先是副市长文治国作师德师风教育动员讲话，接着是几个学校作先进典型经验交流发言，然后是市长周朝礼讲话，最后是市委书记李永辉作重要讲话。

正当文治国在台上讲得激情澎湃时，忽听外面"轰隆"一声闷响，会议室门窗都被震得摇晃了几下。

大家惊愕地东张西望，文治国也被这突如其来的声响吓了一跳，讲话戛然而止，紧张地望着门外。

李永辉见会场有些骚动，便敲了敲桌子："安静！没什么大惊小怪的，估计是外面哪个地方施工弄出的声音。"

正说着，门外进来一人，径直走到李永辉身旁，附在他耳边小声说了些什么，李永辉随即起身随那人往外走，其余人也跟着出了会议室。

众人被引到停车场，走近一看，地面塌陷了直径约五六米的大坑，除了一辆小车右前轮悬空外，幸好没有停放其他车辆在塌陷处。"糟了！是我的车！"文治国喊道。

文治国急忙给司机打电话，过了片刻，司机从车队办公室跑过来，麻利地坐上驾驶室，将车发动后，小心翼翼地将车挪开，然后将车稳稳地停放到别的位置。

司机仔细检查了一遍，跑过来向文治国汇报："文市长放心，车没事。""赶快开到修理厂好好检查一下，后天我还要到省上开会。"文治国交代司机说。

周朝礼安排政府办应急科立马通知有关专业机构前来勘察，务必弄清塌陷的原因。

李永辉面色凝重地转身重回会议室，大家也跟着回到了会议室，一时间室内议论纷纷，有的小声说这怕不是什么好兆头，搞不好凌江要出点儿事情，或许是官场地震。

李永辉察觉到下面议论的苗头不对，赶紧制止："今天停车场发生的塌陷，不外乎一个纯自然现象，请大家不要胡言乱语！在此声明纪律，

61

前夜

任何人不许在网络、微博、微信上发表图片、文字和评论！尤其是新闻媒体的同志，不管哪个单位的，更要坚守原则，不要去恶意炒作！"会议室顷刻鸦雀无声，议程继续进行。

文治国讲话声音虽然洪亮，但不难听出有些许颤抖。

大院塌陷一事还是传了出去，凌江街头几乎人人皆知，市民的观点也基本一致，普遍认为这不是好兆头，很可能近期要落马一个当大官的，究竟谁会落马？各自猜测不一。

碰巧，文治国去省城开会几天了都没见返回，他分管的部门送来的文件都堆了很高一摞，等待他审阅、签批，尤其是市教育局送来的师德师风教育活动开展具体方案，文治国不批，他们就无法正式启动，因此很着急，局长多次打文治国的电话，总是无法接通。

于是，市民有关谁将落马的猜测自然落到了文治国的头上。江声涛听到传闻后，也很着急，因为通过刘清鏊的帮忙，文治国刚刚批了他送去的全市教育宣传方案，涉及金额50万元。如果文治国真的倒了，还未到账的50万元就等于泡汤，他可是才向报社报了喜的。

文治国究竟什么原因一去不返且杳无音信，凌江市委、市政府主要领导都一时弄不明白。但大家都预感到可能不妙，向来平静如水的官场渐渐起了微澜，不少人通过各种渠道打听。

凌江一中校长汪鑫跟文治国交往甚密，找不到文治国，便把曹丽萍叫到办公室，先是绕圈子问了些别的事，然后试探地说："学校今年要创办国家级示范中学，必须要市政府大力支持才行；文市长上次来学校视察，叫我们弄个方案，我们弄好了，你带给他。"

"呵呵，奇怪！为什么要我带给他？我既不是领导也不是干部，就一个普普通通的老师而已，你们这么抬举我？"曹丽萍不冷不热地说。她知道汪鑫要问什么，故意装作不知。

"哦，是这样，我一时走不开，其他几个校领导也忙，办公室呢，没人认识文市长，想来想去，只有你了，你平时跟文市长走得很近，而且关系非同一般嘛！"汪鑫笑着说。

"我真的要谢谢你，汪校长！"曹丽萍来气了，"我本本分分地教我的书，是谁一而再再而三地叫我去陪上面来的领导？还美其名曰政治任务！我不懂什么政治，只不过屈从于你校长大人的威严罢了！现在好了，讲了政治,陪了领导,也保了你的帽子,可我的家庭快被拆散了!哼哼……牺牲我们小老百姓你们可不心痛……"曹丽萍说着眼泪花都快掉下来了。

"哎……曹老师……"汪鑫见曹丽萍情绪失控,赶忙递给她一张纸巾,"怎么了?你们家那口子……"

"我们俩如今就只剩下名义上的夫妻关系了!他,还有我,什么前途、事业、名誉通通都被外面的流言蜚语埋葬了!一个在单位年年评优秀的警察,现在被闲置一旁,回家就知道喝酒、发脾气……我呢?就差没戴个面具上课了……"曹丽萍边说边抽泣。

"曹老师……别这样,曹老师,我们也没想到会发展成这样,要怪还得怪你老公太冲动,你说如果他不打人家文市长一顿,怎么会这样呢?再说,你也是,我们叫你去陪领导,那是万不得已,可你也该把握好度不是?你跟人家吴厅长,那……那样了,哪个男人忍受得了?"

汪鑫这么说,更是气得曹丽萍眼泪鼻涕一齐来,"哪样了?我跟吴厅长哪样了?你们从哪儿听来的?还是你们卑鄙龌龊地猜想的?我是陪过吴厅长几次,但什么事都没有……!"

"没有就好!没有就好!曹老师,别激动。"汪鑫安慰曹丽萍,"那……文市长呢?"

"文市长怎么了?我跟吴厅长都没什么,还跟他有什么?"曹丽萍又要发作,汪鑫赶忙打断她:"我是说文市长联系不上了,你知道他在哪儿吗?"

"那你问他去呀,干嘛来问我呀?我怎么知道他的行踪?别生拉活扯地把我往他们身上靠行吗?我求求您了……"曹丽萍用纸巾擦干眼泪。

"哦……看来你是真的不知道啊。"汪鑫沉吟片刻,"那这方案暂时先不送上去吧;曹老师,没事了,你先回去吧。"

曹丽萍正要起身离开,突然想起一件事,于是打开挎包,拿出一张纸递给汪鑫。

"这是什么?"汪鑫不解地问。"我的调函,对不起,校长大人,事先没给你打招呼,我要调到省城十六中了,今天刚收到调函,麻烦您签个字。"

汪鑫不信地接过来,戴上眼镜仔细看,看了半天他摘掉眼镜,嘴里念叨一阵说:"曹老师,这你就不对了,学校这么缺美术老师,你调走了,

前夜

咱们的课谁来上？你这么搞突然袭击不好吧？这一时半会儿，上哪儿去找老师？就是马上招，也得按程序，也得好几个月吧？"

"什么意思？该不是要等你们招到人了再放我走吧？"曹丽萍紧张地问。

"当然啦！如果你提前一个月说，那好办，我们绝不为难你，请你多多理解。"汪鑫说话像变了个人似的。

"……你……你们别这样欺负人好吗？"曹丽萍急得又要哭了。

"别打悲情牌啊，我还有事，就那么着，哭也没用。"汪鑫夹着公文包就出门了，把曹丽萍一个人丢在办公室。

失望，悲伤，愤恨，耻辱，无助……曹丽萍亲眼目睹这个十分温和的领导瞬间变脸，心中顿时五味杂陈。

她曾经自信能凭自己的美貌征服一切男人，现在看来就是个天大的玩笑。

整整一个星期过去了，文治国还是没有消息。

凌江的传言更热烈了，有人说文治国已经被省纪委双规了，甚至还说得有图有真相，什么文治国正在省政府开会，突然会场来了几个神情严肃的人，像提小鸡一般把文治国架了出去，被控制在金城宾馆交代问题。

蒋光明对文治国的失联不觉暗暗发憷，一个人在办公室时，他紧闭双眼，两手大拇指抵住太阳穴使劲地回忆，从文治国跟他产生交集的第一天起，每一件事、每一句话都缜密地梳理了一遍，最后他坚定信心，即使文治国有什么不好的遭遇，也不会牵扯到他，自己不是升任市政协主席了吗？说明组织上是信任他的。

可是，文治国不也升了一级吗？官场历来险象环生，事事都难料啊！

想来想去心中还是悬着一块巨石，沉重的压力让蒋光明无法释怀。正百愁不得其解，郑霞打来电话，蒋光明看了一眼，没接。

过了一会儿，郑霞再打来，蒋光明干脆把电话摁掉。可郑霞偏偏接二连三地给他打，蒋光明只好接了，说了句："我有事儿，你别打电话来。"就挂了电话。

过了约半个钟头，郑霞竟气冲冲地直接跑了过来。

一进门，郑霞就给蒋光明脸色看，"干什么呀！连我都烦？是不是心里有别的女人了?"蒋光明吓得赶紧把门关上,"你生怕别人听不见是吧?小姑奶奶!"

"那为什么开始不接电话?接了电话又那么心不在焉?"

"我没法给你解释!告诉你,最近收敛点儿哈,别给我打电话,更别往我这里跑!"蒋光明几乎是命令的口气。

郑霞感觉很意外,她跟蒋光明十多年了,从来都是把她捧在手心怕飞了,今天可是蒋光明第一次对她发火。她还想说什么,却被蒋光明打断:

"我再说一遍,赶快从我这里出去,这段时间不要给我打电话,否则别怪我翻脸不认人!信不信由你!"

郑霞被蒋光明突然间的冷酷无情吓得直哆嗦,不敢再多言多语,只是不断地点头:"好吧,好吧,我听你的。"说完,含着眼泪退了出去。

江声涛见文治国始终不归,十分担心那50万元宣传费真的泡汤,他一面给报社解释,一面到处托人去财政要钱,可财政局的回答是,这笔款暂缓,无论说什么都没用。

向刘清粼诉苦,刘清粼也没辙,反倒劝他:"该你的迟早会是你的,不该你的千万别强求。"而刘清粼近来也特别忙,有时候赶专题片,晚上加班到十一二点,跟江声涛在一起风花雪月的时间也很有限,故而江声涛闲暇时也感到很无聊。

这晚,刘清粼来电话说,晚上又得加班。江声涛吃过晚饭后,只好独自一个人到街上溜达,正好碰上钱应来、莫仁新和尤佳满。三人见江声涛一个人,十分好奇。

"老大,怎么一个人呢?你的美人儿呢?"钱应来问道。

"哎!人家忙,没时间陪咱。"江声涛见几个人精神饱满,不由打趣地说:"你们今天又上哪儿敲诈勒索了?弄了多少?"

"看你说的,敢情老大您才是正规军,咱们哥儿仨就是土匪、伪军?就没干一件好事?咱们都是搞歪门邪道的?"钱应来说。

"这不是你们的强项吗?"江声涛笑了起来,"老实说,今天一个人又搞了多少?"

钱应来说:"还是瞒不过老大您,好,老实交代,今天一人5000,去监督了一个污染严重的纸厂,岸北区环保局局长一个亲戚开的。"

65

前夜

"那小子开始很横,拿出他局长亲戚来当挡箭牌,谁知哥仁不吃这一套,最后还是那亲戚局长识相,打电话来叫他拿钱摆平算了,冤家宜解不宜结,哈哈……"莫仁新说。

"那还不请客!"江声涛说。"没问题,谁叫咱们跟老大您有缘呢,走,唱歌去!"说完,三人拉着江声涛去了歌城。

几个人来到一家叫咪咪跳的KTV,两排穿着暴露的小姐一起鞠躬高呼:"欢迎光临咪咪跳!""这咪咪跳什么意思?"江声涛问。钱应来几个不由笑了起来,"等会儿就知道了。"

进了包间,领班引进七八个陪酒女子,一声令下,每人又是鞠躬自我介绍。"老大,选一个。"钱应来说。江声涛左看右看总是犹豫不决。

"这里面,将就啦,你要找刘清粼那种的,肯定没有。"钱应来笑着说。江声涛给了钱应来一拳,"不许拿刘清粼跟她们比!"

"对不起,对不起!"钱应来笑嘻嘻地道歉,"倒是忘了问了,你们到哪一步了?"钱应来诡秘地向江声涛挤挤眼,江声涛又是一拳砸过去,"哪个了?"

见三人笑得有些异样,江声涛明白了其中的意思,便指着他们仨说:"狗嘴里吐不出象牙来!敢情都在心里面意淫吧?……我打死你们!"说着扬手作出还要打的样子。

钱应来等人连连道歉,但人已经笑得前合后仰了。

江声涛还是没抵御得住诱惑,他选了一个皮肤白嫩,眼睛大大的女子,钱应来、莫仁新、尤佳满都选好了,几个女子一一落座,便开酒给每位男士斟满,开开心心地喝起来,唱起来。

几曲过后,江声涛就跟那女子缠绵似老情人,早已把刘清粼忘到了九霄云外。

第十二章

　　凌江市面有关文治国的猜测终于水落石出，省纪委正式公布，文治国涉嫌严重违法违纪，正在接受组织调查，待相关问题查明，将给予党纪处分，并移送司法机关。

　　这一消息顿时炸了锅。凌江市立即召开紧急会议，要求各市委委员立即展开自我反省，并要求大家积极配合省纪委专案组对有关文治国的调查。

　　主席台上凌江四大班子主要领导个个神情严肃，台下比以往任何一次会都安静，甚至连个别人急促的呼吸都听得见。

　　会后，大家悄无声息地走出会场，没有了往常那种喜笑颜开的热闹，各自都互不招呼，而是步履匆匆地奔向各自小空间，琢磨着如何应对难关。因为专案组已经进驻凌江。

　　专案组首先对每一位市委委员逐一询问，主要询问这次换届中的每一个细节，包括每一个人每天的行踪。问完后，办案人员还得逐一寻找证据，以印证询问对象所说的话。

　　凡接受询问的人，均不敢丝毫懈怠，凡知道的事情，都无一具细地抖露出来，一旦问完，便偷偷地寻找救赎途径，往省城跑的最多，平时苦心营造的关系网此时派上了用场。

　　一个星期后，文治国的问题基本查清，省纪委公布了他涉嫌违纪违法的主要事实：

　　在此次换届中通过凌江一中等学校提供资金，向多个市委委员行贿，涉案金额巨大。

　　插手全市教育基建项目，收取八家建筑商巨额贿赂资金；长期以来收取二十余所学校校领导红包、礼金、财物等，涉案金额巨大；长期以来通过亲戚开办餐饮、娱乐等经营性实体，利用职务之便非法获利金额巨大。

　　不务正业，品德败坏，长期与多名女性保持不正当男女关系，并组织、诱逼多名女性与他人保持不正当男女关系，从而从中捞取非法利益。

鉴于文治国涉嫌违纪违法案情重大，省纪委对其作出开除党籍、开除公职的处分，并将案件正式移交司法机关处理。经批准，案件最终指定岷州市检察机关和法院办理。

一时间，凌江市各市委委员、教育系统大小局长以及各学校校长惶惶不可终日。

曹丽萍虽只是普通教师，但办案人员侦办中掌握到她跟文治国过往甚密，也对她做过几次笔录，有一次是直接从课堂上将她叫走，一去就是大半天才回，学校老师间传言不断。

曹丽萍很着急，怕事情影响她的调动，决定再次恳求校长把调函签了。她来到校长办公室，不料汪鑫也是自身难保，这段时间不是见首不见尾，就是闭门不出、见人不语。

曹丽萍给汪鑫打电话，要么是关机，要么是通话忙，要么是无法接通，或者是干脆不接。

蒋光明虽然还能镇定自若，每天准时上班，开会讲话也气场很足，见人也异常和善，可文治国的案子没了，他的心只能悬在半空中。

蒋光明清楚，从文治国进入他分管的领域担任要职，七八个年头了，他一直很欣赏文治国的工作能力，现在被组织上调查，还牵扯出那么多问题，而且这些问题要完全撇清与他之间的关系，实在很难。

偏偏在这个时节，魏德宝又不让他省心，不仅三番五次来找他，要求变动一下位置，弄得蒋光明心烦意乱，有时候会破口大骂，骂得还十分难听，表现出很失态。

但魏德宝也练就了特殊本领，就像嚼过的口香糖一样粘着他，让他想甩都甩不掉，把蒋光明搞得坐卧不安、哭笑不得。

一天快下班的时候，魏德宝又来到蒋光明的办公室。"蒋主席，考虑得怎么样了？"魏德宝的口气就好像他与蒋光明换了个角度，"趁您还在位，拉扯我一把，我会感激您。"

"假如我不办呢？"蒋光明冷冷地说。"你若是还有颗人的良心，我想你不会这么说的。我也是堂堂七尺男儿，为了成全和满足你的淫欲，顶个绿帽子苦吞了十几年的泪水。"

"那是你愿意！我也没办法。你现在除了拿这事来威胁我，还有什么能耐？"蒋光明说。"说对了，现在除了这招，我的确没别的办法。你是谁呀？正厅级官员啊！"魏德宝说。

"你在政府部门待了这么久该知道，政协就是靠边站的机构，我虽是主席，可对于党政系统人事上的安排，哪儿能说得上话？你要是想上进，还是想别的渠道。"蒋光明说。

"我就上您这儿来！"魏德宝说，"你政协里面总可以安排吧？你总能说了算吧？我听说你这儿还缺好几个副秘书长，办公室主任也缺，给我个副秘书长兼办公室主任就好。"

"你胃口不小嘛，再说即使是我这里的职位，我也不一定办得到。跟你说过多少次了，副处级以上的干部，组织上是非常慎重的，你另想办法吧。"蒋光明十分厌烦地说。

"领导，我在你下面隐忍这么多年，但我并不想跟您反目成仇！逼急了，我只有撕破脸，向组织上举报您了。"魏德宝说这话的时候，眼镜后面的目光透露出几分凶狠。

闻听此言，蒋光明拍案而起："你……"

本想再臭骂魏德宝一顿，但蒋光明立刻明白，现在的魏德宝，臭骂甚至侮辱在他身上已经起不到药效了。

于是他轻蔑地一笑："你把我告倒了，恐怕是拔出萝卜带出泥，你两口子能跑得掉吗？"

"所以说嘛！咱们得紧密团结呀！"魏德宝拍手一笑，"如果非要走到那一步，损失最大的还是您嘛！都快退休的人了，把一切都整脱了，划得来吗？"

魏德宝的话引起蒋光明一阵沉思。

"不急，我可以再等几天，主席您再考虑考虑。"说完，魏德宝离开了。

蒋光明思前想后认认真真考虑了几天，最终还是找到市委组织部部长，表达了他想从市委宣传部提拔个人到市政协，组织部部长立刻吩咐下面的人去办。

一个星期后，魏德宝如愿以偿，担任市政协副秘书长兼办公室主任。

蒋光明依旧叫他负责一切财务收支及报销大权。

文治国案自然引起了新闻媒体的兴趣。凌江日报社和凌江电视台记者面对这个千载难逢的猛料，有些怀揣新闻理想的人兴奋不已，方振东便是其中之一。

自打省纪委第一次公布文治国涉嫌严重违纪违法起，方振东就开始着手暗中调查。随着案件被纪检部门揭开层层面纱，他逐渐掌握了翔实的第一手材料。

可让方振东万万没想到的是，市委宣传部意识到问题的严重性，上报省委宣传部，并由省委宣传部下发红头文件通知，省内一切新闻媒体均不得采访、报道文治国一案。

新闻是作不成了，但这丝毫不影响一些不以新闻为目的的"记者"开展工作。

钱应来、莫仁新和尤佳满等人自然不会放过这样的好机会，他们拿着省纪委公布的有关文治国涉嫌罪名，逐一采访每一个有嫌疑的市委委员。

这些人早已是惊弓之鸟，唯恐媒体将其丑事揭露，唯一的办法就是拿钱摆平，故而不到一个月，钱应来等人个个满载而归。

江声涛还算有一定政治敏锐性，他预感到宣传部门很可能出台禁令，故而没有涉入。但他很冒火的是，借助刘清粼的面子在各个区县以及市政府各大职能部门签的那些宣传协议，目前绝大多数都还没有正式启动，这就意味着将会导致大部分宣传费成为泡影。

文治国一案也引起省委的高度重视，省委召开常委会专题讨论，就如何处理相关涉案人员以及通过此案如何整饬党政干部队伍让大家各抒己见。

讨论十分激烈，要求依法严肃处理，坚决一查到底，将所有涉案人员全部绳之以法的观点，与坚决查处文治国以及整个教育系统所有涉案人员，但对文治国贿选所涉凌江市委委员主要以批评教育为主的观点相持不下。

肖宗华发表了他个人的看法。

"我承认，凌江贿选一案触目惊心，我对所有涉案人员也是深恶痛绝！在严肃的法律面前，任何人都不应该被网开一面；但同志们想想，此案涉及的市委委员数量如此之多！要把他们全部抓起来吗？……"会场一阵沉默。

"如果全部依法严办，凌江的党政系统岂不瘫痪了？或许有的人会说，咱们党内最不缺的就是干部，倒下一批，立马从后备队伍中提拔起来就完事了，真的是这样吗？同志们有没有想想这事的负面影响？"

肖宗华的话掷地有声，听得所有人振聋发聩，大家一言不发、目不转睛地盯着他。

"假如把这些人都挖出来，无疑是官场一次巨震！这丢的仅仅是凌江的脸面？仅仅是我们省的脸面？更重要的是它会丢尽我们国家的脸面！"会场开始有人点头赞同。

"……所以说，同志们！我们一定要站在高度的政治立场上来看待这个问题。当然，我不主张把涉案市委委员全部挖掘出来，并不是在包庇他们，更不是我跟他们有什么利益瓜葛，这一点，请组织上明察！"会场开始有人小声议论。

"……对于这些人，只要能主动退赃，并诚实地向组织坦白交代问题，原则上以党内处分为主，就不移交司法机关了。"会场议论声音开始变大。

"……当然，这仅仅是我个人的建议，一切以组织最终决定为准……"肖宗华的话引起省委主要领导深刻思考。

最后，省委采纳了肖宗华的意见，消息传到凌江，犹如春风驱寒，各党政机关、部门重又云开雾散，领导干部人人笑逐颜开。

但文治国及凌江市教育局几个副局长，还有凌江一中等学校校长没有被"特赦"，均一一严格查办。汪鑫因涉嫌重大经济问题，被迅速收监。

凌江一中暂时由余副校长主持工作。曹丽萍的调函因汪鑫的问题一直搁置多日，眼看就要到期了，她十分着急。汪鑫被关进看守所后，他便急匆匆地找到余副校长。

"你这个调函是怎么来的？"余副校长瞥了曹丽萍一眼，不冷不热地说。"是我自己到省城跑的呀！怎么，有什么问题吗？"曹丽萍预感到余副校长要故意刁难她。

"自己跑的？"余副校长眯起眼看了曹丽萍许久，"恐怕是文治国，也就是那个腐败分子帮你跑的吧？你跟文治国有牵扯不清的关系，我不敢给你签。"说完将曹丽萍的调函随意丢在一旁，从文件夹里取出一份文件专心致志地看起来。

曹丽萍急得直跺脚，"余校长，求求您了，给我签了吧，我费了好大功夫才弄到，等我调动成功，我一定会感谢您的！"余副校长放下手中的文件，摆摆手说："纠正一下，是余副校长，能不能成为余校长还不敢

71

说；或者你等我成了余校长之后再来签?"

"我那不是尊重您吗?"曹丽萍说。"可你不是组织部部长啊；你说要谢谢我，千万别，才倒了一个汪校长，我可不愿意步他的后尘啊！曹老师，我劝你算了，待在凌江有什么不好？我在凌江待了大半辈子了，我觉得挺好啊，并不是说非要到省城才算混出个人样嘛！小地方有小地方的优越感，房价便宜，人情味浓，幸福指数高嘛！"余副校长说。

"那是……可……我的情况您也知道，弄成了这个样子，我不想在凌江呆了，您就放我走吧！真的谢谢您！"曹丽萍极具哀求地说。

余副校长高深莫测地紧咬下唇并皱起眉头想了想，"你真的非调走不可?"曹丽萍见事情有转机，赶紧点点头。

"那你回答我一个问题，一定要诚实回答哟！"余副校长站起来，慢慢走到曹丽萍身边。

"您说吧，什么问题?"曹丽萍看着余副校长。

"嗯……你跟以前的文副市长究竟有没有……那个?"

没料到余副校长问起这个问题，曹丽萍的脸顿时红了，"什么呀？这跟我的调动有关系吗?" "没……没关系，我只是出于好奇，到底有没有?"余副校长靠得更近了。

"如果你一定想知道，我就告诉你，确实没有。"曹丽萍稍稍将身体往旁边挪动了一下。

"你晓得我说的那个是哪个？你就回答没有！"余副校长笑着说。

"那你说的究竟是啥子意思嘛！"曹丽萍明知余副校长要把那个话说明才过瘾，尽管很恶心，但为了自己的调函，她忍了又忍，还是顺着他的话引下去。

"就是……"余副校长凑近曹丽萍耳朵边小声说，然后一阵狂笑。

"你说些什么呀？绝对没有！"曹丽萍的脸红到了耳根，把身子往一旁移动了几步。

"那吴厅长呢？哈哈……"余副校长笑眯眯地再次靠过来。

"你……怎么会这样想呢？我跟吴厅长也没有什么……"曹丽萍的脊背渗出粒粒汗水。

"紧张了不是？……哇，好香啊！你一热，这香味更浓了……"余副校长把鼻子凑近曹丽萍的肩膀使劲吸了一口气。

突然，余副校长陡转语气："人家没怎么你，会给你搞调动？还是省城十六中这样的全国名校！像你这样生活作风败坏的女人，妄为教师！依我看，该开除教师队伍！"

曹丽萍的心被余副校长的话深深刺痛了，眼泪不由滚落下来。"好！反正我的话你们也不信，我索性这么顺着你说吧，我跟文治国、吴厅长，还有好多好多男人都……那样过，你满意了吧？我真不明白，你非要得到这个肯定的回答是为了什么？"

"哎……这就对了嘛，"余副校长再次变得和颜悦色，"人非圣贤，孰能无过？知错就改，善莫大焉！曹丽萍老师还是个好同志嘛！"余副校长又慢慢地靠拢曹丽萍。

"那把我的调函签了吧？余校长！"曹丽萍以为余副校长只是想满足心中变态的好奇心而故意为难她一阵，但她想得太天真了。

"别急！要我签也不难……你说过，要感谢我，怎么感谢呀？"余副校长悄悄地把办公室门关掉，并扭了反锁。

"那你喜欢什么？只要你提出来，我哪怕是倾尽所有积蓄也努力去办。"曹丽萍说。"俗气俗气！"余副校长半愠不火地说，"我是那种贪图钱财的人吗？"

"那余校长想要什么？"曹丽萍不解地问。"呵呵……有一件东西，对我来说可谓无价之宝啊！你肯给吗？"余副校长说，"当然在别人看来算不了什么，可我是梦寐以求啊！"

"你说明白点，余校长！"曹丽萍故作没听懂的样子。

"你应该是个聪明人，不该不明白呀……曹老师，我……我一直很喜欢你，想跟你……我做梦都想！只要你答应我，我立马给你签！"

曹丽萍惊愕地望着余副校长，下意识地看了眼门口，见门已关闭，预感危险即将降临。

"曹老师！我们就在这沙发上……"说着，余副校长一抱抱住曹丽萍。

曹丽萍竭尽全力反抗着，但力气渐渐耗尽，眼看余副校长就要脱掉她的裙子和内裤，她本能地狂叫起来，余副校长被吓得一震，赶紧丢下曹丽萍，匆匆回到座位上。

曹丽萍整理好衣服，哭着骂余副校长："你身为学校领导，却想强奸女教师，我去上面告你！"余副校长哼哼冷笑说："我强奸你了吗？你去告啊！那你从此休想逃过我的手心！"

曹丽萍冲出房门，强忍泪水跑回了家。

第十三章

不觉已是深秋，滨江路的银杏渐渐披上金甲。改造的火热场面总是和市政府门口的群访事件相伴而生，但城市日益翻新的步伐难以阻挡，凌江又冒出了一些新的高楼。

凌江争创国家级卫生城市，市委、市政府组织相关部门经过数月的筹划，方案总算成熟。于是，凌江召开了全市创卫动员大会。

市上四大班子主要领导和各大政府职能部门，以及相关事业单位、社会团体负责人也被通知参加了会议，省级驻凌江新闻媒体及市级所有新闻媒体均要求派记者采访报道。

方振东早早来到会场，不料有人比他来得还早。当他找到自己位置坐下时，看到江声涛正和几个局长谈笑风生地说着话。他也没兴趣听，便独自翻看桌上发的会议材料。

可那边谈着谈着就扯到了刘清鄨，方振东不可能拒绝有关刘清鄨的声音进入耳朵，便切出几分心思来注意那边的内容，自个儿还是不动声色地翻看材料。

可不觉间，这边勉强留着的心思悄悄地全跑到那边去了，手虽然机械地仍在翻桌上的纸，纸上的字也确实在脑子里过了一遍，但没有留下丝毫印记，倒是那边他们谈到的每一句话都如钉子一般扎进了心里。

突然，那边谈话声停了。又突然，一阵大笑，随即响起掌声，方振东抬起头，看见刘清鄨满面春风地走进来，径直来到江声涛旁边，"你们在说什么呢？这么高兴？"

"正说你呢？"一位局长说，"我们都羡慕死江站长了，真是他们祖上几世修来的福啊！"刘清粼垂头含羞一笑，"是不是他的福还说不准呢，那要看他前世有没有积够德！"

几个人又是一阵哄笑。"我前世可是唐三藏转世，唯恐做不完天下的好事，就是为了今生遇到你！"江声涛的油嘴滑舌可谓炉火纯青，此话又赢得一阵掌声，惹来许多目光。

方振东如坐针毡，脸上火辣至脖根，很想起身出去躲一会儿，但又怕别人觉察到有什么异样，反倒起了怀疑伤了自尊，因此只好一动不动地坐在那里，攥住几页材料反复看。

会议总算开始了，方振东的心情舒缓了些。市建设局、规划局、环卫所等部门负责人纷纷发了言表了态，市政府秘书长王波公布了这次全国创卫的具体方案，分管副市长对相关工作作了安排部署，然后市长、市委书记均作了讲话，人大、政协也表示全力支持。

散会时，江声涛等刘清粼一起，两人手挽手走出会场。

方振东低头不语匆匆赶回报社。

接着，报社也开了一个有关全市创卫的宣传报道策划会。谢永刚除了要求方振东写一篇头版头条的会议消息外，还要求评论部立即写一篇评论员文章，明天配头条消息刊出。

下午，方振东写完稿子，习惯性地浏览了一下网上《百姓社区》中的《凌江论坛》，有关凌江争创国家级卫生城市，市民已展开了热议。

有人将上午才公布的具体方案也上传到网上，对于30多条街道要进行全面改造的规划，不少市民认为这又将开启一轮挖掘运动，到时候30多条街道都将开膛破肚，管道重铺、线路重布、路灯全换、绿化重搞，不知又将营造多少腐败的温床……

这些帖子，方振东越看越激动，最终触发了他写一篇时评的冲动。

吃过晚饭，方振东没有回家，而是继续留在办公室，经过短时间的构思后，抽出键盘一气呵成便敲打出一篇他认为有血有肉的时评，标题取名为《创卫又何必动大刀？》。

可是投给谁呢？凌江肯定是出不来，给省城《江口都市报》吧，但又怕给自己惹来麻烦，于是将自己的真名隐去，以笔名"明议"代替，还在文末附了一段说明，以求编辑理解。

晚上九点左右，方振东从办公室出来往家走。阵阵凉风袭来，他连打

前夜

了几个寒颤，于是将衣服往拢收紧了些，看看周围，出来散步的人也少了，街上不免有几分冷清。

看到电视塔上闪烁的信号灯，仿佛一张忽隐忽现的鬼脸。他又想起了刘清粼。

哎！人家现在正温暖着呢。

忽然，一辆红色轿车急刹在方振东面前，右侧的窗玻璃滑下来。

方振东吃了一惊，低头侧望着他的正是刘清粼。

"振东！"刘清粼主动招呼他。方振东下意识地朝车里其他位置望了望，见没别人，于是微笑着朝刘清粼点了点头。"怎么才下班啊？"

刘清粼点头说："你不也是吗？上来吧，我送你。"

方振东迟疑着，"这……咱们方向一致吗？"

"哎呀！你这人——"刘清粼把车停下，下来拉起方振东就往副驾驶位置上推，"方向不一致又怎么了，我送送你也不耽误我什么事。"

方振东只好上了车，细看这车，崭新的纯进口奔驰E级。

"这是你的车？"方振东着实被吓了一跳。刘清粼只是点头笑了笑。

方振东一时不知说什么好，沉默片刻，他尴尬地笑了笑说："看来你发财了！"

刘清粼说："你该不会给我扣一个投机倒把暴发户的帽子吧？告诉你，这是我挣来的钱买的，合法收入，实打实交了税过后的收入买的。我不觉得有什么不好啊？"

"不不不，我没别的意思，只是有点感慨。"方振东赶紧岔开话题，"怎么样？你们俩……还好吧？"

刘清粼抿嘴笑着说："你都看到了，就那样呗。"

"表面看起来是不错，但愿你跟他在一起真的很幸福。"方振东这一句话，让刘清粼感觉心里被蜜蜂蜇了一下似的。

"对不起啊，振东——"刘清粼侧过头看了方振东一眼，他知道方振东还在惦记着她。

"你没什么对不起我的，那是我一厢情愿，现在我清醒了，我根本就配不上你。"方振东说。

刘清粼踩了一脚刹车，把车停在辅道绿化带旁。她仰头长长地舒了一口气，理了理头发。

"你越是这样说,我心里越不好受。"刘清粼从挎包里掏出纸巾擦了擦眼睛,"那次你对我真诚表白以后,我真的很感动。我应该找个时间跟你谈谈,算是给你一个交代。我们虽然无缘成恋人,但绝对可以做好朋友。"

"我们一直是好朋友啊!并非你我不能成恋人才能做好朋友的。"方振东说。

"我知道你心里有道坎。江声涛把我扭得很紧,你每次看到我,就立马充满怨恨地避开,我知道你心里很受伤,我不知道该怎样抚慰你的伤口,因此心里很愧疚……"刘清粼说。

"我真不明白,当初你怎么不直接告诉我,害得我满怀希望地等待再次与你相见时,会是一种多么幸福的时光,可是……"方振东心中的委屈被激发了出来。

"我等来的却是一把宰割我心头肉的刀,当我亲眼目睹你跟他在大桥下拥抱亲吻的时候,我顿时犹如掉进了万丈冰窟……"刘清粼惊愕地问:"怎么,你看到了?"

方振东点点头:"那一刻起我便明白了,你已经不可能属于我了,我甚至不知道以后的道路上没有你相伴,我的人生还有没有价值……"

刘清粼没有说话,只是一个劲儿地擦眼泪。

"我现在对你说这些还有什么意义呢?既然都这样了,我祝福你们吧!"方振东说。

"谢谢你!谢谢你,振东!"刘清粼不知说什么好,唯有这样表达。

"你说的对,我们绝对可以做好朋友,以后有什么需要我的地方,尽管说,我一定会全力相助;当然……八成你也不会有需要我的时候,就是有,我恐怕也没有能力帮你,因为我现在还是一无所有,穷得只剩下一颗赤诚的心了……"方振东说。

"谢谢你还当我是朋友。我也祝福你早日找到自己的幸福。"刘清粼把一堆用过的纸巾塞进一只废弃塑料袋,放在脚垫下。"需要我跟你介绍一个吗?"刘清粼看着方振东。

方振东哼了一声,摇摇头。"算了吧,我又不是七老八十,还年轻,个人还不成问题,因此也就没那么必要急着考虑个人问题。倒是你,好好珍稀,也希望他能好好珍惜。"

一席话,渐渐驱散了两人压在心头许久的乌云。刘清粼把车启动,不

前夜

一会儿就到了方振东住的楼下。向刘清粼挥手告别后，方振东一阵小跑上了楼。

他洗了把脸，发现窗帘开着，便走过去拉拢，透过玻璃看楼下，刘清粼的车还停在那里。

方振东愣了一会儿，心里很不是滋味儿，正在犹豫他该不该再下去的时候，刘清粼的车发动了，缓缓地走了，走远了。

刘清粼一进家门，江声涛便给她个激情拥抱，然后吻了吻她的脸。

"宝宝，怎么这么晚才回来呢？"江声涛抱怨说。

"晚上开了个会，研究如何利用这次创卫进行广告策划。"刘清粼懒洋洋地说。

"我正要跟你商量这个事情呢，你先说你们怎么策划的？"方振东问。

"干嘛？刺探情报啊？"刘清粼白了江声涛一眼，"尽管咱们是男女朋友关系，可工作上的事，该保密的保密，休想窃取我的胜利果实。"

江声涛有些失望，"我的也是你的嘛，怎么那样儿生分呢。"

"可不一样啊，咱俩现在还各是各。"刘清粼做了个八字劈开的手势。

"好好好！可是，刘大主任，你怎么也得帮帮你的亲夫吧？我现在很着急，上次签的那些单子，到现在还没落实呢，现在总算有新的机会了，求求你帮帮我，请市上领导在给你们广告的时候，也同时给我考虑一份儿。"江声涛说着，便温柔地将刘清粼揽进怀里。

刘清粼生气地推开江声涛，"你一个大男人，怎么总是希望我一个女孩子帮你？你明明知道这是机会，怎么不自己去把握？我能帮你一时，能帮你一世吗？有点自立能力好吗？"

这可是刘清粼第一次在江声涛面前生气，让他感受到措手不及的惊诧。

江声涛赶忙收住下面的话，再次把刘清粼抱住，哄着她："好了，我一定自己去，保证完成任务！看把我的小乖乖急得，脸都红了……"说完，又在刘清粼脸上亲了一口。

两人打闹了一阵，便分别洗漱上床。刘清粼脸上敷着面膜，坐在床上随手拿了本书看起来。江声涛看着电视，不断地翻台，时而抓耳挠腮，时而往刘清粼身上磨蹭。

"你干吗？"刘清粼问。

"很晚了，睡了吧。"江声涛嬉皮笑脸地说。

"半个钟头,一秒都不能少。"刘清粼指着脸上的面膜。

江声涛有些不耐烦,关了电视,独自睡下,但总是翻来覆去动弹不停。

终于等到刘清粼揭下面膜,洗罢脸回到床上,江声涛忙不迭地关了灯,呼地揭开被子就趴到刘清粼身上。

刘清粼感觉像突遭山洪决溃般的冲击,她的嘴唇、耳朵和脸颊,又似被滚烫的岩浆划过,江声涛的爱抚正要将她带入腾云驾雾般的境地时,她突然想起什么,赶紧推开江声涛。

"不,今天不行。"刘清粼说。

"为什么?"江声涛喘息着问。

"你忘了这两天是我特殊的时候吗?"刘清粼坐起身,理了理头发,下床找了块卫生巾。

两人罢兵言和,说了会儿话,疲惫携带浓浓的睡意围上来,刘清粼连打了几个哈欠,渐渐进入了梦乡。

可江声涛怎么也睡不着,辗转反侧的动作越来越大,他看着刘清粼睡得那么香,心里很是嫉妒。又过了很久,江声涛还是没有睡着,他索性打开灯,穿起衣服。

刘清粼被灯光惊醒,揉了揉迷蒙的眼睛,看见江声涛穿衣服,她不解地问:"你穿衣服干什么?"

江声涛生硬地回答:"我睡不着,出去走走。"说完,也不顾刘清粼什么想法,打开门头也不回地便走了。

刘清粼没说什么,重新闭上眼睛,她明白江声涛睡不着的原因,心里有点过意不去,心想他出去散会儿步,被凉风吹吹就会冷静下来。

可是一觉醒来,时间已是凌晨3点,江声涛还是没有回来。

刘清粼十分纳闷,便拨通江声涛的电话,不料没人接。刘清粼反复地拨打,电话总算接了,那边传来很大的歌声和嘈杂声,她立刻明白江声涛进了KTV,愤怒顷刻袭上咽喉。

"你跑哪儿去了?"刘清粼吼道。

"我……出去走了会儿,正准备回来,碰上几个哥们儿,拉我唱歌来了,你睡吧,我唱会儿就回来。"江声涛回答得很轻松,看来他那边玩得很开心。

刘清粼气得一时说不出话来,干脆挂了电话。这回轮到她睡不着了,

前夜

在床上辗转腾挪,伴随着长吁短叹,一直到窗帘缝隙透进来早晨的亮光。

起床后,刘清粼感觉头疼欲裂,她放了满缸热水,泡了个澡,才稍稍好了些。于是,匆匆吃了早点,又匆匆开车去上班。

繁杂的工作事务,让她很快就忘记了昨夜的不快。

第十四章

凌江全国创卫,几个亿的工程让不少人垂涎欲滴,就连省城一些建筑施工企业也纷纷攻关想分得一杯羹。江口政通建设工程集团公司张总便辗转找到了宋冬梅,宋觉得这是送到嘴边的蛋糕岂能不吃?先是模棱两可地承应了,但说还得问问老周,叫张总等消息。

周朝礼尽管是宋冬梅的丈夫,但两口子一个月见面的时间不到三分之一。这晚,周朝礼很难得在家吃了个晚饭,碗筷一丢,宋冬梅便亲自为他沏上一杯好茶,往日总是讨厌周朝礼抽烟,这回宋冬梅却主动从柜子里拿出一条"南京九五之尊"给他,颇让周朝礼意外。

"这次30多条街全面改造,这么大的工程量,你们准备怎么安排?"宋冬梅急不可耐地问。"什么怎么安排,该怎么安排就怎么安排呗。"周朝礼毫不在意地说。

"这是在家里,别跟我打官腔!好几个亿,你就没点想法?"宋冬梅一屁股坐到周朝礼旁边。周朝礼摸了一根烟点燃,抽了一口沉默不语。

"往日遇到这样的事,你不是很兴奋吗?"宋冬梅抓住周朝礼的胳膊直搡,"你不想人家也不想?到时候看着别人吃钱干瞪眼!"

"那你想怎么着?"周朝礼瞪了宋冬梅一眼。"文治国倒台才多久?还是收敛点儿吧!"宋冬梅嘴巴一撇,"看把你吓的,他文治国是太招摇,整天身边女人不断,活该!"

"你不招摇?我看你也够招摇的了!趁此机会我警告你啊,不能再那么张扬了！这次你就别插手了。"周朝礼说。

"可是，江口政通的张总我都答应人家了，怎么给人家回答？"宋冬梅说。

"你答应他什么了？谁给你的权力？"周朝礼把手中的烟杆灭，生气地看着宋冬梅。

"我也没答应人家什么，只是说要跟你商量，叫他等我消息。人家可是抱了很大希望的。"宋冬梅说。

"这次这么大的工程量，肯定要走招投标程序。"周朝礼说。

"招投标就招投标呗，办法总是人想出来的。"宋冬梅说。

"这总得要有一个充分的理由吧？"周朝礼说。"理由就是避免本地圈子内搞串通，要力求公平公正！张总他们保准没问题。"宋冬梅很肯定地说。

"是吗？"周朝礼有点动心了，皱起眉头想了想，"那倒是可以考虑。"宋冬梅见周朝礼松口了，"那我叫张总来见见你？"周朝礼摇头说，"先不忙，还不知道李书记有没有安排。"

"你放心，我问问唐晓薇就知道了。"宋冬梅高兴地说。"你可别直接问啊，要巧妙，侧面地试探。"周朝礼叮嘱说。"知道了，你老婆也不是二百五，这点智慧是有的。"宋冬梅说。

周朝礼起身去取大衣，准备出门。宋冬梅问："晚上还出去？""政府有个会，8点开，我先去办公室。"周朝礼正要出门，被宋冬梅扯住，"还有件事，很久了，我一直想问你。"

"什么事？快说，我没有多少时间。"周朝礼站在门口。"你过来坐下，几分钟。"宋冬梅把周朝礼的手提包夺下来。周朝礼只好坐回到沙发上。"快点说，快点说，我搞不赢了。"

"那就长话短说，两年多前小谭来找你说过帮忙借5000万元钱的事没有？"宋冬梅单刀直入，目不转睛地盯着周朝礼。"什么5000万？我不知道。跟谁借5000万？"周朝礼说。

"你直接说她有没有来找过你。"宋冬梅逼问。"……哦，她是来找过我，是说过帮他们公司借钱的事，可……借钱找银行啊，按规矩办，我哪儿能帮她借？我找谁去帮她借那么多钱？"周朝礼极力掩饰。"你就没有安排你下面的人帮他想办法？"宋冬梅进一步逼问。

81

前夜

"我安排谁？不是你……你成天没事干瞎掺和干嘛？我安排谁帮她忙了？"周朝礼有点稳不住了。"慌了吧？这么经不起拷问。"宋冬梅接着说，"你安排王波找燃气集团给人家弄了5000万，有这么回事吧？"

"……让我想想。"周朝礼假装回忆的样子，片刻，他突然想起似的，"啊，你这一提醒我想起来了，是有这么回事，怎么了？那笔钱人家借3个月应急，早就还了吧，问这事干嘛？"

"还个屁！苏实三番五次地来找我，急得跟什么似的。"宋冬梅说，"你们做得还挺高明哈，通过一家投资公司来中转，好在苏实到现在还不知道这钱打了个转，又回到了凌江，而且还是在凌江一家房地产公司。"

周朝礼见宋冬梅完全弄明白了这件事，他心里清楚肯定是王波卖了他，一时间不知该说什么。"说借3个月，3个月满后那边说还钱，是你叫人家不还的吧？接下来这两年多的利息哪去了？燃气集团可没收到一分钱！"宋冬梅气愤地说。

"有这么回事？"周朝礼反问的语气有些软。"可不是！这不是一笔小数目，两年多就是几百万的利息，如果是王波吃了，那你可不能饶了他，如果……如果是你拿了，那钱呢？你放哪儿了？"宋冬梅抓住尾巴步步紧逼，"是不是存到什么秘密账户上去了？"

"你瞎说什么呀！我的钱不都是你掌握的吗？我哪儿有什么秘密账户？这后面的事儿我压根儿就不知道！"周朝礼一下子态度坚定起来。"这么说就是王波有问题！"宋冬梅说。

"我知道了……如果是这样，事情就严重了。你就别插手了，我知道怎么做。"周朝礼说完，匆匆出门走了。

最核心的机密宋冬梅还是没有问出来，但她想这样直接问也不可能问出来，最终她还是决定秘密调查。可是，怎么调查？此前她不是没有调查过，周、宋两家的亲戚朋友的银行账户她都通过一些渠道查了个遍，都没有找到蛛丝马迹。

想来想去，宋冬梅意识到必须另辟蹊径。她想到了私家侦探，这个行业以前只是在影视剧中看到过，想不到如今她也必须用上了，可到哪里去找呢？还是先放下吧，等把眼前的事做成了，托张总帮忙找一个，张总应该行。

宋冬梅给唐晓薇打电话约见面，唐晓薇说她正在天生丽质美容院做保养。

她知道那是北郊的一家高级女性保健机构，老板据说有背景，在全省几乎每个市都开了连锁店，专门做官员或富商家属的生意，每一家业绩都很不错，一年总营业额几个亿。

宋冬梅赶紧换了身名贵的衣服，立即来到天生丽质，跟唐晓薇见了面。

唐晓薇刚做完，在休息室等她，一见面，唐晓薇就热情地问宋冬梅："姐，你在这里办会员卡了吗？"宋冬梅不好意思地摇摇头，"没呢，我就这副样子了，保养它干嘛，你底子本来就好，把钱丢这儿，值。"

唐晓薇说："办一张吧，这里的技师都是在国外培训过的，八成以上都去过巴黎、首尔，用的材料都是国外原装进口货，你来试试，保你不出一个月年轻十岁。"

碍于面子，宋冬梅只好办了张。"妹妹，你把自己收拾得那么漂亮，是为了拴住李书记的心？人家李书记一看就是感情专一的人，还用得着你这样百费心机？"宋冬梅开玩笑说。

"哪里是为了他？咱们女人就不能是为了自己？"唐晓薇说，"男人有男人的事，女人也拴不着，咱们女人得把自己的日子过好，人生苦短，别等人老珠黄后悔莫及呀！"

"你这话里可有深宫积怨的味道哦，"宋冬梅笑着说，"敢情李书记就舍得把一个如花似玉的美人儿置于不顾？我哪天帮你出出气，好好骂骂他。"

宋冬梅这样说着，自个人心里也不免伤感起来，她又何尝不是长期独守空房呢，老周也不过52岁，可有几年没碰过她了。

两人正说着，唐晓薇的司机走了进来，手里提着一个袋子。

"来，我给你看看这次到加拿大拍的照片，还有我儿子，他在那边读书，咱娘儿俩一起拍的。"唐晓薇从司机手中接过袋子，从中取出几本精美的相册，翻开给宋冬梅看。

宋冬梅将相册翻了一遍，连连称赞唐晓薇的儿子长得帅气，末了不觉多了一句嘴："妹妹，你若是把形体稍稍雕塑一下就完美了！"

言者无心，听着有意，唐晓薇说："姐姐说的是，我这几个月长胖了，我很怕会这样胖下去，可凌江没有一家合适的健身馆，我都快急死

前夜

了。"

听唐晓薇这么一说，宋冬梅突然想起自己有个堂弟宋春明，省城体育学院毕业的，现在凌江一家健身房当教练，于是就给唐晓薇说了这家健身房的名字。

唐晓薇直摇头，"我知道这家，太大众了，换你你会去吗？"

宋冬梅仔细想想也是，唐晓薇很注重自己的身份。

不料唐晓薇说："你可以鼓励你堂弟开一家呀。"

"呵呵，他一个刚毕业不久的孩子，哪儿来钱开健身馆，那得投多少钱呀！"宋冬梅说。

"谁说做生意都得自己投钱？他可以是个领头羊，召集一些人众筹啊！"唐晓薇这么一说，宋冬梅倒是有点儿开窍了，她又开玩笑地说："除非他唐姐姐首先站出来大力支持！"

唐晓薇也笑着说："你是他姐，只要你支持，我也算一个，没问题，这样就有了我们以后可以放心去的地方。"

宋冬梅觉得这事有机可乘，立马打电话给宋春明，叫他赶快过来。

宋春明打了个车赶过来，唐晓薇上下一大量，尽管衣着有些土气，但小伙儿也确实高大健硕，模样儿也不差。

宋冬梅把事儿简单给堂弟说了，宋春明听罢高兴得跳了起来，连说这一直是他的梦想，只是苦于没有足够的资本，于是试探地问需要投资多少钱。

"你先去省城考察一下，我想投资少说也得一两千万吧，因为必须走高端路线。"宋冬梅说。宋春明一听顿时傻了，"我能拿出来的也就三五十万，这么多钱上哪儿去找啊？"

"叫你姐投500万，另外我们可以帮你找几个合伙人，资金不成问题。"唐晓薇说。

"我哪里有钱呀，向你唐姐借几百万。"宋冬梅说。

"我是可以帮你借点，但你姐肯定得出大头，她绝对没问题，你对你姐好点儿，她是个软心肠的人。"唐晓薇这么一怂恿，宋春明赶紧给两位姐姐斟茶续水，姐长姐短地巴结不停。

几个人笑闹一阵，最后初步明了：唐晓薇答应借300万元，宋冬梅说愿意拿200万元，暂说是借，若以后生意好就当入股，其余的两位姐姐帮忙四处筹资解决。她们还表示要让市上相关部门想办法给予政策和资金上大力支持。

安排妥当，几个人开始闲聊。

唐晓薇问起宋春明在大学学的专业，宋春明说他学的是舞蹈专业，但对健美操、瑜伽等有钻研，尤其擅长运动后保健按摩，在目前的健身房他是主教练，还是一些私人的按摩师。

"赶紧在你唐姐面前露一手。"宋冬梅说。

"我又没运动，用不着按摩的。"唐晓薇不好意思地笑了笑说。

"你稍稍感受一下，看小伙子的手法怎么样。"宋冬梅一再劝说，唐晓薇只好盘腿坐下，示意宋春明动手。宋春明双手搭上唐晓薇的肩膀，开始拿捏起来。

唐晓薇闭上眼睛，默默地享受着来自一双年轻男人的手传递来的力道与舒坦。

片刻，宋春明叫唐晓薇卧躺下来，从后肩、脊背、腰椎、臀部到大腿、小腿，再到脚板，唐晓薇很是配合，按到一些穴位，还发出一丝微微的呻吟，结束后，她直叫不错。

"看来咱们投资这个项目是对了。"唐晓薇起身整理着自己的衣服说。

宋冬梅也随声附和，她看了看时间，"已经不早了，我们改天再详细商讨吧。"

唐晓薇给她的司机打电话，叫把车开到一楼大门口，并吩咐将宋冬梅姐弟俩送回去。

"你还不走吗？"宋冬梅问。"我还要在这里等一个人。"唐晓薇说。

宋冬梅这才想起她来找唐晓薇的正事，开玩笑似的顺势说："是等哪个建筑公司老板吧？"唐晓薇莫名其妙地看着宋冬梅，"等建筑公司的老板干嘛？"

"凌江几十条街道要彻底改造，你跟李书记就没有什么打算？"宋冬梅看时间不多了，就没有再绕弯子。

"哦！"唐晓薇顿时笑了起来，"姐，我跟李书记迟早要走的，你们才是凌江的主人，老李刚来的时候就跟我说过，凌江的事务，他尽量不插手。你们去弄吧。"

"我们怎么弄？还不是按规定走招投标程序，违法违纪的事，我们老周也是坚决不会干的。"宋冬梅这么说，唐晓薇只是还她一个不置可否的微笑。

司机打电话来说车到了，唐晓薇把宋冬梅姐弟送下楼，交代司机一定要分别送到，然后与他们挥手告别，重又回到楼上。

第十五章

因文治国的案子，曹丽萍多次被纪检、司法部门叫去问话，这给张小五很大的心理压力，在他的意念中，妻子百分之百已经出轨，尽管曹丽萍千番百次地解释，甚至对天发誓都无用。

两人的争吵持续了几个月，最终导致婚姻破裂，就在这年的光棍节，夫妻俩一起吃了最后一顿早餐，然后平静地到民政局办理了离婚手续。不久，张小五托自己一个大学同学的关系，调到靠近邻省的一个市，并且他主动要求到最偏远的乡镇当民警。

曹丽萍离婚的消息很快在学校传开了，不少同事对其惋惜不已。

当初的余副校长也正式成为名副其实的余校长了，他对曹丽萍的离婚表示出格外的关心，几次无缘无故把曹丽萍叫到办公室，像模像样地劝慰安抚，叫她尽快走出伤痛，把一切心思都放在工作上，有什么困难尽管向领导提，他余校长一定给予特殊关照。

这话都听得直让曹丽萍想吐。

这是个星期五的下午，曹丽萍上课回到办公室，同事告诉她余校长叫她去一趟。

曹丽萍明白没有什么好事，便随口说道："我还有急事，得马上出去，如果他问起，你就说我下课没回办公室。"说完，曹丽萍匆匆收拾完东西，急忙跑出门外。

可是，还没走远，就被余校长半路截住，无奈只好随余校长来到办公室。不过，曹丽萍坚决要把门打开，说话也必须大声，余校长答应了。

余校长给曹丽萍倒了杯茶，却不说什么事，只管叫曹丽萍等着，自己却戴起眼镜装模作样地翻阅文件。"余校长，有什么事你快点说吧，我真的没时间跟你在这里瞎折腾。"曹丽萍见学校的老师陆陆续续差不多走光了，心里很害怕，声音颤抖地说。

余校长摘下眼镜，走到门口晃了一下，见整层楼都没有人，笑眯眯地坐回原位。"曹老师，上次对你有点失礼，我今天慎重对你道歉，对不起了！"说完，还向曹丽萍鞠了一躬。

"你叫我在你办公室等你这半天，就是为了说这话吗？"曹丽萍冷笑一声，"没必要，就当是溅了一点屎到我身上，我早就洗干净了。"余校长听了，脸一下子就红了。

"别说的那么难听嘛，当然，这确实对你来说很难接受，我过后心里也很过意不去，作为一个老教育工作者，怎么能干出这样卑鄙龌龊的事呢？其实我的本质不是那样的，我是教育管理专业硕士研究生学历，请相信我……"

曹丽萍又想吐了，她赶紧示意余校长别再说下去。

"好了，好了，我相信你是高素质的人，行了吧？以后别再使出那些下三滥的动作了。"曹丽萍起身要走，余校长慌忙走过来拦住她，"曹老师，我话还没说完呢。"

曹丽萍走不了，只好留下来，"那你赶快说吧。"余校长往鼻梁上推了推眼镜，"你现在离婚了……这……这是好事嘛，其实……我两年前也离婚了……"

曹丽萍紧张地看着余校长，"我离婚跟你离婚，两者有关系吗？你扯到一起什么意思？"

"我的意思……就是，离婚很好……离了，大家都是自由单身，对吧……我们可以……可以在一起呀。"余校长吞吞吐吐总算说出了压在心里的话。

曹丽萍一听这话，气得将茶杯狠狠地往茶几上一丢，"你休想，我就是把青春荒废了，也不可能跟你！"

"别误会！曹老师！"余校长认真地说，"我不是像过去那样，只想占你便宜，我……今天正式向你求婚，请你嫁给我，我真的很喜欢你。"

前夜

说完，余校长手忙脚乱地拉开抽屉，找出一条琥珀吊坠的项链，"一个小礼品，请收下。"说着，余校长走过来就要给曹丽萍戴上。

曹丽萍将手一摆，"谁稀罕你的东西？真搞笑！我不可能答应你的，你死了这条心吧！"说完，她冲出门去，头也不回地跑了。

余校长傻愣愣地看着曹丽萍离去的背影，叹了口气。

曹丽萍一气跑回家，一头倒在沙发上喘息不停，久抑的眼泪哗啦啦地涌出来，看来这个学校她是不能再待下去了，必须尽快离开。

可是，好不容易弄来的省城十六中的调函已经过期，离开凌江一中，又能去哪里呢？平生第一次感受到濒临绝境，她心中充满无助和迷茫。

张小五搬走了所有属于他的东西，一切有关两人共同生活的印记都被处理掉。

曹丽萍独自一人徘徊在空荡荡的屋子里，梳妆台的抽屉半开半掩，她走过去正要往里推时，发现里面有一张名片，便拿出来看。

原来这是省教育厅基础教育处刘处长的，刘处长是谁呢？曹丽萍使劲回忆，最后终于想起了，刘处长正是那晚在KTV给她身上留下红色印痕的那位。

曹丽萍厌恶地"呸"了一声，一爪将名片撕成两半，正要四分之一开撕时，她顿时停住了，把两半名片重又拼起来，留意起上面的电话号码，脑子里冒出个大胆的想法。

在自己走投无路的时候，何不利用一下这刘处长呢？或许他能帮自己找一条出路！曹丽萍赶紧把刘处长的电话号码存进了手机，然后仔细核对了几遍，才把名片丢进了垃圾桶。

趁周末，曹丽萍去了省城，临走时，她给刘处长发了条短信，告诉他她正在去省城的路上，方便的话求见一面。

刘处长回复说曹丽萍能主动联系并约见自己，感到异常惊喜，还说到了后就给他来个电话，他一定见。

约下午一点钟左右，曹丽萍到了省教育厅附近，于是便给刘处长打电话，刘处长叫她在附近的西郊公园竹林幽居茶园等他，他最多十分钟赶到。

两人见了面，坐下喝着茶。

刘处长穿得整整齐齐，头发梳得油光发亮，满脸红光，显得有些激动,"能单独跟曹老师一起喝茶,真是太高兴了,我今天向家里请了假,好好陪你,让你玩高兴。"

"是吗?如果太晚了回去,你老婆不让你跪搓衣板?"曹丽萍故意挑逗说。

"不怕,我到时候就说厅里临时通知,要去哪个地方出差一天。"刘处长笑着说。

"你们男人是不是经常这样扯谎欺骗自己的老婆?明明是跟另一个女人在约会,却要编个冠冕堂皇的理由!"曹丽萍说。

刘处长嘿嘿一笑,"不编得冠冕堂皇,谁信啊?你会信吗?"

两人喝着聊着,刘处长有些稳不住了,上了趟厕所回来,顺势坐在曹丽萍这边的沙发上,煞有介事地靠近曹丽萍,还故意左右看了看,小声问:"文治国的事有没有牵扯到你?"

"怎么没牵扯到?可把我害惨了!在凌江弄得满城风雨,把我的家庭都搞散了……"曹丽萍说着,眼泪花就要流下来。

"真的吗?哎!……这对你太不公平了!"刘处长说,"你不是托吴厅长帮忙,给你弄了张省城十六中的调函吗?怎么没调成?"

曹丽萍说别提了,一提她就想骂人,接着把汪鑫和余校长怎么刁难她,尤其是余校长怎么欺负她的事给刘处长一五一十地说了,刘处长义愤填膺地直骂畜生。

刘处长问曹丽萍:"那你现在打算怎么办?"

"我能有什么办法呢?所以才来求刘处长给指条路子。"曹丽萍可怜巴巴地望着刘处长。

刘处长响亮地拍了拍胸口,"找我就对了,你就是想调到省城来嘛,你的事包在我身上,不过……你别性急,先在省城待两天,我星期一去帮你问问几个学校。"

说着,刘处长很自然地把手搭在了曹丽萍的肩膀上,曹丽萍没有推开,焦急地说,"我怎么不急呢,我是一刻都不能再在凌江呆了,你能不能现在就帮我打电话问问?"

"好!"刘处长起身到一旁打起电话。

片刻,刘处长回来说,十七中、二十六中的校长都答应,叫你星期一去面试。

89

前夜

曹丽萍还是不放心，"面试？万一这是他们推脱你的理由呢？"

"不会的！面试不就是个程序吗？人家总不可能人都没见到就直接答应调你去吧。"刘处长解释说。

见曹丽萍仍然狐疑不定，刘处长再次强调说，"我可是管着他们的，你不相信他们还不相信我吗？"

半晌，曹丽萍才放心地笑了笑。

刘处长见势双手将曹丽萍抱住，曹丽萍吃了一惊，但没有强烈反抗，只是说："别这样，大天白日地，人家看见了可不好。"

刘处长左右看了看，"没别人看呀！谁看我挖了他的眼！"说着，两只手不老实起来。

两人就这样坐了一下午，然后一起吃了个晚饭，曹丽萍说不早了，刘处长便带曹丽萍去开了个房间。

一进门，刘处长就忙不迭地脱衣服，曹丽萍忍俊不禁地笑着说："你要干什么？"

刘处长笑着说，"这还用问吗？"说着，便靠过来抱住曹丽萍。

曹丽萍将刘处长推开，"你怎么那么性急？告诉你，在事情没办成之前，我是不会跟你发生什么的。"

这一句可把刘处长弄懵了，他一时尴尬地僵在那里。

"别失望，如果你真的帮我调动成功了，我到了省城，还逃得掉你的手心吗？"曹丽萍不想闹僵，温柔地将刘处长的衣服一件一件地给他穿上。

"曹丽萍，你不要那么功利好不好！"刘处长说。

这话把曹丽萍逗得格格直笑，"你不功利？你不也想趁这个机会把我搞上床吗？咱俩彼此彼此，不过我是女人，女人是弱者，得先留一手。"

刘处长脸一下拉了下来，不吭一声就要出门。

曹丽萍拉住他，"不要生气嘛，事成了，我说到做到，我可以发誓！"

刘处长哼了一声，摆脱曹丽萍的手，"事儿办成了，你要反悔我还能强迫？我可怕背上强奸犯的罪名！算了，就当我们没有见过面。"说完，把门一甩就走了。

曹丽萍的心顿时又凉了下来。

夜深了，曹丽萍没有睡着。她推开窗子，一阵冰冷的霜风吹进来，让她浑身哆嗦。

夜幕中，幢幢高楼闪烁着零星的灯光，这一刻，不知还有没有像她这样的人孤独无眠？

曹丽萍明白了刘处长白天说那些话，完全是瞎编的鬼话。她痛恨这个世上的男人为什么总是那么狭隘和卑鄙，她痛恨自己生为女人，而且又偏偏是个漂亮的女人！

她曾一直为自己的漂亮而骄傲，认为仅凭这一点上天赐予的禀赋就可在人生道路上超越许多同辈，如今她才明白，漂亮生在不对的时空，反而成了人生向前迈进的障碍。不少人在道上设置重重关卡，变换着花样向她索要肮脏的买路钱，不给就只有被欺负和被打压。

眼下看来，只有冲破这最后一道防线，才是绝处逢生的唯一出路！想到这里，曹丽萍伤心地哭了。她决定星期一亲自到教育厅去找吴厅长，无论如何也要搞到一张调函。

星期一一大早，曹丽萍来到教育厅，不料门口的保安愣是不让进，正交涉着，曹丽萍看到吴厅长的车正要进大门，也顾不了那么多了，扯起嗓门便喊："吴厅长……"

吴厅长将车窗玻璃滑下来，面无表情地看着她，"我是曹丽萍！凌江一中的。"

曹丽萍生怕吴厅长忘记了，赶紧自我介绍。

吴厅长朝她点头笑了笑，车子便进门往右边开了，曹丽萍哪里肯放弃这个机会，也不管保安怎么阻拦，跟着车撵了进去，一直跑到停车场，吴厅长只好把她带到办公室。

"小曹，你今天很冒失哦！"吴厅长有点生气，往桌上放公文包时，动作有点大。曹丽萍赶忙道歉。

"你不在学校呆着，跑厅里来干嘛？"吴厅长问。

曹丽萍向吴厅长叙述了自己来找他的缘由，并求吴厅长再帮她弄一张省城十六中的调函。吴厅长沉默了半天没说话。

过了会儿，吴厅长说："哪有那么容易，你说再搞一张就搞一张？我一个教育厅长，上次为你的调动，亲自给十六中校长打电话，这已经是很破例了，你自己没好好把握，有什么办法呢？再说，文治国的案子对你我都有些许牵连，以后你别来找我了。"

任凭曹丽萍怎么说，吴厅长就是不松口，自己旁若无人地批阅文件，

91

把曹丽萍晾在一边。

最后，曹丽萍只好使出她策划了一晚上的杀手锏。

她微笑着站起来，向吴厅长伸出温润的手，"没关系，不管怎么样，我还是非常感谢领导上次对我的帮助，我带了您最喜欢的东西孝敬您，临走时忘了拿了，如果领导不嫌弃的话，下班后到我住的地方来一趟，我住罗曼罗兰酒店1314房间。"

说完，跟吴厅长握手时，曹丽萍很自然地向他抛了个媚眼，然后转身走了。

一出教育厅，曹丽萍就去商场买了件性感内衣，回到宾馆就换上，她料定吴厅长中午一定会来。

果不其然，吴厅长没有爽约，当他进门看到曹丽萍穿着一件足以撩拨得人心猿意马的内衣时，他什么都明白了。吴厅长笑了笑，自个儿脱了衣服，就像上自家床一样爬上去，一把紧紧地抱住曹丽萍，"你这算什么？美人计？敢对老子使这招？"

曹丽萍没有回答，其实也无须回答，只是意味深长地对吴厅长笑了笑。吴厅长顷刻以泰山压顶的姿势一下吞没了小巧迷人的曹丽萍……

接下来的事自然顺理成章，吴厅长不仅再次亲自给省城十六中校长再打了电话，而且按下免提让曹丽萍听个一清二楚，那边一口答应叫下午就去学校办手续。

为了打消曹丽萍有关凌江一中余校长那边的顾虑，吴厅长还亲自给余校长也去了个电话，叫他立马放人，不能给曹丽萍设置任何障碍。

回到凌江，曹丽萍将调函放到余校长面前，带着命令的眼神逼他马上签字，余校长又气又恨，但无可奈何，只好签字放人。

只一天，曹丽萍就办妥了凌江这边一切手续。

第十六章

凌江全国创卫30多条街道全面改造的工程一共分三期进行，一期工程招标公告在省报和《凌江日报》都有刊登。但省报刊登公告的当天，恰好《江口都市报》也刊登了方振东的那篇题为《创卫何必动大刀?》的时评，只不过没有署方振东的真名。

文章刊登后，在凌江引起强烈反响，不少市民打电话到市委、市政府，叫领导都好好读一读。市委书记李永辉叫秘书从街上买来当天的《江口都市报》，认真读了那篇文章后，立即召开常委会，让大家都谈谈读后感。

几乎所有常委都对那篇文章嗤之以鼻。

李永辉叫大家认真省察有关创卫活动所有项目设置，以及今后的推进计划中是否存在游离于政策法规之外的瑕疵，若有就立即调整、改进，若无那就不要被舆论所吓到，该推进的坚决推进。

经过一个多小时的研讨，与会常委一致认为其中不存在任何违规违法的地方。

李永辉仍不放心，叫市政府向省领导肖宗华汇报。

周朝礼亲自给肖宗华打了电话，因为凌江全国创卫活动的最初设想是肖宗华建议提出来的，之后的每个筹备环节都有采纳肖宗华的意见和建议。

肖宗华的意见也是叫他们不要受制于一两只苍蝇、蚊子的杂音，所有项目如期推行。

凌江市委宣传部却没有就此放过，唐鹏程安排办公室拟了份公函致省报报业集团，对其子报《江口都市报》所刊登的《创卫何必动大刀?》提出一系列质疑，并要求省报提供该文作者的真实姓名和联系方式，凌江方面将保留向该作者提起法律诉讼的权利。

省报报业集团迫于压力叫《江口都市报》总编辑配合，但遭到严厉拒

前夜

绝。

"我宁愿丢掉总编辑这个职位，也不能这样不仁不义地出卖作者！"这是《江口都市报》总编辑回答集团领导的原话。

事情最终不了了之。街道改造一期工程招投标在省城进行。最终，江口政通拿下了除涉及水、电、气及通讯、光纤等公共服务管线铺设外所有标段的施工及绿化、美化工程。

开标的当天，宋冬梅接到张总的电话，说他马上就到凌江，兑现当初的承诺。宋冬梅听到这个消息自然是开心愉快，她还特意在凌江之春大酒店摆了一桌宴请张总一行。

宋春明的健身馆也有了实质性进展。有了两位姐姐500万元做底，自己又身为周市长的小舅子，四处化缘别人无不慷慨解囊，各大政府职能部门一把手都给予了极大支持。很快，宋春明又筹集了300多万元，通过宋冬梅的关系还向银行贷了300多万元。

听说宋春明要办健身馆，凌江一些房地产企业纷纷主动伸出橄榄枝，表示自己开发的楼盘黄金地段商铺由他选，而且免两年租金，等赚了钱后可以议价购买。最后，宋春明选中了盛世凌江开发的"皇家至尊"楼盘一处3000平方米的商业综合楼，立即进行了装修。

经过一个多月紧张装修，宋春明的健身馆就要开张了，他取了个时尚劲霸的名字，叫牛哥辣妹塑身会馆，并定于12月18日正式开业。

消息不胫而走，盛大开业当天，大门口车水马龙，花团锦簇，前来道贺的人络绎不绝，来人除送上花篮增喜添彩外，无不悄悄上到二楼一个隐蔽的房间，留下一份厚厚的贺礼。

宋春明一盘点，足足130多万元！

当晚，激动得差点抽筋的宋春明火急火燎地跑到天生丽质美容院，宋冬梅和唐晓薇都在这里做保养。

宋春明一来就挨了顿批评，"这么点儿钱就把你兴奋成那样，真没出息！"宋冬梅骂他。

宋春明说："就一天，这么大一笔钱就属于我的了，以前做梦都没想到啊……要细算起来，每分钟相当于进账近900元……"

宋春明的样子把唐晓薇逗笑了，"以后多学学你姐，怎么做个有钱人。"

宋春明尴尬地笑了笑，突然想起他还专门给两位姐姐准备了一份大礼，连忙从包里拿出两个厚厚的信封，"这是我给两位姐姐的一份心意，算是简单酬谢一下吧，以后还得仰仗你们多提携提携兄弟。"

唐晓薇推脱没拿，而宋冬梅只是稍稍客气了一下，就把信封装进了自己的挎包里。

街道改造工程也正式启动，几条要道被半边封闭施工，本来就不宽的路面导致交通拥堵，《凌江论坛》上又招来一些网民谩骂，但骂归骂，工程推进丝毫未受影响。

凌江更是吹响了城市建设冲锋号，在省委、省政府有关文件鼓励下，构筑了百万人口大城市建设的奋斗目标。市委、市政府定于元旦放假后第一天，召开全市城市建设规划专题会议，省领导肖宗华要出席并作重要讲话，会后，肖宗华还要到相关区县调研。

这对凌江高层来说无疑是一大喜讯，离元旦还有一周时间，市委、市政府连续召开了几场预备会，除了安排部署这次专题会议有关内容外，最重要的是研究如何接待好肖宗华在凌江期间的工作和生活，尤其是生活上的诸多细节，绝对不能让肖省长抱憾而归。

江声涛心情十分复杂，他知道市上又会安排刘清粼定向接待肖宗华。

刘清粼也很着急，心里琢磨着如何才能躲过这一劫。

两人下班后在家商量对策，尽管办法不少，但都不算绝佳。

可怕的事情来了，江声涛被市委宣传部副部长任槐叫去办公室，他预感到肯定会牵涉到刘清粼。但不去是不行的，任槐叫新闻科给他打来几个电话，最后任槐还亲自来电邀请。

"江站长最近大作不断啊，你在省报上发的每一篇报道，我是一字不漏地拜读，写得好！真不愧是省报的大记者，我首先代表市委宣传部向你表示感谢！"任槐满面春风地说。

"哪里哪里，都是凌江的工作出彩，才有了我们采写优秀新闻稿件的素材，另外呢，是市委宣传部营造了良好的宣传氛围，使我们在工作中获得了各方面的配合和支持，这得谢谢你们才对，任部长。"江声涛向来口齿伶俐，一席话说得任槐心花怒放。

"不过，江站长，我还得挑挑刺，你可别介意，这是我们宣传人的职业毛病。"任槐话锋一转，严肃起来。

前夜

"你稿子虽然写得好，可重头报道不多啊，尤其是上头版的基本上没有，书记、市长批评了很多次，问我们宣传部的人在干什么，为什么没有把凌江工作中最出彩的地方推向省报重要版面，你能够想象我的感受吗？这相当于在打我的脸啊！"任槐说。

江声涛的脸上也不好看，一时无语。

"老弟，新的一年里，你还要多努力，多费心啊！把书记、市长宣传高兴了，什么都有了。"任槐拍了拍江声涛的肩膀，"你不是总担心报社给你们分摊的那200万经营任务吗？哥哥今天就给你拍胸脯，算在我头上，你只管钻研新闻报道，一年给凌江上六七个头版头条，其他稿件200篇以上，经营的事，我去给你张罗。"

"此话当真？"江声涛一阵惊喜。"绝无戏言！"任槐坚定地说。两人重重击了一掌，相视大笑起来。

顷刻，任槐再话锋一转，"兄弟是不是在跟刘清粼耍朋友啊？"江声涛心里一紧，点点头。"不错不错，才子佳人，般配！不过……别怪哥哥多嘴，可不能在一棵树上吊死啊！"

"……什么意思？"江声涛忌惮的话题来了。

"你是聪明人……"任槐看着他。

尽管江声涛已经知道任槐接下来要跟他谈话的内容，但他嘴巴上还是说："我不明白，请任部长赐教。"

任槐笑着摇摇头说："给你讲个故事，我的亲身经历。以前我当老师的时候，也很优秀，可有一年评高级职称，有个校领导带话给我说，校长的夫人也要评，全校名额只有一个，言下之意叫我让，我想凭什么？就没理，结果我虽然评上了，但学校一直不聘，之后还处处排挤我，最后我只有考公务员，从此我夹着尾巴做人，慢慢才有今天。"

"兄弟呀！人有时候不能只看眼前，男人嘛，视野要远大，那样，你的前途才会远大。"任槐说。

江声涛沉默不语。

"我可是把心窝子里的话都掏出来说了，你要好好想想，舍得舍得，有舍才会有得，有的东西眼前看来要丢掉会很痛心，但长远一看会很值得。"任槐说。

"可……叫我放弃刘清粼，我……我实在做不到！"听了任槐的话，江声涛感觉受到极大羞辱,他想,自己不但不是人贱位卑的社会底层,更何况是土生土长的省城人士,而且省报记者的身份,即便说不上光彩夺目,也算是万人歆羡!因此心里很是不服。

"天涯何处无芳草,何必单恋一枝花。"任槐继续劝导,"想想越王勾践,国破家亡,一代王者沦为奴隶,心爱的王后被用来给他国使臣侍寝,为骗取信任他甚至为吴王尝便,他忍受了凡人难忍之事,卧薪尝胆十年,终于一跃而起,再次成就千秋霸业。"

江声涛冷笑一声,"如果换成你,你也会这样吗?任部长,将心比心,换位思考一下。"

任槐把脸一拉,"现在是在劝你!是你处在这样的境地,而不是我,要决断的是你而不是我!"

"呵呵,我算是看透了这些所谓领导的真实嘴脸!"江声涛仰天长叹一声,"难道身居人上就可为所欲为吗?难道身居人下就该任人宰割吗?天啦,这是什么伦理?"

"别感叹了,兄弟!经过这一道坎,我相信你会变得成熟起来。为什么许多人哪怕头破血流也要拼命往上爬?你慢慢就会明白的。"任槐最后说,"实话告诉你吧,市上把肖省长到凌江调研的行程计划报上去之后,他老人家特别加上了一项,视察凌江电视台,什么意思那就不用我多说了吧?你是接受也得接受,不接受也得接受!胳膊是拧不过大腿的。"

眼看元旦就要到了,刘清粼对江声涛说:"我干脆请年休假,我们一起出去旅游,走远点儿。"江声涛摇头说,"你们台里肯定不会准假,市委宣传部恐怕早就给李志强打了招呼。"

"那……元旦后,我干脆请病假!回东皋村躲几天。"刘清粼说。

江声涛想了想,还是摇头,"人家不会想到你是装病?不会派个医生来给你检查检查?再说,东皋村不就在河对面吗?躲得了吗?"

"那怎么办呀?总不可能坐以待毙吧?"刘清粼急得都快哭了,她没想到自己身为电视台中层正职,正科级干部,平时颇受人尊重的身份,此刻丝毫救不了她。

"只有临时突然临阵逃脱了。"江声涛冥思苦想了半天冒出一句话。

"说下去!"刘清粼仿佛看到了救星,"怎么个临阵逃脱?"

"到了那一天,你先陪着肖省长,然后我突然给你来个电话,假装说你爸爸病重，你得马上赶回去。"

刘清粼白了江声涛一眼，"还以为什么高明的主意呢，你怎么不咒你爸爸病重？实在不行，我那天手机关机，玩消失。"

两人前思后想，觉得万般无奈之下，也只好出此下策了。

可江声涛心里总不踏实，他很害怕跟刘清粼在一起的日子屈指可数了，因此元旦3天假，他每天都陪着刘清粼，甚至还亲自上街买菜，亲自下厨给刘清粼做好吃的，让刘清粼感受到从未有过的爱惜和体贴。

一到晚上，沐浴着温馨小家的氛围，刘清粼犹如一朵生在盛夏的栀子花，不仅娇嫩欲滴，而且芳香四溢，让江声涛倍生怜爱。他不禁一次又一次地对刘清粼施加雨露，一直到双方都疲惫不堪。

当刘清粼沉入甜甜梦乡时，江声涛又陡生伤感，阵阵恐惧袭心，就像死刑犯面对生命倒计时一样。这个时候，他才明白自己的血肉里已经融入了刘清粼的生命。

方振东也无时无刻不在惦记着刘清粼。

得知元旦后肖宗华将来凌江，好几次他想给刘清粼打电话，问问她准备如何应对市上可能作出的安排，但一想到江声涛，他拿起手机又放下。心想江声涛也不是几岁孩童，如果自己的恋人遭人算计却不挺身而出，那简直不是男人。

第十七章

元旦收假后第一天，凌江市委办接到省政府来电，称肖宗华将于下午3点左右到达凌江。

按照安排，市接待办再次给凌江电视台打电话强调，务必让刘清粼随同市委、市政府领导一起到高速公路出口迎接，然后寸步不离地陪伴在肖省长身旁，直到他离开凌江。

李志强接电话时，额头上的汗珠坠落如雨，他不敢向市上报告实情，因为刘清粼根本就见不到人影儿，打电话一直关机。问江声涛，江声涛说不知道，并称他也很着急。

直到下午2点半，市上的迎接队伍即将出发了，还没找到刘清粼，李志强意识到问题严重，只好向市委宣传部报告了实情，市委宣传部领导也是惊愕不已，赶紧向李永辉报告。

形势紧迫，李永辉除了对市委宣传部和电视台一阵痛骂外也别无办法，只好带领队伍先去高速公路出口迎候，同时吩咐下面的人继续寻找刘清粼。

可直到肖宗华一行过了收费站，下车与凌江方面的人一一握手的那一刻，刘清粼还是没找到。肖宗华一边跟人握手，一边东张西望，像是在寻找什么似的。

大家都明白他在找谁，心里提心吊胆，只得强装笑颜伺候着，然后将肖宗华一行径直引领到凌江之春大酒店。

凌江方面仍旧给肖宗华安排的是33楼那套房子，可肖宗华愣是不去住，板着面孔说："我一个副省级领导，算得了什么呢？住那么高级的房子，太奢靡了，恐怕不合适。"

市接待办不知如何是好，赶紧汇报。李永辉亲自对肖宗华解释："领导无须顾虑，那房子也就是大点儿，没什么特别的，此前别的副省级领导也住过，您就不必推辞了吧！"

李永辉进一步靠近肖宗华，小声说："我吩咐下面的人，尽凌江的人财物，务必满足肖省长的喜好。"肖宗华嘴角一翘笑了笑，"千万别这么说……那恭敬不如从命。"

凌江这边继续调动一切资源寻找刘清粼，江声涛更是被市委宣传部叫去，如同囚犯一般地接受审问。任槐死磨硬泡，可快到吃晚饭的时辰了，仍旧没有撬开江声涛的嘴巴。

没奈何，那边只好如时开饭。市政府秘书长王波及接待办主任亲自来到肖宗华的房间，迎接肖宗华一行去吃饭，但肖宗华就是默不吭声地呆坐不动。大家只好继续品茗聊叙。

喝着聊着，电视里传来新闻片头音乐，大家都瞅了瞅表，纷纷看着肖宗华，不料肖宗华却说："我还没饿呢，你们饿了吗？要不你们先去吃，

前夜

我想去打会儿乒乓球。"

王波到卫生间给市上主要领导打了电话，出来后笑着说："省长，书记、市长都说时间不早了，明天的全市城市建设规划大会，今晚上我们还要开个准备会……我们去吃饭？"

肖宗华也笑着说："那赶紧，你们去吃吧！就不要管我了。"

"你们晚上的会是大事，别为了我给耽误了。我现在真的不想吃。"看大家都愣着，肖宗华补充说。王波看了看接待办主任，接待办主任也无助地看着他，两人都不知怎么才好。

过了会儿，王波说："省长您看这样行不？先吃饭，饭后我安排人陪您打乒乓球，凌江有个技术堪称国家队水平的人物，人事局的一个女孩儿，模样儿也是数一数二的。"

"哦？那下次一定得见识见识，今天就算了，老大一晚上的，人家也有人家的安排嘛。"肖宗华淡淡地说。

王波又到卫生间去打了个电话，过了几分钟，李永辉和周朝礼、市人大常委会张主任以及政协主席蒋光明等凌江市领导齐刷刷地来到肖宗华的房间，最后，在四大班子一把手一起恭请下，肖宗华才勉强答应去吃饭。

因刘清粼找不到，肖宗华旁边便临时安排了市人事局会打乒乓球的那个女孩儿，其他几个厅级干部及凌江方面领导身边均有事先选定的女性工作人员作陪。看那女孩儿，果真模样儿不凡，皮肤、身段儿都无可挑剔，就是一头短发激不起肖宗华的兴趣。

肖宗华开始推杯不饮，实在看不过那女孩儿连连被罚，最后一杯差点被呛到，他才挥手阻止，自己端起杯子呷了一口。席间气氛有些沉闷，肖宗华没有兴致，凌江方面的领导也只能低调，一大桌人连两瓶茅台都没有喝完，在肖宗华的一再提议下，大家悻悻地散了。

饭后，肖宗华推掉一切节目安排，声称难得有个清静的时候，今晚他要好好地享受一番孤独是什么滋味。把肖宗华送到房间后，李永辉等人立马赶到市委召集开会。

在研究次日大会诸多事项前，李永辉先是对这次接待肖宗华所出的意外发了一顿火，最后给市公安局局长下了死命令，哪怕是动用刑侦手段，也务必在次日6点之前找到刘清粼。

会完后，市公安局立即组织警力，把寻找刘清粼当作重大督办案件来抓。市委宣传部和凌江电视台相关负责人也是通宵未能入睡。

江声涛被任槐一直挽留在办公室做思想工作，连晚饭都是叫食堂送来的。

双方的耐心都快熬到极限了，任槐抛出一句话："如果今晚找不到刘清粼，那你明天就离开凌江！我们请求省报重新换人！"

江声涛随即顶了一句："随便！此处不留爷，自有留爷处！凌江的人也只能在凌江耍横，难道还能一手遮天，掐断天下所有的路？"

"那就走着瞧吧！即使把你撵不走，你在凌江也休想拉到一分钱的广告！"任槐说。

两人算是彻底谈崩了。江声涛回到家，他连忙拨打刘清粼的电话，还是关机，心里放下了。他以一个男人的硬度捍卫了与刘清粼的爱情，心中的痛快犹如胜过一次鏖战。

可是，他没想到市上会动用无所不能的警力，就在江声涛安心熟睡的时候，刘清粼被警方撒下的大网捕获，即便是她手机关机躲到了邻近市一个乡村酒店，最终也没能逃脱。

市接待办和李志强连夜赶到刘清粼躲藏的地方，经过长时间的好言相劝，刘清粼最终答应跟他们回凌江，次日陪同肖宗华视察调研。

为了防止意外再次发生，市委宣传部连夜策划了一个省市媒体走基层的团体采访活动，第二天一早就支使方振东和江声涛随团采访。

江声涛和方振东都被蒙在了鼓里，一天采访行程拉得很远，晚上无法返回只得住乡下。这边又安排人寸步不离刘清粼，就连上厕所、打电话都得有人在一旁跟着。

第二天开会，肖宗华坐下后，李永辉凑上去在他耳边一阵轻声细语，肖宗华听罢，原本可以拧出水来的脸色顿时红光绽放，笑得像花儿一样灿烂，轮到他作重要讲话时更是精神百倍，几百人的会场，即使麦克风出现故障，凭自己的高嗓门，坐在最后一排都听得清楚。

会后，按日程安排，先是到凌江电视台调研，然后去部分区县调研。肖宗华直接说电视台就不去调研了，他本来就不分管意识形态工作，人家管的口子，他去调研不合适。

于是直接下区县。首先去林山县，该县有国家5A级风景区云雾山，调研的主题是如何借助旅游业东风把城市建设得又快又好。实际上，由

前夜

省、市领导组成的调研组所谓的调研，说白了就是游山玩水，车队直接开上了云雾山，沿途所谈，与调研主题毫无关系。

各车均安排了美女充当"导游"，先是放了一些有关林山县的专题片，接下来为活跃气氛，"导游"便与车内人进行玩笑互动，车内的领导也表现得十分亲民，开起玩笑来很接地气，把一个个"导游"逗得，笑声时而从这辆车里蹦出来，时而在那辆车里漂游不绝。

开道警车后面的头车，坐的是肖宗华和省建设厅、省规划局、省财政厅、省国资委等领导，还有凌江四大班子一把手。或许是"导游"发现每个领导身边都坐了个绝色佳人，相比之下自惭形秽，故而没有太张扬。

车里一直放着《云雾山之恋》、《开天辟地新凌江》等当地文艺界人士写的歌。有点文艺细胞的肖宗华对歌曲作了点评，车内人无不洗耳恭听。"开天辟地新凌江？……"点评完后，肖宗华觉得哪儿没对，念叨着侧过头来说了一句，意思是问凌江的领导，谁敢以'开天辟地'四字居功？只有国家领导人，伟人级别的人才配得上这几个字。

李永辉等人很尴尬，一时无语。"口气有点儿大了！"建设厅长直白地说。"是是是！我们立马叫人改！"周朝礼赶紧说。"哎……自个儿关起门来听还可以，要是接待外面来的人，那就不适合放。"肖宗华说，"凡事低调点儿好，低调点儿还是没错的。"

车内一时陷入无声的沉默。车队在云雾山大酒店停下来，广场上搭起了舞台，中央码起了几堆柴火，看来晚上将举行一场别开生面的文艺演出和篝火晚会。

大概是时间还早，车在酒店门口停了片刻又启动了，林山县方面安排先去看看风景，然后回来吃晚饭。

因为肖宗华是第一次来云雾山，每到一个秀丽的景点，车便停下来，"导游"引大家下车观赏。

肖宗华下车后，双手一扬，刘清粼便赶忙将他的大衣接着搭在手腕上跟随着，等吹风时再给肖宗华披上。这是头晚市接待办向她反复交代过的细节。

接待肖宗华用晚餐的餐厅，专门从凌江调来厨师，做了一桌全是山珍的宴席。

餐厅所处的位置，上位坐北朝南，前临朱雀，后靠玄武，左倚青龙，右抚白虎，据说林山县专门请省城的风水大师勘测选定，并花巨资装修，专门用以招待副省级以上领导。

肖宗华在上位落座，刘清粼被安排在他的右侧。所有人一一坐下后，便开始上酒菜，肖宗华不再推杯，释放出以往的气场，豪迈干脆。

三杯共饮后，先是凌江四大班子敬酒，然后轮到林山县主要领导，接着便是美女们众星捧月。肖宗华想打批发，众美女哪里肯答应，此时不整整这个位高权重的领导更待何时？

肖宗华盛情难却，只好一一接招。

在接待办的交代下，刘清粼先是自罚三杯向肖宗华致歉，然后再敬了肖宗华三杯。看着刘清粼粉面含春的样子，肖宗华眼珠子不忍挪移，刘清粼似醉非醉的神态感染到肖宗华的目光，便上下左右在她身上扫来扫去，恨不得伸手上前去搀扶。

市接待办主任察觉到后，便走到李永辉旁边耳语一阵，李永辉点点头，然后说："晚餐就进行到这里吧，外面准备了文艺演出，咱们陪肖省长去看看，完后还可以参加篝火晚会。"

尽管刘清粼也有了七八分酒意，但她还必须搀着肖宗华往外走，步入演出现场，一阵热烈的掌声响起，刘清粼顿感背脊发凉，她低着头不敢对视那几百双投射而来的目光。

随肖宗华坐下后，整个演出过程，她的脸都热辣辣地发烫，尽管室外温度已经降到零下。

演出过程中，肖宗华不断地打呵欠，市接待办主任叫刘清粼送肖宗华回房间休息，刘清粼面露难色，接待办主任说："省长喝多了，你去服侍一下他，待他睡着了你再走，有什么情况就给我打电话。"

刘清粼还想推辞，接待办主任阻断她的话，"这是领导的意思。"

刘清粼按指示将肖宗华扶进房间。进得室内，一股淡淡的檀香沁入鼻息，让人顿觉清爽，肖宗华歪歪斜斜的步子端正了些，一屁股坐在沙发上，环顾了一下屋内的陈设，连连叫好。

看得出来，林山县颇费了一番心思，房间很明显是近一周才赶工期装修的，依然是明清仿古套二格局，一间摆的是中式雕花木床，一间铺的是西式软皮席梦思大床。

刘清粼正在烧水准备泡茶，电话铃声响了。她抓起电话，原来是接待

前夜

办主任打来的。

电话那边说市上领导的意思，叫刘清粼服侍肖宗华睡下后，她就在另一个房间睡，肖省长年纪大了，以防晚上发生什么意外。

刘清粼一听顿时火了，正要朝电话骂人，突然意识到肖宗华就在旁边，只好强压心中的愤怒，低声说："为什么不安排个男的住旁边？领导不是有秘书吗？"

"男的现在安排不出来，肖省长的秘书正喝酒呢，又没有叫你做别的，干吗那么紧张？"说完，接待办主任挂断了电话。刘清粼浑身颤抖着，深感羊入虎口般的恐惧。

她瞄了一眼肖宗华，而肖宗华也正醉眼朦胧地看着她。"小刘，别紧张，过来陪我喝喝茶，咱们聊会儿。"肖宗华朝刘清粼招招手。刘清粼只好坐到沙发上。

她给肖宗华泡了杯浓浓的普洱茶，自己倒了杯白开水，然后将杯子死死地攥在手里，生怕杯子离手会发生什么意外。

这些动作让肖宗华忍不住笑了起来，"看你紧张的样子，我是狼还是虎？有那么可怕吗？"

"不不不，"刘清粼讪讪地一笑，"省长那么和蔼可亲，我怎么会把您当虎狼呢，你就跟我的父亲一样，是值得尊重和敬仰的人，哪有女儿将爸爸看成坏人呢？"

肖宗华先是一愣，然后呵呵笑个不停，"小刘啊，你可是冰雪聪明之人啊！你的聪明可爱，更加激发了我对你的兴趣。我是说，我更想跟你好好聊聊，说说心里话。"

"好哇！咱们就这样，聊一晚上都行！"刘清粼顺势说道。"一晚上可不行，我毕竟年纪大了，熬不过你们年轻人。刚才你说我跟你爸爸差不多，你爸爸多大了？在做什么？"

刘清粼把家里的情况简单告诉了肖宗华。

"想不到你的父亲也是党的干部，虽然处在最基层，但我认为，他们才是真正落实我们各项政策的实践者，应该向他们致敬啊！"肖宗华说着，端起茶杯跟刘清粼碰了一下。

"你有没有想过从事党政工作？"肖宗华接着说，"凌江市委缺一个副秘书长，你那么聪明，才华一定也十分出众，又在新闻单位磨炼了那么久，担任这个职务，完全能够胜任。"

刘清粼摇摇头说，"那可是副处级干部，我提正科都才不到一年，这不行吧。"

"咱们应该解放思想，当今时代，党的事业需要更多年轻有为的人参与其中，用人嘛，不能墨守成规，应该不拘一格才对；这个你不用担心，我去跟李永辉说。"肖宗华说。

刘清粼皱起眉头想了想，"我怕会有人议论……我是做新闻的，舆论的压力还是要考虑的。"

"舆论？"肖宗华鼻子里哼了一声，"只要掌握了主流舆论，至于少数人的说三道四，大可不必去理会。你还年轻，这些道理你慢慢会懂的。你好好想想吧，机会可是难得哦！"

刘清粼十分明白，肖宗华是在以权力诱惑她，如果是用自己的肉体来换取权势和地位，她是万万做不到的。

可是，如果真的被提拔为市委副秘书长，那可是副处级领导干部，至少不会那么轻易任人摆布了吧？

刘清粼想，要真是能达到这一步，也是个很好的事情；可怎么做才能既不付出令人羞耻的代价，又能顺利被提拔为市委机关的副处级领导干部呢？

刘清粼正在纳闷，肖宗华似乎看出了她的心思，"你大概在猜测我是出于什么目的要帮你吧？作为一个年轻漂亮的女孩子，有这份怀疑是很正常的。"

刘清粼不好意思地笑了笑。肖宗华说："还是回到你刚才那句话，一个当父亲的，哪会对女儿居心叵测的呢？"刘清粼听肖宗华这么说，忍不住噗嗤一笑。

聊着聊着，肖宗华渐渐有些困倦了，刘清粼便为肖宗华放了热水。

肖宗华洗过澡后，走进那间摆着雕花木床的房间，并向刘清粼道了晚安。

刘清粼本想也去洗个澡，但突然一想，万一……于是打消了洗澡的念头，只是打了一盆水，端进自己的房间，将门反锁好，用水擦了擦身体，便和衣而卧了。

还好，一夜到天明，相安无事。

第十八章

　　肖宗华一行在凌江的调研结束了，三天时间，其中两天有刘清粼陪同，肖宗华感觉仿佛年轻了许多，即使晚上睡眠不足，白天也总是精神抖擞。

　　李永辉亲自带队给肖宗华送行时，仍然安排刘清粼一同前往。要离开凌江，肖宗华心里还有些不舍。

　　握手言别时，肖宗华把刘清粼拉到一旁，抓住她的手久久不放，"我反复想了想，你是事业编制的正科级，如果一下子弄到党政系统担任副处级，有点违反程序，你还是先在电视台提副处，然后调到市委，哪怕步子大点儿，也不会招致那么多非议。好好干！"

　　刘清粼心情很复杂，他感到有一种无形的力量在逼着她走上一条路，尽管这条路看起来很美好，但她还是有点害怕。

　　此刻肖宗华这么说，她除了说谢谢领导关心，也找不到更合适的言语了。

　　送走了肖宗华，刘清粼乘坐李志强的车回电视台，车上李志强向她透露，领导有吩咐，尽快解决她的副处，他回去就立马给市委组织部打报告，拟任刘清粼为副台长。

　　就在春节前夕，事情有了结果。市委组织部派人到电视台宣布任命文件的那天，刘清粼发现台里平时跟她关系不错的同事都有意地疏远她。

　　社会新闻部的余晓丽、时政新闻部的范晓旭看见她只是微微一笑，然后就把头扭到一边。

　　中午在食堂吃饭，远远地刘清粼看见有几个聚在一起有说有笑，可一旦发现了她，几个人便挤眉弄眼，瞬间就鸦雀无声了。

　　下班的时候，刘清粼又碰到余晓丽，余晓丽正准备埋头走开时，刘清粼叫住了她。"晓丽，怎么躲着我呢？咱们可是好姐妹呀！"

余晓丽意味深长地笑了笑，"刘台长，不敢不敢，以后在你底下干活，还请多关照！"

"别那么客套好吗？这显得多生分啊！电视台的事，主要靠你们这些骨干。"刘清粼说。

"干事儿是我们的本分，我这人嘛，不敢有过高的追求，我有自知之明，人长得不漂亮，得不到领导的青睐，只好一辈子当个普通百姓了。"余晓丽说完，手一挥走开了。

刘清粼心里就像被刀戳了一下，疼痛汩汩往外冒。

此后几天，她感觉自己越来越被孤立，凡是她安排的工作都会招来不好听的言语，甚至好几次她分明听见有人在背后指桑骂槐："牛什么牛？拿自己的美色给领导当菜，攀着领导的光膀子往上爬，有什么了不起！"

每每听到这些，刘清粼又气又恨，可又能怎么样呢？她能去一一当面澄清吗？她的话又有谁能信呢？毕竟有两个晚上，她与肖宗华同居一房，尽管一房有两室，可谁会偏偏往好的方面去假设呢？看来她是跳进黄河也洗不清了，想到这里，刘清粼悔恨交加。

最让刘清粼有苦难言的是，江声涛对她的态度也陡然转变。

自从肖宗华离开凌江那天起，刘清粼每次回到家，江声涛就像看陌生人一样盯着她发呆，然后便一个劲儿地追问那两个晚上究竟发生了什么事情。

无论刘清粼怎么解释，江声涛都是含着眼泪使劲地摇头。方振东也经常打来电话，关心慰抚之余，也会旁敲侧击地触及到刘清粼最忌讳的那个问题。

一次，刘清粼正开着车，方振东又打来电话，当方振东再次触及那个问题时，她胸中的火顷刻点燃了，于是将车靠在路边，对方振东一阵喷射："我都快被你们这些问题逼疯了！求求你放过我好吗？以后不要再给我打电话！"说完将电话一摔，捂着脸哭了。

回到家，刘清粼又跟江声涛大吵了一架。起因是江声涛傻乎乎地在一张纸上反复写"只恨时光不能倒回"几个字，刘清粼问江声涛什么意思？如果是后悔了，那就分手。

前夜

　　江声涛冷冷一笑，脸上涌出两行泪水："我的心本已伤痕累累，你还要在上面撒把盐吗？你明明知道你刘清粼已经与我的生命难以割舍，你还要说分手来给我一刀吗？"

　　"难道我心里就好受吗？现在除了我自己，全世界都不信任我！就连你！"刘清粼也哭着说，"曾经在我面前信誓旦旦的人，突然疑虑重重！一个原本意气风发的男子汉，却被子虚乌有的流言蜚语击垮！你忘记了你曾经对我说过的那些话吗？难道我俩这半年来的感情就那么脆弱吗？如今看来，你是多么的懦弱和虚伪！是那么的没出息！"

　　"我不相信那些流言蜚语！我也不是你说的那么懦弱，那么没出息！可是……我不相信那些又能怎么样？外面那些人，会改变对你的看法吗？会停止对你我的讥笑和议论吗？难道我们就这样每天生活在毁议和嘲弄的枪林弹雨中吗？咱们的身份和生活层面能承受这一切吗？"江声涛激动地诉说着，眼里的泪水流得更狂了。

　　"那你说怎么办？别人要说，我也堵不住人家的嘴；面对这些无聊的言语，我们只有毫不理会，只有不断地给自己的信心和勇气加油，还能有别的办法吗？"刘清粼语气缓和下来，凑上去帮江声涛擦干眼泪，"我都没垮，你就先支撑不住了？像个真正的男人，站起来好吗？"

　　江声涛抓住刘清粼的手，把她从沙发上拉起来，"清粼，我们离开凌江吧！远离这个是非之地，到省城，我的父母都在省城，而且几年前就给我买了房，我们另外找工作，不再从事跟官员有任何牵扯的工作，完全靠我们的本事挣钱吃饭，好吗？"

　　刘清粼听了后直摇头，"要逃避吗？这等于是此地无银三百两。如果我们离开了凌江，那么外面的人言会更加可怕！我可不愿意不明不白地背这个黑锅。再说，我的父母，我的亲戚都在凌江，这对他们会造成很大的影响。"刘清粼不同意江声涛的意见。

　　"你的父母，也跟我们一起走！至于其他亲戚，你就不必顾忌他们的感受了。"江声涛坚定地说。

　　"这不可能，这太突然了。"刘清粼说，"我父母在凌江生活了一辈子，要他们突然离开是做不到的。而且，我俩的关系还没稳定，我们就跟你走？你的决定太草率了吧。"

　　"那……我们结婚！我们立马结婚，然后离开凌江去省城！"江声涛企盼地望着刘清粼。

　　刘清粼饶有兴趣地端详着江声涛："你怎么说话就像个孩子？一会儿哭，一会儿闹，一会儿对我疑虑重重，一会儿又冒冒失失地说立马跟我结婚，我怎么敢相信你？"

　　江声涛满怀深情地抱住刘清粼，"清粼，没有你我活不了！听话，答应嫁给我，答应跟我回省城，好吗？"说着就要吻刘清粼，但被刘清粼推开。

　　"你刚才不是说你心里伤痕累累吗？现在都好了？你还是再考虑考虑吧，眼看春节就要到了，如果你考虑好了，春节我邀请你去我家，跟我父母交流交流，看他们什么意见。"

　　"这都什么年代了，父母的意见重要吗？"江声涛说。

　　"不！我认为很重要！"刘清粼说，"婚姻大事，虽然不必听从父母之命，但必须尊重父母的意见和建议；这不只是我俩的事情，同时还是我们两个家庭乃至于我俩彼此的社会关系是否能求得最大交集的问题。"

　　"哎哟！清粼，你年纪轻轻，怎么那么老辣？咱们此时此刻谈的是我们俩的婚姻，怎么说话跟个社会学家似的？"江声涛颇是吃惊地说。

　　"婚姻本来就是个严肃的问题。"刘清粼冷峻地说。

　　江声涛想了想，说："好吧！等春节前我拜见一下你的父母。"

　　过了一会儿，江声涛又说："不过……清粼，你好好回想一下，这半年来，你从一个普通主播到部门副职，再到部门正职，现在又很快提为实职副处级领导，虽谈不上火箭速度，也算是火车速度吧？他们为什么这样眷顾你？你想过吗？难道这背后就没有阴谋诡计吗？我还是很害怕！所以，无论你父母什么意见，我还是坚持春节后我们去省城。"

　　"又来了，又来了！"刘清粼立马厌烦起来，"我凭什么要接受你的安排？那我就明确告诉你吧，我不去省城！我就要一辈子待在凌江！我看谁能把我给吃了！"刘清粼越说越生气，"难怪你今天一大早就在一张纸上反复写'只恨时光难以倒回'，你是喜欢从前的我？告诉你，现在回不去了！时光永远不可能倒回！要倒回你自个儿倒回吧！"

　　江声涛见刘清粼生气了，赶紧收住，安慰刘清粼说："好了好了，我不提去省城的事了，别生气，见到你父母之后再决定吧。"

　　"看来，咱们的观念有偏差，咱俩都得认真考虑未来的事，别一时冲动感情用事而酿造出将来不得不吞下的苦酒。"刘清粼认真地说。

两人争来吵去，几番跌宕起伏，最后，刘清粼建议双方都认真冷静思考一段时间，而且江声涛还得暂时搬出刘清粼的住处，两人先分开，以便于各自的思考不受彼此的影响。

江声涛无奈，只好暂时搬出去，没过两天，江声涛忍耐不住打电话给刘清粼，说要搬回来，但被刘清粼拒绝。几次被拒后，江声涛也就没再打。

可寂寞难耐的时候，江声涛不免会出去走走，不免会想起钱应来他们几个，于是渐渐地，江声涛经不起诱惑，又跟钱应来几个混进了KTV，场子里面的女人个个温柔如水，而且言听计从，这又让他很快就忘记了刘清粼。

直到年根时节，刘清粼主动问他考虑得怎么样了，并邀请他去见自己的父母，可江声涛淡而无味地回答说，他要回省城过年。

江声涛与刘清粼的恋情成了没有结局的结局，双方都心知肚明，就这样不了了之最好。

春节过后，他们的生活各自渐归平静，但两人分手的消息传到了方振东的耳中。

更为甚者，江声涛又重新交往了女朋友，系凌江一家外资企业的高管，介绍他们认识的正是市委宣传部副部长任槐。恋情公开后，还得到了新闻圈子内很多人的祝贺。

然而，围绕刘清粼的闲言碎语则更多了，曾经一度，几乎所有凌江大型茶楼、酒店都在流传。所传最多的版本是，刘清粼为了当上副处级领导，趁肖宗华在凌江调研期间，主动投怀送抱，一旦如愿以偿，就把原男朋友一脚踢开。

听到这些，不知刘清粼是什么感受，但方振东是气得肺炸，很难坐得住了。于是，他约江声涛晚上在滨江路大桥下见面。

一见面，方振东二话不说扭住江声涛的衣领就是一巴掌，还没等江声涛反应过来，方振东又是一拳，江声涛被打倒在地，方振东还不解恨，顺势骑在江声涛的身上，左右开弓一顿暴揍，江声涛只是用手左挡右推，而没有真正还手。

打得累了，方振东站起来直喘气。"你怎么不还手啊？"方振东指着江声涛问。

江声涛抹去嘴角的血迹，"你发泄够了吗？为了刘清粼吧？真为你感到悲哀！你除了打我一顿出出气还能怎么样？你成天围着锅边转，吃到肉了吗？"

江声涛哈哈大笑起来，方振东没料定江声涛会是这般反应，"说的没错，除了打你没别的办法，那我再揍你一顿！"说着又冲上去扭住江声涛打起来。

"够了吗？该轮到我了！"江声涛等方振东打得没力气了，突然吼叫起来，变被动为主动，他本来个子就比方振东高，伸手抓住方振东的头发，用脚将方振东一扫，两个人都倒在地上，然后翻滚扭打。

打着打着，两个人都停手了，出乎意料的是，两个人都哭了。

"刘清粼，本来是一朵干干净净的出水芙蓉，可现在在一些人的嘴里，却变成了世界上最臭的泰坦魔芋花，这都怪你，是你毁了她！"方振东说。

"你错了，这得怪她自己。是她自己选择的路。"江声涛说。

"你不仅欺骗了她的感情，玷污了她的身体，还那么无耻地抛弃了她！你知道吗？我恨不得杀了你！"方振东从地上坐起来，恶狠狠地抓住江声涛。

"我知道你一直爱着她，"江声涛也挣扎着坐起来，"已经过去了，再谈是非对错毫无意义。你既然那么爱他，现在机会就在你面前，你可以重新去追求她，不要只是想着打我出气，我祝福你们！"江声涛伸手要握方振东的手，但方振东没有回应，却是把头扭向一边。

那晚过后，方振东去找了刘清粼，并送上一大束鲜花。

刘清粼将他引进屋内，首先给方振东设置了谈话的禁区：不许提肖宗华，也不准谈江声涛，更不能触及情啊爱啊等话题；天南海北侃大山可以，工作上交流可以，日常生活中家长里短也可以。

总之，从此以后，两人交往仅限于彼此认识的普通朋友。

方振东还是很高兴，因为至少可以常常单独与刘清粼相处。

前夜

第十九章

又是一年春来到，凌江山山水水，无不充满花香鸟语。

凌江城也在演绎着又一个春天的故事，随着建设百万人口大都市号角的吹响，城区同时向东南西北全面拓展的规划出台。

这一举措通过新闻媒体报道后，郊区的农村顿时沸腾了，尤其是一江之隔的东皋村，满怀期待的村民欢腾雀跃，每家每户都盘算着如何操作才能得到更多的拆迁赔偿，有的人打起了立即搭建违法建筑的主意。

一时间，违法建筑如星星之火，一旦点燃便成燎原之势，任凭刘雷等村干部如何制止都无济于事。这可急坏了一直盯着东皋村这块肥肉的一些人，如罗五洲、苏实、范树人，还有凌江市教育局局长、省教育厅吴厅长的内侄赵德利，因为凌江师范学院新校区即将开建。

罗五洲派张玉玲来找刘清粼，一来恳求她叫她父亲加大制止违法建筑的力度，二来恳求她引见肖宗华，让肖宗华出面给凌江施加压力，彻底消除东皋村违法建筑的隐患，不料刘清粼只答应给她父亲去个电话，至于引见肖宗华她严词拒绝了。

当然，罗五洲还有一步棋，就是同时安排谭月茹去找周朝礼，让市政府直接干涉东皋村的事。谭月茹领命后，带上一张东皋村开发规划详图，在市政府门口上了周朝礼的车。

苏实则第一时间想到了宋冬梅，于是带上一份见面礼，来到牛哥辣妹塑身会馆跟宋冬梅见面。苏实将来意说明后，宋冬梅说："苏总，你前面的事还没个了结，又准备吃下东皋村的开发？你们有那个实力吗？你们是国有企业，政策上允许吗？"

"所以我才来找你嘛！"苏实说，"先说第一件事，有眉目了吗？时间久了，纸是包不住火的，一旦被烧破，我是难免引火烧身的呀！"说着，苏实额头上的汗又冒了出来。

哪里有什么眉目？宋冬梅其实最关心的是那笔利息究竟到了哪里，这不知不觉又过了好几个月，那钱也涨了许多，想着都让人心里发痒。

苏实的前来，顿时提醒了宋冬梅，她年前托张总找了个私家侦探，开展工作有这么久了，不知有没有进展呢？宋冬梅决定尽快跟私家侦探见个面。

宋冬梅对苏实说："你放心，快有眉目了。至于东皋村的事，你也不着急，我跟老周商量一下再定夺。我想盯着东皋村的人也会不少吧，肯定有房地产公司的，你先让他们去着急，等违法建设的事态得到遏制，而最后又是你吃下了那块肥肉，岂不更好？"

"那眼下我总得做点儿什么吧？"苏实说。

"你眼下得做好拿下东皋村的一切准备，比如成立房地产开发公司，还有就是先弄个规划，我到时候才好跟老周他们讲啊，不然我直接说你们燃气集团想开发东皋村？合适吗？"苏实想想也对，连忙点头，然后留下事先准备的那份礼，便匆匆走了。

宋冬梅见苏实走远，立即拨打私家侦探的电话，不一会儿，一个戴墨镜的小姑娘提着一个文件袋来了。"上次胳膊上有纹身的那个叫什么？他怎么没来？"宋冬梅诧异地问。

"薛经理吧？我们案子多，他正在召集大伙儿开案情分析会呢，另一个大案；您这个案子已经差不多了，这些资料您先看看。"小姑娘说着，把文件袋递给宋冬梅。

宋冬梅打开文件袋，忽地滑出一叠照片，她拿起来一张一张地看。

看着看着，宋冬梅脸色由红转青，再由青转白，嘴唇被牙齿咬得发紫，手还不停地颤抖。

她又急忙看了其他一些文字材料，越看越气，呼吸越来越急促，胸口不停起伏，到最后，禁不住地咳起嗽来。

"姐……姐……姐你怎么了？"那个小姑娘见宋冬梅魂不守舍，连喊了几声都没有应答，便抓住她的膀子摇晃着，宋冬梅回过神来。

"材料留下，你回去吧。给薛经理说，钱我随后转给他。"

"可能还要加钱，先约定的远远不够。"小姑娘说。

"钱不是问题。"宋冬梅说。

小姑娘抿嘴一笑走了。宋冬梅才健完身，也顾不上洗澡换衣服，急忙

113

前夜

从塑身会馆出来，径直来到盛世凌江，冲进谭月茹的办公室。

谭月茹被这突如其来的一幕吓了一跳，但立刻满脸笑容地说："姨妈，你怎么不先打个招呼就闯进来了？我正工作呢。"

宋冬梅上前"啪"地一耳光扇在谭月茹的脸上，"事先给你打招呼？你给我打招呼了吗？"

"你说什么呀？姨妈！我怎么了？你一来就打我？"谭月茹作出一副委屈的样子。

"姨妈？你怎么不叫我姐呀？不对，是我该叫你姐！对吧？谭姐！"宋冬梅气得双腿发颤。

谭月茹似乎明白了，她低头不语。

"说！你们什么时候搞上的？"宋冬梅指着谭月茹的鼻子。谭月茹红着脸怯怯地瞅了一眼宋冬梅，走到门旁准备关门，被宋冬梅阻止。

"怕别人听见是吗？你还知道羞耻？连你姨父都偷，什么东西！要不要把你的光荣事迹告诉你爸妈？"宋冬梅说着就要拨电话。

谭月茹见状，吓得立刻跪在地上，"别，别告诉他们，求求你，姨妈，是我错了！"宋冬梅一脚将谭月茹踢开，一屁股歪坐在沙发上生气。

"说！他给了你什么好处？就让你丧尽伦理道德？你一个还没结婚的姑娘家，甘愿拿自己的肉体去喂食一个年过半百的老男人，而且他还是你的长辈！你究竟得了什么好处？你从他那里拿了多少钱？"谭月茹不说话，宋冬梅揪了一把她的耳朵，"快说呀！贱人！"

"一个月也就是5万元，是他把我身份证拿去开的卡，每个月直接打进来的。"谭月茹只好说了。

"一个月5万？骗三岁小孩？你就那么贱吗？"宋冬梅笑着说。

听谭月茹说是周朝礼把她身份证拿去开的卡，宋冬梅一下子就明白了，周朝礼拿谭月茹的身份证很可能不止开了一张卡，其余的钱恐怕都存在连谭月茹都不知道的其他卡上了。

碰巧，公司有人来找谭月茹，宋冬梅正好离开，事情也已经基本查清，赶紧审问老周才是最重要的事情。

从盛世凌江出来，宋冬梅便给周朝礼发了条短信：老周，晚上务必回来吃饭，有要事相商。大约过了20分钟，周朝礼回复道：好！

晚上约摸九点多钟，周朝礼回来了。见满桌都是宋冬梅亲自下厨做的菜，周朝礼笑了笑说："今天什么好日子？得劳烦宋大厨费心做这么多好吃的？"

宋冬梅也笑了笑，"待会儿你就知道了。"

两人坐下后，宋冬梅开了瓶红酒，给周朝礼满满斟上："老周，咱们结婚也有二十多年了吧，老夫老妻的，从来没浪漫过，今天特意营造这个氛围，是想听听你的老实话。"

"看你说的，我好像从来都没给你说过老实话似的。"周朝礼将杯中酒一饮而尽，"你想听哪方面的？"宋冬梅想了想，决定先绕个弯子。"你说，前阵子你们动用公安把人家电视台的刘清粼硬是找出来，塞进肖宗华的房间，缺不缺德？这不是逼良为娼吗？"

"谁叫她是领导看上的人？官大一级压死人啊！"周朝礼说。

"你们干了不要脸的事，把责任推到别人身上！"宋冬梅把脸一沉。

"看你，不关咱们家的事，上什么心呀？"周朝礼说。

"老周，你说，如果你是肖宗华，你会不会看上哪个女人就非要搞到手？"宋冬梅准备切入正题了。

"说什么呢？我是那样的人吗？我爱财你是知道的，但要说我好色，那可是阎王爷都不信，我如果是那种人，就叫阎王爷早点把我收了去！"周朝礼发起誓来。

"呸！"宋冬梅赶紧捂住周朝礼的嘴，"把你收了去，我跟儿子怎么办？他还在英国读书没毕业呢。"

"所以说嘛，你不要胡思乱想，我一定是你跟儿子的坚强后盾！永远不倒的万里长城！"周朝礼将宋冬梅搂进怀里。

"去！老不要脸，这些动作蛮熟练的哈！"宋冬梅白了周朝礼一眼，"我还是得问问你，你把那笔钱藏哪儿了？快说老实话！"

周朝礼一愣，"什么钱？我藏什么钱？"宋冬梅死死地盯着周朝礼，意味深长地抿嘴笑着，"我已经调查清楚了，在你手中至少有十张某个女人的银行卡，总共存了至少500万元，老实交代，这钱你瞒着我想干什么？"

周朝礼极力狡辩说："瞎编乱造，纯属瞎编乱造！依你这凭空想象的能力，完全可以去当编剧了！我说你成天闲得无聊都快得妄想症了吧？"

宋冬梅把桌子一拍，脸上瞬间乌云密布，"你还要骗我到什么时候？

115

前夜

啊？你拿钱搞什么人不行，偏偏要搞到我侄女儿头上！你是人还是畜生？"

刹那间，热泪从宋冬梅的眼眶奔涌而出。

周朝礼着实傻了，他僵在那里半天无语，然后慢慢地低下头。

宋冬梅哭了一阵，"现在事情都已经发生了，你们俩如果能紧急刹车我既往不咎；毕竟这是家丑，你不要脸我还要脸呢！快说，你用她的身份证开的卡上，还有多少钱？"

周朝礼仍闭口不说话。

"明摆着的事实，你还不见棺材不掉泪是吗？"宋冬梅将私家侦探给她的那个文件袋拿出来，丢在周朝礼的面前。

周朝礼打开袋子，看了看里面的内容，皱起眉头闭上双眼，双手捧着脸沉思片刻，"你给个账号，我尽快把所有的钱转过来。"

"什么尽快？我限定你24小时内办妥！"宋冬梅态度很坚决。

"好吧，依你。"周朝礼点点头，起身往门外走，"我还有事，省政协一个常委来了，我得去陪陪。"说完就出门了。

第二天上午一上班，周朝礼就把王波叫到办公室，神色凝重地说："那事儿恐怕要穿，赶紧叫盛世凌江把钱还上。"

王波说："盛世凌江这两年战线铺得太开，资金恐怕越来越吃紧，突然叫他们还上那么大一笔钱，肯定很困难。""那怎么办呢？"周朝礼心里也怕了起来。

"市长，怎么突然想起主动催人家还钱呢？每个月的利息，可不少哦。"王波故事刺激周朝礼。

"都这个时候了，还想着钱！事儿穿了，你我都跑不了。"周朝礼瞪了王波一眼。

"我只是中间人，可没得一分钱，真的穿了，把事情说清楚就没事了。"王波淡淡地说。

周朝礼将手中一叠文件往桌上一砸，压低嗓门吼道："说清楚什么呀？把我供出来？把我弄进去？你小子真那么忘恩负义，老子先把你丢进去，你信不信？"

周朝礼毕竟是市长，这一阵虎威把王波镇住了。

"我知道这件事儿是你在背锅，这里面有100万，算是我给你的酬谢。"周朝礼递给王波一张银行卡。王波摇摇头表示不要。

"呵呵！装清廉是吧？你跟我也就是50步和100步的区别，都已经上了这条船了，想下来恐怕已经迟了。"周朝礼将银行卡塞到王波手中。

"给你5天时间，先找盛世凌江看能不能立刻把钱还上，如果不能……"周朝礼顿了顿，看着王波，"那就得先委屈你了。"

"你要我怎么样？"王波紧张地问。

"别紧张，让你先脱离苦海。"周朝礼说。

王波背脊顿时渗出冷汗，"你到底想要把我怎样？"周朝礼拍了拍王波的肩膀，"咱哥俩关键时刻得相互帮衬，我的意思是，你先跑路，带上你的老婆到国外，过神仙日子去。"

王波悬到嗓子眼的心落了下来，长长地舒了一口气，"可我往哪里跑呢？往澳洲？"周朝礼摇摇头，"谁都知道你女儿在澳洲留学，你是要给境外追逃的人留线索吗？傻瓜！"

"那我能去哪儿呢？"王波问。"去新西兰吧，那儿离澳洲近。这5天时间，够你准备了，赶紧把你的钱，你的房子都处理好，然后悄悄走。走前不能走漏一点儿风声！"

王波扯了一大把纸巾把脸上脖子上的汗擦干净，闭上眼想了会儿，"可是，我以什么身份出去呢？假如以真实身份走，最终还是跑不了的。抓回来死得更惨！"

"你能想到这儿，算你没吓昏头脑。这你甭担心，你跟你老婆另外一重身份我已吩咐人做了，到时候对方会主动联系你去取，保准你悄无声息地从人间蒸发。"周朝礼严肃地说。

王波点了点头，然后失魂落魄地走出市长办公室。

回到市政府办，他给下面的人安排了一下工作，然后借故领导安排有重要事情须办，匆匆忙忙开车回到了家里。

前夜

第二十章

原本平静的凌江顿时掀起了波澜。起因是市政府秘书长王波和盛世凌江分管财务及后勤工作的副总经理谭月茹不约而同失踪了。

事发突然,让不知内情的人事前完全感觉不到任何征兆。

伴随着王波失踪的还有他的老婆。谭月茹则是独自一人消失的,但与王波夫妇几乎是同一天人间蒸发,二者有没有必然联系?坊间顿时滋生几个版本的传言。

凌江各大茶楼、酒馆和饭店都在议论,有人说王波通过做中间人,帮盛世凌江弄到一笔巨额借款,然后认识谭月茹,接着两人勾搭成奸,合伙卷走盛世凌江2000多万元。

也有人说,谭月茹为了公司能拿到银行贷款,在罗五洲的撺掇下将王波拉下水,几年来从几大国有银行贷款两亿多,王波从中吃回扣几百万元。盛世凌江因盲目扩张资金链断裂将陷入官司,两人怕被牵连便潜逃。临走时,谭月茹从公司账户上转走2000多万元。

还有人悄悄传,王波在某主要领导的指示下,将一国有企业的钱借给盛世凌江,几年来他和谭月茹共同吃高利息几百万元,盛世凌江陷入困境,那家国有企业又追得紧,于是在某主要领导的安排下两人潜逃。临走时,王波指使谭月茹将公司2000多万元转走。

但议论和传言毕竟只是茶余饭后的谈资,凌江市公安局已经立案调查。一石激起千层浪,许多人惶惶不可终日,最着急的是凌江燃气集团总经理苏实。

当听到王波失踪的消息后,苏实顿时惊散了三分魂魄,尽管被吓得腿脚都无力,他还是立马给宋冬梅打了电话,并按约定地点立刻赶了过去。

一见面,苏实脸色苍白,嘴唇直哆嗦,连话都说不连贯了。

宋冬梅知道他找她的原因,心中早已有了准备,但她还是不动声色的问:"苏总,找我究竟有什么事?别急,慢慢说。"

"都火烧眉毛了,你还那么稳得起?王波跑了,这下完了,把我害惨了!"苏实不停地擦汗水。

"我听说了,现在可以肯定地说,这件事完全是王波打着我们老周的旗号搞的,后面的利息全部被他吃了!现在盛世凌江还不起钱,自己怕事情败露,跑了。"宋冬梅说。

"如果是这样,那该怎么办呢?"苏实说。"别怕,公安局已经介入调查了。"宋冬梅因心里有底,所以表现得十分淡定。

"就算是王波打周市长的旗号,但事情出了,周市长总不可能不管吧?"苏实此刻更加心急火燎。

"谁说老周没管?还是老周在市委、市政府紧急会议上提出意见,让公安局立即展开调查,并尽快查明此人失踪背后的秘密。这个时候你可要稳住啊,不能冲动!"

"公安调查什么时候会有结果?我关心的是,那笔钱怎么办?不行,我还是得亲自见见周市长!"苏实说。

"你见周市长,周市长也不可能给你钱啊!我说老苏啊,这个时候你可不能乱说,尤其是不能往我们家老周脸上抹黑!否则对你没好处!"宋冬梅说。

苏实听了宋冬梅的话,没去找周市长,但他立即去了省城,找到那家投资公司。

之前他也几次来找过那家公司,人家只是告诉他借钱的一方没钱了,既还不起本也付不起息,至于借钱的那一方究竟是谁,人家称要保密,况且这跟你也没有关系。

而这次,那家投资公司向苏实透露了更多的信息。

苏实这才知道借钱的那方是盛世凌江实业有限公司,而且这几年一直在支付利息,利息都是打进了王波的账户,共计800余万元,前3个月75万转到了燃气集团的账户上,其余700多万元到王波的账上就不知所踪了。

苏实无比震惊。他似乎明白了为何王波跟谭月茹一同失踪,原来一开始就是一个阴谋!

"这是故意挖个陷阱逼我往里面跳啊!"苏实叹息说,"到目前这步,我只有找你们还钱!马上!毕竟那5000万是从我们集团账户打进你们公司账户的。"

而对方的回答是，马上还不可能，这么大一笔钱得慢慢追，不过以后的利息可以保证每月打进凌江燃气集团账户。

苏实哪里会答应慢慢追，于是双方争吵了半天，都没有达成一致。

最后苏实说："给你们3天时间，如果还没见还钱，我就报警，告你们诈骗！"对方威胁他千万别冲动，否则他们将公司门一关，个个溜之大吉，你恐怕永远都拿不回那笔钱了！

苏实一听吓得半死，仔细一想也是，如果报了警，就等于事情彻底穿了，自己恐怕也会涉嫌挪用公款，罪责难逃。

回到凌江，苏实赓即就去找罗五洲，罗五洲也是一脸焦愁："外面的传言不管有多精彩，但一个事实却是真的，谭月茹把公司2000多万元给卷走了！我们一发现就报了案。"

"警方已经查明，我们公司每月支付的利息，通过那家投资公司打进了王波的账户，然后立即被取现，但几乎是同时，在谭月茹十几个银行账户中，多出了同样数目的钱。蹊跷的是，就在他俩消失的前几天，这些钱除一部分已被谭月茹花销了外，绝大部分被转到海外。包括从我们公司转走的那笔钱，都到了海外几十个神秘账户中。"罗五洲说。

"这么说，他俩串通吞并这笔利息是确凿无疑的了。"苏实长叹一声说，"罗总，这些都不重要了，人和钱都消失了，可我那5000万本钱，你能否马上还来？否则，哥哥我下半辈子就只有在监狱呆着了，你可怜可怜我吧，你要是立马给我办了，我把你当祖宗供起来！"

"哎！难啦！"罗五洲皱起眉头摇摇头说，"咱们公司前些年是赚了些钱，可后来同时投入了几个大项目，现在都在紧张建设，得天天拿钱去喂！我们光银行就欠了一两个亿，还有一两个亿的民间借贷，账上的钱能把眼下几个项目完成就已经不错了，要是这几个项目完成了，我不但能还清所有债务，还要赚几个亿。所以，老苏，恕兄弟爱莫能助啊！"

苏实想了想，说："你看这样行吗？我们一起去找那家投资公司，把合同变更了，变成你我直接的借贷关系，然后咱们再签一个合资开发某个项目的协议，就当我投资了，你过去不是说欢迎我们跟贵公司合作吗？"罗五洲眼睛一亮，"这还真是个好办法！"

两人愁云顿消，决定立刻去省城，不料这时，警察找上门了。罗五洲和苏实都被带到公安局，罗五洲配合警方做了笔录后被放了，但苏实却没能返回，直接关进了看守所。

就在苏实前脚去往省城的时候，燃气集团财务总监和出纳投案自首了。

苏实被抓后，凌江召开了全市国有企业总经理会议，通报了燃气集团的案子。会上，周朝礼的讲话掷地有声，他要求对全市国有企业进行财务审计。

征求李永辉的意见后，周朝礼指示市公安局，尽快侦结苏实的犯罪事实，还建议检察机关和法院，一定要快诉快审快判，以此典型警醒全市。

当局势快归平静时，《江口都市报》用一个整版报道了凌江最近发生的这些事情。从谭月茹、王波的神秘失踪，到苏实被刑事拘留，新闻事件叙述得详细丰满，与主稿搭配的一组副稿，还起底了谭月茹的职场经历，并点明她是凌江市长周朝礼的内侄女，且在周市长的关怀下，年纪轻轻就当上了盛世凌江的副总经理。

而对于王波，文章更是把他重要的官场升迁轨迹与市长周朝礼环环紧扣，诸多稿件似乎在告诉读者一个事实：周朝礼跟此事脱不了干系。

报道一出，凌江市委召开了一次常委会，本来就对《江口都市报》深恶痛绝的凌江市委宣传部部长唐鹏程，发表意见时连拍了几次桌子，声称这次无论如何不能饶了这张乱讲话的报纸，并建议市委、市政府以红头文件致函《江口都市报》，要求其对该事件的不实报道公开致歉，对于文中取材用料及文字表述上对凌江市主要领导含沙射影般的毁谤，将保留法律诉讼的权利，同时要求采写、编发该组稿件的记者、编辑公开向周市长道歉。

周朝礼也发表了他个人的看法："我想时间会澄清一切事实，到时候清浊自辩，黑白自明，因此我个人的名誉损毁就不要去追究了；但是，我们不能助长当前部分媒体这种非主流声音肆意传播！直接跟这种媒体较劲有意义吗？我们得向管得住他们的相关部门去反映，叫他们想办法去管住这些臭嘴！另外，大家想想，事情才发生几天？省城的记者就知道了，而且文章写得有鼻子有眼的，大家难道就没发现什么问题吗？咱们凌江有内鬼！公安局得好好查查！把写文章的那个记者的通话记录统统查

前夜

一遍，看看是凌江哪一个在给他爆料！"

《江口都市报》对凌江市委、市政府的来函同样以红头文件的方式给予了回复。大致意思是，经过报社内部详细调查，并对该组报道所涉及到的每一个细节，均进行了原始材料的核对，报社认为该组报道不存在失实，采写、编发该组报道的记者和编辑态度十分严谨，因此拒绝所谓公开道歉之说。如果凌江方面采取法律诉讼渠道，大可自便，报社一定应诉。

唐鹏程碰了一鼻子灰，心里很是郁闷，还好公安那边传来消息，向外爆料的内鬼查清楚了，正是《凌江日报》社记者方振东。自从王波、谭月茹失踪那天起，他先后跟《江口都市报》记者通话有12次，而且大部分是他主动打过去的。

唐鹏程暴跳如雷，勒令谢永刚立即开除方振东。

但翻遍现有法律法规和相关规章制度，要立即开除方振东，实在缺乏依据。怎么办？《凌江日报》社领导经过认真讨论，最后给方振东的处分是：停职反省三个月。

处分公布后，方振东漫不经心地收拾好自己的东西，然后向同事们挥手："各位继续辛苦吧，我去休假了，三个月后再见。"

方振东准备用这停职反省的三个月时间读几本书，然后酝酿一篇论文，题目暂定为《舆论监督如何在夹缝中顽强生长》，因为长时间来，一个问题老是压在他胸口，让他百思不得其解。那就是明明新闻媒体有舆论监督的职能，可为什么总是在现实中被行政权力打压？怎样才能既发挥了新闻媒体舆论监督的作用，又避免了与行政权力之间的冲突，且还能赢得社会广泛的认可和支持呢？这次的处分正好给了他研究这个课题的时间。

关起门看了几天书，方振东觉得头晕眼花，他决定出门活动活动，于是骑着自行车沿滨江路漫无目的地走着。每当他看到电视台那座高塔，他都会很自然地想起刘清粼。

他又有好久没见到刘清粼了，于是给她打了个电话。刘清粼说这段时间忙，故而没有跟他联系，电话中还劝方振东，不要再那么任性了，该圆滑的时候必须得圆滑。

方振东越来越明显地感觉到刘清粼的变化，嘴里只是哦哦地应承着。

挂掉电话后，他甚至有些后悔跟刘清粼通话了。正这样想着，迎头撞上一个人，正是刘清粼。

两人都十分惊诧，纷纷感叹无巧不成书，但两人只是寒暄几句，便各奔东西了。刘清粼走后，方振东心里波涌浪跌久久不能停息，十分难受。

当晚，方振东应钱应来、莫仁新和尤佳满的邀请，去KTV。得知方振东受了处分，钱应来主动约了他几次，说是叫他出来散散心，不要那样不食人间烟火地装神仙。

到了包间，钱应来调侃式地给方振东上了一堂课："你想把黄河都澄清了，那可能吗？假如你真有那本事，也未必是好事；想想，那么多鱼呀虾呀，已经适应了那浑水，一下子给澄清了，还不得死一大片？遭罪呀！就那浑水多好啊！我们谁都可以浑水摸鱼嘛！"

"死一大片那才好哇！水清了，总有喜欢清水的鱼类滋生繁衍。"方振东说。

"非也！"钱应来摇摇手指，"这一死一生，得折腾多久啊？再说清水里长的鱼不见得就比浑水里长的鱼好吃；如果不这么折腾，原有的鱼虾正常地生长繁衍下去，比那先死光然后再滋生繁衍新的鱼类，对整个生态的贡献要大得多嘛！咱们现在多好的时代，多好的机遇，劝你不要那么傻了，你这样逆时代潮流地去搅和，自己能得到什么好处？"

方振东知道这样辩下去他很难获胜，于是笑了笑："咱都别说了，请我干嘛来了？"钱应来点头一笑，一个响指便招呼服务员叫来几位美女，一一安排落座。

方振东推脱不要美女作陪，钱应来拉住一位美女的胳膊，硬塞进方振东的怀里，这动作把方振东吓了一跳，本能地从沙发上坐起来，脸红到耳根，惹得大家一阵哄堂大笑。

整个晚上，方振东都没挨那美女一下，待唱歌结束，钱应来照样付了小费，出门时，指着方振东开玩笑地说："哥们儿，你今天足足浪费了我二百块钱！"

第二十一章

苏实被逮捕后，燃气集团副总经理刘小平主持工作，在市政府的一再督促下，他们与省城那家投资公司和盛世凌江再次坐在一起，商讨那5000万元借款的善后事宜。

根据市政府的意见，协议立即变更为盛世凌江与燃气集团双方的借贷关系，月利息不变直接打到燃气集团账户，且必须在半年之内还清本金。

这给罗五洲施加了很大的压力，公司资金早就面临枯竭，又被谭月茹卷走一笔，现在又要在半年内偿还5000万债务，想起这些，罗五洲再也没了往日的踌躇满志和意气风发，跟苏实进去之前一样，整日愁眉紧锁。

一个进去了，一个陷入资金困局，那东皋村项目的竞争自然少了两个劲敌，这对市教育局和丝制品集团来说，无疑是极大的利好。于是，双方都加强了攻关的力度。

范树人是政协委员，自然想到了蒋光明，他之前也找过他几次，蒋光明也表示了一定的兴趣，并暗示过有几分把握。在当前的形势下，他应该更有把握吧？范树人想。

范树人来到蒋光明办公室，可敲了几次门，都没有动静。他再敲了一下，并轻轻贴在门缝上喊了声，可里面还是没动静。

范树人拨通蒋光明的电话，他听到屋里有电话铃响，响了几声便挂断了。

于是，他又敲了几下门，仍旧未开，又拨打电话，这次范树人确定电话铃声是从屋里传出来的。

蒋光明不可能人机分离，可为什么不开门，也不接电话呢？这倒让范树人很为难了，是继续敲门还是拨电话呢？他呆呆地站着不知如何是好。

正纳闷间，门突然开了，正是蒋光明。

范树人立马满脸笑容地向蒋光明问好。蒋光明则愁闷不堪的样子，不耐烦地问了句："什么事？"范树人心里咯噔了一下，不知道该怎么回答。

蒋光明见范树人不说话，自个儿折转回去，坐到桌前，也不说叫范树人进去。

范树人小心翼翼地："主席，我可以进来吗？"

"门又没关，你进来嘛！"蒋光明说。

范树人进去后，反倒不敢冒然张嘴了。双方一时都陷入沉默。

"你找我有什么事，就说嘛！刚才门敲得像打鬼一样，电话打得像催命一样！到底什么事？"蒋光明先开了口。

"……呵呵，就是上次我给您汇报的……东皋村的项目……"范树人吞吞吐吐地说。

"东皋村什么项目？"蒋光明反问。

"东皋村不是作为城市南扩的规划区吗？我们想做点儿事情。"范树人说。

"你们不是搞蚕桑丝绸的吗？怎么也想起城市建设来了？"蒋光明淡淡一笑说。

"我上次给您汇报了呀！咱们也想通过房地产改善一下公司的经营状况，这还不是壮大国有资产吗？应该符合国家政策的呀！"范树人见蒋光明茫然不知的样子，很着急。

"听起来不错，可房地产业的风险你们考虑过吗？别光羡慕贼吃肉，贼挨打的时候也挺惨的；像盛世凌江，原来多风光？现在呢？账上支两百万恐怕都很难！你们有这个实力吗？假如你们把老本儿都陷进去了，突然遭遇资金链断裂，岂不是偷鸡不成蚀把米啊？搞你们的蚕桑丝绸尽管利润少，可政府也没让你们去多赚钱呀！瞎折腾什么呀？"蒋光明说。

"可……主席您上次是很支持的呀！而且您说过您有把握帮我们拿到项目，现在应该十拿九稳了呀！"范树人急切地提醒蒋光明。

"我说过这话吗？我什么时候说过？"蒋光明从座位上站起来，严肃地走到范树人旁边。

"您……您是说过的呀！"范树人强调说。

"那肯定不是在正式场合说过的，老范啦，像吃饭、喝酒、喝茶聊天等场合说过的话，怎么能作数呢？你也是老党员、老干部了，涉及项目开发动不动就得投上亿，这么重大的事情，那不是玩笑，必须是在正式场合说的才能作数！"

蒋光明见范树人还要辩解，连忙制止住他，"你们要想搞，想清楚了通过正规程序走，而且必须召开全体职工大会决定。"说完示意范树人走人，"我还有重要的事情办，先这样吧，这段时间都别来找我。"

范树人摇摇头，叹息一声，只好离开。

在楼道上，他刻意回想了一下，至少有三次他专门请蒋光明吃饭，蒋还带了郑霞一起，饭后还陪他们打了几个通宵的麻将，每次输血都在5万元以上，陪他们上省城潇洒就不说了，难道蒋光明真的忘了？

以范树人的回忆，看蒋光明当时那兴奋劲儿，这不应该呀！正想着，迎面走来两个年轻人，小声说着话，其中一个手里拿着一份材料。

"兄弟，劝你这个时候不要送去，挨一顿批评不说，叫你返工重写，你上哪儿喊冤去？"其中一个说。"为什么呀？"另一个问。

"你还不知道？现在主席烦着呢！"其中一个说。"他烦什么呀？当领导还有烦心事？"另一个不解。

"真不知道还是装的？"其中一个神神秘秘地看了看四周，见范树人面生，便缄口不言。

范树人装作漫不经心的样子从他们身旁擦肩而过，但耳朵则调至最高灵敏度，放慢脚步听后面的话。

"他那个二夫人出事了。"其中一个说。

"什么二夫人？"

"嗨！就是医院那位！你小子是真傻呢还是装二呀？全天下人都知道的事！"

范树人顿时明白了，为什么蒋光明见他时一脸乌云。可郑霞出什么事了？有多严重？不由，范树人加快了脚步，他想尽快回到公司，然后找渠道打听一下郑霞的事情。

这一打听还真出了大事，市中心医院领导层加部分中层干部集体塌方。

事情的起因是刚刚竣工不久的一幢医院住院楼，耗资6500多万元，却被发现是个豆腐渣工程，用了不到3个月就被禁止使用，目前正在请权威机构鉴定。

郑霞作为医院总务科长，自然难以幸免。

蒋光明虽然跟中心医院那幢住院楼的质量没有直接的关系，但他跟郑霞之间的关系却是无人不知。他怕郑霞进去后经不起审讯，把该说的不该说的都说了，从而牵扯到自己。

另外一个神经紧张的人就是魏德宝，郑霞的个人安危早已无关他的痛痒，但从法律上来讲两人毕竟还是夫妻，他们从不同渠道弄来的那些财产，不管登记在哪个的名下，恐怕都难以逃脱法律的重新定性。一旦深查，很可能拔出萝卜带出泥，他魏德宝也罪责难逃。

因此，自从郑霞出事后，魏德宝就没有去上班，也不敢轻易给别人打电话，在机关里混了这么多年，他知道他的手机和家里的电话，很可能已经被公安机关监听。

就这样惶恐不安地在家蹲了几天，虽然没有发生什么，但魏德宝心里越来越恐惧。有时候冷静下来，他会理智地去捋捋过去的事情。

他把他们的财产分成几个部分，那些以他和郑霞的名义登记的房产估计是保不住了，银行存的钱也将不再属于他们，这部分就当从来没拥有过，忍痛从脑海里抹去。

另一部分就是，他们以双方父母的名义各购置了一套房和商铺，数量不多也不至于引起怀疑，即使他俩都出了事，只要牙口紧，不至于被收缴，就算留给孩子的吧，也可以不用再去牵挂。

还有一部分，他们以现金的方式藏了一笔钱，虽然只有两百多万，但足够危难的时候应付几年。魏德宝立即找到那笔钱，准备出去避避风头。

可去哪里呢？出国是不可能的，魏德宝很清楚自己的分量，尽管他毫不谦虚地把自己划入到贪婪这个序列，但跟贪官比起来还差得甚远，因此在海外不仅没有安全的藏身之地，更没有足够的经济实力。国内吧，他清楚以自己的身份走到任何一个角落都是枉费心机。

不过，受过高等教育的魏德宝不至于这么没头脑，几年前他花高价弄了一个假身份证，据说在外开房开户都没有问题。不久前，他去省政协开会在省城试过，确实管用。

顿时，魏德宝就像得了隐身草一样高兴起来，想着一个大活人天天在外面晃着，可他魏德宝这个身份就好比在人间消失了一样，想起来都很刺激。

前夜

于是，他找出那张身份证，提着一只沉重的箱子，坐了一辆长期跑省城的黑车连夜奔逃，在上次开房的那家酒店住下。

接下来几天，不断有人给魏德宝打电话，除了朋友、同事，还有他父母、亲戚，可他不敢接。他怕电话那边守候的是警察，自己一接便会暴露位置，很快便招致警察破门而入。

这样的情节魏德宝在影视作品中看过，没想到而今自己却身临其境，心里一阵冰凉。他赶紧用那张假身份证办了一张手机卡，但也不敢轻易触碰手机。

白天，魏德宝还可以透过窗户看看外面变幻莫测的风景，可夜晚，一个人躺在床上辗转反侧难以入睡，感觉如同被抛弃在茫茫冰原，孤独和无助像魔鬼一样噬咬他的心灵。

每当这个时候，他会穿上衣服出去走走，碰到电影院，他会毫不犹豫地买一张午夜场的票。碰到KTV，他也会不假思索进去，要一个小包间，叫上几个三陪小姐，然后拼命地唱歌，拼命地喝酒，或是搂着小姐疯狂地跳舞。

渐渐地，一些夜场对他熟悉了，老远就笑脸相迎。小费往往大把地给，乐得场子里的女人甚至为他争风吃醋。可曲终人散后，他又不得不回到宾馆，独自承受失眠的折磨。

一天凌晨3点，魏德宝从洗浴中心回到宾馆，当孤独再次袭上心头时，他想起了父亲和儿子，不觉唏嘘不已，眼泪哗啦啦地落下来。情绪失控时，竟一阵号啕大哭。

父亲接近70岁的人了，身体又不好，现在应该知道了他们两口子的事情，不知他老人家能否承受这样的打击？儿子平时就疏于管教，上初一就抽烟喝酒，成绩在班上倒数前几名，从今往后不知又会堕落成什么样？

魏德宝心里掀起一阵憎恨，憎恨郑霞，憎恨蒋光明！是他们毁了他的一生。如今要他来承担这些严重的后果，他十分不甘心，在尚未作任何斗争的情况下，他极不愿意就此认输。

那怎么办呢？他想了想，拨通了蒋光明的电话。

近段时间，蒋光明也经常失眠。好不容易迷迷糊糊地睡着，突然被电话吵醒，他抓起电话看是陌生号码，于是挂断了，可正准备睡下，电话又响了。

蒋光明愣在床上，眼睛死死地盯着屏幕上闪烁的那个来自省城的电话号码，心里七上八下紧张不已。

约摸过了一分钟，蒋光明还是接了，还没等他应声，对方先说话了："睡得可好啊？领导！你也睡得着吗？"

蒋光明一下就听出来是魏德宝，压低声音吼道："你胆子不小啊！还敢给我打电话？你就不怕我通知警察来抓你？"

"这个我已经想过了，如果我被抓了，你还能跑得掉吗？所以你不会通知警察的。"魏德宝说。"那你就不怕我们的通话被监听？"蒋光明说。

"我这个号码是安全的，而你的电话呢，至少案件目前还没有牵扯到你，警察还不至于把你的号码监听了吧？"魏德宝得意洋洋地说。

"你想怎么样？"蒋光明心里害怕起来。

魏德宝在电话中一阵狂笑，"一个堂堂正厅级领导，也有害怕的时候？哈哈哈……你蒋光明贪污腐败、欺男霸女的时候，什么时候害怕过？现在怂了吗？不至于吧？"

"少他妈废话，你到底想怎么样？"蒋光明厌恶地说。"你把我害的那么惨，你还他妈他妈地骂！你是人吗？我告诉你，姓蒋的！别把我惹急了，否则我让你立马蹲监狱！"魏德宝一改过去在蒋光明跟前说话的语气，感觉如同久被压抑的竹子顿时伸直了腰杆。

"好好好！我不骂你，你三更半夜给我打电话，不会是闲的无聊吧？"蒋光明明白这个时候不能以领导的身份跟魏德宝说话，只好把口气放缓下来，"有什么条件就提！"

"条件嘛，你得让我想想，"魏德宝说，"照理说，现在即使你给我一千万都难以弥补我的损失，为了成全你们这对狗男女肮脏不堪的奸情，我放弃了一切，父母期盼而难以尽孝，儿女需要而不能尽责，现在我是有家难回！你自己说，我该给你提什么条件？"

蒋光明一时沉默无语。魏德宝说："我再说一遍，别把我逼急了！"

"你现在在哪里？你该不是想回来吧，我劝你就此人间蒸发最好。要钱，我可以给你。"蒋光明说。

"那你觉得该给我多少才合适呢？"魏德宝问。

蒋光明没有表态。"500万怎么样？这对你来说，九牛一毛。"魏德宝说。

129

前夜

蒋光明冷笑说："你以为我是巨贪？我有那么多钱？"

"你考虑仔细了，是钱重要还是自由和名声重要？你的那些肮脏事我还是知道一二……你不必立刻回答我，我明天给你发个账号，你把钱打过来。"说完，魏德宝挂了电话。

蒋光明又"喂"了半天，然后将手机狠狠地甩到桌子上，抱着脑袋直搔头发。

第二天，魏德宝给蒋光明发来一个账号，那也是他用假身份证开的户。蒋光明阴冷地笑了笑，自言自语："小杂种，太天真了！"

蒋光明拨通一个电话，告诉对方魏德宝的电话号码，并简单地给对方说了句："你安排个人到省城把这个号码锁定，找到这个人，他要向我索要500万，这可是要我的命啊！接下来该怎么做，你懂的。"

第二十二章

凌江有幸成为中部地区中心城市，但距省上要求还有很大差距，主要是建成区面积和城区常住人口数量都远远不够。

这对凌江来说，是挑战，也是机遇。肖宗华就曾要求凌江在三年内建成百万人口以上的大城市，当时还有一些领导对此举棋不定，而今看来，这是省委、省政府今后几年施政决策的重要着力点之一，市委、市政府必须顺势而为。

省上前进的航船已经起锚，凌江该怎么办？凌江市委也立即召开了常委扩大会议，除了所有副市长及各大局局长参会外，还特别邀请了市人大、政协的主要领导参会。

会议主要讨论如何对接省上的五大区域中心城市的具体要求，修改完善凌江建设百万人口大城市的详细规划，并对拟新拓展的城市新建区域作出具体的开发计划和初步规划。经新闻媒体连番重点报道，凌江房地产热再次掀起，东皋村也再次成为万众瞩目的焦点。

　　城市建设的高歌猛进，让凌江一些房地产企业如沐春风，本来陷入资金困难的盛世凌江短短一个星期不仅把库存的房屋全部卖光了，而且几个在建楼盘的预售也很火爆。

　　罗五洲重又容光焕发，不仅还清了所有债务，手里还留有丰厚的资金，随时准备进军新的领地，东皋村自然是他势在必得的一个项目。他花高价对东皋村事先的规划作了大的修改，然后派张玉玲负责去攻市委、市政府的关。

　　张玉玲把资料交到市规划建设局便石沉大海，她又几次到市委、市政府，想面见市委书记李永辉和市长周朝礼，但都被拒之门外。

　　张玉玲的受挫让罗五洲想起了谭月茹。这个女人虽然可恨，但毕竟是周朝礼的内侄女，过去在她的周旋下，盛世凌江算是顺风顺水。她虽然卷走了公司一些钱，但相对她对公司的贡献还不算过分。她现在在哪里呢？如果她能回来，罗五洲都不打算追究她的过错，仍然对她委以重任。正这样想着，罗五洲的电话响了，他一看是一个从未见过的奇怪号码。

　　真是凑巧，电话正是谭月茹打来的。罗五洲问她在哪里，谭月茹没有回答，然后说："罗总，我知道我对不起公司，对不起你，那2000万就算我跟公司借的，我一定加倍还你。"

　　"事情都过去了，不就2000万吗？我罗五洲的为人你是知道的。你对公司的贡献很大，我相信你是迫不得已才那样做的，那笔钱就算是公司对你的奖励吧！"罗五洲大方地说。

　　"我说要加倍地还你，罗总，你还没问我怎么还你呢，你难道不想知道吗？"谭月茹说。

　　"说来听听。"罗五洲屏息聆听。"我在公司干得好好的，公司对我也很好，我为什么突然消失了，你就没好好想想？是为什么？"谭月茹的声音开始颤抖，显然她有委屈。

　　"别急，你慢慢说，小谭，我专心地听。"罗五洲说。

　　"是周市长为了自保，逼迫我走的！"谭月茹说着，便不停地抽泣起来，"我现在身处人生地不熟的异国他乡，很孤独，很害怕，我很想凌江，很想家，很想妈妈……"

前夜

"那就回来吧！我一定不会追究你卷款逃跑的责任。"罗五洲恳切地说。"可是我不能回来，也不敢回来。"谭月茹说。

"周市长毕竟是你姨父，他不会对你怎么样吧?"罗五洲说。

"哼哼！在利益面前，亲情轻如鸿毛！我跟周市长的一些事也许凌江任何人都还不知道，除了我的姨妈。"谭月茹说。接着，谭月茹把事情的根根底底全部对罗五洲说了。

罗五洲万分震惊。他没想到，周市长平时庄重严肃，却原来不仅贪婪如虎豹，好色似豺狼，为了利用谭月茹洗钱，不惜将兽欲施加给自己的亲内侄女！

而且据谭月茹透露，周朝礼以同样的手段在凌江每个县都发展有至少一个情妇，每个情妇都是她贪污受贿洗钱的工具，几年下来，他搜刮的钱财起码上亿。

"我把周市长这两年来利用我的身份开的那十几个账户里的资金流水情况都打了一份出来，你拿去找他，我想这就是他的软肋，你只要逮住这个，你想要什么项目就会有什么项目。"谭月茹告诉罗五洲说。

可罗五洲心里十分明白，不到迫不得已的情况，他是不敢这样做的。

过了几天，市政府组织召开凡对东皋村开发有意愿的各方研讨会议，主持会议的是分管城市建设的常务副市长周平。在罗五洲的指派下，张玉玲也去找过周平，周倒是热情地接待了张玉玲，但对于盛世凌江的想法，周平没有具体表态，只是一个劲儿地说好。

盛世凌江安排的饭局以及其他场所的聚会，周平也没有参加，给人的感觉他就是一个十足的秉公办事的好领导，这倒让畅游商海若干年的罗五洲束手无策了。

研讨会议上，罗五洲发现共有10余家单位或公司对开发东皋村有意愿，凌江燃气集团仍没有放弃，市教育局代表在会上坐了最重要的位置，凌江丝制品集团也是精心准备了一番，其他还有来自省城的四五家房地产公司，还有外省的公司。

罗五洲经打听，这些公司不是市建设规划局推荐的，就是与市上一些领导有瓜葛。这阵势让罗五洲甚感如群狼犯境般紧迫，他必须拿出非凡手段才能立于不败之地。

会后，罗五洲立即把张玉玲叫到身边，给她交代机密。张玉玲先是去找周市长，但还是吃了闭门羹。接着，她径直来到宋春明的牛哥辣妹塑身会馆，准备找宋冬梅谈谈。

张玉玲对这里很熟悉，因为那房子是盛世凌江开发的楼盘，且自己也喜欢健身，在那里也注册了会员，而且她听说宋春明专门为唐晓薇、宋冬梅及一些官太太装修了一个馆中馆，由宋春明本人亲自担任教练，一般人根本就进不去。

不过张玉玲代表的是房东单位，可以去那里找宋春明，找到宋春明，自然也就找到了宋冬梅。这里共分三层，一层是一般会员区，二层为金卡会员区，三层为钻石会员区。

说是一般会员，也非同一般，会员须先存入18000元方能入会，显然是凌江中产阶层以上家庭方能承担得起；金卡会员的门槛是存入68000元，为富裕家庭或是政府各大局长的家人专区；钻石会员限制条件最高，首先得预存108800元，而且申请注册时须由公司严格审查，非副市长以上的家庭成员一般是不会被审查通过的。

金卡会员区和钻石会员区都有专用电梯上下，互不混淆，而且每个区域进出都得通过智能刷卡和人脸识别。张玉玲注册的是金卡会员，她在那里从没看到过市长太太宋冬梅，因此她断定宋冬梅一定是在钻石会员区了。

可怎么才能进去呢？张玉玲先是给宋春明打了电话，不料没人接听，她便乘电梯上到三楼，在门口守候看有没有人进出。等候半天，也不见人影，张玉玲喊了声也不见回应，然后她试着推门，居然推开了，于是大胆走了进去。

走着走着，张玉玲听到一个小房间有人说话，便靠过去，在门口停了下来。

突然，屋里传出一男一女的声音，那女的啊地叫了一声，随后娇微地说："好舒服啊！"接着，那男的笑了笑说："那再来几下！"那女的又是几声猫叫。

张玉玲顿时脸红了，不由转身就跑，高跟鞋在地板上敲击的声音很响。没等她跑到门口，身后传来一个男人的声音："谁？干什么的？"

张玉玲站住，尴尬地转过身来，那男的正是宋春明，他俩认识。

宋春明十分诧异，看了张玉玲半天，"张总，你来干什么？这半年的

前夜

房租已经支付了呀,再说,即使欠房租,也不至于由你这么大的公司领导亲自来催吧?"

张玉玲笑着走过去,"别误会,我是来找你姐的,我无缘认识她,也没她电话,所以想到先来找你;我给你打电话你没接,不知道你正忙呢。"

张玉玲表达了歉意。这时,屋里那女人喊道:"小宋,谁呀?"张玉玲不作声地朝屋里指了指,并给宋春明使了个眼色。"我刚才正给唐姐按摩呢。"宋春明解释。

见张玉玲不明白,他凑近张玉玲耳朵小声说:"李书记的夫人,我的财神爷!"张玉玲瞪大眼睛,嘴唇噘圆无声地"哦"了一下,点点头。

"我姐马上就来了,你先在休息室坐坐。"说完,宋春明进了屋。

张玉玲只好到休息室,自个儿倒了杯水,静静地等待。

约摸等了半个钟头,宋冬梅出现在休息室,张玉玲连忙站起来赔笑,并自我介绍。

宋冬梅僵硬地笑着回应了张玉玲,随即问:"我跟盛世凌江没打过交道吧,张总找我有什么事吗?"

张玉玲直截了当地对宋冬梅说,盛世凌江想拿下东皋村的项目,希望宋冬梅帮帮忙。

宋冬梅冷冷地笑了声,"我又不是政府领导,我能帮你什么忙呢?"

"你可是管领导的领导啊!找您帮忙准没错。"张玉玲说。

"听起来好像我是只母老虎,连市长都怕我似的;你还是直接去市政府做工作,我们老周吧,一定会审慎把握,公平对待每一家公司的。"

宋冬梅说着就要起身离开。见宋冬梅滴水不漏,张玉玲觉得是施出杀手锏的时候了。

"宋夫人别急,东皋村的事情就放一边吧,感谢您的指点,我们一定遵照您的指点去找市政府疏通;我今天来,主要是想跟您谈点儿谭月茹的事,或者说是关系到您的家事。"

"谭月茹怎么了?她不是把你们公司的钱卷跑了吗?你们有她的消息了?"宋冬梅故作镇静地问。

"不仅有她的消息,而且从她那里还知道了很多内幕,前几天,他给罗总打了电话,电话里两个人谈了足足一个多小时。"张玉玲一边说,一边注意宋冬梅的表情。

134

宋冬梅眉头一皱，"她都说些什么了？""她都说了些什么宋夫人应该最清楚吧，她毕竟是您的亲侄女；我这里有些资料，你可以先看看。"

说着，张玉玲把谭月茹提供的那些账户的资金流水情况拿出来，交给了宋冬梅。

"虽然这些流水没有直接牵扯到您和周市长，但只要公安机关立案调查，我想，这钱的最终去向一定会查个水落石出。"张玉玲见宋冬梅的脸色越来越难看，接着说，"宋夫人请放心，这些材料在凌江只我们有，我们可以保证绝不外泄。"

宋冬梅没有作声，只是呆呆地看着张玉玲。半晌，她问张玉玲："这就是你们想拿到东皋村项目的交换条件吧？"

"无商不奸！我算是领教了！"宋冬梅咬牙切齿地说。

"别说的那么难听嘛，我这里还有一些关于周市长的秘密，你想听吗？"张玉玲得意洋洋地说。"好啊，说来听听？"宋冬梅装作若无其事的样子。

"下次吧！我想我们真是相见恨晚，相信我们姐妹也一定会成为好姐们儿的！"张玉玲说完，告辞先走了。

接下来几天，罗五洲静观其变。

市政府不断传来好消息。先是市教育局被强行踢出局，赵德利很是不服，亲自到周朝礼办公室问个究竟。

"东皋村是未来城区的黄金地段，与这边凌江渡城市综合体遥相对应，那里肯定不适合建学校，而是要充分发挥其土地价值，建南岸区的商业中心。"周朝礼解释说。

赵德利反问："那凌江师范学院新校区应该建在哪里才合适呢？"

"北郊有一片松林，松林周围是多好的开阔地呀，那儿不是最好的教书育人的环境吗？况且，离老校区又近，便于两个校区之间的交流与配合。"周朝礼说。

赵德利心里明白，那里虽好，但商业开发价值不大，他是想利用新校区建设之机，搭车搞一些商业开发，顺便发点财，眼下看来只能算是水中望月了，心中十分沮丧。

于是，赵德利找到吴厅长来说情，不料还是没起到作用，只好重新考虑新校区的选址。

135

凌江燃气集团也被否决。市政府的意见是，苏实的问题还没彻底查清，凌江燃气集团内部整饬还没有结束，不应该考虑对外扩张的问题。

凌江丝制品集团呢？更是遭到批判，市上有关领导质问范树人："你来凑什么热闹？公司搞不下去就宣布破产！你以为进军房地产就可以让公司起死回生？想得太天真了！'凌江丝绸'这块金字招牌只有立足本行业，才能越擦越亮，搞房地产，岂不是本末倒置？"

范树人听了气得七窍生烟，会后回到公司，直接向市国资委打了辞职报告，并撂下一句话："趁公司现在还能勉强运转，我早点丢手，否则公司倒在我手里，我岂不是千古罪人？"

省城来的几家公司吧，市政府分别做工作也叫他们退出，当然是在许诺给其他项目弥补的前提下。最后，只剩下来自外省的两家跟盛世凌江竞争。

不知这两家是什么来头，不过战胜他们，罗五洲自认为是胸有成竹。

第二十三章

其实，早在几年前，东皋村就已经列入城市未来发展区域，只是土地性质还未变更。如今，市委、市政府明确要开发这里，土地整村征用已是铁板钉钉，市国土局正在酝酿征用方案。哪知，东皋村闻风而动，一夜之间，处处挖方动土，家家户户都在垒墙筑院。

这阵势吓坏了罗五洲，他派张玉玲紧急向市国土局反映，市国土局、市规划建设局出动执法队伍赶往东皋村。但没有强制执行力的行政执法队伍根本就唬不住不明法理的村民，这个时候，机会和利益大于天，任凭什么组织的约束、行政的威吓都无济于事。

同样的现象在城郊周边农村都出现了，市政府调动警察协同国土、建设等部门执法力量，才勉强制止住日夜疯长的违法建筑势头。市政府马上宣布，冻结东皋村及其他城郊农村土地及地上附着物，并尽快组织有关部门清理登记。

形势稳定后，市政府组织相关部门召开了东皋村及城郊农村土地征用方案研讨会。参会的副市长兼市公安局局长张亚斌发言完毕，他拿出手机看时间，不料发现一条短信。

局刑警大队长马江发来的，说是有重要案情汇报。张亚斌起身走到周朝礼身后小声说："市长，我出去打个电话。"周朝礼没说什么，朝外挥了挥手，并点了点头。

马江在电话里说，刚刚接到省城公安局来电，说是在省城某酒店凌晨5点多钟发生一起坠楼事件，死者身份已经查明，系凌江市政协副秘书长兼办公室主任魏德宝。省城公安机关要求凌江市公安局立即派人前往协助调查。

魏德宝，不是负案在逃吗？怎么坠楼了呢？张亚斌没来得及多想，立即给周朝礼请了个假，便匆匆忙忙赶回局里，并立即叫人将魏德宝的案件材料拿出来分析。

魏德宝原本没有引起公安机关的注意，因其妻子郑霞被抓失踪，市政协报警后，公安机关介入调查才得知，此人在市委宣传部和市政协期间，利用职务之便，多次虚设名目，伪造票据报销费用，骗取机关公共经费，数额巨大，已涉嫌贪污罪。

市公安局立案侦查。可是，无论采取什么技术手段，公安机关就是找不到魏德宝的踪影。现在突然传来消息称魏德宝在省城坠楼身亡，让每一个办案人员都感到十分诧异。

刑警大队派人去了省城，局里同时将魏德宝的消息通报给市政协。蒋光明得知后，派人通知了魏德宝的父亲，并带他随凌江刑警一同前往。一路上，老爷子痛哭不已，几次昏厥，同行的人只好停车路旁急救。好不容易赶到省城，魏德宝的遗体已经运送至殡仪馆。

魏德宝静静地躺在太平间，头部被一堆鲜花簇拥，据殡仪馆的人说，公安局送来的时候，因头部摔碎已变得面目全非，经过整容师傅几个小时的工作，才基本恢复原貌。为了不让家人看到魏德宝可怕的惨容，便在其头部处放置了鲜花。

魏老爷子看着儿子的遗体，眼泪汩汩外流，双脚一瘫，便倒在了地

前夜

上。凌江市政协的人赶紧扶起来,可怎么弄都不见醒,经电话请示蒋光明,立马叫来救护车送到医院。

蒋光明说,尽量让最好的医护人员伺候魏老爷子,千万不能再出什么意外。接着,蒋光明也赶到了省城,并当晚来到魏老爷子的病榻。魏家和郑家亲戚都来了,病房挤满了人。

蒋光明暗示底下的人不要介绍他的身份,自己也没吭一声,只是默默地安排了一阵就走了,留下几个人与魏、郑两家的亲戚商讨善后事宜。

蒋光明以死者单位领导的身份来到省城公安局,碰巧,省城公安局和凌江市刑警大队几位民警正在开案情通报会,因蒋光明的特殊身份和级别,破例让他参加了会议。

据省城公安机关初步调查,魏德宝持有一张名叫张家全的身份证,在省城文化街144号枫城宾馆住下。他还以张家全的身份开了手机卡和3张银行卡,并一共在银行存入现金168万元。在他所住的房间,搜出魏德宝的真实身份证、电话卡及现金50余万元。

通过调取宾馆监控发现,事发当日凌晨4点左右,魏德宝从一家KTV回来,在宾馆门口遇到两名可疑男子,并被他们挟持进电梯,上到顶楼,不久魏德宝就发生坠楼。

两名男子乘电梯下楼逃跑,由于他们头戴鸭舌帽和口罩,无法看清脸。出宾馆后,正好是一片道路复杂的老城区,监控设备不完善,存在很多盲区和死角,两名男子的踪迹暂时还未被警方掌握。

蒋光明长长地舒了一口气,说:"希望两地警方通力合作,尽快破案。"

省城公安局一位领导说:"放心,我们一定会的,绝不让犯罪分子逍遥法外;可是,经我们调查,死者生前曾以新办的电话卡给一些人打过电话,其中有他的朋友、亲戚,还有领导。这个,我们都会一一调查走访。"

蒋光明心里一惊,额头上渗出一层毛毛汗,他下意识地看了看在座的几位警察,立刻让自己镇定下来,"没错,他就给我打过电话,我在电话中一直劝他回来投案自首,可这人就是执迷不悟,最终落得如此下场,让人感慨不已啊!"

"那当时你为什么不报警呢?如果立即报警,公安机关可以很快锁定他的位置,将其抓获,也不至于现在毁掉一条人命。"没想到那位领导这样追问，蒋光明一时无语。

凌江来的刑警及时给他解了围，"蒋主席可能一心想着劝他投案自首，故而就没有往报警方面去想，哪知是这么个结果，这是谁也不想看到的，尤其是作为单位的领导。"

"对对对！我当时就是这样想的！现在想起来，真后悔，我真该立即报警！"蒋光明说话的声音有些哽咽，"其实，小魏是个很不错的年轻人，又是家里独子，他遭遇这样的不测，给他的家庭带来了多大的伤害呀！尤其是他的父亲，70多岁的老人，现在还躺在医院里呢……"蒋光明说着，眼眶湿润了，不由抽出一张纸巾擦眼泪。

"好了！作为公安机关，我们没有其他办法，唯有竭尽全力尽早破案，至于对死者家属的安抚工作，就只有拜托凌江方面了，尤其是凌江市政协，特别是蒋主席！"那领导这么说后，便宣布散会。

蒋光明从省城公安局出来，感到腿脚有些乏力，下梯步时差点跌倒，幸亏被凌江市刑警大队的几名警察扶住，否则像他这个年纪，一定会摔得不轻。

魏德宝的遗体存放在殡仪馆好多天了，在警方没有出明确意见前，殡仪馆不敢擅自做主叫家属火化。只是每天都有亲属来探视，太平间里的哭声不断，把市政协留守人员纠缠得筋疲力尽，渴望着尽快了结这档子麻烦事。

蒋光明每天也要打电话询问情况，有时候深更半夜醒来，都要拨个电话问问魏老爷子的病情，或是魏、郑两家亲属的思想动向。

渐渐地，蒋光明患上了失眠症，白天他感觉脑袋胀痛，耳朵边还轰轰作响，困倦时他会仰在沙发上打个盹儿，迷迷糊糊间，也不知是睡是醒。

有时候耳边会传来莫名其妙的声音，甚至明知自己闭着眼，但仿佛有人推门而入，慢慢地走进他的身边，无论怎么挣扎都无法动弹，费了好大的劲才使自己睁开眼睛，然后一阵急促地喘气，豆大的汗珠随即从两鬓滚落。

偶尔能短暂安稳入睡，这对蒋光明来说是莫大的幸福。

一天中午，他把自己关在办公室，并将门反锁，然后倒在沙发上。

眼睛一闭，蒋光明顿觉身轻如燕，风儿温柔地亲吻他的耳朵，蓝天白云从额前滑过，多美的境地呀！他不由笑了起来，心情舒畅如鲜花绽放。

前夜

就这样飘飘然地爽了一会儿,蒋光明感觉自己又慢慢地下沉,轻轻地落在一条宽阔的大道上,周围都是人,笑盈盈地向他鼓掌。

忽然,前面开来一辆豪车,一个年轻人拉开车门扶他进去。

蒋光明钻进车里,发现衣着艳丽的郑霞早就在车里等他……

然后,车渐渐启动,车速越来越快,蒋光明正要以领导的口气责备司机,不料抬头一看,司机位置上空无一人,郑霞不知什么时候也不见了踪影……

车依然越开越快,快得车窗外的风景都变成了一条模糊的带子直往后飘,他开始害怕了……

可是,蒋光明怎么也拉不开车门,正急得满头大汗,忽然,魏德宝出现在车前,站在路中间哈哈大笑,只听"呼"地一声,魏德宝的身躯瞬间被卷入车底。

蒋光明吓得大叫起来,这时,路面开始崩塌,车子随即掉入悬崖,在空中翻了几个跟斗,然后,蒋光明眼前一黑,便晕了过去……

过了一会儿,蒋光明醒来,发现身旁躺着两具尸体,他仔细一看,一具是魏德宝的,一具是魏老爷子的。

忽然,郑霞从悬崖上飘下来,一边哭喊着,一边伸手来抓蒋光明,嘴里还骂道:"是你害了我!是你害了我丈夫!是你害了我们全家……我绝不放过你!"

蒋光明瘫坐在地上,眼睁睁看着郑霞逼近。最后,郑霞的双手卡住他的脖子,越卡越紧,蒋光明感到一阵窒息,双脚乱蹬,眼看生命正一点一点地消失……

最后,蒋光明使劲一蹬,只听哐当一声,他踢倒沙发旁一个柜子,终于从一场噩梦中醒来。蒋光明猛然从沙发上坐起来,伸手一摸,自己前胸后背早已湿透。

过了一会儿,他缓过神来,倒了一杯水喝。

不一会儿,留守在省城的人打来电话,说魏老爷子突发心肌梗塞,经抢救无效死亡。临死前,嘴里"嘶嘶"地念叨着什么,人们猜测他是放心不下孙子魏小宝。

当亲人把魏小宝的手放在他的掌中后,他闭上了眼睛。

听到这个消息,蒋光明惊得目瞪口呆。

魏、郑两家把魏德宝父子的遗体火化后，带回凌江，在小区门口设灵堂祭奠。郑家向凌江市公安局特别申请，让关押在看守所的郑霞回家拜祭。

市公安局向市委、市政府领导汇报后，出于人道，特意开了一回绿灯，郑霞在两名女民警的看护下，来到了灵前，扑通跪在地上，磕了三个头，然后燃香焚纸，泪水奔涌如泉。

魏小宝披麻戴孝地跪在地上，眼泪早已哭干，红肿的眼睛呆滞无神，连母亲郑霞跪在旁边都没有引起他注意似的，眼光始终没有离开过一个固定的地方。

郑霞祭拜完毕，起身看了看四周的亲朋，大家各自都心绪复杂，只是默默无语地看着她，泪花在眼眶里打转。

突然，司礼的人说市政协领导来了，大家不约而同把眼光移至门口，见两名年轻人举着两个花圈走进来，后面跟着几个年纪稍大的领导模样的人，蒋光明走在最后。

他们被人带到灵前，对着魏德宝父子的遗像三鞠躬，上了香，烧了纸，然后跟魏、郑两家的亲属一一握手。

蒋光明走到魏小宝身旁，弯下腰，伸手准备将他扶起来，哪知魏小宝将他的手一推，自己慢慢地从地上站起来，眼睛直愣愣地瞪着蒋光明，牙齿将嘴唇咬得发乌，眼角的泪水顷刻间充盈了整个眼眶。

蒋光明虽然比魏小宝高许多，但此刻与魏小宝对视，他感受到一种莫名的力量在按压他的肩膀，自己渐渐地矮化，以至于快要被眼前这个十来岁的少年踩在脚下。

郑霞看到了这一幕，忍不住哇地哭出声来，她跪在地上，呼天抢地、捶胸顿足。蒋光明瞥了一眼郑霞，表情十分难看，他摇了摇头，带领市政协的人垂头丧气地走了。

过了几天，蒋光明安排人给魏家送了一笔抚恤金。关于魏德宝的死，市公安局是不是该销案，市委、市政府领导把蒋光明叫来商量。

蒋光明力主销案："魏德宝尽管有问题，但毕竟人已经死了，再继续审查已毫无意义；再说，他的那些问题，恐怕在任何一个单位都普遍存在，最要紧的是以此为教训，加强各机关单位财务审核，严把公务经费报销关。当然，魏德宝的问题，我应该负一定的责任。"

前夜

就这样，关于魏德宝涉嫌贪污犯罪的案子被撤销了，但省城公安局关于其死亡一案却仍在加紧侦查，有时候省城警察还时不时来凌江实地调查，蒋光明也十分配合做笔录。

"希望你们早日破案，有什么需要，我们一定全力配合！"蒋光明始终是那一句话。那两个挟持魏德宝的神秘男子像在人间蒸发了一般，警方总是捕捉不到他们的蛛丝马迹。

也因此，魏德宝死亡一案渐渐成了悬案。

第二十四章

转眼间，方振东停职反省期满，这段时间，报社领导一直没有过问他。每个月只领一千多元基本工资，像他这样的宅男，仅仅是吃饭也足够了。他常常以卧薪尝胆来激励自己。

他原打算多看些书，再写一篇论文，书倒是看了不少，但文章反复写了几稿都不满意。他甚至怀疑起自己的思想深度和写作水平，心里焦躁不安，甚至感到无比压抑和郁闷。

他渴望去上班了。他不想再这样忍受被抛弃的感觉。偶尔也会反思，难道真的是自己错误？但这种困惑很短暂，他与生俱来的性格决定了，不会轻易向压迫他的力量屈服。

终于恢复上班了，方振东一大早起来，匆匆吃过早餐便往报社赶。几个月没留意街上的人了，自己被停职时，大家还穿着厚实的外套，此刻已是五光十色的夏装充斥大街小巷。

尤其是女人们，白净的颈脖儿、蓬勃的胸口儿，还有那酥脆可餐的胳膊肘儿、修长迷人的大小腿儿……身上的每一个部位，无不在骄傲地宣称，这是她们的季节。

方振东来到报社，一切就像往常一样。一些熟悉的同事只是微笑着向他点点头，最多附上一句："来了啊？"他也同样回之微微一笑，并回答："嗯，来了。"

他来到谢永刚的办公室，谢永刚面无表情地看了他一眼。"来了啊？"还是那句明知故问无关痛痒的话。方振东点点头，"来了，谢总。"

"你停职反省了3个月，反省得怎么样？有没有写一份书面报告？"谢永刚严肃地斜瞥着他。"没有啊，没叫我写呀！"方振东很诧异。

"没叫你写你就不懂得自觉写？那叫你反省什么呀？"谢永刚坐直身子，提高了嗓门。

"我也不知道反省什么！我到底做错了什么？"方振东牛着脾气跟谢永刚顶撞。

"方振东！报社对你一而再再而三地宽容，你不要不识好歹！"谢永刚的脸被气红了，"当初宣传部的意见是要开除你，是我反复在唐部长面前说情，才把你给保下来！"

方振东一时间没了言语，他是该继续顶撞呢，还是趁此给谢永刚道个歉呢？可道个歉是不是就意味着自己投降了呢？犹豫片刻，他只是呆呆地看着谢永刚，嘴里没吐一个词儿。

谢永刚也找不到话来训斥，把他晾一边不理。最后，谢永刚平静下来："振东啊，我一直爱惜你，欣赏你的业务能力，舍不得折损你这个人才，可你也要体谅我这个单位一把手领导的苦衷啊！为了你我违背了宣传部领导的旨意，你想想，对我会有好处吗？"

"那么话又说回来，这是我在整你吗？仅仅是叫你写一个自我反省的书面报告，我拿去给宣传部交个差，这难道很难吗？"谢永刚心平气和地说。

方振东默默地低下头，"好的，谢总，明天我向您交一份停职反省的书面报告。"

"这就对了嘛，你总得让我有个台阶下嘛，"谢永刚说，"今天没什么事，你可以回家好好理理头绪，晚上加班加点无论如何都要写出来，明天上班就交。"

刚从报社出来，方振东听见有人在背后按喇叭，他下意识地往路边靠了靠，继续埋头走着。一辆小汽车呜地一声从后面冲上来，并闪到他前面停住。

143

前夜

"方兄！"方振东正纳闷，看见车窗摇下，钻出一个脑袋，"我正找你呢，碰巧在这儿遇上。"仔细一瞧，是钱应来，笑容可掬地朝他直点头。

"哟呵！士别三日当刮目相看啊，买车了？"方振东打趣地说。

"算啥？早就想弄个四轮儿，一直在纠结啥牌子好，这不，还是看中美国人的扎实，弄一个JEEP指南针先玩玩，小日本的吧，好是好，也省油，但不经撞。"钱应来一脸得意。

"行啊，发财了？是拉广告挣的还是去搞负面新闻敲诈挣的？"方振东开玩笑说。

"别拿我开涮了，当然是拉广告挣的！说正事，今天小弟我的生日，晚上在凌江之春大酒店春满人间，方兄可一定要给个面子哟！"钱应来说着，松了刹车，车渐渐往前移动了。

还没等方振东作出决定，钱应来朝他挥了挥手一溜烟走了。

方振东回到家，便立马着手写报告，想来想去脑子里总是空的，可又不能交白卷，心里直犯愁。下午四点钟左右，方振东坐在电脑前仍然敲不出一个字，急得只抓头发。

钱应来打来电话，方振东准备借此理由推脱，可钱应来非得要他去。"什么狗屁反省报告？非得那么认真？花一整天还搭上一个晚上，要是我十分钟搞定。"钱应来不屑地说。

"那拜托您帮忙得了，不说十分钟，30分钟给我，我晚上一定来！"方振东说。钱应来为了把方振东拉过去，很爽快地就答应了。没想30分钟后，钱应来果然按时交卷。

方振东打开文件一看，从标题到内文都像模像样，只是越读越感到恶心，完全是一个被棍棒打服了的小孩子认错的口吻，通篇还充满马屁味儿。

方振东冷冷一笑，本想就地删除，可一想到自己实在是没辙，还不如将就这个马屁文章，再花一点时间顺一顺，明天胡乱交上去了事。于是，他把文件下载下来，认真地改了几遍，每改一遍后又认真读一遍，觉得身上的鸡皮疙瘩一次一次少了些方才罢休。

可他还是不想去参加钱应来的生日宴，因为他预感到江声涛可能也会去。但若是不去，岂不是显得自己怕见江声涛？还有钱应来那儿以后面子上也过不去。

迟疑半天，方振东还是决定去。当他作出这个决定的时候，已经是下午6点钟了，钱应来电话打来无数次，还说派尤佳满开车来接他，因此再推脱实在是说不过去。

方振东赶到春满人间，走进包间的那一刻，果然是满园春色。一张足以坐20人的大圆桌上，各色菜品均已上齐，钱应来坐在正中主位，旁边坐一个粉色衣裙的女子，另一侧无须多瞧，是江声涛和他女朋友，另有一些新闻界认识的人，还有些不认识的男女。

"来来来！方兄，就等你了，再不来我都要雇轿子来抬了。"钱应来招呼方振东挨着那粉色衣裙的女子坐下。

"介绍一下，这位是……嘿嘿，我的女朋友淼淼，这些你都认识，那些嘛，等会用酒来认识。"钱应来说。

方振东走近自己的位置，只觉一阵扑鼻的香水味直往鼻孔里钻，他心里一热，不由接着钱应来的话说："你女朋友？你不是已经结婚了吗？"大家先是一愣，纷纷去瞅钱应来。

谁知钱应来丝毫不觉得尴尬，反而笑得更诡秘，"方兄！幽默，真的很幽默哦！"大家这才哄堂大笑，那位淼淼姑娘也禁不住粉面含春，捂住嘴无声地笑了起来，肩膀微微颤抖着，牵扯到胸前的衣襟一开一合，让方振东无意间瞧见那对露半边的大奶，脸一下红了。

笑过一阵，在钱应来一声令下开席。先是入席三杯共饮，然后大家一一祝贺钱应来生日快乐，接着嘛，钱应来作为主人一一回敬，最后就是认识的互相以酒道声"敬你！常联系！一切都好！"不认识的借酒客气地："认识你很高兴，以后多关照！"

无非就是这些老套路。让方振东颇为感慨的是，席中居然还坐了两位据说是凌江商界的名人，还有政府机关一些处级干部，这些人方振东平时想见还不一定能见着！

他钱应来是什么人？居然呼之即来，且来之还对他客气万分，言语中不乏十分的尊重，口口声声"钱大记者"或者"钱主任"！

他钱应来根本就不算是记者，又哪来的什么钱主任？这些人是智商低还是情商高？

至于江声涛，自然也是风光无限，大伙儿一个劲儿地吹捧郎才女貌，无论是商人还是政客，在江声涛俩面前，就差点头哈腰了。

前夜

　　一个省报驻凌江记者站的负责人就那么有身份？江声涛也陶醉其中，凡敬酒来者不拒，先是滔滔不绝夸谈，然后高举酒杯头一仰，酒下肚，旁边女朋友心痛不已，连扯他衣袖。

　　酒过几巡，钱应来斜靠在椅背上，头歪在一边，眯着眼直打嗝，那个叫淼淼的姑娘不停地拍着他的胸口，另一只手端着一杯水。

　　"喝多了吧？早先给你说了，叫你悠着点儿，不听话！来喝点水！"钱应来乖乖地把嘴伸过去，淼淼小心翼翼地一点一点地喂钱应来喝水。

　　又闹了一阵，时间已是晚上9点半，尤佳满、莫仁新招呼大家去KTV，淼淼扶着钱应来趔趔趄趄地来到包间，将钱应来放倒在沙发上，然后熟练地叫来服务生安排一切。

　　江声涛有人陪伴，尽管对场子里的女人很有兴趣，但也不敢放肆，淼淼也没有给他安排。

　　倒是方振东，淼淼凑近他耳朵，"方哥，我有个好姐妹，名叫玲玲，大美女哟！我叫她来陪你。"方振东慌忙摇头，淼淼也是喝了点儿酒，顾不上所谓的钱应来女朋友的名。

　　见方振东一再推辞，淼淼双手抓住方振东的臂膀撒娇："方哥，来都来了，不如开心地玩儿嘛！反正又不用你花钱，"然后又凑到方振东耳边，"是那个刘老板买单，就是长得有点胖，吃饭的时候老是逗我的那个，玲玲也挺放得开，如果你俩有意，还可以出场。"

　　淼淼最终还是把玲玲叫来了，挨着方振东坐下。

　　方振东渐渐明白了，这淼淼并不真是钱应来的女朋友，只是他从场子里喊来助助兴罢了。

　　玲玲一来就双手箍着方振东的腰，直闹着要猜拳行令喝酒，无奈何，方振东只好应付着。大家就这样喝酒、吼歌、跳舞，一直玩到凌晨时分才散去。

　　刘老板从另外一个场子跑过来买了单，并给翘首盼望的几个小姐发了小费，然后招呼大家去吃夜宵。方振东说不去，招致钱应来几个一阵批判，只好跟了去。

　　夜宵吃完出来，约摸凌晨两点，正相互道别，忽听江声涛女朋友一声尖叫，大家一惊，看见一个十二三岁的男孩手里抓着一个包朝前跑，大家才意识到她的包被抢了。

尤佳满、莫仁新飞快地冲上去追，江声涛也跟着追了上去。其余人呆在原地等待。

过了一会儿，三个人将那个小男孩双手反剪押了回来，尤佳满一边走还一边用脚去踢，那男孩"哎哟哎哟"地叫，方振东赶紧迎上去阻止，"不要打他，毕竟还是个孩子！"

"孩子？孩子就可以抢东西？这也是犯法的！"江声涛手里提着他女朋友的包，索性用包拍了一下那孩子的脑袋，"你知道这小东西是谁吗？"

大伙儿仔细瞧着，都不认识。"魏德宝的儿子魏小宝！就是他妈被抓去坐牢，他爸畏罪潜逃，然后在省城坠楼而死的那个！"尤佳满说。

"那就更不应该打人家了，这孩子够可怜的了！"方振东推开尤佳满和莫仁新的手，把魏小宝的胳膊放开，孩子受到惊吓，一屁股坐在地上，缩成一团。

"那……那也不能便宜了他！打电话叫警察吧！"江声涛的女朋友说。江声涛掏出手机要拨电话，被方振东一把抢了过来，"不许报警！报警，孩子抓去就彻底毁了！"

"你想干嘛？方振东！包庇违法犯罪行为吗？"江声涛在女朋友面前觉得很没面子，跟方振东吵了起来。"我不想包庇，我只想挽救孩子！"方振东义正词严地说，"包已经追回来了，你们干嘛还要扭住不放呢？"

大家沉默不语了，"对一个遭遇不幸的孩子，有必要这样吗？你们把他交给我吧！"方振东说。他蹲下身抚摸着孩子的头，"今晚就跟叔叔去好吗？明天我送你回家。"

孩子怯怯地看了一眼方振东，似乎对他还不信任，身体下意识地往一边挪了挪。

"别怕，他们不会把你送到公安局。"方振东伸出手，孩子迟疑半天才将小手伸过来。方振东抖了抖孩子身上的尘土，然后叫了辆出租车，把他带回了自己的家。

第二十五章

早晨7点半,方振东被手机闹钟吵醒,他翻身从沙发上起来,穿好衣服,匆忙打开卧室房门,准备叫魏小宝起床,哪知推门一看,屋里空空如也,这孩子不知什么时候溜了。

方振东知道,现在上哪儿去找都是白费功夫。魏小宝准是又逃出去开始他的流浪生活了。

昨晚把孩子带回家,方振东只是简单跟魏小宝交流了几句,他说奶奶前些年就去世了,自从妈妈进了监狱,爸爸和爷爷相继死去后,外公、外婆从来就没管过他,除了一个姨妈在省城偶尔打来电话外,基本上没什么亲人了。而且,他已经辍学一个多月了。

至于魏小宝以前在哪个学校上学,他姨妈在省城的联系方式,他外公、外婆的家庭住址等信息,由于时间太晚,加之方振东感到十分疲倦,就没来得及问。

孩子突然跑了,上哪儿去找呢?方振东决定到报社,就这事报一个选题,利用新闻报道来呼吁社会力量寻找孩子。于是,他满怀信心地在采前会上讲述了魏小宝的故事。

"我想我们应该策划一个连续追踪报道,先是把孩子可怜的经历披露出来,争取把孩子找到,然后呼吁他外公、外婆或者是姨妈尽到抚养、监护孩子的责任……"

"能顺利找到吗?"有人提出疑问。

"如果顺利当然是好事,如果不顺利,我们还得呼吁妇联、关工委等相关机构来对孩子施加援手,顺势我们再扩大关注面,对整个流落街头并有跌入违法犯罪深渊危险的未成年人群体,呼吁全社会予以重视并倾注爱心,目的是拯救他们,让他们及早回归学校,正常地健康地成长……"方振东的话打动了大多数人。

一阵掌声过后,分管采编的副总编辑杨斌浇来一瓢冷水。"是个好选题，可就怕出不来，到时候白白辛苦一场。我看，还是保守点，作一期内参吧。"

"我们的目的是调动社会力量，那就一定要公开见报才行，发内参固然很好，可如果领导不批示就等于一张废纸，就算是批了，有关部门不重视也是枉费心机。"方振东说。

大家都不说话了，纷纷看着杨副总编。"我明白你的意思，小方，是这样，魏小宝的身世以及他父母的问题太敏感，而且司法部门还没有最终定案，加之他是个未成年人，像这样公然在报纸上讲他的故事，岂不是对孩子的二次伤害吗？"杨斌想尽量说服方振东。

"我不赞同您的观点，杨总。我们新闻媒体不能因为所涉事件敏感就淡然处置，作为媒体人，起码应该有公平、正义和良知吧？魏小宝的父母即使犯了杀头之罪，作为一个有包容、有爱心的社会，没有任何理由让他流浪街头甚至误入歧途吧？"方振东有些激动起来。

"至于您所说的二次伤害，我觉得不会有，我们可以用化名嘛！再者即使有二次伤害，我想我们可以通过足够的关心、呵护、必要的教育引导，完全可以治愈孩子心里的伤痕，这也是我们作这个新闻的最大社会价值……"尽管方振东这样说，但杨斌还是不住地摇头。

"年轻人不能凡事不假思索！"杨斌说，"要记住我们是党报，我们的主要职责是围绕市委、市政府中心工作展开新闻策划和采写相关报道，我们不是救世主，像此类问题，我觉得一篇内参将情况反馈给相关领导就已经尽职尽责了。"杨斌说完便宣布散会。

眼巴巴地看着大家默然无声地离开会场，方振东长叹一声。已是社会新闻部副主任的丁淑萍走在最后，她轻轻地拍了拍方振东的肩膀，"不好意思，方哥，我们也爱莫能助……其实，你可以去电视台找找刘清粼，看他们能否做这条新闻。"

方振东想了想，觉得也有道理。于是三步并作两步冲出报社，往凌江电视台赶去。

在电视台副台长办公室，方振东找到刘清粼，这是他第一次在办公室见她。

猛然看见方振东，刘清粼十分诧异，虽已是副处级领导，但还是尴尬得脸都红了。"振东啊！你怎么到这里来了？"刘清粼忙招呼方振东坐下，

前夜

随即打电话叫人泡茶。

两人相视一笑。方振东说："我来找你，是想拜托你们做一条新闻。"

"我没听错吧？你不也是记者吗？怎么会把好料往外推呢？什么新闻啊？"刘清粼说。

"嗯，是这样……"方振东正要说时，敲门进来一位女孩，手里端着一杯茶，很有礼貌地放在方振东旁边。"这是凌江日报社的方老师，这是我们台做社会新闻的主力记者，我以前带过她，叫刘玲，碰巧，方老师手里有个好料，坐下来听听吧。"

刘清粼把双方介绍后，方振东起身与刘玲握了下手。

方振东把魏小宝的事从头至尾说了一遍，只是没说魏小宝抢的是江声涛女朋友的包。刘清粼静静地听着，一直没作声。刘玲则越听越兴奋，嚷着这是个好选题，自己很想去做。

末了，刘清粼笑了笑说："那好吧，你就跟方老师一起去做，趁此机会跟方老师好好学习，人家可是新闻界的前辈！"刘玲高兴地像个孩子，抓住方振东的手嘴里一个劲儿表达谦虚和仰慕之意，刘清粼在一旁都看不下去了，便咳嗽几声提醒，刘玲才松开手。

两人决定先去市政协采访魏德宝生前的同事和朋友，顺便打听魏小宝外公、外婆的家庭住址及联系方式，接着便看事态发展安排采访程序。

来到市政协，门卫看见他们扛着摄像机，便拦住盘问："你们是干什么的？"得知是记者要来采访时，门卫接着问："有预约吗？"

"没有预约，谁规定采访还要预约？我们又不是采访领导。"方振东一向对这种无端设置障碍的现象深恶痛绝，因此说话的语气便硬了些。

谁知这下可惹火了门卫，"咱们这里就有规定！没预约，哪怕中央电视台、人民日报的记者也不让进！"方振东气得直瞪眼，还要跟门卫理论时，被刘玲拦住。

刘玲满脸堆笑对门卫说："不好意思，大哥，是这样，领导安排的紧急任务，得马上做出来，来不及预约，还得麻烦您给个方便，咱们下不为例！"

那门卫一双小眯眼把刘玲上下仔细打量几番，自然是被眼前这么漂亮的女记者给征服了，"态度好一点嘛，也不是不能通融，可要是拿出记者的气势来压我，绝对没门儿！"

刘玲点点头："您说得对，误会误会，麻烦您……"

门卫假装迟疑片刻，忽然一副给足刘玲面子的表情说："今天看在你这位美女的面子上，就给你们行个方便，下次可不行啊！"随即，又神秘兮兮地凑近刘玲说，"对领导可不能透露啊！"刘玲连忙点头，怕门卫再纠缠不休，赶紧扯住方振东的衣袖，往政协大院里跑。

可采访很不顺利。得知他们的采访意图，魏德宝的同事和朋友要么说不知情，要么表示不方便透露，还有的直接说不接受采访。方振东和刘玲一无所获。

不一会儿，各科室的人纷纷好奇地出来看热闹，可一旦发现摄像机对着他们，便立马跑回房间，并关上房门。最后，新任政协副秘书长兼办公室主任还对他们下了逐客令。

"怎么办？"刘玲苦笑着问方振东。"不要紧，这里的情况也在我的意料之中。"方振东仍不失信心，"我们去市妇联和团市委。"两人出门自己掏钱打了辆出租车来到市妇联。

这里的门卫还算通情达理，亮明记者身份就直接放行了。

一位分管儿童工作的副主席听了他们的采访意图后说："两位记者，我为你们的这份热心点个赞！""我们想听听妇联对此的具体态度。"方振东和刘玲期待那位副主席回答。

"对于魏小宝的事情以及他的父母的有关情况我不作任何回应；只是你们所反馈的这种社会现象，的确让人揪心！"那位副主席说，"我想，任何一个流落街头的孩子背后都会有一段辛酸的人生经历，我们作为关爱妇女儿童的群团组织，责无旁贷！"

方振东和刘玲报之以微笑。"我们一定会在我们的职责范围内，或者尽我们最大努力呼吁有关部门，投入人力、物力和财力，力争尽快地彻底解决这一问题！"那位副主席说。

"那你们准备怎么去解决这个问题呢？"那位副主席没有回答，表示马上有个会，请两位记者见谅，便起身走了。方振东和刘玲失望地收拾起采访器材，一前一后地下楼。

"团市委还要去吗？"刘玲问。"你说呢？"方振东漫不经心地说，逗得刘玲噗嗤一笑。"还是去一趟吧，不过得有个心里准备啊！多半还是这些官话。"刘玲说。

前夜

"那又能怎么地呢?"方振东说,"走,去看看再说。"

团市委门也比较好进,几经周折,他们总算找到一个没出差、没开会、没下区县的关工委副主任,此人瘦瘦的,戴一副眼镜,一笑满嘴牙齿都显露在外。

听方振东和刘玲介绍采访意图时,那副主任始终笑露全齿,听完后,他上下嘴唇一合,故作沉思状,然后说:"这种情况,你们应该去找民政局和公安局。"

"是应该我们去找还是你们去找?"方振东问。"那究竟是我在采访还是你们在采访?"那副主任歪着脑袋笑着问。

"如果应该我们去找,那作为关心下一代工作委员会,你们的关心体现在哪里?"方振东步步逼问。"你这个同志怎么这样?"那副主任有点急了。

"我说的是实在话嘛!民政局有这方面的经费,公安局有的是手段,针对具体问题,要想得到解决,就得找他们嘛!"那副主任说。

"好!民政局和公安局我们接下来去采访,但目前,现在!我们采访的是关工委,想听听你们的态度和措施。"方振东仍紧咬不放。

"总不可能叫我们满街去找人吧?我们在编就五个人,就算全部放出去,这么大的凌江,我们上哪儿去找人?"那副主任情绪激动起来。

"跟你们说句实话吧,咱们关工委,名字取得体面,实际上就是个摆设,整个党政机关里,谁会拿我们正眼相看?财政预算更是穷迫不堪,人头经费都没有分毫多的!你们记者是不知道啊……"那副主任开始喋喋不休地倒起苦水。

看来多说已无益,两人只好离开。

"方老师,为什么咱们觉得有价值的选题,采访起来那么难呢?"刘玲不解地问。

"哼哼!你总算体会到当记者的辛酸了吧?别急,你才刚开始呢,还有更多的酸甜苦辣等着你。"方振东说。

"那民政局和公安局,咱们就不去了吧?"刘玲说。"还得去,"方振东鼓励刘玲,"做任何事都不能半途而废,尤其是遇到困难和挫折的时候,更应该迎难而上。"

两人正聊着,刘玲的电话响了。她拿出一看,朝方振东"嘘"了一

152

声,"刘台长打来的。"刘清粼电话里问了问采访的情况,刘玲简单作了汇报。

刘清粼随后叫刘玲终止采访,说是市委宣传部给电视台打了电话,关于魏小宝流落街头一事,凡凌江新闻媒体一律不做采访和报道。

挂了电话,刘玲朝方振东作了个鬼脸,"半途不废都不行了!"

不到五分钟,方振东也接到报社电话,除了传达市委宣传部的禁令外,还通知他立即回报社,并到杨斌副总编的办公室。方振东知道,等待他的将是一场暴风骤雨般的批评。

然而出乎意料的是,杨斌并没有批评方振东,反倒笑个不停。"我怎么说来着?不听老人言,吃亏在眼前!忙活了大半天,上面一个电话,还不得乖乖回来?"

方振东把脸别到一边不说话。"好了,坐下来喝杯水。"杨斌安稳方振东说,"早上你跟我吵,我不计较,反倒我很欣赏你,因为这太像我年轻时候的样子。"

"我知道你这头倔驴不会轻易服输,不头破血流你不知道南墙有多硬,不过多受点挫折是好事,那样更会将你磨炼成有成熟思想的记者。"杨斌拍了拍方振东的肩膀。

方振东听杨斌这么说,颇感意外,在他的认识中,大凡领导都不会太喜欢他,一般都会把他当成一个麻烦制造者。看来他得改变对杨斌的成见。

那是不是该听取杨斌的意见不再关注了呢?可如果就此放弃,自己的良心何安?

方振东只要一闭上眼,脑海中立马浮现出魏小宝街头抢夺的镜头,还有他被人抓住拳打脚踢,瘦小的身子蜷缩一团哀叫的声音……

这已不是单纯的魏小宝事件,它牵涉到一个客观存在、却又被人忽视的尖锐社会问题!

方振东想去找民政局和公安局,可仅仅凭他一个市级报刊的记者身份,要是这两个部门没把他放在眼里,仍然搪塞推诿又怎么办?

方振东还是认为只有通过新闻媒体的报道,才能唤醒一颗颗热心去融化世人的冷漠。能堪当此任的,恐怕除了《江口都市报》再没别的了。

于是,方振东给平时经常联系的《江口都市报》《温度》栏目主编打了个电话。

153

第二十六章

几天后,《江口都市报》以一个整版报道了魏小宝失落街头的新闻,在凌江顿时激起强烈的社会反响。以此为话题,《凌江论坛》上热议不断,麻辣味十足的帖子接二连三。

一时间搅得凌江市委宣传部的人员如坐针毡。唐鹏程下令:不惜一切代价扑灭这把火。

尽管派出了几波人员驻守省城删帖,但网上的辣贴仿佛韭菜一般,割了一茬又长出一茬,甚至越割长得越发茂盛。最后,凌江只好顺势介入,并根据舆情走向施策。

于是,在市委、市政府主要领导授意下,市委宣传部通知凌江各大媒体跟进报道,并引导舆论向正面发展。市上还要求各相关部门尽职尽责,直面问题,彻底解决问题。

几家媒体被召集到市委宣传部开紧急会议,大家商议决定,立即启动市民热线,发动市民全城搜寻流落街头的未成年人,同时跟市公安局、市民政局以及市妇联、关工委等机构保持密切联系,一旦发现情况,媒体派记者随同相关部门工作人员跟踪采访报道。

显然,这一切都起源于方振东,可接下来凌江新闻媒体的强势参与,凌江日报社却有意将方振东排除在外了。是不是市委宣传部的意思无人知晓,总之,谢永刚调整了方振东的工作,将他派到广告部担任文字编辑。方振东没有抱怨,而是顺从地去了新的岗位。

通过省、市媒体长达一个多星期的高度关注,不仅魏小宝被成功找到,而且还从城市各个角落一共搜寻到40多位流浪儿童。

他们中绝大多数被一些毫不相干的成年人控制,被迫上街乞讨甚至抢夺财物,公安机关也趁此机会打掉一个暴力组织儿童乞讨、抢劫的犯罪团伙。

魏小宝被发现的时候，身上多处伤痕，独自躲在一个桥洞下，气息奄奄。

新闻媒体的报道引起省上领导的高度重视，批示凌江无论如何要彻底解决这一社会广泛关注的问题。凌江市主要领导纷纷组织市民政、公安、妇联、关工委开会专题研讨方案。李永辉率领凌江最高领导层到市民政救助站实地调研，并现场办公解决问题。

魏小宝的外公、外婆和姨妈都来到救助站，当看到魏小宝布满伤痕的瘦削身影时，眼泪齐刷刷地滚落下来。外婆和姨妈，一左一右紧紧抱住魏小宝，心肝宝贝儿地哭天抢地起来。

魏小宝目光呆滞地低垂着头，眼泪顺着鼻尖一颗一颗地落下。

魏小宝最终由姨妈带往省城，《江口都市报》则全程跟踪报道，并帮忙为他找到了重新就读的学校。其余的流浪儿童，一半找到了合法监护人，剩下的只好继续留在救助站。

江口都市报社一年一度的读者节快到了，今年的举办地是凌江，报社下定决心要借此机会将凌江记者站建立起来。全省21个地级市，唯独凌江没有设站了，其中原因很复杂，主要还是凌江市委宣传部一直抵制这张敢说真话、敢揭露阴暗面的报纸。

这次读者节，国内知名新闻人、江口都市报社社长袁田先生亲临凌江，并邀请到省委宣传部、省新闻出版局及各地市宣传及新闻出版部门相关领导，大家汇聚凌江为当前都市报的发展建言献策。会上，袁田特别表达了要在凌江设立记者站的想法。

凌江市委宣传部副部长任槐说："建议贵报社暂缓。首先，凌江在全省各地市经济发展尚属中下水平，努力追赶和跨越发展是当前头等大事，这需要媒体正能量的呵护与鼓舞，而以负面报道见长的《江口都市报》一旦在凌江落地生根，势必助长一些难以预料的消极因素，进而阻扰凌江的前进步伐。"任槐的话顿时引起会场的骚动，大家交头接耳议论着。

"……再者，《江口都市报》是一张市场类报纸，广告经营是其生命线，凌江经济体量太小，目前已有省报驻凌江记者站及本地一报一台，市场承载力远远无法满足更多的媒体，蛋糕只有那么大一块，岂能容得下这么强大的一只大鳄入驻？"任槐继续发表反对意见。

前夜

他的话引起与会代表哄堂大笑。

"你这是典型的地方保护主义！"省委宣传部新闻处长肖俊说，"《江口都市报》尽管是一家市场类报纸，但它毕竟是我们省报的子报，论资产，这属于国有资产，论主办方的性质，依然是国家事业单位，骨干成员属于事业干部，还是在党的领导之下，是党领导下的文化事业，你们有什么理由阻止党的文化事业发展与繁荣呢？"

任槐红着脸辩解说："既然是党领导下的文化事业单位，可就得听党组织的话呀！而《江口都市报》长期以来无视我们凌江党委、政府领导的意见与招呼，不该报道的偏偏要报道，难道说我们党管的喉舌却还要处处跟地方党委、政府唱反调？恐怕不应该吧？"

不少地市宣传、新闻出版部门代表表达了不同意见，认为《江口都市报》在丰富群众文化生活，关注和促进解决民生问题等方面起到了很大的作用，凌江不应该将其拒之门外。

肖处长接着说："就拿前几天《江口都市报》做的几期新闻来说吧，从一个因父母涉及贪腐犯罪，自己辍学流落街头，不幸陷入犯罪团伙并受其控制的故事讲起，进而关注整个流浪儿童的群体命运，透视我们社会客观存在的相关问题，然后调动社会大众的力量配合相关职能部门和社会团体，一起促进问题的解决，这不是很好吗？"参会的人频频点头。

"尤其是那几篇评论，像《父母的过错不应让孩子埋单》，像《用我们的温度融化你的冷漠》等等，写得非常好，特别的尖锐，特别的深刻……"肖处长的话赢得阵阵掌声。

任槐的脸青一阵红一阵，他了看会场四周，尴尬地笑着，也只有抬起手跟着鼓掌。

"我看这也并没有给凌江造成多大的负面影响吧？"袁田社长说。

"一个事件，不能简单机械地将它贴上正面或者负面的标签，站在某一个角度来看，它可能是正面的，但换个角度看就是负面的；看起来仿佛是负面的，可站的角度不同它又会变成正面的，我们要辩证地去看每天发生的新闻事件嘛。"袁田笑着对大家说。

"还有，我个人认为，作为地方宣传部，不能一味地去堵截你们自认为的负面新闻，而是要坦然面对它，然后动动脑筋，主动去作为，首当其冲的就是用解决问题的态度去积极引导，这样社会大众的关注视角就会

156

朝良性方向运行。"肖处长说。

"这次我们报道的新闻就发生在凌江,凌江方面表现得很有智慧嘛!说明我们市委宣传部的领导是有水平的,有胸怀的嘛!"袁田说完,伴随着笑声,大家又是掌声如潮。

任槐也不得不点头附和。但到最后,他还是持保留意见:"关于建站的事,我回去跟唐部长汇报后,部里开会研究再决定吧,只要市上领导和唐部长不反对,我尽力支持。"

"袁社长曾说,凌江是一个很难攻克的堡垒,我还不信,看来确实如此啊!"肖俊处长点了一支烟,开玩笑地说。会场气氛也轻松了些,一阵噼里啪啦,抽烟的人都摸出打火机,刹那间,会场变得云蒸雾绕,任槐也摸出香烟忙给旁边的人递。

几个兄弟市宣传部门同职务的领导凑近任槐的耳朵:"你我都是副职,就不要那么明确地表明自己的意见了,把球踢到主要领导那边去,咱们又何必去得罪人呢?"

任槐听罢一个劲儿地点头。意见分歧归分歧,但在招待客人这上面,凌江是很大方的。晚上,凌江市委宣传部出面,以凌江市委、市政府的名义宴请了参加读者节的所有嘉宾。

席面的排场极尽奢华不须言表。袁田喝了不少酒,回到凌江之春大酒店的房间,本该休息了,可酒精的活性驱动力正在高效运转,他哪里能睡得着,不由在房间踱来踱去。

袁田打开窗,凉爽的江风拂面而来,他感到万分惬意。想起自他挂帅《江口都市报》以来,报纸发展蒸蒸日上,报社的诸多事业似乎都在沿着他的理想方向迈进。

白天的一幕一幕又循环回放在他脑海里,凌江记者站能否建立还是个未知数,他心里略微飘过一丝不快,但很快就消散了。随即,他给地方新闻部主任陈佳打了个电话。

陈佳来到袁田的房间。"无论记者站能否设立,我们都不能让凌江成为一个盲点,"袁田对陈佳说,"假如凌江极力阻扰,那我们就派一个记者长驻,最好在本地物色。"

陈佳点点头。"对,你上次跟我说起过,凌江日报社有个叫什么?"袁田问。"方振东,"陈佳回答,"此人在凌江日报社很受排挤,倒是给

前夜

我们提供了不少好的新闻线索，也给我们写过不少好的时评，几个部门的主任都了解他，就是没见过这个人。"

"方振东，对，我听好几个主任都讲过，都说凌江记者站要是建立，他是我们要找的最好的人选。我们能否见见？"袁田问。"是不是有点晚了？要不明天吧。"陈佳说。

可依袁田的性格，一旦引起了他的兴趣，他是不会搁置到第二天的。"就现在！记者这个时候应该还没休息！如果他真的是我们要找的人，叫他来他肯定会来。"

方振东接到陈佳的电话，感到十分诧异，于是赶紧来到凌江之春大酒店。袁田起身迎接方振东，并热情地与他握了手，"方记者，这么晚惊动你的大驾，不会怪罪吧？"

眼前可是国内数一数二的都市报老总，说起话居然毫无官架子，对人如此地尊重，方振东激动万分，说话的声音都有些颤抖："哪里哪里，能受袁社长接见，是我的荣幸！"

很快，方振东镇静下来，细心倾听袁田和陈佳对他说的每一句话。

"方记者，非常感谢你过去对我们的大力支持！我很欣赏你的新闻敏感和对新闻事件的研判能力及提炼水平，我们现在正需要你这样的人才，不知是否愿意加入我们的团队？"袁田微笑着说。

方振东兴奋地起身向袁田鞠了一躬："能够加入像《江口都市报》这样有影响力的新闻媒体，能够按照自己的新闻理想去做真正的新闻，是我方振东一直梦寐以求的事情！非常感谢袁社长和陈主任的信任，如果真有这样的机会，我一定会倍加珍惜！"

袁田和陈佳相视一笑，他们都没想到双方竟能一拍即合。

"我们准备把你继续留在凌江，你愿意吗？"陈佳问。

"我愿意！"方振东毫不犹豫地说。

"那你什么时候可以到岗呢？"袁田问。

"只要你们需要，我立刻就能，明天我就可以向凌江日报社辞职。"方振东说。

三个人越谈越高兴，不知不觉已是凌晨一点过，袁田对方振东说："你尽管放心地去办你们这边的手续，我们那里，大门一直向你敞开，什么时候进来我们都热烈欢迎！"

第二天一早，方振东就将辞职报告放到谢永刚面前。

谢永刚吃惊地望着他："方振东，别耍小孩子脾气好吗？我把你调到广告部，也是暂时的，我是担心上面又找什么话来说，实际上是对你的保护嘛……你若不满意，马上把你调回来！就别说辞职了，啊？"

"谢总，您是个好领导，我嘴上虽然一直没明说，但我心里最清楚。凌江日报社，是我大学毕业后就业的第一个单位，也非常感谢报社给我提供这么好一个学习和磨炼自己的平台。但是，人总不可能一直被自己狭隘的眼界和怯懦的思维所束缚，而一直在原地打转吧？那样跟一头蒙了眼睛的驴有什么区别？等自己老了还不免被挨上一刀……"方振东说。

"方振东！别不知天高地厚！你骂谁是驴呢？难道普天之下就你会写那么两笔？我还就不信了，凌江日报社离了你就不行了！好，我批准你辞职，马上批准！"谢永刚气急败坏地大笔一挥，刷刷刷地就签了字，然后把方振东的辞职报告扔给他，甩手出了门。

方振东愣了一会儿，叹息一声，便默不作声地去各部门办理离职手续。

大家都十分不解，报社这么好的工作，干嘛要辞职呢？同事问他也不正面作答。问得急了，便苦苦一笑："过段时间就会明白的，我相信我的选择是正确的。"

知道方振东离去已无可挽回，谢永刚十分遗憾。他安排杨斌组织了几个部门主任和得力记者，在附近一家餐馆办了一桌践行宴。

方振东也很感动，还让杨斌代领了一杯对谢永刚的敬酒。

第二十七章

果然，《江口都市报》凌江记者站的设立严重受阻，尤其是报社拟任命方振东为首任记者站负责人，市委宣传部更是万分抵触。唐鹏程在申

前夜

请报告上批示：条件成熟后再议。

尽管袁田多方求助，省委宣传部相关部门也给凌江打了好几次电话，可仍无破冰迹象。无奈，《江口都市报》只好将方振东作为派驻凌江的记者。

上任第一天，方振东被任槐叫去约法三章，幸好袁田事先有叮嘱，否则两人不知会闹成怎样。任槐如何婆婆妈妈，方振东只是坐而恭听，当是蚊子叫声一耳进一耳出罢了。

报社给方振东的第一个任务，就是关注凌江丝制品集团破产转制，伺机采访报道。方振东一向喜欢深度调查报道，因此非常高兴，便立即着手搜集凌江丝绸业的资料。

自范树人辞职后，市国资委调整了凌江丝制品集团班子。范树人由董事长兼总经理变成了工会主席，原副总经理胡仇升任董事长兼总经理。

胡仇上任后，立即向市政府呈上集团破产转制的报告。随后市国资委、市审计局组成国有资产审计清算领导小组进驻集团。

通过近两个多月的审计清算，领导小组认为丝绸行业已是日薄西山，集团丝绸产品不仅在国际市场雄风不再，且在国内市场也颇受冷遇，多年亏损已致集团严重资不抵债。

在领导小组的组织下，丝制品集团多次召开大会，尽管争吵、打闹不断，但最终还是抗不过上面的压力，领导小组最终还是决定：为数千工人生计着想，准备破产转制。

可范树人偏偏反对破产转制，他联名集团工人向市政府请愿，望政府出面阻止破产转制，否则，凌江传承数千年的丝绸产业及丝绸文化将彻底灭绝。

范树人认为，"凌江丝绸"的金字招牌来之不易，当下丝绸产业并非山前无路，而是需要政府大力扶持，尤其是注重科技投入，以便攻坚克难通过高端产品争抢国际市场。

然而，市政府对范树人等的意见充耳不闻。丝制品集团内部矛盾重重，领导小组尽管已经作出了决定，但丝制品集团职工代表大会始终拒绝通过。

方振东几次提出采访胡仇都被拒绝，正不知所措时，一个工人找到他，悄悄地给了他范树人的联系方式，并表示范主席想跟他聊聊。

方振东如获至宝，于是双方约定在东郊万亩蚕桑基地一农家茶屋见面。方振东赶到后，范树人亲手为他泡了一杯上好的春桑茶，随着袅袅茶香飘逸，两人聊开了。

"看看这多美的风景！可惜，我敢断言，不出五年，这里将是完全不同的光景。"范树人指着周围一片绿油油的桑海说道。"将会变成什么光景？"方振东不解地问。

"将陆陆续续地有挖掘机进场，把这些桑树全部挖掉，然后修道路、建楼房，美丽的田园瞬息间会变成钢筋水泥森林……"范树人叹息一声说。

"你可知道，蚕桑丝绸文化是我们中华民族文化中的瑰宝？"听范树人这么说，方振东连连点头，"这个自然是，不然哪来的丝绸之路？"

"而偏偏这一文化瑰宝又是起源于我省！这本来是多么值得骄傲的事啊！可是，现在省内还有几家丝绸企业？还有多少人在研究和传承丝绸文化？"范树人感慨道。

"你刚才说到丝绸之路，据史料记载，我们省可也是古丝绸之路的源点之一啊！""啊？真的吗？"显然，方振东这方面知识欠缺些，听到这话十分吃惊。

"这桑茶，就是我们为壮大产业链而进行的探索，桑的药用保健价值，我国多部古药典均有记载，桑茶就是基于这些发展起来的，现在市场走得不错。"范树人说。

"……传承与创新并非不可调和的矛盾，完全可以很好地结合，只是如何找到恰当的结合点而已；我们的丝绸产品为什么在国际市场上失去了竞争力？就是因为我们没有很好地去创新，尤其是利用现代科学技术去创新……"范树人端起杯子喝了口茶。

"一味地只走老路不行，可因为老路越来越窄就放弃不走，改走其他路也不行嘛，沿着老路充分运用科技创新的手段，再逢山开路、遇水架桥，完全可以闯过难关，迎来柳暗花明又一村嘛……"范树人说着，将手一挥，仿佛眼前已是光明一片。

"范总既然有这样的见解，那为什么不朝这个方向去努力呢？"方振东问。

"你算是问到点子上了，"范树人接着说，"其实我一直在朝这个方向努力，我去过东南亚，去过日本、欧美等国，目的就是考察丝绸行业的尖端科技。"

"考察的结果呢？"方振东问。"现在国外已经在纺织技术上远超我们了，人家的丝绵混纺、丝毛丝麻以及丝化纤混纺提花技术相当发达，甚至还出现了天然彩色丝纺织技术，不用染色，就可以织出五颜六色的绸缎……"范树人叹息说。

"我一直想引进，并组建自己的科研队伍，站在别人成熟技术的基础上谋求超越，但这需要钱啊！需要巨额资金投入啊！财政资金指望不上，金融界又普遍把丝绸行业当成夕阳产业，让人痛心啊……"从范树人布满沧桑的脸上可以看到，他确实为此操碎了心。

范树人说着说着，眼眶湿润起来。"……我原想把东皋村的桑园基地腾出来，借助房地产挖掘几桶金，为挽救咱们这个传统产业积累点资金……可自身实力有限，哪能竞争得赢人家那些真正有实力、有背景的企业啊……"

"……我也曾厚着脸皮找过一些领导，并违背我的良心用单位的钱去请客送礼……可人家胃口大得很，咱那点儿油水又怎么能满足人家的欲望呢？哎！……看来，咱们凌江这家'百年老店'很快就要关门了……"

范树人动情的述说也感染到方振东，他也时不时发出几声叹息。作为一个国企老总为企业命运真情落泪，他是第一次看到。他从桌上抽出几张纸巾递给范树人。

范树人用纸巾擦了擦眼睛，"咱们凌江丝制品集团的前身是凌江丝厂和凌江绸厂，机械化生产最早开始于上世纪初，抗战时期同江浙内迁的一些丝绸企业合并，慢慢演变而成，在上世纪八十年代最辉煌的时候，还排名全国同行业前十，可如今……哎！"

"破产转制不失为通过市场的手段置之死地而后生啊，你难道不这么认为吗？"方振东说。范树人沉吟片刻，摇摇头，"那要看置之死地而后生的是什么——"

"怎么讲？"方振东不明白其意。"是继续保持丝绸为主导的产业还是干脆就做其他产业？如果是前者我举双手赞成，如果是后者我坚决反对！"范树人说。

"目前来看，我断定他们不会再保留丝绸产业，主张走这条路的人背后的势力想的是我们那块地，位于老城区黄金地段，如果搞房地产，至少能赚他个十倍八倍！那样，不少人也就跟着发了大财……"无意间，范树人道出了其中秘密，想掩饰已来不及。

从范树人的话里捕捉到有价值的信息，方振东便要刨根问底，可范树人不愿意透露更多，只是告诉他："现在还不能透露给你，不过你慢慢会看到的。"

依目前掌握的材料来看，还不够写成稿件，因此方振东决定再采访几天才动笔。

可让他没料到的是，这次谈话后没过两天，范树人便遭到麻烦。市纪委接到丝制品集团内部举报，说范树人在担任集团董事长兼总经理期间，有一百多万元账对不上。

市纪委要求范树人交代清楚，否则将立案调查。从接到通知那一刻起，范树人便明白了怎么回事，那一定是有人想把他这颗钉子拔掉，除了胡仇还能有谁呢？

范树人心里十分清楚，确实有一百多万元账存在问题，那是他万般无奈之下暂时挪用的，事后他还吩咐财务把账上的漏洞弥补好，过后就没再过问此事。

没想现在毒疮发作，是立即想方设法挽救还是自认倒霉？可挽救还来得及吗？现在集团内还有谁能站在他这一边呢？多年在外奔走，他见惯了太多的人情世故。

果不其然，范树人请他原来的助理和财务科长一起到纪委把事情解释清楚，并承诺尽快将财务漏洞补上，但遭到两人的拒绝。而且他们似乎已经口径一致，咬定此事跟他们毫无关系，全系范树人一人所为，因为这些钱都是范本人签字以现金的方式拿出去的。

范树人气愤之极，他万万没想到权力的更递竟能让人如此抛弃信义。但除了痛骂两人一顿别无他法。范树人面对市纪委的一逼再逼，只好孤军直面了。他预感后果会很严重。

通过纪委立案调查查明，近两年来，范树人先后共十余次从集团财务科支取现金一百一十多万元，一次少则几万，多则十几甚至几十万元，但从范树人个人和其家人的银行账户流水来看，这一百多万元根本没有从上面经过，似乎凭空蒸发了似的，查不到踪影。

市纪委最终将案件移交司法机关，范树人也被批准逮捕。市检察院

前夜

办案检察官多次提审他，叫他详细交代这笔钱的来龙去脉，起初他都缄口不言。

市上有领导一再过问，要求尽快提起公诉，检察官耐心地劝导范树人如实交代问题。

"你们都问我无数遍了，想必也把我家翻了个底儿朝天吧？找到什么证据了吗？"检察官以为他要以零口供抗拒，非常生气："别以为你什么都不说就可以逃脱法律的制裁！"

"事到如今，我说与不说还有什么意义吗？说了，你们会信吗？涉及到的人，你们敢查吗？恐怕你们想查也有人阻止你们查！即使你们中间有铁面无私的包公，敢大胆地去查，可查得出来结果吗？最终我还是罪责难逃。所以嘛，我还是不说为好。"范树人说。

"你怎么知道我们不敢去查？不妨说出来听听。"检察官说。

范树人哈哈一笑，"那听好了，这些钱，跟市上多数领导，市委、市政府一些部门领导，以及一些银行负责人都有关系，不是请他们打牌故意输送，就是当成茶叶、香烟包装起来，以礼品的方式送给了他们。"

"你为什么要这样做？"检察官问。

"这个问题……还是那句话，我说了你们会信吗？"范树人不屑地哼了一声。

检察官将桌子一拍，"请正面回答！不要藐视法律的尊严！"

"那好，我告诉你们，我这样做都是为了挽救丝制品集团。"范树人说完，闭上眼长长地吐了一口气。检察官笑了，"挪用单位的钱，还说是挽救单位，这是什么逻辑啊？"

"我说了你们不会信，那就别再问了，尽快起诉吧，即使到了法庭上，我还是那句话，反正你们都不会信，我还是什么都不说，任凭你们判就是了。"说完，范树人又闭上眼。

检察官敲了敲桌子，"把眼睛睁开，就算我们信你，但也得从法理上推得起走；这个问题就这样吧，那……你是怎么处置这笔钱的？要说具体的，比如，给谁谁谁，什么时间，什么地点，送了多少，或者打牌故意输送了多少，你要详细交代。"

接下来，无论检察官是大声呵斥还是拼命敲桌子，范树人都紧闭尊口。问得急了，他便长叹一口气，"别费劲了，早点起诉吧，你们折腾的时间越长，恐怕有的人越紧张。"

没办法，市检察院决定零口供起诉范树人，涉嫌的罪名是贪污、挪用公款，金额巨大。

第二十八章

没了范树人，胡仇便少了很多反对者，丝制品集团很快进入"宰杀、分割、卖肉"的阶段。其资产经评估后，在报纸上刊登了拍卖公告。最终，来自省城的鑫旺集团竞拍成功。

这鑫旺集团，凌江普通人少有了解。但一定层级的人略知一二，其董事长系肖宗华的堂弟肖松华，原在凌江从事服装贸易，后随堂兄去了省城，几年摇身一变成了集团董事长。

丝制品集团以整体资产1.2亿元的价格卖给鑫旺集团，此款远不够偿还债务，数千名职工，鑫旺集团只答应择优录取四分之一，其余得由政府出面安置。

鑫旺集团临时办公地天天挤满了人，绝大多数是原凌江丝制品集团的职工，为的是能争抢一个新的饭碗。胡仇自然成了鑫旺集团副总经理。

鑫旺集团对原凌江丝制品集团的土地、房屋以及机器设备进行了梳理，机器及其他跟新业务无关的设备大多砸烂卖了废品，厂房被拆除平整，很显然，下一步要进行商业开发。

一个崭新的地标性商业综合体又将在凌江拔地而起。以罗五洲为代表的凌江本地地产商报以密切关注。大家都知道，这块肥肉油水丰足，看着谁都垂涎欲滴，但都无从下口。

罗五洲几次派张玉玲到鑫旺集团递送邀请贴，表示想跟肖松华荣幸认识并把酒言欢一次，但都遭到拒绝。他深感自己热脸贴上了冷屁股，心里很不是滋味，但只好忍着。

可市委、市政府迎来了潮水般的压力，丝制品集团一朝被卖，数万亩桑园基地有可能要调整产业，眼下已是夏茧收购季节，上万户蚕农的茧子该销往何处？眼看辛勤的汗水将付诸东流，凌江市周边的几个桑园基地都爆发了农民到乡镇甚至县区政府集体上访的事件。

凌江市委立即召开了常委会，并决定让市委农工委、市农业局立马组成夏茧收购及外销专门队伍，确保本季蚕农茧子销售价格稳定，收益不受损失；对数万亩桑园基地的产业调整要立即研究，请相关专家拿出科学方案，以最小的代价合理调转，并确保农民利益。

市上领导还在探讨另一种办法，就是说服鑫旺集团成立一家现代农业公司，流转这数万亩桑园基地，作为产业调转的主体单位。但双方几次沟通均无果，鑫旺集团无意涉足农业。

碰巧，全省加快城乡融合发展现场会定在凌江召开，分管领导肖宗华也要莅临出席并做重要讲话，凌江市领导决定借这个机会，让肖宗华来做通鑫旺集团的工作。

会议结束当晚，其他参会代表安排在凌江之春大酒店吃饭，饭后市接待办安排了丰富多彩的娱乐活动供大家选择参与，大多数人选择的是就在酒店KTV唱歌，因为这里的姑娘最漂亮。而肖宗华及省上城建、涉农部门的一把手被安排在军分区大院用餐。

显然，军分区里的餐会规格高出许多，吃的喝的皆属上品不言，就女性陪餐人员，那绝对是事先在凌江精挑细选。刘清粼被安排在肖宗华旁边，是陪餐人员中级别最高的一位。

饭后，其余领导被接待办引到另一处休闲娱乐，相关女性陪餐人员随往。刘清粼自然不允许走，根据市委宣传部的安排，电视台还要对肖宗华作一次专访，采访地点在凌江之春大酒店33楼肖宗华每次来都住的那套房间。刘清粼提出变更采访地点，未被采纳。

来到肖宗华的套房，接待办吩咐其他人在外等候，李永辉、周朝礼等领导进入肖宗华的卧室。按计划，他们是要向肖宗华单独汇报工作，主要是争取他给鑫旺集团传个话。

几个领导简单汇报了凌江丝制品集团破产转制及被鑫旺集团整体收购，以及数万亩桑园基地目前所面临的一些紧急问题，然后直接表明了他们的意见。听罢，肖宗华沉默了片刻。

"鑫旺集团跟我有关系吗？你们这是强行给我贴上鑫旺集团的标签！"肖宗华冷不防冒出一句，弄得大家很意外，不知该怎么回答，相互不由你看看我我瞅瞅你，心里直打鼓。

"可大家都知道，肖松华肖董事长……是您堂弟呀！"李永辉赔着笑脸说。肖宗华依然十分严肃地说："他是我堂弟不假，不管他做了什么，哪怕是一下子赚了好几个亿，只要是按照市场规则去弄的，无论是党纪还是国法，都约束不到他，更牵涉不到我身上吧？"

"领导，您别误会，鑫旺集团收购丝制品集团，没有丝毫违规违法的地方，相反对凌江还是大好事一件呢！既避免了国有企业继续亏损，又给了数千工人重新上岗的机会，而且还给凌江的发展注入了新力量，给凌江的城市建设又增添了浓墨重彩的一笔！"周朝礼说。

"对嘛！"肖宗华的脸上渐渐有了暖色。"你们是不是看人家马上要搞商业开发了，一下子真能赚好几个亿了，就要杀富济贫了？就非得要人家来收拾你们的烂摊子？"

"哪里哪里！"李永辉听出肖宗华说这话时，有几分玩笑的味道，于是心里的石头也落了下来，"农业也不是就没有赚头，只要产业选择正确，经营管理跟上，是大有希望的。"

"我们找专家论证了，即使不养蚕，保持几万亩桑园不变，可以往桑叶茶、桑枝食用菌、桑葚综合开发、林下养鸡以及乡村旅游等方面发展，综合效益绝对不比单纯养蚕低！"凌江市分管农业的副市长说。"这个道理我懂，"肖宗华说，"可有这方面的成功经验？"

"有有有！国内几个蚕桑大省，我们都去考察过，已经闯出成功路子的很多。"那位副市长说。"那这么好的事，也不一定要鑫旺集团来做呀，凌江有很多企业嘛。"肖宗华说。

"还不是看您老人家对凌江有感情嘛！所以好事首先得想到您！"李永辉说。"又来了！我是生怕有人误解说，我已经离开了凌江，但还在插手凌江的事，可你们——"肖宗华呵呵一笑，说："按照你们的逻辑，因为我对凌江有感情，鑫旺集团董事长是我堂弟，所以你们把好事让给鑫旺集团，就等于是在回报我，是这样的吗？"

几个人连连摆手，"不不不，绝对不是，绝对不是！"

"鑫旺集团，我是巴不得撇清跟我的关系，可偏偏他们董事长是我堂

前夜

弟，这个铁的事实又改变不了，我很怕有人说鑫旺集团能有今天全是我在背后支持！可你们倒好，本来还没有人这样议论，偏偏你们要制造让别人可能会去议论的根据！"肖宗华说着说着又动了气。

"那这事就先说到这里吧，咱们下一步……还有电视台要采访领导呢，刘台长在外面等着呢。"此前，唐鹏程一直没说话，这一刻，他觉得是时候开口解围了。

大家都笑了起来，连肖宗华也瞬间换了脸色，说道："本来休闲的时候不谈工作，你们非要扯出这么一大摊子事儿；那……时间也比较晚了，我看……是不是采访也免了吧？"

"那哪能呢？事先都安排好了的！"唐鹏程说着，朝在场的每一位凌江领导都看了一眼，大家立刻明白了，纷纷起身告别。肖宗华微微起了下身，"我就不送你们了啊！"

唐鹏程出来，见外面的人都已走光，只有刘清粼一人坐在客厅里。"刘台长，现在可以去采访肖省长了。""可是，我还不知道市上定的采访主题是什么？"刘清粼问。

唐鹏程一愣，马上反应过来，"就请领导谈谈……随便谈谈城乡融合发展的路径和策略吧。"刘清粼点点头。"快进去吧，别让省长等久了，现在时间也不早了。"

"因事先没通知，我也没准备，采访器材也没带，我给李台长作了汇报，并叫他马上派个摄像过来。"刘清粼说。"要什么摄像？"唐鹏程被刘清粼的认真劲儿逗笑了，"你就跟省长随便聊聊，不用摄像。你用笔记录一下就可以了，不记录也行，反正没必要摄像。"

"不用摄像？我们是电视新闻，靠的就是画面，再说，这么大的领导，不用画面，只是口播新闻，合适吗？"刘清粼歪着脑袋满脸疑惑，"以前从来没有过这样的先例吧？"

"……这个，李台长向我请示了，我告诉他不用派摄像过来。而且……这次采访不作报道，你如果觉得有价值，可以写一篇文章，《凌江日报》上也可以用嘛。"唐鹏程说。

"我们是电视台，给报纸写文章？领导，我没听错吧？干嘛不派个报社的记者来采访呢？"见刘清粼还是不明白，唐鹏程有点生气了，"小刘啊，我看你是太年轻了！你想想，这是在宾馆套房里，省长能在这里出镜

168

吗？赶紧的，别再啰嗦了！"

"那可以换个地方啊！比如说电视台演播室……"刘清粼话没说完，被唐鹏程打断，"行了，就在这里，就这样采访！这是宣传部定的，必须执行！你是台里的领导，应该懂的！"

目送唐鹏程离开，刘清粼朝他的背影哼了一声。其实，她不是不明白，只是努力想摆脱他们给她设好的圈套。他抱着一丝希望再次给李台长拨打电话，可李志强已关机。

顷刻间，一阵莫名的惶恐袭上心头，刘清粼心头一紧，身上立马冒出许多鸡皮疙瘩。

怎么办？他想拉开房门逃出去。可是，市上安排她采访肖宗华，从目前来看也没有什么不对的地方。尽管自己恐惧某件事情发生，但毕竟还没发生，就这样跑了，也似乎不妥。

"小刘——"刘清粼心里正纠结着，突然听肖宗华在屋里叫她，她本能地浑身一颤，手脚也抖索起来。"不是安排要采访我吗？进来咱们聊聊吧！"肖宗华说。

"好，来了！"正要进屋，刘清粼立刻改变了主意，朝屋里喊，"要不，省长！我们在客厅里聊吧？这里可以泡茶，空间也大，空气好些，咱们一边喝茶一边聊。"

"哦，是吗？那好吧！"肖宗华从房间里出来，坐到沙发上，"小刘，每次你见我都那么紧张，有什么好怕的呢？来来来，放松点儿，坐下来我们聊。嗯……你要采访我什么？"

"哦，对了，市上安排的主题是请省长谈谈城乡融合发展的路径与策略。"刘清粼也坐了下来。"哈哈哈！看他们出的这题，就跟写论文似的，我又没准备，怎么谈？"肖宗华说。

"就随便谈谈吧，下来请省长安排人给我些资料，我写成文章在报纸上发。"刘清粼说。"哦，这样啊！……那我们可不可以不谈这个，反正是你过后才写，我保证给你足够的资料；我们聊点儿别的，你也别记录，就是谈天说地，免得你那么拘束，怎么样？"肖宗华说。

"好啊！"刘清粼点点头。肖宗华略微顿了顿说："就咱们俩，你也别把自己当记者，我也不再是领导，就算是朋友，一对忘年交的朋友，怎么样？"刘清粼瞪大眼睛点点头。

前夜

"我首先来问你吧，我的第一个问题是……你听了可别惊讶啊！"肖宗华笑眯眯地看着刘清粼，"你是不是一直担心，我对你有什么非分之想？说白了，是不是担心我……"

这已经够让刘清粼惊讶的了。只见她的脸唰地一下红了，连耳根都跟熟透了的蜜桃一般。肖宗华一直笑眯眯地盯着刘清粼，等她回答。刘清粼哪里敢回答，羞得一直不敢抬头。

"不好回答！好，我来帮你回答，"肖宗华说，"我敢断定你肯定有这种顾虑；那为什么对他们的安排不拒绝和反抗？为什么不呢？"没想到肖宗华这么问，刘清粼抬起头看了他一眼，没作声。"那是因为你不敢！因为他们都是领导，我是更大的领导，对吗？"

"是啊，权力压制了人的正常思维，"肖宗华继续说，"你怕是正常的，可正因为你怕，想反抗又不敢反抗的这种状态，我最喜欢！"刘清粼想要插话，被肖宗华打断，"但你放心，小刘，我曾经给你说过，论年龄我都可以作你父亲了，你不要害怕我会对你怎么样。"

"省长，您还是谈谈城乡融合发展的话题吧。"听肖宗华那么说，刘清粼感觉十分尴尬。"才说了不谈那个，"肖宗华继续刚才的话题，"论权力，我手里的确有别人想攀附利用的权力，你可知道，有多少人是想尽办法地接近我，包括不少女性，甚至不惜自己的身体。"

刘清粼想把话题岔开，倒了一杯茶递给肖宗华："喝杯茶吧，省长，这茶可是凌江最好的明前茶。"肖宗华喝了一口，接着说："可我手里的权力并不是任人宰割的羔羊肉，你想利用就能利用得了的；当了这么多年领导，最起码的政治智慧是有的。"

"省长该不是怀疑，我想利用你的权力吧？"刘清粼说，"那我最好马上离开。"总算瞅准了肖宗华言语中一个破绽，正好趁此逃脱，刘清粼起身要走。

肖宗华赶紧拉住她的胳膊，刘清粼下意识地用手推了一下。没想到，这招不仅没能脱身，反而给了肖宗华触碰自己身体的机会。于是，她更显得窘迫不堪了。

"不需要你费心思去想，像你，小刘，我主动愿意用我手中的权力帮你！"肖宗华这么说，把刘清粼吓了一跳，她意识到这话中有话。"你别误会，这种帮，不需要你拿出什么来回报我，是一个像父亲一样的人，真

170

心真情地帮一个像女儿一样的人。"

"上次说过，等你在电视台提了副处，就可以调到机关担任副处级领导了，现在看来，这个时机成熟了，我给李永辉招呼一声。"肖宗华说。

"不，不要，我其实并不想当什么领导，"刘清粼说，"就现在，我都快顶不住舆论的压力了，尽管我跟您没什么，但外面谁都认为我们早就发生了什么……我……我想还是做一个普通人……做一个没人关注，每天按部就班地工作生活的普通人，谢谢您的关心。"

"看你！女人加小孩子一般的见识！"肖宗华略带训斥地口吻说，"堪当大任者岂受他人之累？舆论，我一向蔑视舆论！小刘，我希望你眼界要高一点，不要这么妄自菲薄。"

"我本来就是个女孩子，所以没有你们男人理想高远。"刘清粼说。

"女孩子怎么了？咱们现在伟大的事业正遇上历史最好的机遇，需要更多有志向、有能力的人才，如果说这是一场革命，那咱们革命队伍里是不能没有女性的！这在我党早期的革命实践中就已经充分证明了的！"肖宗华鼓励刘清粼说，"别多想了，我来安排。"

"可是……"刘清粼还想说什么，肖宗华没让她说。"就这样了，时间不早了，洗洗睡吧。你也不回去了，反正我这里是套房，有两间，你随便挑一间。"见刘清粼面露难色，肖宗华打了个哈欠，"我先休息了，别忘了晚上把房门反锁掉。"说完，独自进屋了。

是走还是留？走吧，人家都把话说到那份儿上了，叮嘱她晚上要是不放心可以把门反锁，走了岂不是小人之心度君子之腹？可要是真留下来，明天说不准又会增添多少风言风语……

可目前的风言风语已经够多了，难道今晚走了，就能洗清那些龌龊的言语？想了很久，刘清粼还是留了下来，不过她没反锁房门，但还是和衣而卧，也一个整晚没敢深睡。

好在又一个晚上相安无事。

第二十九章

　　大约过了一个星期，鑫旺集团给市政府一个答复：同意接收原丝制品集团的桑园基地，鉴于这是个亏本买卖，市上必须满足他们几个条件，一是让银行给集团放贷5亿元，二是政府补贴头三年土地流转费的30%。要么就是，把东皋村的开发权让给他们。

　　"这简直是敲诈勒索！真的以为凌江就没有一个有实力的企业了？"李永辉听到汇报后，狠狠地拍了桌子。周朝礼则陷入沉思，面对这头张开大口的狮子，该怎么打发呢？

　　不少领导认为，5个亿的贷款！可救活多少凌江企业啊，市上都不敢伸出干预之手给银行下指令，再说几万亩土地流转费补贴，一年就是好几百万元，三年得上千万元，有这样的扶持，哪个企业还不对政府感恩戴德？凭什么还要低三下四地去伺候一只外来的狼呢？

　　东皋村的项目，凌江地产界一直争抢不断，罗五洲的盛世凌江经过艰难拼杀总算快要吞入口中，可能拿出来吗？况且，不少人从中已经获利许多，而这个新近杀入的鑫旺集团，收购丝制品集团，好多人连油花花都没尝到，因此他们提出的条件没几个同意。

　　尤其是周朝礼，虽然他不同意鑫旺集团提出的条件，但他明白，无论是鑫旺集团还是盛世凌江，两者都不好得罪。

　　怎样才能让两只狼既消停不闹，又俯首帖耳地听使唤？周朝礼抓破头皮也想不到办法。

　　回到家，周朝礼仍心不在焉，在宋冬梅恼怒地审问下，他只好给老婆如实报告。

　　一向自认为聪明的宋冬梅也犯了难。"这还真不好办，东皋村已经答应了盛世凌江，不给的话，人家可拿着你的软肋；鑫旺集团背后又是肖省长，得罪了又怕影响你的前途。到底该怎么办呢？"还是宋冬梅鬼点子多，她忽然眼前一亮，"有了，有了！"

"什么意思？"周朝礼一脸糊涂。"看电视里！"这时，电视里正播放《三国》吕布与貂蝉的故事，"只有一个貂蝉，吕布和董卓都想要，你说怎么办？"周朝礼看着看着笑了。

肖松华原以为市政府会很快答应，谁知又是一个星期竟毫无音讯。莫非他们找到了别人接手？于是得赶紧派人去打听打听。

这一打听还真有了消息，市政府放出风来说，原丝制品集团的桑园基地将整体流转给盛世凌江，这东皋村的项目也基本确定了给盛世凌江。

肖松华急了，赶紧跑到市政府找周朝礼。"没错，东皋村早就名花有主了。其实我们也想给你，但如果给了你，那盛世凌江能罢休吗？况且盛世凌江对咱们凌江发展可以说是功勋卓著，你们尽管实力雄厚，但毕竟是刚来嘛，对凌江的贡献还无从谈起嘛！"

"我们收购了破产企业丝制品集团，解决了几千工人吃饭问题，这还不算贡献？"肖松华说。"呵呵呵，你就别逗我了，谁不知道你拣了个大便宜？如果不是看在肖省长的面子上，恐怕这块肉你是吃不到的吧。解决工人吃饭问题，主要还是市政府在解决嘛！"

"既然你提到了肖省长，那这次怎么不看在肖省长的面子上，把东皋村给咱们呢？"肖松华说。"叫你们接手桑园基地，就是在给肖省长的面子呀？"周朝礼说。

"呵呵，是吗？这面子可给的大啊！谁不晓得农业是个高风险的行业，再者，农业要想有回报，必须有高投入，所以我们才提出那些条件嘛，可市政府又不答应。"肖松华说。

"亏你还是大集团的董事长！"周朝礼从办公桌前走到肖松华旁坐下，"你难道就没发现这里面潜藏着的巨大商机？"肖松华瞪大眼睛盯着周朝礼，摇了摇头，"没看出来。"

"凌江的城市新规划你还不了解吧？"周朝礼从柜子里拿出厚厚一本规划图，"目前，正值全国大小城市飞速发展的黄金时期，凌江也正在以大鹏展翅的雄姿向东西南北四方扩展，你看看那些桑园基地，不都在城市周边吗？最远的离市区也就不到10公里！"

肖松华失望地叹息一声，"你给我画的这个饼，香倒是很香，可毕竟还远在天边，治不了我的饥饿，我要的是一两年之内能赚到钱！"说完，肖松华紧紧地攥了个拳头。

前夜

"肖总，成大事者得目光长远，一叶障目可永远见不到泰山哦！"周朝礼说，"话我已经给你说的很明白了，这可是千载难逢的机会，要是错过了，怕是后悔都来不及了哟！"

肖松华想了想，"只要市政府把东皋村的项目给我，我们愿意承接那桑园基地，也可以不要贷款和政府的补贴。"周朝礼还是摇摇头，"盛世凌江也不是那么好忽悠的呀！"

"那第一个条件呢？假如我们不要东皋村的项目，接手桑园基地，5个亿的贷款和三年流转费30%的财政补贴，能落实吗？"肖松华说。周朝礼连连摇头："金融企业同样是按市场规则运行，我们的话不管用；财政补贴嘛，凌江这些年负债太大，希望渺茫。"

说不拢，肖松华从市政府出来，心里一直想：盛世凌江！难道是三头六臂的哪吒？连市长都那么坚定地为其站台，抬出肖省长的背景也不起作用！看来是小瞧他们了！

罗五洲也时刻盯着鑫旺集团，就连睡觉都得睁一只眼。近来听闻肖松华向市政府要东皋村开发权，着实把他吓了一跳。他们可是动了好些年的心思了，眼看煮熟的鸭子有可能被抢，心里那滋味儿，跟热锅上的蚂蚁差不多。于是，他赶紧叫张玉玲去找周朝礼。

不料周朝礼一直找理由不见张玉玲！没办法，张玉玲只好去找宋冬梅问个究竟。问话的地点自然还是宋春明的健身会馆。看见张玉玲，宋冬梅心理纳闷，她来准没好事儿。

"宋夫人，多日不见，没想到您的身材越来越火辣了！似乎也年轻了不少哦！"张玉玲笑盈盈地对宋冬梅打招呼。"别满嘴假话了，听起来浑身起疙瘩；我自个儿知道自个儿的年龄，哪能跟你们比青春貌美啊！说吧，找我有什么坏事儿？"宋冬梅正在练习哑铃。

"看您说的！"张玉玲把搭在旁边的毛巾递给宋冬梅，"歇一会儿吧，我的姐姐！咱俩聊聊。"宋冬梅接过毛巾擦了擦汗，没吱声径直往休息室走，张玉玲屁股后面跟着。

张玉玲为宋冬梅倒了杯水，"我知道姐姐是个爽快人，那我也就不藏着掖着了，我是来向宋夫人求证一个消息的……听说鑫旺集团想拿走东皋村的项目，是真的吗？"

"又来了！我跟你说过，这是市政府的事儿，是他们领导管的，我哪儿知道呢?"宋冬梅瞥了一眼张玉玲,眼睛转向别处。"记得我也跟您说过,你可是管领导的领导,市政府的啥事儿你不知道啊?再说,这东皋村可是您我都十分敏感的神经啊!"

"是!我敏感得很!敏感得想起东皋村几个字都睡不着觉!你们究竟要想怎样?想把老周往死里整吗?"宋冬梅苦笑着讥讽道。"千万千万别这么想,我的好姐姐!那些东西我是跟您保证过的,只要东皋村项目能保住,我们绝对不外泄。"张玉玲拍着胸口说。

"那我还真的给你透露个不好的消息,"宋冬梅把脸转过来,"人家鑫旺集团是非要东皋村不可,人家什么后台你们也知道吧?就连老周都惹不起,就算把老周逼死都没用。"

"不会吧?就算是小孩子玩游戏都要讲个先来后到吧?他鑫旺集团凭什么这么不讲道理?"张玉玲信以为真,不免有些紧张。"什么是道理?有权就有道理,谁权力大谁就占理!明白吗?你们想要东皋村,使出那些下三滥的手段来要挟老周,这难道就是道理?"

"好好好!咱今天不争,姐姐!我想知道,市政府同意鑫旺集团的要求了吗?"张玉玲急切地问。"给倒是还没有,不过很可能扛不过上面的压力,最后不得不给他们。"宋冬梅说。

"这样……恐怕不行吧?"张玉玲说。"怎么,如果真这样了,你们打算怎么办?把那些东西抖出来?然后让老周下课、蹲监狱?人可得讲良心,项目的确是要给你们,可谁能料得到,半路杀出个程咬金呢?我们能怎样呢?"宋冬梅一副无可奈何的样子。

张玉玲暗自思忖着。宋冬梅仔细瞅了她几眼,接着说:"没了东皋村,其实也不要紧,还有比东皋村更好的项目。""说来听听!"张玉玲立刻来了兴趣,"什么更好的项目?"

"丝制品集团被鑫旺集团收购后,原来那数万亩桑园基地。"宋冬梅说。"我还以为是啥好项目呢,不就是鑫旺集团都不想要的东西吗?拿来诱惑我们?"张玉玲不屑一顾地说。

"你们商人这眼光啊!还是不及政治家远大,"宋冬梅啧啧感叹说,"过几年,那些桑园不就是又一个个的东皋村吗?而且现在拿到手,成本多低呀!虽然是流转,但一旦土地被征用,你们不就是近水楼台吗?即使被别人拿去,那还不给你们赔个几千万上亿的?"

前夜

张玉玲皱着眉头琢磨着宋冬梅的话。"老周说了,如果你们愿意放弃东皋村,去接手桑园基地,政府可以考虑给你们财政扶持,还有可以帮你们协调银行贷款。"

"假如我们不放弃东皋村呢?"张玉玲问。"那你们有可能,我是说有可能……什么都得不得。"宋冬梅说。"那我们如果是同意接手桑园基地,可以不要政府财政扶持,也不要政府协调贷款,但条件是必须保住东皋村的项目呢?"

"怕是很难!"宋冬梅说。"为什么?我们相当于在原来的基础上退了一步,帮政府拣一个烂摊子呀!"张玉玲说。"这是个烂摊子吗?据说已经有人来找政府谈了。"宋冬梅说。

过了几日,肖宗华从省城给周朝礼打来电话,话中提起东皋村的事情,问凌江是怎么考虑的,周朝礼明白其中的意思,便将有关东皋村的情况给肖宗华作了详细汇报。

"老周啊,这个项目非同小可,可算得上凌江城市建设史上具有划时代意义的一个大手笔,对于开发商的选择千万不能马虎;首先要有足够雄厚的实力,然后在规划建设上,要充分体现高起点、高标准和高水平,因此我建议,最好找凌江以外的开发商。"

周朝礼心里很清楚,肖宗华只是没有明说,其真实意思就是要凌江把东皋村的项目给鑫旺集团。仅仅是一个肖松华他还觉得好对付,可再加上一个省委常委、副省长肖宗华,那就很难办了。看来要想继续在这条道上混,不给是不行的了。可怎么摆平盛世凌江呢?

话传到罗五洲的耳朵里,气得他暴跳如雷。他安排张玉玲给宋冬梅打电话,说如果周市长敢把项目给鑫旺集团,他们就把手里的东西公布出去!说到做到!张玉玲按罗五洲的吩咐去做了,而且电话里说完没等宋冬梅回应就挂了,之后宋冬梅反复拨回来也不接。

周朝礼只好找肖松华做工作,正要安排人约,碰巧肖松华主动来电话,说明天请周市长到北郊高尔夫球场打球。第二天,周朝礼如期赴约,肖松华只招呼打球,闭口不谈项目。

好几次实在按捺不住,周朝礼主动提起东皋村的事,哪想肖松华却毫不在乎地说:"知道你们很难,你们看着办吧!打球,今天我请市长来,只想开开心心地打球,没别的。"

球打完后，肖松华请周朝礼一起吃晚饭，然后各自回家。快到家门时，周朝礼收到肖松华的短信："市长，荣幸认识，一点见面礼，已搁在您后备箱里，先斩后奏，见谅！"

车停好后，周朝礼赶紧打发走司机，立马打开后备箱，只见两只大箱子躺在里面，周朝礼心怦怦直跳，拉开箱子拉链，里面是一扎扎崭新的百元人民币，每一扎足有十万！

周朝礼连忙拨打肖松华的手机，但已经关机。接连几天，周朝礼打过去，对方都显示忙音。周朝礼明白了，关于东皋村的项目，他是非给不可了。

第三十章

这几天，周朝礼一直心神不宁。他每天上班前都要吩咐宋冬梅，密切注意网上有关凌江的言论。果不出所料，他们似乎十分期待而又十分害怕的事情发生了。

那天宋冬梅睡了个懒觉起来，脸都没洗就打开电脑，在《凌江论坛》上看到一个帖子，贴中闪烁其词地提到周朝礼利用谭月茹洗钱的事情。宋冬梅立即给周朝礼打了电话。

周朝礼接电话后顿时毛骨悚然，这是他平生第一次有此感觉。他赶紧放下正在阅读的文件，把那个帖子找到仔细读了一遍又一遍。"这肯定是罗五洲搞的！"他自言自语地说。

他又能怎么样呢？立即想办法收拾罗五洲？周朝礼想了想还是觉得不宜公开采取措施，也不宜将对方激怒到无所顾忌的程度。眼下最重要的是，悄悄找罗五洲谈谈，以他手中的权力来斡旋，以求达到事态平息的效果。于是，周朝礼安排宋冬梅主动约见张玉玲。

市委宣传部负责网络舆情的人自然是发现了那个帖子，听汇报后唐

前夜

鹏程立即决定，派人马上去省城攻关删帖，临走对所派人员再三叮嘱：不惜一切代价，要钱给钱，要物给物！

而对凌江市内新闻媒体及上级驻凌江新闻单位，宣传部也发了个紧急通知，要求一律不作采访报道。尤其对凌江市内新闻媒体还加上一句：谁不听招呼，将给予严厉处罚！

对市委宣传部的通知，江声涛自然是言听计从，他现在彻底被市委宣传部的糖衣炮弹俘获，每年不用他怎么操心，报社下达的经营任务只要宣传部一个文件便能轻松完成。

钱应来等人吧，苦于自己没有合法证件，但要想吃这块肉，只好拉几个队伍里的人入伙，可在关键时刻，江声涛知道轻重，他表示这次不好帮忙；而方振东呢，自然也是一口拒绝跟钱应来等人合伙，他要独自调查，写出独家新闻报道。钱应来只有干瞪眼。

但让方振东困惑的是，网上那个帖子既没留联系电话，也没留发帖人的真实姓名，实在不好深入调查。他到盛世凌江要求采访相关人员也遭到拒绝。给报社汇报后，报社领导叫他暂时不动，但须时刻关注事态发展动向，一旦有可突破的线索就立即介入。

张玉玲受邀到健身会馆去见宋冬梅，故意按约定时间晚到了半个多钟头。一来她就连连道歉："对不起呀，姐姐，路上塞车，来晚了。"宋冬梅知道她说的是假话，也不揭穿，倒是热情地笑迎过去，"我来也塞车，也刚到。"然后，俩人说着笑走到休息室。

碰巧，唐晓薇从休息室出来，宋春明跟在后面。"哎呀！妹妹，可好长时间没见你来了，去哪儿了？"宋冬梅惊喜地抓住唐晓薇的手说。"去了趟西欧五国，几个朋友约，哎！我都去了无数遍了，没办法，有几个姐妹没去过，只好陪着。"唐晓薇说，"我给你带礼物了。"

"谢谢！我这边有事要谈，待会儿来找你，"宋冬梅说话时看了张玉玲一眼。"这位是？"唐晓薇问。"隔壁市一个领导的……"宋冬梅抢着说。唐晓薇点点头，"那你们聊吧，我去按摩一下，跑了十几天，身上酸死了。"说罢微笑着走了，宋春明紧跟后面也走了。

"宋夫人可真会编故事，我怎么就成了隔壁市一个领导的……什么了？"张玉玲坐下来开玩笑地说。"哎！介绍起来麻烦，我怕越说越复杂。"宋冬梅说。

两人沉默片刻，宋冬梅开口了："咱们直截了当吧，我也是受周市长全权委托跟你们谈，就现在这种情况，东皋村肯定是人家鑫旺集团的了，你们想怎么样？把话都说出来。"

"我们既然成了任人剁砍的鱼肉，还能怎么样？我倒是想听听周市长究竟要把我们怎么样？"张玉玲说。

"上次说了，不是市政府言而无信，而是人家后台硬，你们毕竟是凌江的企业，要充分站在凌江党委、政府的角度来思考问题不是？"宋冬梅尽量克制地说。

"凌江的父母官是不是更应该站在凌江本地企业的角度来思考问题呢？"张玉玲反唇相讥，"咱们前前后后付出了多大的代价啊，不能说拿走就拿走吧？"

"有什么要求你们可以向市政府提呀！干嘛非要那样儿呢？……难道非要把老周整下不可？"宋冬梅压低声音。

"咱们的要求是给一个与东皋村同等价值的项目，市政府拿得出来吗？"张玉玲说。

"有啊！比这价值大得多的都有！"宋冬梅说。

"我知道你说的还是那片破桑园。"张玉玲说。

"跟你这样说吧，那片桑园接下来就会纳入城市开发的范围。目前规划已经囊括进去了，最迟不过两年，现在以土地流转的方式接过来，没有比这更便宜的事儿了。"宋冬梅说。

"既然已经纳入规划，直接把地征用得了，干嘛还要多此一举找人流转呢？"张玉玲说。

"这几年征的地太多了，政府哪有这么多钱啊，那可是几万亩！所以先流转过渡一下。"宋冬梅说。"怕是这个过渡期很漫长吧？咱们一旦陷进去，就难以脱身了。"张玉玲说。

"这样，你们把桑园接了，我给老周说，让市财政前三年给你们补贴一半的土地流转费；你们如果把产业搞了起来，市里还会给很多项目资金。"宋冬梅说。

"我听说鑫旺集团当初给市政府开的条件是，再协调五个亿的贷款。"张玉玲补充说。

"那你们的意思是，市政府如果答应给你们补贴，再帮你们协调贷款，你们就可以接手桑园基地？"宋冬梅探张玉玲的口气。

"这个我做不了主，但我可以劝劝罗总。"张玉玲说。

"你真的该好好劝劝罗总。凌江遍地是黄金，干嘛非盯着东皋村呢？"宋冬梅说。

罗五洲岂能甘愿把那象征丰厚利润的算盘珠给拨掉？"是可忍孰不可忍！在这个杀机四伏的钢筋水泥丛林里，怯懦和退让就会一步步把自己逼向灭亡的边缘！"他愤愤地说。

为了安抚盛世凌江，周朝礼准备说服鑫旺集团出点血。于是给肖松华打了几次电话，叫他到市政府来商谈要事，最后，肖松华派胡仇来到周朝礼的办公室。

"你们肖总架子大得很嘛！我都喊不来。"看见是胡仇，周朝礼不悦地说。

"肖总确实忙，自从接手丝制品集团后，一大堆繁杂事务需要他来定夺，请市长见谅。"胡仇忙陪着不是。

"你来也好，你本来是凌江人，对凌江的事情熟悉；你知道的，东皋村的项目，市政府原定是要给盛世凌江的，后来鑫旺集团来了，非要硬拿不可，人家盛世凌江的实力也不可小觑，哪能善罢甘休呢？罗五洲已经放话出来了，他们是绝不会轻易丢手的。"周朝礼说。

"那怎么办呢？"胡仇说，"市长有什么两全其美的法子吗？"

"我想，抛开肖省长的因素不谈，你们硬拿走东皋村，道理上来讲是你们输理，人家再怎么吵闹人家都在理，你们初来乍到，不应该那么横着来，给人家一个合理的补偿，人家前期投入也不少。"周朝礼说。

"他们前期投入究竟有多少？"胡仇问。

"具体数目不清楚，但少说也有五六百万元吧，光上次拿到市政府来的那个详细规划，据说都花了一两百万元。你们可以商量一下。"

"那好，我回去向肖总汇报一下。"胡仇起身，周朝礼主动跟他握了手，"跟肖总说好，凡是可以拿钱解决的事情都不算什么事情，叫他凡事以和为贵，今后说不定还会跟盛世凌江成合作伙伴呢，都在凌江这个大矿里淘金，彼此之间不应该挤对，更不要反目成仇。"

"但不知罗五洲的胃口有好大。"胡仇说。

"我们准备让他接手你们原来的桑园基地，并帮忙为他们协调些贷款，再动用财政资金或项目资金给他们些补贴，这样的话，他们不会狮子大开口。"周朝礼说。

"这不是我们当初提的条件吗？怎么又给了他们呢？"胡仇问。

"哟！堰沟里放牛，想二面吃啊？这回一口吃个胖子，还图下回不？"周朝礼白了胡仇一眼。胡仇尴尬地笑了笑，"好好好，我回去立即给肖总汇报。"说完，退出去走了。

肖松华一听周朝礼把桑园基地给了罗五洲，还同意给贷款和给财政补贴，心里气得不行，"这周市长！在我面前口口声声说财政穷，贷款协调难！老谋深算啊！"再听说周朝礼劝他给罗五洲合理的补偿，更是一阵臭骂道："罗五洲算什么东西，敢从我身上剜肉吃？"

胡仇把情况向周朝礼作了汇报，周朝礼决定，过两天把两个人召集到办公室，当面撮合，若任凭两头虎豹私下较劲，说不定会闹出什么事情来。

好说歹说，两人总算同意见面。

周朝礼安顿两人坐下。两人一左一右在周朝礼旁边，都跷着二郎腿谁也不理谁。

"请二位看在我的面子上，商议一个和解的办法，"周朝礼说，"两位都堪称凌江的有功之臣，市委、市政府都不会亏待你们，还望你们团结一致，共同为凌江建设事业做贡献。"

"客套话少说，你直接问他们想要多少？"肖松华不耐烦地说。

"哦，好！"周朝礼把脸转向罗五洲，"我看目前最现实的解决办法是，你们把前期投入估算一下，让鑫旺集团给你们做适当的补偿。"

罗五洲呵呵一笑，"我要的是项目，不是钱。"

"老罗，你就别再执拗下去了，要项目已经不可能了，过多的解释我想就不必再重复了吧？这样吧，我先估个数目，500万怎么样？"周朝礼先抛出个数字，想把话题引上去。

罗五洲一阵大笑，"东皋村的项目就值那么点儿钱？咱盛世凌江虽比不上省城来的什么集团，可账面上随便拿出一两个亿是没问题的；不至于靠卖项目讨那么点儿零花钱吧？"

"这不是卖项目！老罗你怎么老是一根筋呢？是你们前期投入的补偿！"周朝礼强调说。

前夜

肖松华冷笑一声，"那就没必要谈了。"说着起身要走，被周朝礼拦住。

"这样，肖总，既然你执意要东皋村这个项目，你就大方点儿，你说个比这更多点儿的数目。"周朝礼说。

肖松华坐下来嘘了一口气，咬牙说："那我就大方点儿吧，给你们1000万！这是最后的底限！否则没得谈！"

罗五洲当作没听见，端起茶杯只顾喝茶。

"表个态吧，罗总，这已经够可以的了，不要让我为难！"周朝礼说。

然而罗五洲依旧纹丝不动。肖松华又要起身离去。

突然，罗五洲开口了："既然肖总那么爽快，我也愿意交你这个朋友，我也抖出我的底限。钱我一分钱不要，我们共同开发东皋村。"周朝礼和肖松华没料到罗五洲会这么说，都很诧异，两人不约而同地看了对方一眼，不知怎么回答。

"好！"周朝礼拍手鼓掌，"我觉得这是最好的办法，两人从竞争对手成为合作伙伴，以后共同开创凌江城市建设的美好未来，真的是可喜可贺啊！"

"我不同意！"肖松华说。

周朝礼把肖松华拉到一旁，说："你看，如果他接受你刚才提出的1000万，你得真金白银地拿出来，就等于损失了1000万；但人家主动说要跟你共同开发，不用拿出这1000万了，肉还是烂在自家锅里，只是你个人少赚点儿，但你也少投入啊，资金压力就减轻许多。"

一向所向披靡惯了，没有人敢跟他分享任何东西，因此肖松华还是想不通。

"说实在的，项目本来就是人家的，人家退让到这个程度，已经很不错了；凡事不能做得过极，有肖省长背后支撑你，还怕没项目做？还有，你们同时吃下丝制品集团和东皋村，市政府还是很担心的。毕竟都是投资多少个亿的项目。"周朝礼说。

"我听说你们让他接手桑园基地，并答应给他们财政补贴和贷款，嗨！我说市长，你当初怎么跟我说的？明摆着在骗我嘛！现在又让我们跟他共同开发东皋村，凭什么啊？"肖松华很不满意地说。

"可能两个都给你们吗？我是市长，两碗水总得端平不是？"周朝礼说。

"得了,要合伙就合伙到底!你去跟他说,把桑园基地也拿出来我们一起搞,但前提是,市政府必须给补贴和帮忙协调贷款!"肖松华最后说。周朝礼一听,拍手说:"太好了!"

周朝礼过来这么一说,罗五洲也表示同意。

"我丑话说在前头,今天把你们撮合到一起了,今后不希望看到你们扯皮;还有,东皋村的项目可不能给我马马虎虎地,我不要更好,只要最好!第三,财政补贴和贷款我们都可以满足你们,但如果发现有套取国家资金和骗取贷款的行为,我拿你们是问!"

周朝礼这么说,二人都同时拍了胸脯。

第三十一章

自魏德宝出事以来,蒋光明似乎老得更快,两鬓的白发日渐添新。还有,眼袋越来越明显,眼圈也由过去红润油光变得晦暗乌黑。这些都源于他经常性地失眠。

蒋光明对周围人的反应也越来越敏感,只要他注意到有人三五成群聚在一起小声议论什么,他心里就会怦怦直跳,心想他们是不是在议论有关他的事情?尤其是那些人正议论得起劲,突然发现了他便戛然而止,这个时候他会更加紧张,甚至瞬间会冒出许多汗来。

一次市上开一个重要会议,四大班子主要领导都得参加。

会议正开着,突然市委办的人进来,在李永辉耳边小声说了些什么,李永辉脸色顿时闪过一丝惊愕,还朝蒋光明瞥了一眼,就把蒋光明吓得手直发抖。

他恐慌地看着李永辉,等待着接下来不知会怎么发生的事情。

李永辉沉默片刻,突然宣布:"现在休会20分钟,主席台上的领导跟我一起到接待室。"大家万分诧异地面面相觑,会场一时骚动不已。

前夜

李永辉起身朝接待室走去，其他领导跟在后面。

蒋光明走在最后，他感觉腿脚很不听使唤，从座位上起身差点儿被凳子绊倒。

当蒋光明一踏入接待室，眼光首先就触碰到几顶警帽上银色的国徽……

他的心脏瞬间像点燃了航空汽油，强大的热动力将心泵推高到最高运转速度，只觉眼前一黑，身体像纸人儿一样晃晃悠悠地倒了下去。

众人赶紧上前扶起，颇费了一番功夫才将他弄醒。

蒋光明睁开眼睛，才看清眼前的3个警察，其中一个是凌江市公安局刑警大队长马江，另两个面孔陌生。"这两位是省城公安局的，来的目的还需要我说明白吗？"马江说。

"知道了。"蒋光明点点头。他长长地呼出一口气，"总算来了，来了好。"说着，他将双手主动伸了出去。

省城公安局的警察正要给他戴上手铐，被李永辉拦住："咱们现在正开着会，外面人多，可否讲个情面，不要戴这个了？"两位警察收回了手铐。

蒋光明被带上警车，随省城来的警察去了省城公安局。

"究竟是怎么回事？"李永辉问马江。

"魏德宝坠楼一案有了新的进展，那晚挟持他到楼顶的两名男子抓获了，从他们的口供顺藤摸瓜，最终的指使者水落石出，那就是凌江市政协主席蒋光明。"马江说。

众人不禁"啊"了一声，顿时呆若木鸡。

蒋光明会场被警察带走，一时成了凌江的大新闻，不过，该新闻的传播途径最先不是新闻媒体，而是市民的嘴巴，凌江市委宣传部也不准许媒体报道。

可短短几天时间，凌江几乎是家喻户晓、人人皆知。

但大多数市民只知道蒋光明被抓，至于被抓缘由还不清楚。

直到一篇方振东采写的《政协主席会场蹊跷被带走》的文章在《江口都市报》见报后，凌江市民才渐渐明了，唐鹏程自然是气得脸红脖子粗，尽管事发后他也给方振东打了招呼，但这个浑小子就是没买他这个常委宣传部部长的账，因此心中有气也无可奈何。

184

方振东在文中通过蒋光明被带走前前后后的细节描绘，透露了不少信息：

首先，带走他的不是纪检部门，而是刑事警察，说明蒋案目前暂未牵涉到贪腐；第二，抓他的是省城公安局来的人，说明案发地不是凌江而是省城；第三，结合此前省城公安局多次来凌江调查有关魏德宝坠楼一案，很可能蒋光明与魏德宝坠楼有密切的关联。

加之《江口都市报》将以前对魏德宝一案和郑霞一案的报道作了个回顾，并附上相关链接，让读者对整个事件的来龙去脉便掌握了八九不离十。

于是，茶楼酒肆的议论热闹了。

"好狠毒啊！霸占了人家的婆娘，还害得人家家破人亡！这种人该千刀万剐！"一些人说起蒋光明就义愤填膺。于是，他霸占的谁，害死的又是谁，人们的谈论逐渐从粗到细。

到后来，甚至连蒋光明与魏德宝老婆一共偷了几次，每次在哪里偷的，蒋有哪些床上癖好，魏德宝老婆擅长哪些招数等等，都被闲得无聊之人嚼得有鼻子有眼。

渐渐地，人们的谈论开始转向，由当初的纯粹奚落调侃变成理性地探讨。

"像他这种，指使人逼死某一个人，法律上该怎么判？"有人好奇地问。"虽不是直接杀人，但也是间接杀人，杀人偿命，自古天理，我想，该枪毙！"有人这样揣测。

"这种情况，属于团伙犯罪，且蒋光明算主谋，是主犯，应该从重处罚，起码是死刑！但能施出如此狠毒之手，必是胆大妄为之人，我想在经济上肯定存在重大问题，组织上应该有个说法，纪检部门应该同时介入调查，不能因为已涉死罪就不查了！"有人这样说。

"那魏德宝也不是个好东西，生前故意放纵自己的婆娘让领导睡，目的就是想捞钱，这人啊，不能贪得无厌，你看魏德宝，贪婪的最终结局，把老婆丢进去了，自己连命都搭上，哎——划不来呀！"有人这样说。

市民的议论逐渐蔓延，《凌江论坛》上也同样炙手可热。市委宣传部招架不住，便请示李永辉该怎么办。李永辉说，蒋的问题非同小可，掩盖是毫无意义的，就让它去吧。

前夜

没了官方的干预,民间舆论的穿透力越来越强,甚至连看守所的铜墙铁壁都被渗了进去。一天晚饭时分,郑霞听羁押人员小声谈论,从其话中偶尔捕捉到"蒋光明""指使他人""杀了魏德宝"等只言片语,她立刻汗毛倒竖,赶紧凑上去打听。

一些爱看书报的羁押人员给郑霞转述了《江口都市报》上的报道。"他也被抓了?"郑霞反复说着这一句话。显然,得知魏德宝坠楼真相,她没有丝毫怜悯魏德宝。

虽然已知这是铁的事实,但她还是不愿意接受这个已铁板钉钉的事实。

同时,久久支撑她的一个信念也轰然坍塌。她一直坚信并期待着,很快很快的某一天,因为蒋光明在背后运作,她会突然接到一个惊喜的通知:"郑霞,你可以出去了。"

但现在看来,这一天不会来了,等待她的将是法院判决,然后是漫长的刑期。

想到这里,郑霞哭了。在接下来检察机关的几次提审中,她表现得十分配合,把她自己以及医院领导还有涉及蒋光明的所有犯罪事实供认不讳。

范树人得知蒋光明被抓,也不再坚持"道义",一改过去死扛到底的态度,开始主动交代问题。据供述,范树人先后多次约蒋光明打牌、喝茶、唱歌、洗澡及外出旅游,加上逢年过节给他送的礼,总共不下40余万元,其中以现金的方式直接输送达20余万元。

仅以此为据,省纪委对蒋光明涉嫌贪腐正式立案调查。凌江官场瞬间如遇寒冰,尤其是蒋光明曾经分管的教科文卫这条线,只要闻听纪委来访,无不脊背渗汗。

省纪委专案组进驻凌江后,先是会同凌江市领导层召开了一次专题会议,会上放出风声,告诫那些与蒋光明有瓜葛的领导干部,如果能主动说明情况,即使涉嫌违法犯罪也可以从轻处罚。否则,一旦查出严惩不贷,更希望一切涉案人员不要抱任何侥幸心理。

专案组从卫生口切入,首先对各大医院班子成员逐一调查。开始几天,这潭水依旧风平浪静,可这如同温水煮青蛙,随着水温慢慢升高,总有忍受不了首先跳出来的那一只。

果不其然，卫生口还没查出结果，教育口便有人投案自首了。这只首先跳出来的青蛙就是凌江一中的余校长。他来到专案组的第一句话就是："我希望能宽大处理！"

这个余校长从当老师的时候就削尖脑袋想往上爬，以前拼命地去巴结校长汪鑫，成为中层后便想方设法靠近原局长文治国，当了副校长后便挖空心思地去奉承讨好蒋光明。

"很好！余校长，那就请你谈谈你跟蒋光明之间的情况。"办案人员说。余校长略加思索，说道："那是前年我当了副校长之后，心想以后若要再进一步，必须得找分管的市委领导，还有组织部领导。因此，经人介绍，我认识了蒋光明。"

"经谁的介绍？"办案人员问。"当然是文治国，以前的局长，他跟蒋光明走得很近，我又跟他走得近，所以就请他帮忙。""嗯，接着说，你第一次见蒋光明送礼了吗？"办案人员接着问。"第一次我准备了礼，但他没收，只吃了个饭，打了场牌。"余校长回答。

"那天我请文治国出场约蒋光明还有他的情妇郑霞打牌，按凌江规矩，我首先每个人发了5000元底资，打了不到一个小时，每个人都把钱输给了蒋光明，文治国和郑霞说没钱不打了，我当然知道那是故意说给我听的，我又每个人给了他们3000元。"余校长接着说。

"那晚你们一共打了多久？你一共输了多少给蒋光明？"办案人员问。"打了几个小时，文治国和郑霞把我第二次给的钱输了一些，但光我总共就输了3万多……"余校长说。

"不慌，算一算，也就是说，那晚蒋光明一共从你那里，通过打牌得到了……差不多5万？你确定有这么多吗？有依据吗？你可得实话实说。"办案人员严肃地说。

"领导，这种场合里输的钱，哪有什么依据？不过你们可以去审问文治国和郑霞，他们不都关起来了吗？我保证说的是千真万确的实话。"余校长十分认真地回答说。

"你挺有钱的嘛，这么舍得花，一个晚上打牌就可拿出5万来输！你自己除了工资以外还有哪些收入渠道？比如说有没有经商办企业，有没有收受他人的贿赂等等。"办案人员问。

"……"余校长稍稍顿了顿，"也没别的，我儿子没工作，跟别人合

187

前夜

伙开了个歌城，本校的老师们喜欢去照顾生意，这个……不算是不正当利益吧？"

"算不算我们现在不能告诉你，"办案人员接着问，"自从你当副校长以来，你一共收受了本校老师还有学生家长多少贿赂？或者说礼金吧，收了多少？"

"哎……不瞒领导，以前一个小小的副校长，谁给你送？人家都是给校长送，收是收过一些值不了啥钱儿的东西，但跟我每年送出去的比，九牛一毛都不如。"余校长的话差点把办案人员逗乐了。"这么说你当校长后收的多了？你当校长多久了？"

"不到一年，这么短时间能收多少？不怕领导笑话，几个月下来，一万块钱不到。"办案人员问到这里，其中一个实在是忍不住了，但又不能当着余校长的面笑，便谎称肚子不舒服要去趟厕所，等跑到厕所以后，立马把自己关在蹲位里狂放地笑了个痛快。

半响，那位办案人员从厕所回来，颇费了一番功夫才让自己正襟危坐起来。于是接着问话："你一共给蒋光明送了多少钱？通过哪些方式送的，都有谁知晓，你详细地说说。"

接着，余校长按办案人员的提示一一作了交代。办案人员总结了一下："也就是说，你一共通过5次跟蒋光明打牌，10来次请他吃饭，还有不知多少次请他在省城参加唱歌等娱乐活动，一共花了大约50来万元，其中通过打牌输送给他的约30万元，是这样吗？"

余校长点点头。"就为了一个校长，你这样值吗？"办案人员说。"哎……现在看来，太不值了。可当初不这样想啊，为什么说当局者迷呢？要是早知道他蒋光明这么快就出事了，傻逼才那样把他当大爷一样伺候着呢！"余校长说完，办案人员相互交流了一阵。

须臾，办案人员重归严肃："你还有什么要对我们说的？不仅局限于蒋光明一案，往上和往下都可以好好捋一捋，这可是最好的机会，现在不说以后就晚了！"

余校长不知这是纪检部门人员办案的惯常手法，临末还要虚张声势地诈唬一下，于是认真想了想，他想起现任教育局局长赵德利总是不待见他，他也知道赵是省教育厅长吴松柏的侄子，他更知道自己贪恋已久的曹丽萍老师成了吴松柏的情人，心里燃起一堆仇恨之火。

188

"有一个线索你们可以留意一下,"余校长说,"省教育厅长吴松柏,也就是凌江市教育局局长赵德利的舅舅,他跟我们学校原美术老师曹丽萍关系暧昧,都是以前文治国拉的皮条,哎!原本一个优秀的老师就这样被他们拉进了这潭脏水,可惜呀,实在是可惜!"

闻听这话,办案人员无不吃了一惊,"你凭什么说曹丽萍跟吴松柏之间关系暧昧?"

"曹丽萍一直想调到省城十六中,而我们学校一直想把她这个人才留下来,可最终,是吴松柏亲自为她给省城十六中校长打电话叫务必接收,然后又亲自给我打电话叫我必须放人!想想,一个正厅级领导,一个普普通通的女教师,这样儿地关照,符合常理吗?"余校长说。

办案人员回去将这个线索向省纪委领导作了汇报,遂引起高度重视,通过明察暗访,果真做实了吴松柏与曹丽萍之间不正当的男女关系,而且就在不久前,吴松柏还一意孤行地将曹丽萍调到省教育厅办公室,担任他本人的秘书,凡是出差都要带上她。

省纪委立刻对吴松柏进行立案调查。这边凌江一中的余校长,鉴于积极配合纪检部门办案,组织上只是对他作出了党内严重警告的处分,没有追究他行贿有关领导的法律责任。

第三十二章

苏实被逮捕以后,市上不断有领导给检察院施压,叫他们尽快提起公诉。但经检察机关侦查,此案有诸多疑点企待破解,最关键的证据还未充分掌握,故而没有冒然起诉。

苏实家人的上访也没有间断,当然,在凌江上访基本无效。

到省委、省政府去上访,大多被移交给省检察院处理。省检察院接到材料后,便叫凌江市检察院说明情况,这样一来,凌江市检察院更不敢马

前夜

虎了。

苏实家人同时还走了另一条路呼吁，那就是新闻媒体。

《江口都市报》接到苏实家人的申诉后，叫方振东介入调查。其他媒体驻凌江的机构或人员也通过一些渠道获得了苏实家人的上访材料，除江声涛外，其余都表示积极介入。

尤其是钱应来，表现得异常兴奋，觉得此案很值得操作。钱应来支使莫仁新和尤佳满主动约苏实的家人，对方也乐于见面，于是双方约定在茶楼面谈。

来的是苏实的妻子陈女士和女儿苏姝，陈女士显然长时间受到精神刺激，连走路都得女儿搀扶，一坐下来便气血上涌，嘴唇直哆嗦，满脸通红，泪水在眼里打转。

"几位记者，你们一定要为老苏伸张正义啊！他纯粹是冤枉的，这幕后操纵者就是现在的市长周朝礼！是他指使王波，叫咱家老苏把钱借出去的，利息都被他们吃了，现在还不了本，就把老苏弄进去关起，还要判他坐牢，真冤啊……"

陈女士说着情绪失控地哭了。

苏姝一边用手抚慰妈妈的前胸后背，一边责怪说："妈！出门我怎么跟你说的？叫你冷静，你怎么回事？现在哭不能解决问题，咱们还得冷静下来，理智地面对，想一切办法，借一切渠道，不断地努力，爸爸才有被澄清正名的那一天啊！"

"对对对，阿姨，你女儿说得对，"钱应来起初被陈女士的情绪反应弄得有点懵，但听苏姝这么一说，便稳了下来，"要不，阿姨你到一旁休息，我跟你女儿交流好吗？"

钱应来给莫仁新和尤佳满使了个眼色，两人心领神会地扶陈女士到另一边坐下。

钱应来仔细打量苏姝一番，眼前这个女人约摸三十岁上下，短发齐耳，将那张粉里带红的圆盘脸遮掩了些，双眼皮大眼睛，浅笑中藏不住点点泪光，真惹人心疼。

"基本情况我们也了解了，你重点说你们觉得苏总冤枉的理由，以及支撑你们理由的依据吧。"钱应来目不转睛地看着苏姝的脸。

"嗯，好吧。"苏姝脸红了一下，低下头。

190

"他们认为我爸爸挪用公款，可是他动那些钱的目的和动机是什么？为自己吗？丝毫不是，没有一分钱进入他乃至于我们家任何一个人的私人账户；再者，我爸爸反复强调，当初是王波找的他，叫他把钱借出去，可以得到比银行高的利息，从头三个月利息进了公司账户便可证明，就算是为了营利，但至少是为公司营利，这还能说是挪用公款吗？"苏姝说。

"可问题是王波已经逃了，你爸爸的话无法得到印证。"钱应来说。"王波为什么会逃？这逃的太蹊跷了吧！检察机关应该把这背后的真相查清楚。"苏姝说。

"那你认为真相应该是什么？"钱应来问。"律师问过我爸爸，我爸爸说，是王波亲口告诉他的，这是周市长的安排，可律师向周市长求证被他否认。"苏姝叹息一声说。

"对呀，现在麻烦就在这里，一个跑了，一个否认，在没有其他有力证据可以印证你父亲所说属实的情况下，恐怕要彻底洗清你父亲的罪名，很难。"钱应来说。

"但要判我父亲挪用公款罪的理由也不充分啊！法律上不是有疑罪从无的道理吗？"苏姝说。"疑是有疑，但无不了，至少这5000万是经你父亲手出去的，目前没收回来，这么大的损失，作为公司法人代表，是应该承担法律责任的。"钱应来混了几年，多少还懂点。

"那么说来，我爸爸是没救了？"苏姝说着，眼泪紧跟着掉了下来，钱应来一看就心软了，赶紧安慰着："也不是没救了，关键是看怎么救，既然你们找到了我，作为记者，肯定要竭尽全力帮你们，你说这孤儿寡母，势单力薄，遇上事百般无助，谁不可怜啊！"

"真是太感谢你了，还不知道大哥贵姓？"苏姝仿佛又看到了希望。

"免贵姓钱，咱俩交换个联系方式，你父亲这个案子，我断定不是一天两天就可解决的，得做好打持久战的准备，我们以后要多联系，主要是你要主动，明白吗？"

钱应来顿了顿，接着说："主动联系我，一有什么新情况就打我电话，我也很忙的，你不联系我，说不准我就把你们这事儿给忘了。"

苏姝没有多想，赶忙拿出手机记下了钱应来的号码，并拨了过去，钱应来心头一热，也赶紧存下了苏姝的号码。

"你们记者关注这事，需要费用吗？"苏姝突然问道。

191

前夜

"嗯……"钱应来顿了顿,"照理说是要的,但……看你这么……哎,既然认识就是缘分,好说。"

"也别不好意思,各行有各行的规矩,这个我们懂。"苏姝从挎包里拿出3个信封,"一点小意思,先拿着,就当是交个朋友,以后还有感谢,如果我父亲在你们的呼吁下能很快出来,必有重谢!"钱应来将3个信封接过来,很自然地放进自己的包里。

"咱们聊点别的吧,"钱应来说,"请问美女是做哪行的?"

苏姝微微一笑说:"哪行都没做,在家玩呢。"

"我不信,看你的言谈举止,不像是家庭主妇的样子。"钱应来说。

"家庭主妇曾经是,现在不是了。自从爸爸出事后,我就没离开过妈妈。"苏姝说。

"那你……自己的丈夫和孩子不需要你照顾?"钱应来试探地问。

"哼哼,有人照顾啊。"苏姝的话给钱应来透露了一个信息,她很可能离异正单身。

方振东到市检察院了解情况遭到拒绝,院办公室告诉他,苏实一案目前尚未起诉,属于在侦阶段,按规定不能向新闻媒体透露任何情况。不过,他在燃气集团采访了解了不少。

几乎所有的中层和大部分员工对苏实的评价都很好,说他是燃气集团自成立以来最有魄力、最有经营头脑的一位老总,关心职工切身利益,工资福利几乎年年增长。

从燃气集团的经营状况来看,无疑在凌江所有国企中是最好的,每年上缴税收超过一亿元,在短短几年时间里,集团从主业民用天然气供给发展到兼有房地产、汽车销售和维护,还有宾馆、酒楼、商品零售等多种经营的一家大企业,员工人数超过3000人。

最关键的是,集团内自始至终听不到一点有关苏实贪腐的言语;而且,全体职工正准备集体签名向市政府递交申诉材料,要求政府给检察院打招呼,不要轻易对苏实提起诉讼。

当初苏实小范围说起出借5000万元的事,领导班子基本上无人反对,于是财务总监和出纳也很顺利地办妥一切事务。只是后面的情况确实把两人吓坏了,便选择了投案自首。

公司几位副总透露,自王波出逃后,那笔钱每个月利息都如期到了公司账户，目前他们正在想法变更协议，将该款的借贷关系直接变更为燃气集团与盛世凌江之间的关系。

这样一来便足以证明，出借那5000万元纯属公司通过民间借贷获利的投资行为，至于中间的偏差，皆因王波非法占有应另案处置，而不能以此认定苏实等人挪用公款。

方振东找到准备为苏实辩护的律师，律师告诉他，通过阅读有关案卷材料，燃气集团财务总监和出纳在多次被提审时都讲到这样一个细节：

王波出逃后，紧接着他们便接到一个神秘电话，说燃气集团出这么大的事，相关人员都将受到严厉制裁，如果尽快投案自首，主动交代犯罪事实，法院可以从轻和减轻处罚。

而谁打的电话？从哪里打的？公安机关至今调查无果。

律师认为，从表面上来看，苏实似乎有挪用公款的构成要件，但深入分析，从主观和客观上来看，苏实等人所为都构不成挪用公款罪。再结合王波、谭月茹神秘出逃以及两人存在非法占有、洗钱的重大嫌疑，以及燃气集团财务总监和出纳所接到的神秘电话来看，这背后有可能还隐藏着骇人听闻的真相。

律师建议燃气集团跟盛世凌江加快协商，一是变更协议，二是约定最短的还款时限；还要想方设法让检察院延迟公诉。如果在盛世凌江偿还全部借款之后起诉，再通过在法庭上据理力争，努力辩护，最后的判决也会轻很多。然后再通过上诉，扳回来是有可能的。

在律师的撮合下，燃气集团与盛世凌江及省城那家投资公司坐在了一起，并顺利地签订了借贷变更协议，罗五洲一直同情苏实的遭遇，也承诺3个月内偿还那笔5000万元的借款。

律师将变更后的协议提交到市检察院，不料，检察官告诉律师："已经晚了，市上领导一再催促，我们已经向法院正式提起了公诉，如果你们不服法院判决，可以上诉。"

开庭那天，燃气集团组织了百余人到场旁听，苏姝通过钱应来也请了十余家新闻媒体的记者到庭，当然每个记者都安排了出场费。

江声涛、方振东也在被请之列，江声涛欣然应邀而来，方振东虽然来了，但很明白地告诉钱应来："你不请我都会来，因此你就不要给安排所谓的出场费了，报社也一再明令禁止，这一点也请务必给当事人家属说清楚,免得我在这潭浑水里洗不清白。"

钱应来劝方振东顺水推舟,但方振东始终坚持原则。

无奈,钱应来把方振东那份退还给苏姝,而苏姝淡淡一笑说:"给都给了,哪有退还之理?他不要你就拿着吧,你那么帮我,应该双倍感谢你才对。"

钱应来假装推脱一番,最后恭敬不如从命,把那份也揣进自己包里。

"我这兄弟啊,就是倔!不过你爸爸这事还真离不了他的报道,他是我的好兄弟,也最听我的话,我先替他收着,等报道出来后,你还得重重感谢他才对。"钱应来说。

苏姝不假思索地回答:"那好说,只要报道能出来,对司法部门一个压力,钱不是问题。"

法庭上,律师与公诉人员展开针锋相对的辩论,每每辩到激越精彩之处,旁听席上都会自发响起阵阵掌声,尤其是律师说道"天地之间有杆秤,秤砣就是老百姓"时,旁听席上的掌声经久不息,气得法官连敲法槌,直呼:"法警!法警!维持法庭秩序!"

庭审结束后,燃气集团和苏实一家感觉十分满意,律师通过充分的证据和严密的推理所进行的每一句雄辩,似乎都将公诉人员的指控驳得毫无立足之地,大家都期待着一个理想的判决。但是,出乎大家意料的是,法院一审判决,认定苏实挪用公款罪成立。

拿到判决书后,方振东熬了一个通宵完成了一组稿件。次日,《江口都市报》以《国企老总"挪用公款"隐藏什么秘密?》为题整版推出了一组5篇报道,这组报道一问世,犹如一组炸弹轰然投放到凌江,顿时搅动社会各阶层的谈论和热议。

唐鹏程下令市委宣传部所有人上街,把能买到的《江口都市报》全部买走,但动作再快,也只收缴到五六百份,大概还有三千余份一大早就被爱读报纸的凌江市民买了。

无奈之下,唐鹏程通知外宣办、新闻科、报道组等部门立即抽调经验丰富的老宣传,把方振东这组报道逐字逐句地研读,目的是寻找破绽好向报社讨要说法。

殊不知,鉴于凌江这个地方的特殊性,袁田事先就做好了充分准备,稿件在编辑处理阶段同样抽调了经验丰富的老新闻戴起放大镜进行"排雷",哪怕一个标点符号都不让人抓到丁点儿把柄。

结果显而易见,唐鹏程抓不到问题,心里又气又恨,便向周朝礼和李永辉汇报。

派去向周朝礼汇报的是任槐,任槐手拿报纸还没汇报完,周朝礼便一脸愤怒地对任槐吼道:"事先在干嘛?报纸都出来了,才去找人家的漏洞,有个屁用啊?不懂得事先防范?看你们这德性,好比被人打了,跑回来向爹妈哭鼻子,脓包一个!还要你们宣传部干嘛?"

而唐鹏程亲自去向李永辉汇报。李永辉听完后,叹息一声,摇摇头说:"冤家宜解不宜结啊!看来你们要有个长远的策略,必须跟《江口都市报》修好关系。"

唐鹏程点点头。李永辉接着说:"人心都是肉长的,我就不信那些编辑记者总编,就不通情意?他们有什么要求,尽可能地满足,要钱给钱,要地给地,要物给物。"

"那这样会不会适得其反,反而助长他们的骄横?"唐鹏程说。李永辉摇头说:"如果你们前怕狼后怕虎,或者说总是这样提防与排斥,恐怕才会助长他们与凌江对立的情绪。"

"我听说上次人家要在凌江设记者站,你们坚决不同意,结果呢?还不是挡不住人家的负面报道。"李永辉接着说,"鹏程啊,你们回去研究一下,主动到省城沟通沟通,错在我们这边,你们要拿出真心诚意,主动请他们来凌江建站,并给予最大的便利和支持。"

这让方振东万万没想到,他的一组报道,不仅没给他惹来麻烦,反而助推了报社在凌江成功建立记者站,他方振东,也一下子从方记者变成了人们口中的方站长。

第三十三章

这一年，中央将召开一次非常重要的会议，举国上下都万分关注，尤其是各级党委、政府主要领导，对此次会议将要出台的重大政策无比上心。因为据传，中央将铁腕惩治当前政治生态中存在的一些严重问题，以给国家的后续发展营造一个崭新的环境。

但也有一些自认为对历史颇有研究的人不以为然，认为这是因领导人更递顺势刮起的一阵自然风，风过之后，一切还是要静归原状，按他们的话说：酒照喝，牌照打，舞照跳。

既然是领导人更递，当然从上至下将会有一次重新洗牌，这个倒是几乎所有在位的人所担心的，于是上一定级别的领导便想方设法要挤进进京开会的代表团名单中，根据省上的安排，凌江市有两个名额，按照以往的惯例，一个是市委书记或市长，一个来自基层。

那究竟是书记去还是市长去呢？当然这道选择题凌江人无权作答，还必须是省委决定。李永辉和周朝礼都在打主意，故而凌江的一切大事，班子里都心照不宣地搁置了起来。

周朝礼明白，李永辉本是省上下来的，人家又是书记，而自己是凌江土生土长的，公平竞争的话，李永辉胜出无疑，若要自己胜出，恐怕得有非常之道，但那势必明刀明枪地与李永辉干上了，尽管他与李永辉平时有些矛盾，可还没有到撕破脸皮的地步。

现在为了一个进京开会代表名额，便要彻底地决裂，公开地对立，有没有这个必要呢？

而李永辉这边，虽是信心满满，但也免不了小心提防。他在凌江也将近一届了，若这次能顺利成为代表进京开会，那回来后省委肯定会挪动他的位置，依照他的背景，肯定是提拔。

可要是周朝礼非要跟他争怎么办？不说别的，给省委一个班子内斗的印象也不好。于是，他派秘书给周朝礼传话，暗示他若是升迁了，凌江头把交椅自然是周朝礼的。

周朝礼想了想也是，可回家跟夫人一说，宋冬梅直骂他瓜戾一个，"那是在安抚你，叫你不要在这个节骨眼上给他添乱！"

"怎么讲？"周朝礼不解地问。

"这说明他怕的就是这个，那何尝不真闹他一闹，一来若果真把他闹黄了，落地桃子不就是你的了？二来嘛如果闹不黄适当地收手，他感激你还来不及呢！"宋冬梅说。

"闹不黄他还会感激你？你想的太天真了吧，成王败寇的道理你不懂吗？"周朝礼说。

"总不至于现在他说什么你就信了吧？人家气势汹汹地进攻来了，你连招都不招架就举手投降？亏你还是管几百万人口的市长，就这么点儿胆量和头脑？"宋冬梅嘴一撇说。

听宋冬梅这么说，周朝礼心里很气，一是气宋冬梅把他骂得有些过头，完全没有顾忌他的尊严，二是气李永辉城府如此深，把他这个堂堂市长卖了自己还傻乎乎地帮他数钱。

"就你脑子好使，那你说咋办？怎么闹？人家可是省城下来的，什么背景至今都无人知晓。"周朝礼嘟囔着说。

宋冬梅想了想，"明着闹肯定不好，这不是农村妇女骂街，谁声音大谁耍泼就能赢，要想办法，要动脑筋，既把事情搞成了，又让人家抓不到怀疑你的证据。"

"说得倒轻巧，那你说究竟咋个整嘛！"周朝礼白了宋冬梅一眼。

突然，宋冬梅喜形于色地叫了声："有了！从他老婆身上打主意！"

"我还以为你有了什么高招呢，嗤！"周朝礼说。

"你看这个，看了之后你就明白了。"宋冬梅从手机里翻出一段视频叫周朝礼看。

周朝礼莫名其妙地接过手机，看着看着，他的脸色时而如沐春风，时而却又阴云密布。

宋冬梅究竟给周朝礼看的什么视频呢？这还得从几天前说起。

大约下午五六点钟的时候，宋冬梅健完身准备离开，她看到唐晓薇才刚来。这种情形已不是偶然一次了，以前除非是唐晓薇出国旅游，只要在凌江，她们俩都是差不多同时到。

"妹妹，这几天怎么这么晚到？都是吃晚饭的时间了。"宋冬梅便问起唐晓薇，唐晓薇搪塞说："碰巧，这几天被一些事耽搁了。"但女人的直觉让宋冬梅感觉她在撒谎。

宋冬梅也没多想，便跟唐晓薇分手了。可回到家后，她发现自己的那块18K金镶钻香奈儿腕表不在手上，一定是落在健身会馆了。宋冬梅急急忙忙又赶回去寻找。

还好，那块手表还搭在先前她练过的器材旁边，她赶紧捡了回来，又是哈气又是擦拭，捣腾了半天才又小心翼翼地戴在手腕上，还宝贝儿似的端详了半天。

正准备走时，宋冬梅忽然听到一点动静，她下意识地朝四周看了看，并没有人。

她想起唐晓薇才刚来不久，也没见她人影。她去哪儿了呢？刚才那动静是不是她那边传来的呢？这样想着，宋冬梅便不由自主地随意走了两步。

这时，从按摩室那边又传来一丝微弱的声音，分明是个女人发出的。宋冬梅的心顿时怦怦直跳，她按住胸口，轻手蹑脚地往按摩室那边靠。

宋冬梅靠到按摩室门口，把耳朵贴在门上仔细听。这回，她听的很清楚，里面只有唐晓薇和宋春明两个，唐晓薇不停地呻吟着，声音很细微，伴随着宋春明大口大口的喘气声，还有吱呀吱呀的铁床摇晃声。

宋冬梅的脸一下子辣得像浇了层油，她明白里面发生的事情，尽管自己已是年近半百的过来人，可这毕竟是像她们这种身份的人所唾弃的肮脏事儿。

一时间，宋冬梅不知该悄然离开还是推门而入，最终她还是伸手轻轻推了下门，门开了个缝，她又鬼使神差地眯着一只眼朝里面瞅，只见二人都一丝不挂地躺在床上，完全沉浸在飘飘欲仙的欢愉之中，丝毫没察觉到门外有一只眼睛正在帮她们记录这一美好时刻。

看了会儿，宋冬梅慌忙拿出手机，对准室内打开了录像功能。事后，她连自己都无法解释当初为什么要这么做。

回到家，她又把刚才录到的大约一分钟的视频看了几遍，每次看罢，心里都会翻腾起十分强烈的愧疚。她也曾想过删除视频，但最终她还是没那么做。

"你想怎么样？拿这个视频去告他？顶多算他老婆生活作风糜烂，能影响到他吗？"周朝礼看完视频说。

"一个市委书记的老婆，不是一般的女人！干出这样的事，丢了谁的脸？组织上如果拿到这个东西，会怎么想？他的后台知道了这事，会怎么做？"宋冬梅诡秘地说。

"会怎么样？"周朝礼问。"出于保护他，肯定得把他调走，以免丢更大的人！"宋冬梅得意洋洋地说，"他一走，谁还跟你争？"周朝礼思忖片刻，觉得宋冬梅说的有道理。

可周朝礼还是认为这手段太卑鄙。"除了这下三滥的招数，难道就没有别的办法了？万一搞砸了呢？咱们以后还怎么相处？"宋冬梅两手一摊："可目前没更好的办法！"

"再说，怎么送给组织？你送还是我送？视频主人公之一不是你堂弟吗？一查不就明了了吗？上面肯定会认为，是你我故意设置的陷阱，搞不好偷鸡不成蚀把米。"周朝礼说。

宋冬梅说："舍不得孩子套不住狼，春明那边我找他谈谈，叫他出面寄给省委组织部，然后尽快把健身会馆转让出去，接着走人。"

"这么大个会馆，说转让就转让？你们当初不都投了钱吗？你这个财迷就舍得？"周朝礼讥讽地说。"可是在关键时刻，我会无比的大气！还不是为了你的前程？"宋冬梅说。

"会馆突然间转让，人突然间消失，这不很奇怪吗？奇怪得让人生疑啊！……我总觉得上面一旦查下来，你我都脱不了干系。"周朝礼说。

"上面怀疑，也只会怀疑到他身上，查下来，我们一口咬定是他想独吞会馆的资产，我们也是受害者呀！"宋冬梅说。

"你真够可以的哈！搞起事来连自己的亲堂弟都要往火坑里推！"周朝礼说。

"还不是跟你学的？你搞起事来恐怕比我还不要脸吧？"宋冬梅眼睛一瞪，周朝礼赶紧用手制止。

"行了，别扯远了，"周朝礼说，"说他是独吞会馆资产，那可是刑事犯罪哟，假如人家报警怎么办？"

"谁？唐晓薇报警？她会吗？她一报警那她那些丑事不就大白天下了吗？"宋冬梅说，"只要我们不追究，警方就不会刑事立案，而且有人也

199

不会让警方刑事立案。"

周朝礼想了想,"尽管如此,这事还是有很大的疑点。"宋冬梅不耐烦地说:"疑点就疑点呗,又能怎么样?能拿出确凿的证据吗?再说,这视频毕竟反映的是个事儿,不光彩的事儿,我估计上面会息事宁人,你不常说,玩政治,有时候必须不择手段嘛!"

"那好吧!反正这事儿,我是压根儿不知情!你们看着办吧。"周朝礼说完,打了个哈欠,"这两天累死了,我去洗洗,早点睡,明天还要下区县调研,又是好几天奔波。"

第二天,宋冬梅主动约见宋春明,一见面,宋冬梅便表情严肃地死盯着宋春明,弄得宋春明自个儿心虚,眼神飘渺不定。

半晌,宋冬梅开口了,"弟弟,看你这段时间有些反常,是不是背着姐姐做了什么不该做的事情?"宋春明脸红了,支支吾吾地说:"我……我能干什么呢?每天两点一线,除了……家就是会馆,为了会馆,我可是呕心沥血……"

"就是在这两点一线上,你肯定有什么事儿瞒着我,别不老实啊,你姐是什么人你是知道的。"宋冬梅想进一步撬开堂弟的嘴巴。

"这两点一线上?那还能有什么事儿?你跟唐姐每个月的分红都按时一分不少地奉上了的,还能有什么事儿?"宋春明想掩饰过去。

"我没说钱的事儿,你姐是计较钱的人吗?我说的是人,你跟什么人发生过不该发生的事没有?就在这两点一线上,干脆缩小范围吧,就在健身会馆这一点上,有没有?"

"在这儿?跟……谁?"宋春明想极力保持镇静,但心理防线毕竟很脆弱,抵挡不住宋冬梅的一再追问,脸红得像夕阳下的枫叶。

"你都羞成那样儿了,还不说实话!"宋冬梅说,"你说你一个正值青春年华的小伙子,搞什么女人不行?偏偏要去弄一个徐娘半老,你下贱吗?我不相信你们是出于什么狗屁的爱情,一定是她恋你的年轻力壮,你图她的钱财!"

宋春明把脑袋埋进手臂弯里,不好意思看宋冬梅。"姐姐,你是怎么知道的呢?"

"要想人不知,除非己莫为!你呀你呀,也是百密一疏,找个没人知道的地方呀,偏偏要在这儿,虽然是晚饭时间,可万一有人偏偏在那时候有比吃饭更重要的事儿进来了呢?"

任凭宋冬梅怎么说,宋春明一直不敢抬头。

"哎!都说碰上这事儿准倒霉,我那天偏偏就碰上了,你说我倒不倒霉?"宋冬梅说。

宋冬梅把手机视频翻出来,递给宋春明看。宋春明看了后,脸红得似猪肝,吞吞吐吐地说:"……姐,你录这个干嘛!你……要这个做什么?"

"听好了!这事儿虽然是你吃亏,但要是被别人知道了,传到李书记耳朵里,你小子什么后果知道吗?赶快紧急刹车,把会馆卖了,立马走人。"听姐这么说,宋春明迟疑不定。

"怎么?你们还想长久厮混?当心你的小命儿吧,等事情败露,恐怕你想走也插翅难飞了吧。"见宋春明还有些不舍,宋冬梅接着说:"我知道你是看这么好的生意,说放手就放手,心里有点儿痛。可你想想,当初你自个儿才掏多少钱?全是我跟你唐姐帮的忙,要不然你能开得起这个场子?你这一卖,钱都是你的了,上千万资产,上哪儿不可以从头再来?"

"你是说我卖的钱都是我的?"宋春明不敢相信自己的耳朵。

"那些化缘来的钱谁会问你要?你那个唐姐的钱她好意思问你要?至于我那钱嘛,你先拿着,等你以后还我也行。"宋冬梅知道自己因急切想说服宋春明走人,一时嘴快反把自己给套进去了,便急忙圆话。

"那行!我明天就找人接手,前段时间已经有人跟我谈过,我没答应,这次就顺手甩了吧!"见宋春明同意转让会馆,宋冬梅语气缓和下来,他明白该说关键的话了。

"你平白无故摊上这上千万资产,应该感谢你姐吧?"宋冬梅说。

"那肯定!我姐就是我的大贵人,等我卖了会馆,我给你准备一份大礼!"宋春明说。

"不需要你什么大礼,只需要你帮我和你姐夫一个小忙。"宋冬梅便把事情详细告诉了他,宋春明顿时惊愕不已。

"姐,你跟唐姐是好姐妹,干嘛非要这样呢?而且唐姐对我那么好,我这样做岂不是忘恩负义吗?我怕我这样做了,会一辈子良心不安的。"宋春明哀求宋冬梅。

宋冬梅立刻把脸一沉,"你只记得你唐姐的恩情,完全把我这个姐姐给忘了?现在是你姐夫仕途生涯中的紧要关头,咱们得全力帮助他,

201

等你姐夫成为凌江一把手，不会亏待你!"

"那我要是不愿意呢?"宋春明不悦地顶撞了一句。

"你敢！你若是不愿意，我就把你这丑事告诉你父母！看他们培养出来的是什么儿子！还整天骄傲地挂嘴边炫耀呢，到时候看他们那两张老脸往哪儿搁！"宋冬梅瞪圆眼睛说。

没想到宋冬梅会这么说，宋春明更是万分震惊，他明白眼前这个姐姐是个怎样厉害的主儿，凡她嘴里吐出的话，若要兑现，就好比喝碗面汤那么容易。

"好吧，好吧！"宋春明仰天长叹一声，"我都照你说的办，希望能让你们随心所愿。"

"这才是我的好弟弟！"宋冬梅笑着说，"如果事儿办得妥当，我投的那一股，就全赠送给你了，给自家兄弟嘛，也等于肥水没流外人田。"

宋春明办妥宋冬梅交办的事情后，分别约了几个买主面谈，人家都是看重会馆的特殊客户资源，因此出的价钱都不低，最后，宋春明以1500万元卖给了一位自称是某副市长的亲戚，合同一签全款立马到账。

紧接着，宋春明就去了邻省省城。

这么大一笔钱在账面上搁着也不踏实，想来想去他觉得应该变成硬资产，于是他先在邻省省城市郊买了套别墅，又买了300多平方米的写字楼，然后买了辆最新款宝马5系车。

最后，他买了张机票，雇了个漂亮的留学生洋妞当翻译，去欧美十国旅游了。

第三十四章

牛哥辣妹健身会馆突然易主，一些老客户感到很意外，但因过去的会员身份和会员卡照旧有效，也就没引起什么波澜。

唐晓薇得知宋春明悄无声息地将会馆转让，非常吃惊，但她还是故作镇静地每天照常来健身。另一个故作镇静照来不误的人就是宋冬梅。

见了面，两个女人仍旧有说有笑地打招呼。

过了几天，还是唐晓薇主动打破僵局问："你弟弟怎么把会馆转让了，也不跟我们商量一声呢？"宋冬梅假装诧异地说："什么？转让了？不可能吧？"

"呵呵，好像你真不知道似的，都转让差不多一个礼拜了！"唐晓薇说。

"哎呀！这个挨千刀的！"宋冬梅赶忙拿出手机，当着唐晓薇的面焦急地拨打宋春明的手机，一连拨了好几次都无人接听。

"别打了，我这几天一直在联系他，可都联系不上。"唐晓薇淡淡地说。

"那怎么办呢？咱们都入了股在里面呀！"宋冬梅一副十分着急的样子。

"哎！跑了就跑了吧，钱财乃身外之物，我那份，就当是扶了贫了。"唐晓薇还是那样轻描淡写的说。

"可我不一样啊！我投进去的是我几年辛苦积攒下来的私房钱呀！"

宋冬梅还在一味演戏，唐晓薇瞥了她一眼，"不至于吧？既然你那么心疼钱，怎么就没发觉他要卖了会馆卷款逃跑呢？他可是你的亲堂弟呀！你应该有他的消息才对。"

"哎哟，我的好妹妹，我俩都当了冤大头，你就别再刺激我了，我要是事前有知或者是事后知道他的消息，我还不第一时间告诉你？你不说我还一直蒙在鼓里呢！"宋冬梅说。

"哎！算了吧，算了吧，看来我是把凌江这个地儿小瞧了，"唐晓薇说了半句，故意停顿了一下，转过头来盯着宋冬梅，"回头我劝老李，赶紧调走，跟一群口蜜腹剑的人周旋，危险重重啊！"

宋冬梅心里咯噔一下，难道她猜测到什么了？还是组织上有风声了？

为了掩饰心里那么丁点儿慌张，宋冬梅紧紧地抓住唐晓薇的胳膊，"说的好，这官场啊，就如同狼群虎豹，睡觉都得睁一只眼，稍有不慎就有被人暗算的可能！我也劝过老周好多次了，叫他能够安于现状就万事大吉，什么金钱、名利、地位都没有自由和健康重要！"

203

前夜

"可有的人口口声声这么说，心底里却还在噼里啪啦地打着铁算盘！"唐晓薇笑着说。

宋冬梅明显觉察到唐晓薇话中带刺，如果沿这个话题聊下去，说不准她会稍不留神便露出破绽，于是赶紧岔开话题："这个宋春明，真不是东西！妹妹，难道你就不打算追究了？"

"难道你想追究？"唐晓薇好奇地望着宋冬梅。

"我当然不肯善罢甘休！我建议报警！他这行为属于诈骗！应该抓起来坐牢！"宋冬梅斩钉截铁地说。

"他可是你的亲堂弟，你就舍得？"唐晓薇说。

"有什么舍不得？他不仁我就不义！农村出来的孩子，翅膀硬了他！"宋冬梅不停地骂着堂弟，连唐晓薇都听不下去了，"我说算了吧，估计那孩子也是穷怕了。"

宋冬梅又骂了一通，心里估摸着唐晓薇真的不想再追究了，便渐渐停歇下来。

"哎！真对不起，妹妹，当初是我把他介绍给你的，我损失惨重没什么，可让你也搭进去，我这心里很不好受啊！"宋冬梅假惺惺地说。

听宋冬梅还这么说，唐晓薇有些不耐烦了，"我都说了，我不在乎，你还唠叨什么呀？"

宋冬梅这才不再提这事儿了。

周朝礼这些天也在观察李永辉，若是他愁闷不堪，他就会高兴万分；但要是他高兴万分，他倒又会愁闷不堪。这样一天一天地过去，李永辉似乎也没受到丝毫影响，周朝礼越发忐忑不安，因此在李永辉面前也格外小心。

他甚至后悔当初允许老婆那样做了。

就在他万分纠结的时候，李永辉因什么事急匆匆地去了省城。周朝礼赶紧派人去问市委办，得到的回答是，天一大早，李书记就被通知去省城开会，开什么会具体不清楚。

周朝礼意识到很可能是省委组织部或者省纪委叫李永辉去谈话，因为如果是正常开会，不会不通知开会的大概内容，而且一般是提前通知，不会当天通知，再紧急也不会。

周朝礼再托人在省委打听了一下，确定没有什么市委书记这个层级的紧急会议，便暗自高兴起来。两天后，李永辉不动声色地又回来了，一切如往常一样，每天早晨7点半，他的秘书就要到办公室打扫卫生，并给他沏一杯明前凌江春芽，并把当天的报纸和文件规规矩矩地放在桌上。李永辉来到市委办公楼，依然是人人毕恭毕敬地给他打招呼：李书记早！

周朝礼很纳闷，这李永辉去省城难道不是被叫去谈话？既然不是去谈话又不是开会，那到底是干什么去了？看他回来意气风发的样子，莫非是跑门路去了？而且跑对了门路？

周朝礼后悔自己策略失误，只顾着拼命堵别人的路，而忘记了为自己开路，若要是既没把别人的路堵住，又错失了为自己开路的天赐良机，那才真如俗话所说：弄巧成拙！

回到家，周朝礼也不理会宋冬梅。宋冬梅便安慰他："事情还没最终明了，你也不要那么悲观，越是没有动静越是说明会有动静！打起精神来，看谁笑到最后。"

果真如宋冬梅所言，在接连一两个星期没有动静之后，终于有了大动静。

省委组织部下文：李永辉调到诗城市担任市委书记，凌江市委、市政府工作暂由市长周朝礼主持。

文件下达后，周朝礼喜忧参半，喜的是李永辉总算走了，他虽然是暂时但毕竟成了凌江的掌舵人；可忧的是李永辉去的诗城，是紧邻省城的一个经济更发达的市，分明是下一步要重用。

难道组织上就丝毫没考虑有人反映他老婆的事？至少你纵容家属私生活糜烂，让组织蒙受了极大羞辱吧！周朝礼独自一个人在办公室琢磨了很久，最后，他断定李永辉肯定是动用了他非同一般的后台，既保住了他的名节，又铺平了他的仕途，一举两得。

可什么样的后台能化解如此大的一个污点呢？

虽然李永辉没有被拉下马，而且以后可能长得更大，都在省委这样一个大的池子里寻求供氧，若要是他动用其后台来整我，那可怎么办呢？

周朝礼越想越不敢往下想。最终，他拿定主意，以后绝不得罪李永辉。

李永辉正式离开凌江的日子到了，周朝礼主持市委、市政府处级以上的干部召开了一次欢送会，周朝礼致辞，李永辉作了一个激情澎湃的

前夜

告别演说，赢得掌声不断。

会后，市委、市政府在凌江之春大酒店顶楼的旋转餐厅为李永辉饯行，所有市级领导及各大局委办一把手，还有各区县党政一把手纷纷到场。

他们心里清楚，李永辉调任诗城意味着什么，他们来得那么齐整，倒不是响应周朝礼的号召，主要还是为自身前途下个注。

餐会中，周朝礼想尽量成为众人瞩目的焦点，因此几次站起来大声提议敬李永辉的酒。李永辉平时很少端杯，这次倒是开怀畅饮起来。凡集体或是单独敬他的酒，他都来者不拒。

看大家都敬得差不多了，周朝礼便端起杯子对李永辉说："李书记，我敬你一杯！"

李永辉摇摇手："老周，你还跟我客气啥？咱俩就算了吧！都一个战壕里一起战斗那么多年了。"

"正因为在一个战壕里战斗过，那才是真正意义上的战友啊！我虽然痴长您几岁，但无论是在政策水平还是理论高度，无论是在工作作风上还是在政治韬略上，我都甘拜您老弟的下风啊！来，当哥哥的敬您，祝贺您这么雷厉风行就攻占了一个新高地！"周朝礼说。

"谦虚！你这谦虚得有点让人感到难以置信啊！老周，我都说了，咱俩还客气啥？"李永辉始终没有端杯。周朝礼有些尴尬。

碰巧，几个局长来敬李永辉酒，李永辉立马端杯起立，欢笑几句后便一干而净。赓即，几位局长也敬了周朝礼一杯，尴尬局面稍稍缓和。

当周朝礼要再次举杯的时候，李永辉端起了杯子，但不是敬周朝礼。"老周，咱俩放在后面！我还得再去敬一下市人大常委会的张主任。"

说完，李永辉走到张主任身后，张主任感动地端杯起身："哎呀！李书记，该我敬您才对！您可是高风亮节呀，其他市都是书记兼任人大常委会主任，而自您来后，主动提出不兼，说人大就应该有独立的运行机制，这样更能体现我们人民民主专政的体制！我真是由衷地敬佩和感激您啊！"两人哈哈大笑之后，一同干杯。

接下来，李永辉敬了市政协常务副主席，还有市委副书记，几个市委常务，副市长，大家都祝贺李永辉一切顺利、步步高升，欢喜和谐自不言表。

206

周朝礼在一旁看着，有时候只好勉强撑开点笑容陪着，那难受劲儿如同芒刺在背。

等李永辉敬完，周朝礼也敬了一圈。

周朝礼有些招架不住了，只觉脑袋渐渐沉重起来。"老周！来来来，端起杯子！"周朝礼抬起头，见李永辉已经端杯起身，赶忙也起身端杯。

"老周，我调走了，你就是凌江的当家人，哎呀！凌江，我是有深厚感情的！你可得把凌江给我管好！他们谁不听拿谁是问！"在座的市委常委、副市长一一点头称是。

李永辉接着说："临走前，作为曾经的班子领头人我得嘱咐你几句，现在形势复杂，在新的书记来之前，你可要小心谨慎啊！总而言之，以稳为重！一些难以决策的事就干脆搁下，等新书记来了后再说，你说是吧？"

李永辉这么说，周朝礼十分不悦，这分明是先是亲个嘴然后一巴掌嘛！听他那口气，好像他立马就是省领导似的，又似乎在明确地告知凌江同僚，你周朝礼别想做凌江老大。

"来来来，我建议我们一起敬周市长一杯！"李永辉一提议，大家都端起杯子，周朝礼只好强装笑颜跟大家干杯。本来信心满满准备收获一箩筐的，可结果却装了一肚子气。

李永辉走了，民间说什么的都有。有人说他调到诗城只是个跳板，短短几个月后他很可能进省委常委；有人说他走了是凌江一大损失，他在凌江这几年，相比之下算是风清气正的了；相传有一部分人还哀叹不已，说这下完了，周市长一手遮天凌江怕是更糟糕了。

这哀叹的人中，就有苏实的家人。苏实一案经法院一审，出乎意料地被判挪用公款罪成立，在律师及新闻记者的鼓励下，其家人向省高级人民法院提起上诉，二审尚未开庭。

苏实夫人本身有高血压，一审判决后，因结果太出乎意料受刺激，一度昏迷住进医院，好几天才缓和过来。医生警告说，如果再受刺激，很可能导致中风，甚至脑出血死亡。

加之凌江政坛变故，周朝礼暂时独揽党政大权，跟其有密切关系的案子会有转机吗？想到这些苏姝急得直哭，万般无奈只好找钱应来。

钱应来约她茶楼见面。

自打苏实一案认识苏姝后，钱应来便被苏姝的容貌迷倒了，倾力帮

前夜

她打官司是假，怎么样把这个女人弄到手才是他真正的目的。

一审开庭前后，钱应来确实忙前忙后张罗不停，媒体记者请了一大堆，让苏家也出了不少血，自个儿从中也捞到一些好处。

对苏姝的进攻也似乎见到了些许效果，如果不是一审判决太意外，估计那女子早已被他宽衣解带了。

钱应来没有放手，仍一直为案件二审奔波忙碌，记者也请的差不多了，可苏姝对他却多了份戒心，一般不答应单独跟他约会。

这次苏姝主动单独约他，让钱应来一时间心花怒放。

钱应来专门买了花捧在手里，一见面便毕恭毕敬地献给苏姝。

苏姝把花往旁边一挡，极不耐烦地说："我哪有心思跟你花前月下呀！我爸爸的案子未了，我妈又重病在床，你难道不理解我的心情？"

说着，苏姝便泪如泉涌，把钱应来搞得着实尴尬不已。

不过，女人柔弱的时候是最好的进攻机会，钱应来懂得这个道理。他赶紧放下花，紧靠苏姝坐下，双手扶着苏姝的肩膀，苏姝只是轻轻推了一下，但还是被钱应来揽入怀中。

钱应来帮苏姝擦干眼泪："你放心，这二审赢的可能性很大！尽管凌江的政治格局改变了，但二审是在省高院开庭，我就不信凌江的势力能左右省高院？如果二审都输了，那咱们国家的法制还有什么希望？毕竟我们还是法治社会，法律的公道迟早会兑现的！"

"真的能有把握吗？"苏姝仰起头望着钱应来，钱应来抚摸着她的脸，"我已经在省城帮你请了最好的律师担任辩护人，他看了整个案件材料，表示打赢二审官司的把握比较大。另外，二审旁听的记者全是来自省城，还有一些是中央媒体驻省记者，来自舆论的压力会让法院考虑公平公正断案。不过，费用的话，恐怕比一审要多花一倍还不止。"

"只要能打赢官司，让我爸早日重获自由，花再多的钱都不是问题。"苏姝擦干眼泪，坐直身子说。

"我想……能不能在二审以后，判决之前出一篇有分量的报道？这样才会对法院形成压力。"苏姝补充说。

钱应来揪了一把苏姝的脸蛋："不错啊，这段时间从我这学了不少！"钱应来告诉苏姝，这个他已经作了安排，一家中央级法制类报纸同意支持，费用是5万元。

苏姝听了后，顿感柳暗花明，"真是太感谢你了，钱哥！只要报道一出，我就把钱交到你手上。"钱应来趁势朝苏姝腰上又揪了一把，"还叫我钱哥！叫声亲爱的！"

苏姝给了钱应来一巴掌，羞恼地低下头。

两个人一边喝着茶，一边打情骂俏，不觉已是黄昏。

晚饭后，两人坐出租车径直来到凌江之春大酒店，开了间房，钱应来搂着苏姝上了楼。

第三十五章

有关东皋村的项目，在鑫旺集团的一再催促下，市委、市政府加快了审批的进度。

国庆节后，定版的拆迁方案出台，市政府正式的拆迁公告也在《凌江日报》显著位置上刊登，并在东皋村村务公开栏里张贴。

全村男女老少十分关心这一大事，纷纷来到村委会看公告。

公告中明确指出：

凡村镇产权范围之外的建筑，一律视为非法建筑，均不在此次补偿政策范围之内，且必须在规定时间内自行拆除，否则将组织强制拆除，并由相关责任人承担拆迁费用；

村镇产权范围之内的建筑，须经有关部门现场实测，补偿标准以实测为准；

凡地面青苗及其他附着物的补偿，均按当前国家及省、市有关政策执行；

有关房屋拆迁补偿的内容引起了村民不满。大家纷纷找到村支书刘雷，表达自己的意见。刘雷也清楚，村里有产权的房屋只占70%左右，其余有20%左右产权正在办理中，有的办理了好几年都没下来，还有10%也

前夜

是在政府决定开发东皋村以前建好的，产权还没去办理。

市政府在没有充分调查的情况下，出台一刀切的政策，把没有产权的视为非法建筑，拆迁不予补偿，恐怕也难以服众。可公告上都盖了市政府的大红印章了，要改变是很难的了。

刘雷心里十分犯难，任凭村民闹吧，出了事他这个老党员、老干部难以推卸责任，强行把村民压住吧，村民肯定会骂他个狗血淋头，这分明不公平，自己良心上也过不去。

刘雷召集干部开了个会，商讨怎么办。大家都表示，这个时候党员必须带头，代表全村村民的实际利益，向市政府把情况说明白，争取政府实事求是地出台拆迁政策，或许市政府会相信他们，毕竟村支部也是一级党组织，尽管是最小最小的一级，毕竟姓党。

最后，东皋村以村党支部的名义，向市政府递交了一份书面陈述书，下面有全村所有党员签名和手印。陈述书到了周朝礼的手中，他立马将分管城建的副市长和国土、建设、规划等部门负责人叫到办公室。

大家把陈述书传看一遍。"说说，怎么办？"周朝礼看着大家。

建设局长说："东皋村人均房屋面积都差不多达100平方米了，如果都认定为合法面积，拆迁补偿将是一笔很大的费用，目前市财政本来就很紧张，我认为定下的政策不能更改。"

规划局长说："是啊！这几年我们都是按照这一政策在实施拆迁，如果单就东皋村改了，恐怕其他地方有人会挑起事端，前年开发西郊柳树坪村，就出现过类似情况。"

周朝礼抬起头稍稍回忆了一下，点点头。"可眼下的问题怎么解决？柳树坪村不是村支部出的面，只是一些村民代表，好对付，东皋村本来就刁，更何况是村支部出的头。"

"村支部出头更好办！毕竟是党的组织，既然是党的组织，就必须服从组织原则，市委是他们的上上上级，敢不服从？如不服从，立即撤了村支书的职。"分管城建的副市长说。

周朝礼心里知道，如果市政府强制压下去，一个小小的村支部也顶不了天，可这毕竟会激化矛盾，矛盾激化就怕横生事端，李永辉走后，他现在可是凌江的代理大哥，这老大的位置能否转正，他能否顺利荣升市委书记，除了其他方面的努力外，还得平安顺利。

"有没有两全其美的办法？"周朝礼问。

大家面面相觑沉默了一会儿，国土局长说："如果我们把土地价格压低，把拆迁补偿这档子事儿让企业去做呢？我是说由企业来负责拆迁，补偿款也由他们出，即使发生了什么事，也自然由企业来承担，政府可撇清关系。"

大家面转喜色，讨论了一会儿，都觉得这个办法好。

肖松华得到通知后，立马召集项目上所有人员开会，大家每人手中一个计算器，主要是算算市政府改变拆迁补偿策略后，企业怎么操作才能保证最大利益。

算来算去，大家都直摇头，表示这个烫手的山芋不好吃。

罗五洲首先反对："拆迁补偿本来是政府的事，我们不能接招。就我多年从事房地产的经验来看，政府出面拆迁补偿，老百姓即使有意见，但闹腾一阵也就偃旗息鼓，他们都明白胳膊是拧不过大腿的；可要是企业来做这些事，老百姓会得寸进尺、变本加厉，哪怕是把企业活生生地吃了，政府都只会睁一只眼闭一只眼。只要不出人命，警察是不会出动的。"

张玉玲接着说："我赞同罗总的意见，我们宁愿以市场价从政府手中购买干干净净的土地，就算是通过拍卖略高于市场价得来，也比贪图所谓的低价土地，而陷入拆迁补偿的可怕魔咒要轻松得多，企业一旦被拆迁补偿牵扯缠绕，很可能两年三年甚至四五年开不了工。"

肖松华皱着眉头不做声。胡仇瞟了他一眼，说："拆迁补偿是麻烦，但如果我们有政府做坚强的后盾，还怕什么？几个农民能闹得起来吗？要记着，东皋村的开发是市上的重点工程，政府即使把拆迁补偿甩给了我们，但他们能彻底撒手不管吗？能甩得一干二净吗？"

张玉玲笑了笑说："明摆着政府是在撂挑子，我们还幻想他们怎么做坚强的后盾？"

胡仇不以为然地说："这个，在与政府打交道方面，我想肖总自有办法；我们要做的是，在政府现有的政策下，核算一下怎么样才能让公司有最大的利益可图，最丰厚的利润可赚，除此以外的争论都是毫无意义的。罗总、张总，我们应该尽快统一思想才对。"

肖松华哈哈一笑："内部的讨论嘛，争辩一下也没什么大不了的。要说与政府打交道嘛，还不是吹牛，这的确是我的强项，没有什么搞不定的

211

前夜

事。大家就照老胡的意思办吧。"

既然肖松华这么说，罗五洲和张玉玲也不再反驳。几个人都拿起计算器默默地算起来。过了一会儿，张玉玲把她算的情况与罗五洲交流了一下，然后首先由张玉玲表达了意见。

"通过我跟罗总的初步核算，土地价格至少要压低到每亩150万元以下，公司才能有足够的利润保障。在这个前提下，拆迁补偿也必须把成本控制在政府出台的政策框架以内，一旦放松尺度，那就意味着利润缩水。我担心如果政府不出面保驾护航，老百姓要是漫天要价，我们该如何应对？项目被卡壳不说，大笔资金被陷在里面，那才是苦不堪言啦！"

"每亩150万？这么高的价我们有什么赚头？这个价还得再压低；既然政府把包袱丢给咱们，那咱们就以此为筹码谈条件，目标是每亩100万！当然越低越好，最好是一分钱不出，哈哈哈！那当然也不可能，嘿嘿！还有呢，拆迁补偿每一分钱要严格把关，没我签字绝不支付；至于村民要闹事，就交给我，我去跟政府施压，让政府出来捡摊子！"肖松华说。

肖松华说的那么轻松，罗五洲心里暗想：有背景的开发商就是牛，政府好像是他家开的，可以随便呼来唤去；可攀上这么个人，究竟是福是祸？罗五洲有点不踏实的预感。既然前脚已经迈进去了，那就赌上一把，后脚没有不跟进的理由，就算是与狼共舞一回吧！

自项目启动后，肖松华点名要张玉玲作为盛世凌江的常驻代表。因此，罗五洲特别叮嘱张玉玲，一定要盯住项目进展的每一个环节，且要环环死扣。

张玉玲也向罗五洲拍了胸口。

罗五洲毕竟是信任张玉玲的，张玉玲对罗五洲十分忠心，不止一次极力为公司利益而战。罗五洲也没亏待张玉玲，她的年薪已经涨到50万，并送了一套150平方米的精装大房。

可是接下来的工作踟蹰不前。东皋村没有一户愿意签拆迁补偿协议，村民纷纷表示，如果不按房屋实际面积补偿，协议誓死不签。村两委很明确地站在村民一边，公开地支持。

肖松华撂下狠话：给一个礼拜的期限，如果逾期不签，到时候组织强拆，一切后果由村里自行负责。于是，东皋村村民自发组织到市政府上访，市政广场上黑压压地坐了一片。

政府调来特警把守大门，只允许最多五名代表向信访办递交材料，严禁其他人员进入。

市政府再次组织各方人员开会研究。会前，周朝礼将肖松华单独叫到办公室。还没等周朝礼开口，肖松华便破口大骂："狗日的老周，你老奸巨猾哟！你要把我害死？"

"咋这么说呢？"周朝礼皱了一下眉，对肖松华的无礼，他十分反感，对于他这个即将主政凌江的最高首长，没有人敢在他面前这么放肆。

但肖松华的特殊背景他是清楚的，所以也不好发火，反倒是强装笑颜地说："你该感谢我才对，怎么说我要害死你呢？"

"好了，废话少说，现在村民不签拆迁补偿协议，还组织上访，你说怎么办吧！"肖松华坐在一旁生闷气。

"哈哈哈！这么点儿事就把你吓倒了？我看不至于吧！你就别装模作样了，办法只要去想，肯定是有的嘛！村民既然要按房屋实际面积补偿，你就答应他们嘛！"

"什么？答应他们？那样我们还得多拿出差不多一半的补偿款，我的大市长先生！除非土地不要钱，我们不能答应。"肖松华说。

"多拿出一半是多少？几千万？上亿？"周朝礼问。

"那倒不至于，少说也得七八百万吧。"肖松华说。

"就是嘛！区区几百万，你这么大个老总，摊上这么大个项目，跟你们预期的利润相比，还不是九牛一毛。"周朝礼说。

"既然几百万算不了什么钱，那为什么市政府不负责拆迁？反倒给咱们挖个陷阱呢？"肖松华讥讽说。

"市政府也不是不可以负责拆迁，如果是那样的话，土地就得公开拍卖，你能保证你们势在必得吗？再说，经过多家公司竞拍，土地价格绝对在每亩200万元以上！这个账你自己算！叫你们负责拆迁补偿，就可以以协议引资的方式出让土地，这是看在肖省长的面子大大地照顾了你呀！"周朝礼瞥了肖松华一眼，"别吞到肚里不嫌撑啊！"

"那土地价格必须降到每亩100万以内，不！80万以内。否则，咱们可亏大了，咱们赚不了钱，那个……大家也……也没啥好处啊！"肖松华支支吾吾地暗示周朝礼。

周朝礼当然是听懂了，但他不希望肖松华把话说白。

213

前夜

"那么低的价绝对不可能，除非把我撤了！你说不赚钱，那拿给别人吧？政府领导也不是吃干饭的，账还是会算的，我给你这样说，你这个项目到头来，至少5个亿以上的利润，管好了10个亿都可能。"周朝礼说。

"没有，绝对不可能！那我承包给您好了，周市长！我只要3个亿走人！"肖松华煞有介事地说。

"好了，好了，别扯远了，先把拆迁协议尽快签了，项目尽快动起来！"周朝礼说。

"至于土地价格嘛，现在给你们的价是每亩180万，上千亩仅土地就可节省两个亿以上，你还想怎么样？不过，我们可以进一步谈，但空间不大。"周朝礼和颜悦色地拍了拍肖松华的肩。

"既然您都这么说了，那好吧，照您意思办。"肖松华见周朝礼也不是糊涂主儿，只好暂时作罢。

接下来，肖松华立马安排人张贴新的拆迁公告，村民们看过后，都表示满意，拆迁补偿协议也谈得很顺利。但肖松华还是不甘心，多拿出那么好几百万！他琢磨着这边拿出去了，怎么从另外一边给拿回来，除了加紧跟政府谈土地价格外，还得有其他招数。

肖松华把张玉玲叫来，他知道张玉玲头脑机灵，办事伶俐，也很忠心。

"与政府谈土地价格，由你全权负责，我相信你一定不会辜负我的期望；另外……给拆迁办的人说，在测量村民房屋面积的时候，多长个心眼儿。"

肖松华的后半句话张玉玲不是很明白，于是问道："这心眼儿怎么个长法？"

"你只管告诉他们就是，负责拆迁的老王跟我多年了，他明白我的意思。"肖松华说。

张玉玲点点头，转身要走，又被肖松华叫住。

"张总，先留步，我还想跟你再聊聊。"肖松华恭恭敬敬地为张玉玲抬了把椅子，并安顿她坐下。

"我真嫉妒死罗五洲了，身边有这么漂亮、这么能干的助手！我很好奇，他给你多少年薪？"张玉玲不好意思地笑了笑："罗总很对得起我，我也会知恩图报。"

"那要是有一个更对得起你的人出现了呢？你会不会更应该报他的大恩大德呢？"肖松华火辣辣的眼神盯着张玉玲，并慢慢地靠近她。

张玉玲心口怦怦直跳，"你该不是想挖罗总的墙角吧？"

"漂亮！我就希望你亲口把这话说出来，真的，我很欣赏你，跟我干吧？"肖松华说。

张玉玲将身子挪远了些，"算了吧，我可没想要背叛罗总的哦！"

"他给你什么价？"肖松华再次靠近张玉玲，"你尽管说，我给你双倍的价！说吧！"

"他给我100万！你难道给我200万？"张玉玲本是随口吐一个大数字，为了镇住嗜钱如命的肖松华。

不料肖松华满口答应："可以，没问题！我给你200万年薪，你来我公司当副总。"

张玉玲着实吓了一跳，她瞟了一眼肖松华，见他的神色很坚定，心里慌了，"不不不，我是开玩笑的，肖总，我跟罗总很多年了，人不能昧了良心，钱不是什么都能买来的。"

肖松华双手拍掌说："你这么说我就更喜欢了，你可以先不答应，好好考虑一下，想想哪边的舞台更大，哪边的前景更广。这个项目完成之后再作决定都不迟，我有耐心！"

张玉玲的脸红了，她连忙找个理由从肖松华办公室跑出来，把自己关进卫生间，用冷水洗了好一阵脸，才彻底平静下来。

对张玉玲这个风风火火的女能人来说，这可是几年来少有的窘态。

她长长的舒了一口气，心底里不断给自己打气：张玉玲！请立即撑起你的矜持！渐渐地，她感觉又回到了从前，从卫生间出来走在楼道上，她的脚步再次优雅如神仙了。

215

第三十六章

　　李永辉临走时，尚有一批副县级领导干部任用人选没有研究，其中包括刘清粼拟任市委副秘书长。周朝礼几次提出尽快拿出来研究，被市委组织部顶了回去，说在新任市委书记未到任之前，这是违反组织原则的。

　　周朝礼发火了："如果新书记十年不来，那凌江就十年不研究干部了？凌江就十年二十年不发展了？这分明是没把我这个市长放在眼里！"

　　鉴于省委确实下发了文件，让周朝礼代理主持凌江市委、市政府的工作，班子里也就不好再说什么。于是，市委第一次召开了由市长周朝礼主持的常委会，会上通过了20个副县级领导干部的拟任人选，刘清粼等20人随即进入7个工作日的公示阶段。

　　会上同时透露，10天以后，全省五个节点城市建设项目拉练现场会将来到凌江，省委常委、副省长肖宗华将作为总负责领导在凌江待两天，各部门务必做好充分准备，尤其是接待上务必高规格、热情周到。

　　会议决定可以让刘清粼提前进入岗位，尽快熟悉工作。

　　会后，市委立马下达调令，刘清粼在毫无准备的情况下，一夜之间由凌江电视台副台长变成了准市委副秘书长兼市接待办主任，其到岗时间与公示起始时间几乎同步。

　　离开电视台的那天早上，李志强为刘清粼举行了一个欢送仪式，就在演播大楼一楼大厅门外的小坝子上。

　　李志强简洁明了的话语把刘清粼几年来的业绩作了高度评价，刘清粼上台鞠躬答谢，台下笑脸居多，这让她心里颇感温暖。随即，李志强派车将她送到市委大院。

　　一进入市委大院，刘清粼顿觉一阵凉意袭来，照理说凌江十月份的天气还有些热，可她感觉自己脊背发冷，不由将双手往胸前一缩，一起送她的同事都感到很奇怪。

"怎么了?"大家问她。

"哦……可能是昨晚失眠,半夜没盖好被子,有些着凉。"刘清粼掩饰说。

进入市委办的办公区域,没有人来迎接她。当然,这里对于凌江新闻界名人刘清粼来说不算陌生,她径直来到市委常委、市委秘书长的办公室报到。

秘书长见刘清粼来了,只是微微一笑,简单地招呼了声,便把她带到她自己的办公室。

在这个过程中,刘清粼遇到不少过去的熟人,她很热情地去打招呼,而对方只是客套地回应一声,便扭头走了。

这些人怎么了?感觉好像个个都像没有灵魂的机器人一样,他们原本不是这样的啊!在市委大院之外,刘清粼都跟他们有过交往,他们都是有血有肉、有情有爱、有声有色的活生生的人啊!怎么进了这个院子,就都变成这样了呢?

于是,刚才进大院时的那种冰凉的感觉,在刘清粼心里更甚了。

7天公示期一过,刘清粼被正式任命为市委副秘书长兼市接待办主任,其主要工作是负责市委、市政府公务、商务接待以及联络旅游、文化等部门与相关领导的对接。

说穿了就是管上下领导来凌江吃喝玩乐等诸多事宜,秘书长专门给市辖各大医院、学校以及市歌舞团等单位打了招呼,这些单位所有女职工随时待命,听从刘清粼的调遣。

刘清粼的工作能力得到市上领导充分肯定,且不说在7天公示期内就很快熟悉了工作,而且她作出的全省城市建设项目拉练现场会接待方案也得到了市上领导的充分赞赏,就连一贯喜欢挑刺的周朝礼都没有提出任何修改意见,要求照原版执行。

现场会到凌江之日,周朝礼率领凌江市四大班子成员到高速路出口迎接。

收费站专门开辟了一个现场会车队专用通道,车队出来后,两边均有光鲜靓丽的美女身着丝质旗袍端手笑语相迎,然后是警车开道,参观近几年凌江具有代表性的城市开发项目。

第一天的参观还特别安排了东皋村项目,先是看沙盘、听讲解,然后

前夜

是实地考察。

本来方案做到这里作了两手准备，如果看完沙盘后与会代表不想去实地，那么就安排大家去北郊栖霞寺公园喝茶休息。

可东皋村项目的沙盘做得实在是很具有煽动性，其中包含了一些未来城市建设的前卫理念，很多代表嚷着一定要去实地看看。

会务方说这个项目才刚刚启动，去了也没啥看头，连拆迁都还没搞，可大家愣是不听，非得要去，于是会务方只得安排。

其实，肖松华也不希望现场会参观团来实地，可既然人家执意要来，也只好接着。匆忙间，肖松华让张玉玲全权负责，自个儿则躲着不露面。此前，肖宗华也给他打过招呼，叫他别出来。张玉玲让刘雷管好村民，该说的说，不该说的别说，刘雷说他尽量照办。

参观人员沿张玉玲安排的路线走了一转，回到村委会听汇报，汇报人中也安排了刘雷。

刘清粼全程陪着肖宗华，看见父亲坐在对面一字一句地念着事先准备好的稿子，她心里很不是滋味。突然，外面一阵吵嚷，几个村民不顾安保人员的阻拦，闯进会议室。

"听说大领导来了，我就要看看，大领导是个啥样儿？可不可以听听我们基层群众的声音？"闯进来的人说。大家被这突如其来的一幕搞懵了。

"哎哟！大侄女儿！跟着大领导也成领导了哈！有出息！有出息啊！以前只是听说，刘书记的女儿在市里混得是有模有样，今天看来，这不是嘈的空话，是千真万确的！"

一位村民看见刘清粼，笑着说。这话不知是夸奖还是挖苦，刘清粼顿觉双颊发烫。

"几位乡亲，有什么事就说吧，领导时间宝贵！"市委办一位工作人员上前说。

"他时间宝贵，我们时间就不宝贵？我这一辈子都没见过大领导，今天好不容易来了，就别着急走了，慢慢给大伙儿拉拉话，共产党的领导不是为人民服务的吗？今天就来考验一下！"其中一位村民说。

无奈，周朝礼赶紧站起来说："乡亲们，我是凌江市市长周朝礼，有什么话我们改天再说，好吗？我们约个时间，我保证，你们的意见我一定

218

洗耳恭听！"

"谁跟你说啊？跟你说有用吗？过去我们不止一次到市政府找你，你接见我们了吗？我们要跟省里的领导聊！"另一位村民说。

"对，对，对，我们有话跟省领导说！"大伙儿齐声说。

肖宗华本来脸色有些阴暗，但听村民的几句话似乎并没有针对他，反倒在把他往高里推，于是立马由阴转晴，哈哈一笑："那好，乡亲们，有什么话就说吧！但最好捡重点讲，建议直戳要害，一针见血！"

几个村民交换了一下眼色，然后推举一个稍稍年轻点的出来说。

那人往前走了半步，清了清嗓门："我要反映的是，东皋村的开发，市里把拆迁补偿交给黑心开发商负责，说是按实际面积拆，可他们在测量的时候，背地里使用下三滥的手段，一绳子绷过去，本来是10米，结果他们写成8米，一户人的房子测量下来，少的缩水一二十平方米，多的四五十平方米都有，希望上面的领导来查查，给大伙儿一个交代！"

听到这话，在场的人都很惊诧。"怎么会有这样的事？"肖宗华说着，不经意看了周朝礼一眼。周朝礼连忙接着说："好，大家反映的这个问题很重要，市政府接下来一定认真调查核实，并给大家一个交代。"

随即，周朝礼给市委秘书长使了个眼色。

秘书长站起来说："各位领导，各位参观团成员，我们这一站的实地调研就到这里，下面请大家上车，赶往下一站。"

大家起身往外走，那几个村民堵在门口不让，后来被安保人员强行拉开。

刘清粼跟父亲打了个招呼，也跟着离开，可正走出门外，被其他村民拉住。

"粼粼，你是领导身边的人，你可一定要为家乡人做主啊！千万别忘了我们，你小的时候还吃过我的奶呢！"一个50多岁的妇女说。

刘清粼认识她，此人还是她刘家远房一个婶婶。

"婶子，我知道了，你叫乡亲们放心！我一定把你们的期望传递给领导，等我的消息！"刘清粼说。"那就好！那就好！"已经把刘清粼围成一团的村民高兴地点点头。

"孩子，你怎么不多给你爸爸说说话呢？好不容易回来一趟，虽然平时只隔了一条江，可我们很少看你回来呀！工作就那么忙吗？"那位婶娘

219

前夜

接着说。

"哎！是啊！我特对不起我爸！"此话直戳到刘清粼的心坎上，顿时勾起她心中的愧疚。

"有什么对得起对不起的，工作要紧！"刘雷送走参观团，凑过来说。

"爸！"刘清粼看着父亲，泪水在眼眶打转，快要滚落下来了。

"刘主任！我们要走了，车要开了！"那边在催刘清粼。

"女儿，无论在哪个岗位，工作很重要，但你也要记住，你的根在哪儿，飞得再高也不能忘本。要记着你是老党员刘雷的女儿，你是东皋村的女儿！"刘雷动情地说。

刘清粼终于忍不住掉下泪来，使劲地点点头。

回到车上，刘清粼的心还滞留在东皋村，好几次秘书长叫她都没听见。最后，秘书长有些生气地大声喊了她，把全车的人都惊了一跳。

刘清粼回过神来连忙向秘书长道歉。秘书长本身是个不爱发脾气的人，见刘清粼这样也就没批评她。

"时间不早了，等会儿把他们送到酒店后，你立马去安排晚餐，还有，肖省长那桌，你要亲自陪，还有几个兄弟市的市级领导，我们的周市长等，都在这桌，怎么安排你应该明白吧？"秘书长尽量轻言细语地说。

刘清粼点点头。她明白，这桌必须安排在军分区大院食堂里，不外乎就是每个领导找个陪伴，所谓的领导辛苦了一整天，舟车劳顿，晚餐嘛，不能就事论事地仅仅吃个饭，要轻松愉快点，因此找来的陪伴要看起来顺眼，逗起来放心，还要能喝酒，最好会一些才艺。

晚饭时候，周朝礼首先端杯发言，在一阵客套恭维言辞后，借下午在东皋村的尴尬话锋一转批评起市委办、接待办："你们是怎么搞的？怎么不事先做好充分的防范？好在冲进会场的只是几个农民，那要是手持凶器的恶徒，后果不堪设想！所以，你们自己看着办吧。"

秘书长带头把杯里的酒倒满，"我自罚一杯。"说完仰头喝干。

轮到刘清粼自罚的时候，周朝礼说："刘主任得罚三杯！"

大家很诧异："为什么？"

"你是新晋升上来的，多罚实际上代表着领导们对你的爱护，希望你能记着这次教训，以后变得更加老练成熟。"周朝礼说。

刘清粼向周朝礼求饶，周朝礼只顾把那张诡异的笑脸别到一旁不理。

还是肖宗华出来为刘清粼解了围:"算了吧,老周,你就别难为刘主任了,既然是新人,那我们做领导的,就应该包容,哪有一上来就不犯错误的?一杯,罚一杯就可以了。"

大家都随声附和。

"那好那好!"周朝礼说:"还不快谢谢肖省长?"

刘清粼连忙起身向肖宗华致谢。

"先喝了你的罚酒,然后再敬肖省长三杯!"周朝礼接着说。

刘清粼顿时明白了,这分明是周朝礼的套路,看来是要找理由把她灌醉,尽管十分反感,可逼到了这个地步,她也没别的办法。

刘清粼二话没说,连喝了四杯酒,多亏在电视台负责广告经营时积淀了些喝酒的实力,这几杯酒倒也不在话下。

接下来,大家挖空心思找喝酒的理由,说着笑着,时而唱着跳着,不知不觉已是晚上十点多钟,见大家酒兴仍然很浓,于是该她这个接待办主任登场了。

刘清粼建议换个地方醒醒酒,说是建议,实际上是早就作了安排。

那个地方就是陵江之春大酒店海市蜃楼小剧场。

自打酒店开门营业,这里几乎很少空场,大多数是市委、市政府的接待。

来到这里,在其他地方用餐的领导们已经早已到了,舞台上的节目准备就绪,只等肖宗华到来就可开演了。肖宗华一进门,场内响起雷鸣般的掌声,且经久不息。

开场节目是京剧《沙家浜》,刘清粼挨着肖宗华坐,稍稍放松下来,酒精的力量开始发挥作用,她感觉头重脚轻,于是闭上眼靠在沙发上。

不是一阵掌声惊扰,她恐怕都要睡着了。

刘清粼跟着鼓掌,第二个节目肖宗华没有多少兴趣,便与刘清粼搭话。

刘清粼想起下午东皋村村民的话,于是对肖宗华说:"东皋村的开发商是肖省长的堂弟吧?"

"是,怎么了?"肖宗华问。

"下午闯进会场那几个村民反映的情况,领导您怎么看?"刘清粼盯着肖宗华。

221

前夜

"我知道你会问起。这样,等这儿结束,你到我房间去一趟,我把他叫来,让他当面给你汇报?"肖宗华这话让刘清粼顿感芒刺在背。

"不敢不敢,我希望领导能认真过问一下,农民最重要的财产就是房子了,你要是动他们的房子,就等于是要他们的命;领导的堂弟,肯定是资金实力雄厚的大开发商,何必要去算计农民那几十个平方呢?"刘清粼说。

肖宗华点点头。小剧场散场后,刘清粼送肖宗华回酒店休息。

一到房间,肖宗华就给肖松华打电话,叫他立即赶到凌江之春大酒店33楼。

不一会儿,肖松华风尘仆仆就赶来了。

刘清粼见这是最好的逃离机会,于是起身说:"领导你们聊,我就先告辞了,明晨我陪您用早餐!"说罢,就往门外走,肖宗华想留她又不好明说,只好啊啊地应承着。

刘清粼的背影消失许久了,肖松华依然扭头望着门外。

肖宗华看在眼里,醋味横生,敲了敲茶几:"干嘛呢?你见过的美女还少吗?"

肖松华自觉失态,讪讪一笑:"老周可以啊!懂规矩!"

"什么懂规矩?你小子别狗嘴里吐不出象牙啊,胡思乱想什么呀?你知道她是谁吗?找我为什么事吗?"肖宗华端起领导和大哥的派头训斥起肖松华。

"谁呀?玉皇大帝的妹子?"肖松华调侃地说。

"行了!别老是不着调!都多少个亿的大集团老总了,还那么流里流气,我看公司会迟早败在你这副德性上头!"肖宗华说。

"好了,正经点!她到底是谁呀?"肖松华问。

"凌江市委副秘书长、市接待办主任刘清粼!原凌江电视台副台长,到我房间坐坐难道不正常吗?"肖宗华说。

"哦,正常!正常!太正常了,凌江就是会挑选人才,这个接待办主任选的好!"肖松华依然吊儿郎当地说。

"看来你晚上也没少喝啊!"肖宗华转入正题,"这个刘主任还是东皋村村支书刘雷的女儿!明白人家来找我的目的吗?"

肖松华装作琢磨了半天,突然醒悟的样子:"哎呀!我明白了,难怪

222

这个村的人这么刁，原来有后台呀！"

"人家可没仗着刘清粼的什么提无理要求啊，人家反映你们拆迁测量房屋面积的时候手脚不干净！把人家房子面积通通给量小了！"肖宗华说。

"绝无此事！"肖松华一本正经地站起来拍胸口，"哥，你弟弟是这么没出息的人吗？还靠抠人家牙齿缝里那丁点儿东西发财吗？这帮村民太可恶了，得了便宜还卖乖！"

"我谅你也不敢！群众利益无小事！我警告你，至于你有没有做那样的事，我没有时间和精力去核查清楚，但是，有则改之无则加勉，我决不允许你干这样的事，以后也不允许！"

肖宗华似乎真的有些生气了，其实他真正生气的是，肖松华一来，刘清粼就堂而皇之地溜走了。

肖松华一再表态说不会不会，临了，他仍忘不了不着调地逗哥哥一下："这刘主任，我感觉是您的菜！放心，我会对他爸爸好的！"

肖宗华一听，气得捡起一只靠枕朝肖松华砸去。

肖松华笑着躲着，借机从肖宗华房间跑了出去。

第三十七章

项目拉练现场会最后一天是开会，会期一整天，上午由各市领导作交流汇报发言，下午是总结，最后肖宗华要作重要讲话。

会议地点在凌江之春大酒店会议中心，刘清粼必须时刻在会场外候着。中午所有人员在酒店吃自助餐，而晚上，又是一场酣畅淋漓的酒宴。

刘清粼陪肖宗华吃早餐时，她注意到餐饮中心的人异常忙碌，显然不是为了准备几十个人的自助午餐，而是一定有大型婚宴。

又是一对新人喜结良缘，祝福他们吧！刘清粼还在心里这样默默地念叨，突然，她抬头看到婚礼舞台上新郎、新娘的照片，那新郎分明是江声涛!

她的心跳顿时加速,揉了揉眼睛仔细看了看喷绘布上的名字,没错,那新郎正是江声涛。

顷刻,刘清粼心中犹如打翻了五味瓶,一股热泪差点涌了出来。

趁肖宗华不注意,她起身去了洗手间。

他居然这么快就结婚了!此前只是偶尔听说他有了女朋友,没想到……

其实,平时有人提及江声涛的情况,刘清粼已经能够心态平和地面对。他是他,我是我,我们已经分手了,从此两不相干。这是她常常挂在嘴边的话。

可是,当自己亲眼证实江声涛就要结婚的事实后,潜藏内心深处的伤痛又魔鬼一样窜了出来,啃噬她稚嫩的伤口。

两行泪水最终还是奔涌而出,刘清粼放纵自己狠狠地哭了一场。

她明白,自己不能在洗手间呆太久,眼下自己所扮演的角色,连给自己留足疗伤的时间都不允许。

她仿佛一下子意识到自己所做的一切毫无意义。也似乎瞬间明白了市委大院那些普通人为何总是面目冰冷。

"刘主任!你没事吧?"接待办一个女孩在外面叫她。

刘清粼赶紧擦干泪水,整理了下仪容,若无其事地出来。

坐回肖宗华身旁,她微笑说:"不好意思,我肠胃有点不舒服。"

"哦?那喝点粥养养!"说着,肖宗华就要给刘清粼盛粥,被刘清粼阻拦。

"我不想吃,过会儿,我喝点热水可能会好些,实在不行,买点药吃下去就没事了。"刘清粼说。

上午整个会议期间,刘清粼独自一人坐在休息室发呆,只是中途茶歇时间有人进来,她才慌忙起身让座。

中午的自助餐她也只是喝了几口鸡汤,胡乱往嘴里塞了几粒米饭就下桌了。

她的心思一直在楼下那个大厅,江声涛的婚礼正热闹非凡地举行着。

鬼使神差地,刘清粼来到楼下大厅外,挤进门口看热闹的人群往里面张望。

她注意到，凌江日报社、凌江电视台几乎所有中层干部和副总编辑、副台长都被请到了场，还有所有凌江以外驻凌江新闻媒体的代表人物，以及市级各机关单位代表人物。

　　一张张熟悉的面孔正聚精会神地盯着台上，从他们的神情可见，对台上一对新人他们是怀着满腔祝福的。市委宣传部副部长任槐正激情洋溢地发表他的证婚演说……

　　突然，刘清粼的眼神触碰到一个人的目光。

　　方振东也似乎在四处寻觅。当他与刘清粼的目光相撞，方振东惊诧中颇多喜悦，而刘清粼则是慌乱而幽怨，她把头一埋，转身迅速离开了。

　　方振东这才意识到，心胸狭隘的江声涛没有请刘清粼。

　　不过即使他请了，刘清粼反倒不一定会来。

　　而此刻，刘清粼心里痛恨的，估计多半也是这个原因。

　　"各位来宾，各位亲友！今天我们共同见证了一对恋人携手步入了新婚殿堂，此时此刻，他们也要用甜美的歌声咏唱彼此坚贞不渝的爱情！有请新郎、新娘共同为我们献上一曲《知心爱人》，有请！"司仪话落，全场尖叫声不断，掌声更是震耳欲聋。

　　江声涛风度翩翩地牵着新婚妻子款款步入舞台中央，并双双向台下鞠躬。

　　音乐声起，两人相互注目而歌，动情的歌声飞扬，抓挠着台下许多年轻男女的心脏，不由跟着唱了起来。

　　钱应来带着苏姝也来参加江声涛的婚礼，两人竟然也深受感染，钱应来紧紧地抓住苏姝的手，而苏姝则神情迷惘地望着台上，不由自主地靠在了钱应来的肩膀上。

　　方振东看到这一幕，脸颊和手臂顷刻冒起大片大片的鸡皮疙瘩。

　　"老钱，什么情况？啥时候喝你的喜酒？"见钱应来意犹未尽的样子，方振东故意逗他乐。

　　"那要看我的宝贝儿什么时候肯娶我！"钱应来揪了一把苏姝的脸蛋说，弄得苏姝羞赧地垂下头，不过这话点燃了她心中幸福的火焰，直烧得她脸颊潮红。

　　"哟！你两个当真的？"方振东不敢相信，向来浪荡不羁的钱应来会真心爱上苏姝。

前夜

"此情此意日月可鉴!"钱应来当众拍胸发誓。

同桌的新闻界朋友都笑了起来,"好!我们都记住今天老钱说过的话,若是不兑现,苏妹儿尽可到我们这里来喊冤!由我们做主收拾他。"

酒宴结束后,一些人约着去打牌,钱应来本来是要去的,但因方振东没这个癖好,就忍着没去。他约方振东到茶楼坐坐,说是有话跟他说,而且是藏在心里很久的知心话。

苏姝因为要回家照顾母亲,所以没有一起去茶楼。于是两人约到凌江边上一个古色古香的幽静院子。"你小子真的跟苏姝在谈恋爱?"方振东问。

钱应来严肃地点点头。

"先不说别的,我想听听你的真心话,怎么评价咱俩的关系?"钱应来问。

"谁跟谁?"方振东不解。

"我问的是我跟苏姝,不是咱俩,咱俩有什么可说的,好哥们儿!"

听钱应来这么说,方振东略加思考了一阵说:"老实说,我真不相信你在玩真的,这跟你以往的种种迹象太不符合了!"

见钱应来要反驳,方振东阻止他说:"当然,我宁愿相信你们是真的,两情相悦毕竟是美事一桩嘛!"

"去你的!你怎么也变得油滑起来了?"钱应来说。

"好吧!如果你们是真的……"方振东看着钱应来的脸,是想再试探他的反应。

果然,钱应来急了,"什么如果!没有如果,不是假设啊,是千真万确的!"那可爱劲儿差点把一向严肃的方振东逗乐了。

"我相信了!那我真诚地祝福你们呀!你看今天这一对儿,多好!"方振东说。

"你就……没想点别的?或者说往别的方面去展开联想?"钱应来说。

"想别的什么呀?"方振东说。

"这话分两个步骤说,先说我,你就没想我一个未婚有才俊男,为什么偏偏爱上一个离过婚且家庭正遭遇不幸的女人?"钱应来等待方振东的回答。

被钱应来说中了,方振东心里真有这样的疑问。

226

他尴尬地笑了笑说："是啊，有这个疑问，我想很多人都会有吧，没有才不正常；但正因为如此，才能显示你钱应来与众不同，你追求的是纯粹的爱情，完全没有受世俗观念的束缚。这一点，我对你刮目相看了！"

钱应来叹口气说："我钱应来吊儿郎当了二三十年，也曾遇到过一些好女孩，可都被我错过了，这一回，说真的刚开始也只想玩玩，可谁知她……"

钱应来本以为方振东要插话，故而停了下。见方振东默不作声地看着他，接着说："她虽然经历过婚姻，可情感上单纯得有些惊人！我叫他拿钱她就拿钱，我叫她陪我她就陪我，我敢保证她绝不是随随便便的女人！"

"何以见得？"方振东说。

"跟我在一起的时候，她会常常像个小孩儿一样，编织着咱俩未来美好的二人世界，每当我听到那些话，我心里很不是滋味，我不忍心去欺骗她！"钱应来说。

"她的善良，她的单纯刺激了你的良知，是这样吗？"方振东说。

"可以这么说。"

"如果仅仅是因为这样……那我建议你还是再冷静地思考一下，究竟自己是不是真正地爱她。"方振东提醒说。

"这个我明白，我也曾问过自己，是不是一种愧疚意识的驱使，让我因怜悯而去所谓地爱她。"钱应来说。

"找到答案了吗？"方振东问。

"找到了，不是。"钱应来说。

"想想，如果我抛弃她，那以后，还会有像我这样的混蛋去祸害她，我一想到这里就会心痛，就让她的不幸经历在我这里止步吧！希望我能给她带来幸福。"钱应来说。

"对了，她父亲的案子怎么样了？"方振东问。

"省高院开庭审理了，还没判，估计情况不好。不过，我一直在鼓励她，要做好打持久战的准备，我跟她一起努力！"钱应来说。

"我真为你的转变感到惊叹！"方振东颇有感触地说，"以后在新闻业务上，也少干点儿缺德昧良心的事，多站在正义的立场，多关心贫瘠弱势群体，为他们多说说话。"

"别老是站在道德制高点来教育人啊！"听方振东一说，钱应来也毫不留情地反击道："你这哥们儿，人是好人，就是有点……撕不下一张面具，你要活得真实点儿！向我学习，那样人生才有意义。"

方振东把嘴一撇："说白了，我学不来你的坏！"

"有时候，你就得像我这么坏！我说的坏不是真坏啊，是那种……另类的坏，男人不坏女人不爱的那种坏，你明白吗？哎，对了，你跟刘清粼有联系吗？"钱应来突然问道。

钱应来突如其来的一句话，方振东顿觉胸口被蜜蜂蜇了一下。"你问这个干嘛！"

钱应来接着说："这个，我可要批评你了！你绝对是因为刘清粼当初选择了江声涛而没选你，还在心里自我折腾，是吗？人家分手那么久了，干嘛不去追？新闻业务上，你是个斗士，可在生活中，尤其是在感情上，你可是个地地道道的懦夫！"

钱应来也许是喝了酒，说话完全没顾忌情面。方振东经他这么说，脸渐渐地红了。

"别以为我平常大大咧咧地，今天我可看到刘清粼了，她躲在门口看呢，你发现了吗？"

"我也看见了，她……看起来心情很糟！说明她……心里还没有放下。"方振东叹息说。

"这女人的心思你要好好琢磨，她那是放不下吗？那是因为江声涛什么人都请了，就是没请她！等于是你伤害了我，现在再来羞辱我一把！别看我平时管江声涛老大老大地叫，仅凭这一点，他就不是个东西！什么呀，你不能绅士一点吗？"钱应来越说越气。

钱应来这么骂江声涛，方振东听了心里也舒坦。"现在你把道德制高点给抢过来了吧！"他讥讽钱应来说。

"还有，你是不是因为刘清粼跟江声涛有一段恋情，你心里生了个解不开的疙瘩？说白了就是嫌弃她，你别辩解，你只说是也不是？"钱应来逼问方振东。

"那绝对不是！"方振东肯定地说。

"还有，你是不是因为听了一些关于她与肖省长之间的流言，而对她避而远之？也别辩解，你只许说是也不是？"钱应来进一步逼问。

"那也绝对绝对不是！"方振东坚定地说。

"那我再问你，你是不是因为她现在是副县级领导干部了，而你仅仅是个小记者，心里自卑，不敢去追求？"钱应来继续逼问。

"那更加的不是了！"方振东被钱应来的样子逗笑了，"干嘛呀，像个法官似的，搞了几天法制新闻，半路成精了还！"

"那不就结了嘛，我建议你，大胆地上！刘清粼最终肯定是你的！"钱应来说，"我不管你刚才的回答是真心还是假意，在这儿，我还得多说几句！"

"说吧！"方振东等待钱应来说下去。

"不管刘清粼是不是如传言中的跟肖宗华有什么关系，我都鼓励你毫不犹豫地、坚持不懈地去追求她；没有那些是万幸中的万幸，即使有那些……"钱应来又停了一下。

"我说的是即使，即使就是假设，这假设我们不希望它成立；即使、假设有那些，我还是鼓励你意志坚定、诚挚如初地去追求她；因为你是男人，爷们儿！就得有作为，有担当！如果、即使、假设有那些，你难道就忍心看着她，你心爱的人往火坑里跳吗？你不觉得你有无可推卸的责任去拯救她吗？你难道……"钱应来滔滔不绝地说。

"别说了……"方振东没让钱应来继续往下说。

"戳到你的痛处了吧？我是故意的！这是为你好！揭你的伤疤是为了提醒你，千万不要忘记自己内心深处究竟爱的是谁！"钱应来说。

这一次谈话，深深触动了方振东。

晚上，他没跟大家一起去参加江声涛的婚礼晚宴，而是独自回到家里，心里一直热浪翻滚，坐卧不宁。

老实说，没料到钱应来会那么赤裸裸地刺激他，被一个一向连眼角都不想瞧上一眼的人刺激，心里是非常愤懑的。

可偏偏人家说的句句在理，自己哪怕再骄傲也无言应对，只有默默承受的份。

方振东想约刘清粼出来坐坐，立刻，现在！

于是他拿出手机拨打刘清粼的电话，可一连拨了很多次，刘清粼的手机一直无人接听。

她究竟在干什么呢？方振东知道今天有会务接待，也知道肖宗华就在凌江，她心里升腾起阵阵阴霾，不祥的预感潮水般涌上心头。

第三十八章

晚上，刘清粼喝醉了。

晚餐依然是在军分区大院吃的，饭后没去凌江之春大酒店小剧场，而是市委、市政府专门安排了一个小范围的舞会。只有肖宗华一行人及省级相关部门一把手参加。

伴随轻快悠扬的曲调，大家可以自由挑选酒品、茶饮和点心，还有伺候一旁的美女。

或许是晚餐吃得太饱，抑或是酒精已涌上头，领导们都没有很冒失再去端杯，接待方只好安排人送到嘴边，这才激发起少数几个人的情绪。

有人大胆地接过酒杯，甚至顺势扯住一只娇嫩的细手，步入场中，双双舞动起来。

渐渐地，舞动的人越来越多，掌声也此起彼伏。

肖宗华没有去跳舞，因刘清粼坐在一旁，也没人敢请他跳舞。

刘清粼坐着，把头斜依在沙发扶手上，眼睛微微地闭着。晚餐时不少人剜骨捞髓地找理由跟她喝酒，加之自己心情欠佳，也就没怎么推辞，一杯接一杯，不知不觉就喝了不少。

恍惚中，刘清粼的脚被什么东西绊了一下，她惊醒一看，一个女孩正不好意思地对她表达歉意，而搂着那个女孩的人是省里一位厅长。

借着忽明忽暗的灯光，刘清粼终于看清，她正是凌江电视台的刘玲，而今的新台花，女主播。她的徒弟已经顺利地接替了她当年的位置。

刘清粼再看刘玲时，她已经驾轻就熟地随着那位厅长的节奏摇曳到远处去了。

不由，刘清粼深深地叹息一声，坐直身子揉了揉眼睛。

不断有领导撺掇刘清粼主动请肖宗华跳舞，无奈何，刘清粼只得依从。

肖宗华搂着刘清粼,顿时容光焕发,额头在灯光的反射下十分闪亮,甚至还能看到隐隐跳动的青筋。

可没跳几曲,刘清粼便觉得天旋地转,胸口也潮起潮落,她预感到可能会呕吐,便撇下肖宗华,迅速跑到卫生间。果然,一趴到洗脸池上,肚里的东西便自告奋勇奔涌而出。

过了一会儿,刘清粼从卫生间出来,见肖宗华坐在那里,周朝礼等领导陪着他说话,自己便坐到另一张沙发上,接待办的人忙不迭地伺候起刘清粼,又是递纸巾又是倒白开水。

刘清粼摆摆手:"我没什么,你们去照顾领导吧!"

接待办的人过去汇报了刘清粼的情况,周朝礼朝这边看了眼,说:"既然刘主任喝醉了,那就叫她把领导送回酒店,都早点休息吧!"

接待办的人过来传达了市长的意思,刘清粼冷笑一声,无奈地摇摇头。

"你们都随我一起送肖省长吧,我喝多了,怕是路上又会出什么状况,我自个儿出洋相倒没啥,可冷落或者冒犯了领导,责任可是要追究到你们头上的。"刘清粼说。

大家也只好答应。可把肖宗华送到房间后,趁刘清粼不注意,大家又都悄悄溜了。

刘清粼给她们打电话,好不容易有一个人接,电话中说是秘书长叫他们都回去,因为还有别的领导在,接待办的人除了她刘清粼以外都不许走。

撂下电话,刘清粼心里明白,这次的安排跟上几次一样,都是精心设计好了的。

她顿感自己如一只弱小的笼中鸟,尽管翅膀长在自己身上,可不是想飞就能飞得了的,假如自己非不信邪,周围有无数道无形的墙等她去撞。

想着想着,刘清粼忍不住哭了。

肖宗华顿时不知所措,他只好默默地坐在一旁看着。

过了一会儿,他靠近刘清粼,轻声问:"刘主任,你怎么了?"

"不要你管!你走开!"刘清粼大声吼道。

两人都震住了。肖宗华十分惊愕，一时无语；刘清粼也止住了哭，傻傻地望着肖宗华。

肖宗华想，从来没人敢对他这么吼，更何况是一个低他很多级的小小副处级人员，心里嘀咕，这小女子到底是吃了什么枪药，火气那么大？

而刘清粼心里则是又爽快又恐惧，爽的是她忍受压抑了那么久，终于靠这一声吼出了口气，可怕的是不知肖宗华会怎么收拾她。

"这是我住的房间，你要我往哪里走？"还是肖宗华沉得住，半晌他主动打破僵局，轻言细语地说。见他这样，刘清粼消除了恐惧，但立刻又新生了百般的厌恶。

"你装模作样地干嘛？直接点儿！"趁着酒气，刘清粼打算大胆往前闯一回，目的是彻底撕破肖宗华伪善的面具。

"市里几次安排，谁不明白其中的机关？还有你，不就是想搞我吗？遮遮掩掩你累不累？来吧！"她一边说，一边解着上衣衣扣，因是公务接待，她穿的是职业装，她慢慢地一粒一粒地解着扣子，眼睛斜瞟着肖宗华，注意他的反应。

这一着，把肖宗华吓住了。"别别别！刘主任，你……你喝醉了吧？"肖宗华说。

"喝醉了？这么点儿酒算什么？要不，咱们再喝点儿？……怕什么？都说你们大领导胆儿贼肥的，我今天倒要见识见识！看看你是英雄还是脓包！哈哈哈！"

刘清粼把上衣几粒扣子都解开了，并顺势将衣服往两边一分，虽有胸罩的遮掩，但那对肉球还是立刻跳跃出来，她注意到肖宗华的眼睛先是放大，然后忙把视线移开。

"不要这样！"肖宗华装作有些严厉地说。

刘清粼索性走近肖宗华的身旁，"不好意思吧？来，我帮你脱！"说着，她便伸手去剥肖宗华的衣服。

肖宗华把手一挡，无意中将刘清粼推倒在沙发上，因为喝了酒，她的身体没有重心，随即往沙发上一砸，受沙发的反弹力的作用，刘清粼的身体连续在沙发上颤动了几个回合。

"还他妈装！装！装！想搞我就他妈上啊！来呀！来搞啊！"刘清粼彻底怒了，她说话的声音也很大。

232

"小声点儿!"肖宗华压低嗓门说,"别人听见了,还以为是什么呢?"

"什么啊?还怕别人听见吗?整个凌江不都传遍了吗?说我刘清粼是你肖宗华的情妇!尽管我们没有任何关系,可有人相信吗?我一个女孩子,背这样的污名,体面吗?"

说着,刘清粼又哭了起来。哭了一会儿,她又莫名其妙地笑了。

"很奇怪,你是不是没有那个本事啊?明明心里面想,又不敢付诸行动,难道,你仅只是为了满足精神上的欲望?你觉得这样有意义吗?与其这样,还不如彻底清洗掉你灵魂上的肮脏,做一个真正的道德高尚的人,做一个让人真正敬重的领导!"刘清粼说。

肖宗华脸上堆起神秘的笑:"你接着说,把你想说的都说出来。"

"我说完了,"刘清粼两手一摊,此刻,她感觉酒醒了一大半,头脑异常清晰。

"这可是你自己丧失的机会啊!以后,请你不要对我有任何幻想,我还年轻,我还要追求我的事业,我的爱情,我的家庭。"刘清粼说着,慢慢地扣上衣扣。

肖宗华心里顿然失落,好比乘坐快速下坠的电梯,就要快触碰到最底层的时候,他突然按下了上升键。他一步跨上去,抓住刘清粼的胳膊。

"小刘,既然你把话挑明了,那我也就不掩饰了,我喜欢你,真的喜欢你,来吧……"

"你要干什么?"刘清粼惊恐地推肖宗华的手,可已无法推开。

肖宗华着了魔似的,一把将刘清粼拉入怀里,并紧紧地抱住她,咬住她的嘴唇狂吻。

刘清粼拼命地挣扎着,"不要!……我刚才是开玩笑的,别当真……啊!领导……"

尽管刘清粼挣扎着,反抗着,可开弓没有回头箭,肖宗华丝毫没有要停下来的意思。两人之间的战争拉锯着,并不断演绎着强弱、胜败不停反转的情形。可就在刘清粼的衣服快被肖宗华褪尽时,她瞅准空挡爆发了洪荒之力。她挣扎中腾出一条腿,本能地一弯,将脚掌踏在肖宗华的腰侧腹部,并使劲一脚,将肖宗华的身体踢开,她迅速从沙发上翻身起来。

肖宗华想再次抱住刘清粼,但因体力不支,多次被刘清粼推开。刘清粼迅速穿好衣服,趁肖宗华还坐在沙发上喘气,她抓起自己的挎包,夺门而逃。

进入电梯,她拿出手机,发现有十几个方振东打来的未接电话,于是便拨了过去。

"振东,快!快来接我!"刘清粼到了酒店大厅,发现市委秘书长和接待办的其他同事都在那里,大家都惊诧地看着她。

她把头一扭没有跟他们打招呼,拿出一把梳子梳了梳头发。

方振东很快就到了,两人见面二话没说,刘清粼拉住方振东的胳膊进了出租车。

这一切,秘书长和接待办的其他人都看在眼里。

回到刘清粼的家,方振东关心地问:"清粼,到底发生什么事了?你告诉我呀!"

刘清粼摇摇头,淡淡地说:"真的没什么,你就别问了。"

"那为什么突然叫我来接你呢?我感觉不对,你是不是被欺负了?"

刘清粼躲闪的眼神没有骗过方振东。

"……是发生了点儿事情,但也没你想象的严重。"刘清粼说。

"一点儿事情?如果是一点儿事情,你不会那么紧张的;清粼,依我对你的了解,你是个很坚强的女孩,你不会因为一点儿不要紧的事情向别人求助的。"方振东说。

刘清粼见方振东非要打破砂锅问到底,叹了口气说:"既然你非要知道,那我就告诉你吧!"于是,刘清粼把刚才发生的事叙述了一遍。

听罢,方振东捏紧拳头,牙齿咬得咯咯响:"流氓!……畜生!我一定要为你讨回公道!"

刘清粼赶紧拦住他,"算了,你又能怎样呢?我自己的事,我知道怎么处理!再说,他也没把我怎么样,要是真把我怎么样了,我难道就会善罢甘休吗?"

"那也不能这么轻易饶过他们啊?清粼,你能放下,我心里放不下!"方振东说。

"可是,你又能怎么样呢?去打他们一顿?恐怕你一伸手就会被抓起来;去跟他们理论?谁会采信你所说的一切?你我皆小人物,只有小心谨慎保护自己的份。"刘清粼说。

望着窗外稀疏的星空,方振东感觉很憋屈。"……清粼,以后一定要多加小心，一旦有什么危险，立刻给我打电话，我会立马来到你身边！我会尽我的全力来保护你！"

听到这话，刘清粼很感动，她含着泪点点头。

"你也要多加注意，凡事不要去硬碰硬，该回避的尽量选择回避，天下也不缺你这么一个刚直的记者，再有棱角的石头迟早都会被冲刷成圆滑的卵蛋，你又何必像个刺猬一样，时刻摆出一副战斗的模样呢？"刘清粼说。

要是以往，方振东定要跟她辩解，甚至争吵个面红耳赤，而今天，方振东很听话。

他温柔地对刘清粼说："你说的不是没有道理，好吧，以后我都听你的……嗯，没事的话，我就告辞了。"

说完，方振东起身要离开，刘清粼没作声，只是呆呆地望着他。

方振东走到门口，转身向刘清粼挥手告别那一瞬间，他发现刘清粼呆望他的神情里潜藏着某种特殊的信号。

那种眼神一般人是体察不到的，方振东虽然有时木讷，但这一刻他却异常敏感地捕捉到刘清粼的心思，这是一份含情脉脉地期盼，是一种欲言又止的纠结。

方振东慢慢地把准备开门的手收了回来。就这么个简单的举动，触动了刘清粼蓄势待发的情感按钮，她像一匹力量爆发的豹子，几步冲上来扑向方振东，并紧紧地抱住他。

一种大地回春的动能在方振东体内复活，他也紧紧地抱住刘清粼的腰，让自己的身体尽可能多地与刘清粼紧贴在一起，这可是他梦寐以求的时刻！更是他朝思暮想的情景！

片刻，他们很自然地狂吻着对方，无须一句多余的言语，像两条幸福的小蛇一样缠绕，一步一步地向卧室走去。

月光从纱窗外洒进来，穿透婆娑的树影，仿佛给床上铺满一层洁白的梨花瓣。方振东要去关窗，被刘清粼制止，两人默默地退去自己的衣服躺在床上。

"清粼，我爱你！"此情此景，方振东觉得不吐出这几个字他心头不够舒畅，刘清粼报之以热吻，方振东感觉自己好比一条滑入大海的鱼儿，顷刻间，一切束缚自己的闸门都被打开，他可以尽情地穿梭在一片温润的

235

水域里，让身上每一个细胞都能得到幸福的洗礼。

这一夜，方振东用自己蓄积多年的地热，融化了他仰望多年的雪山，他分明感觉到雪山融化后的狂野，以及雪水一旦经受炙烤也会滚烫如沸……

第三十九章

自上次肖宗华把肖松华骂了一顿之后，肖松华忍痛作出让步，答应在修建东皋村安置房的时候，每户给予一定赠送面积，但不同意村民提的组建村民拆迁监督委员会，并在监委会的现场监督下，重新测量房屋面积。

肖松华此举，村民没有同意，故而合同也没法继续签订。

"那就限期强拆！"肖松华说。眼看最后期限就要到来，肖松华把一切安排好之后，借故去省城洽谈一笔重要的生意，带上张玉玲去了省城，项目上棘手的事就丢给了罗五洲。

到了最后期限那天，仍没有村民签合同。胡仇再三催促罗五洲下定决心组织强拆，罗五洲始终下不了决心。

"没签合同，组织强拆是违法的，出了事情谁担责任？"罗五洲说，一定要等肖松华回来后再作定夺。而胡仇说："肖总临走时说的很清楚，出了事他负责！"

罗五洲生气地说："他什么时候说的？有什么凭证？他一走，要是真的出了事，警察可不会相信你我口头之言，要抓的是现场做出决策的人！既然你这么说，那你去安排好了。"

胡仇哪敢撑这个头，便默不作声了。

"我们还是给肖总打个电话吧！"罗五洲拨通了肖松华的电话，但对方没有接听。

接连拨打了好多次，都没有人接。过了片刻，罗五洲收到肖松华一条短信："生意洽谈中，勿扰；项目上的事，你全权负责，一定要尽快完成拆迁。"

这个老狐狸！鬼知道他是真有生意还是假有生意在谈！眼看拆迁进行不了，项目卡壳，耽误一天，就意味着损失很多钱，罗五洲无奈，只好下达拆迁令。

不过他再三叮嘱，拆迁之前，尽量跟村民讲明道理，并承诺绝不会损害村民利益，待工程启动后再慢慢协商。

胡仇得令后，立马给拆迁办的人传达了罗总的指示。

坐在办公室，罗五洲一直忐忑不安，每当电话铃声响起，他都会心惊肉跳。最后，他实在不放心，决定亲自到现场一趟。

一下车，罗五洲便听到震天的争吵声，东皋村几乎出动了全体男女老幼，就像阻止鬼子进村一样，手里拿着锄头扁担，那架势分明是宣称：要想强拆，除非从我们身上碾过去！

罗五洲三步并作两步，准备上前与村民对话，哪知刹那间，不知从何处冒出一群神秘的人物，全是腰圆膀粗的壮汉，都穿着一身黑布对襟衫，脚蹬崭新的北京布鞋，每人手里拿着一根两尺来长的钢管。

"不好！要出大事！"罗五洲心里顿时收紧，大喊道："住手！"

谁知这一喊，倒成了开打的指令，那群人中领头的手一挥："出手！"便见这群不明身份的人冲向村民，见人就劈头盖脸地狂敲猛砸，村民哎哟连天地东躲西藏，不少人挂了彩。

"别打了！快住手！"罗五洲的喊声被淹没在嘈杂声中，根本无人能听见。

"这些人从哪里来的？是些什么人？"罗五洲见拆迁办老王呆在一旁看热闹，便质问他。

"不知道啊！我哪里知道是些什么人，从哪里来，多半是东皋村的人跟他们有什么过节吧？"老王的回答让罗五洲很生气："偏偏就这么凑巧？你老实告诉我，是不是你安排的？！"

老王一脸无辜的样子，拍着胸口："就是您借给我一千颗胆，我也不敢啦！"

"那既然是这样，赶快报警！"罗五洲焦急万分地说。

前夜

老王给身边一人使了个眼色，那人点点头，跑到一旁拨打了报警电话。

不一会儿，几辆挂着"新闻采访"标识牌的车开过来。

这当然不是凌江本地新闻媒体。其中一辆车门打开，钱应来从车上跳下来，他一招手，莫仁新和尤佳满一个持掌中宝摄影机，一个持相机，便忙不迭地录像和拍照。

另一辆车上下来的是方振东，他也不停地拍着照片。一些村民被追打中，发现有记者，便都围上来："记者同志们，你们一定要为我们做主啊！黑心开发商要我们的命啊！"

正说着，一个黑衣人冲上来，将向记者求助的村民打了一棍子，那村民立刻晕了过去。

"站住！"见那黑衣人转身要跑，方振东大声喝道。

就在那黑衣人扭头的一瞬间，方振东按下了快门。

那黑衣人见自己被拍，要冲上来打方振东，被几个持扁担的村民赶走了。

黑衣人渐渐跑光了，方振东、钱应来等人被村民引到村委会，刘雷和其他几个村干部都受了伤，大家招呼记者坐下，顾不上自己身上的伤，便争先恐后向记者讲述事情的经过。

警察也随即赶到了，现场留下的血迹、遗留的棍棒还有被折断的农具都被警方当作物证收集了去。记者正采访村民的时候，几个警察来到村委会，要对在场的人作询问笔录。

见村民只顾与记者交谈，没怎么搭理他们，几个警察对记者发出了警告：你们有什么要了解的，等我们做完笔录再了解，我们在执行公务，请不要妨碍我们！

"咱们这也是公务！"钱应来扬起他那斗鸡脖子，蔑视警察说。

"我再次警告你！如果你们不听，我们可以妨碍执行公务拘留你们！"警察指着钱应来的鼻子说。钱应来准备继续跟警察硬怼，被方振东阻止。

村民这时怒了，"要什么威风啊？口口声声说什么警察是人民群众的保护神，我们都快被打死了，你们在哪儿？还是人家记者跑在了你们前面！"

过了片刻，一位警察和颜悦色地说："各位乡亲，请别激动，咱们人民警察，始终站在人民利益一边的！这一点无论你们相信还是怀疑，终究会有事实为证。请相信我们，今天殴打你们的那些人，不管什么来头，我们一定会尽快破案，将他们绳之以法！"

村民们还要跟警察争吵，被刘雷劝阻，同时，他点名几个村民跟他一起配合警察做笔录，然后再留下一部分人接受记者的采访。

不知不觉就到了中午，警察和记者都在村里叫了盒饭，匆忙吃过饭，各自又进入工作状态，直到把事情完全弄清楚，已是黄昏时分。

这一晚，罗五洲没法入睡。警方叫走公司几个人配合调查，其中包括拆迁办老王，还有胡仇等，唯独没有叫他。

他敏感地意识到这其中会有什么问题，但什么问题他一时半会儿还琢磨不透。

就这样辗转在床上，直到窗外开始透明，罗五洲才迷迷糊糊地睡了会儿。

刘雷接待完记者和警察，感觉到身上的伤痛发作，于是住进了医院。他的背部被黑衣人敲了一棍，脸上也蹭伤一块皮。

医生给他脸上的伤口作了消毒，倒不碍事，可背上那一棍是否伤到内脏，医生建议留院进一步观察。刘清粼得到消息，下班后急匆匆地赶到了医院。

父亲躺在床上，微微闭上眼睛，布满皱纹的脸上贴着一块纱布。刘清粼哭了，她抓起父亲的手，紧紧地合在自己的掌心，她多么想通过这个动作，将自己身上的力量传递给父亲，好让他快速恢复元气，又那么活泼、那么慈祥地站在自己面前。

不知何时，父亲睁开眼看着她。"粼粼！"听到父亲叫她，刘清粼答应了一声，"爸爸，你感觉怎么样？"父亲摇摇头，挣扎着坐起来。"没什么大问题，只是背上有些痛。"

刘清粼的眼泪又涌了出来。"孩子，我想问你个事儿。"父亲说。

刘清粼点点头，"什么事？"

"那个开发商是副省长肖宗华的弟弟，对吧？"父亲问。

刘清粼迟疑了一下，点点头。

"听说你跟肖宗华……走得有些近，是吧？"父亲的这句话扎痛了刘清粼的心。

前夜

她知道关于她与肖宗华的风言风语已经传到了父亲的耳朵里，隐瞒是没有用的，可要怎么对父亲说呢？怎样说才能既不违背事实，又能让他安心放心呢？刘清粼一时犯了难。

"只是……纯工作上的关系，必须要接触他……爸爸，你相信你的女儿吗？"刘清粼温柔地抚摸了一下父亲带有伤口的脸。

刘雷看了刘清粼好久，然后点点头。"我自己的闺女，我当然相信！"

"这就对了！"刘清粼在父亲的手背重重一吻："我永远是您的好女儿！"

跟刘雷一同住进医院的还有几个村民，他们的家属看到了刘清粼，便一齐涌进刘雷的病房。他们似乎把刘清粼当成了市委、市政府的代表，七嘴八舌向她倾吐心中的怨恨。

"粼粼，你一定要为家乡人做主！向市上领导反映一下，叫他们尽快调查清楚，给我们个说法，那些人简直就是土匪、流氓、恶霸！你看，把你爸爸打成了这样！"

"如果不给我们个说法，我们还要到市上去上访！市上不行，我们就去省上！省上不行，我们还要去北京！"

"对对对！我们绝对不能就此善罢甘休！舍得这条命不算，跟他们拼了！"

"大家不要冲动，明天我出去后，村里开个会，形成一个统一的意见，然后派几个代表到市委、市政府表达我们的意见。"刘雷说。

"刘书记，现在不能按照你那一套程序来！我们必须全体出动，伤员也一起行动，全部到市上去闹，这样才会给他们形成压力！"

"就是！我们一定要人多、心齐！"村民说。

"集体群访可不行！"刘清粼劝村民说，"现在警察已经介入，你们要有一定耐心等待结果；另外，既然出了事，我想拆迁会暂时停下来，市委、市政府一定会研究处理办法。"

"哎！孩子，你太年轻了！"一位上了年纪的村民说，"过去我们有礼有节地向上反映问题，结果呢？他们不是推来绕去就是恐吓欺骗，没有办法的办法，就只有来硬的！"

刘清粼不知该说什么好，只是一个劲地摇头。

这时，门外响起一阵吵嚷，随即进来几个人，市委秘书长带领南岸区及厚坝镇一些领导到医院看望伤员，身后一些东皋村的村民追着责问：

"这究竟是怎么回事？拆我们的房子打我们的人！不要我们老百姓活命了吗？"

秘书长一行只好赔着笑脸解释："这事市委、市政府已经引起高度重视，现在最要紧的是，抓紧时间把大家的伤治好！我相信，打你们的人，一定逃不脱法律的制裁！"

秘书长看到刘清粼，走过来握住刘雷的手："刘书记！我是你女儿的领导，请放心，你们的问题市委、市政府一定会有一个圆满的解决。"

刘雷点了点头："照理说，作为一个党的基层干部，是应该相信上级组织，相信上级领导所说的话。可事实上，我们受到了欺骗，甚至遭受到黑恶势力的欺压！"

刘雷说着便动了气，背痛牵扯到胸痛，不由一阵剧烈咳嗽。

秘书长赶忙给刘雷捶着背："是不是黑恶势力，现在还不能定性；不过，有一点你要相信，这些人绝对跟市委、市政府没有丝毫关系！所以说，他们绝对是我们打击的对象！"

"这个我当然相信！可是……"刘雷说。

"这就对了！"秘书长打断刘雷的话，"好好养伤，过几天我再来看您！"

秘书长看了一眼刘清粼，"正好，你既是市委的领导干部，又是东皋村人，你给乡亲们做好解释工作，总而言之，要让大伙儿充分相信党委、政府。"

秘书长走后，村民还一直骂个不停。刘清粼只好一一劝解。

直到凌晨，医院才慢慢消停。

住院的人渐渐入睡，陪侍的亲人也都各自回家歇息了。安顿好父亲，刘清粼也回了家。

第二天，刘清粼上班刚走到市委门口，眼前的情景把她惊呆了。

广场上坐满了人，全是来自东皋村，几乎每个人手中都拿着一份报纸，他们打着横幅：

依法拆迁！文明拆迁！严惩黑恶势力！挖出幕后黑手！

刘清粼赶忙到收发室查阅了当天所有的报纸，只有《江口都市报》报道了昨天东皋村的事情，封面有醒目的标题和压题照片：

前夜

《凌江拆迁动用'黑恶势力'——数十名村民挨打受伤》，图片内容为一个黑衣人正挥舞着明晃晃的钢管。

刘清粼知道，不用怀疑，新闻作者一定是方振东。村民手中拿的也应该是《江口都市报》。

她知道方振东这次又闯了祸！于是忙给他打了电话。电话中刘清粼指责方振东不该出这个风头，方振东却不以为然，得知他的大作引起了这么大的轰动，他还有些沾沾自喜。

"你知不知道，现在东皋村的人正在市委广场上静坐！他们手里拿着你写的报道，搞不好市上会把一切责任推到你身上！说是你煽动村民闹事，什么后果你自己想想吧！"

方振东还要说什么，刘清粼生气地挂了电话。

第四十章

应对东皋村的群访事件，市上召开了紧急会议，并迅速安排特警严防市委办公区大门。周朝礼在会上发了很大的火，扬言要对造成极大负面舆论影响的人给予严厉惩罚。

"我们已经向《江口都市报》去函，对他们报道中的有关问题提出了相应交涉，并要求报社对缺乏政治意识和纪律观念的相关人员给予严肃处理。"市委宣传部部长唐鹏程说。

"光去函交涉有个屁用？"周朝礼火冒三丈地说，"已经不止一次了，每次都是去函去函！管用了吗？我就不相信，堂堂凌江市委、市政府把一个小记者就没办法了吗？"

副市长兼公安局局长张亚斌说："对于报道这篇新闻的记者，按法律规定，可以对其实施行政拘留。"与会人员议论纷纷，表示要慎重，以免造成更大的负面影响。

"请大家别感到惊异，拘留他完全有法律依据，"张亚斌说，"本来通过我们对伤员的安抚以及对村民的劝解，事情完全可以平息下来，可为何今天还有那么多人来这里闹事？"

"为什么？"大家期待张亚斌进一步说明。"这些群访人员手里都拿了份报纸，什么报？《江口都市报》！平时他们有看报的习惯吗？不敢说一个没有，但绝对不是全部！一大早就收集这么多报纸，且人手一份，哪来的？分明有人在背后组织！谁组织的？"

"这个记者有很大的嫌疑！"会场有人附和。"简直可以肯定！"张亚斌说，"我们可以先叫派出所传唤他，一旦掌握确切的证据，立马拘留！对这些捣乱的记者，不能手软了！"

"这个你们公安可以立即着手；还有，对于这次不明身份的人员殴打村民一事，也要加紧查办，尽快将背后的组织者查出来，以让东皋村的事件尽快平息。"周朝礼说。

《江口都市报》收到凌江市委宣传部的函，报社开会讨论后一致认为，报道不涉及舆论监督的红线领域，且报道客观公正，无论是记者还是编辑都没有掺杂主观判断在里面，也没有煽动性、倾向性的语言，文章所及"黑恶势力"，虽无官方定性，但就其表象来看，完全符合其特征，故不应武断地冠之以所谓的"报道严重失实"！因此，报社回函反驳。

凌江市委宣传部收到《江口都市报》的回函，唐鹏程气得七窍生烟："这个袁田看来是不想干了！马上向省委宣传部报告！"

市委宣传部安排专人用心起草了一篇措辞严厉的报告，其中引用了近5年来中央及省、市有关新闻宣传报道方面的文件与规定，请求省委宣传部严格对照有关规定，对《江口都市报》等媒体近两年来偏跛的运行轨迹予以纠正。

省委宣传部不得不引起重视，通知省报报业集团分管都市报的领导和《江口都市报》相关负责人开会，在充分了解情况后，要求他们必须尊重地方领导的意见和建议，对自身进行反省和整改，对相应记者、编辑予以停职，并要求他们作出深刻的书面检查。

袁田受了一肚子窝囊气，正无处发泄，可刚到办公室，就听人汇报说：方振东被凌江市公安局行政拘留了！袁田万分震惊地问："凭什么？他们凭什么？这还有没有王法？"

袁田立即通知报社法律顾问到场研究对策。律师认为，凌江方面对方振东予以行政拘留，在法律上有些牵强，缺乏足够的法律依据，其新闻报道与村民群访事件之间虽有一定因果关系，但不是造成事态后果的必然的唯一的因素，完全可以要求警方立即放人。

袁田决定，立即派遣一支由律师带队的声援救助团队，前往凌江与公安局甚至市委、市政府相关领导沟通，争取尽快将方振东从拘留所捞出来，并保留事后行政起诉的权利。

凌江这边，方振东被拘，虽已在刘清粼的意料之中，但这个结果毕竟是她极不愿意看到的。她十分着急，亲自到公安局去说情，张亚斌根本不见她。

无奈何，刘清粼只好去找周朝礼。

"小刘！请注意你的立场！"周朝礼没等刘清粼多说，开口就批评她，"方振东是什么样的人？他是唯恐天下不乱！他是专门跟政府作对！他是一听到哪里有负面新闻就欣喜发狂！他完全不懂得一个新闻工作者的大局意识和主旋律意识！他是一个不合格的记者！"

"合不合格应该由新闻宣传主管部门来评判；市长，我不想跟您争论，我只想问问，但凡司法办案，遵循的是以事实为依据，以法律为准绳，公安局拘留方振东，遵照事实了吗？依法了吗？依的什么法？哪条哪款？作出这样的决定，有没有充分的证据？"

刘清粼一改过去在领导面前的恭谨柔弱，显然，此时此刻，她把为方振东辩解当成了比什么都重要的事。

"这个你去问公安局！"周朝礼说。"公安局我去过了，他们采取了回避和推诿的态度，再说，公安局作出这样的决定，没您点头他们敢吗？公安局也是属于市政府管辖的呀！"

刘清粼的话把周朝礼逼问得一时没有言语。

"……你要证据，和依据，我想他们会有的。"顿了片刻，周朝礼说。

"是先不管三七二十一把人拘了，再慢慢找证据和依据是吧？咱们现在是法治社会，法制政府，怎么能这样呢？"刘清粼说。

"我再次提醒你！刘主任！你是党的干部，请你注意立场！"周朝礼吼道。

"我是党的干部！可要是我的朋友，我的亲人，遭受到不公正的损害，而导致这种损害的恰恰是我们的政府机关，我却无能为力为他们呼吁和伸张，我还要这个干部身份有何用？我们一整天辛辛苦苦、兢兢业业地付出还有何意义？"

刘清粼说完，眼泪都快出来了。

周朝礼完全不顾刘清粼的情绪，反而冷笑说："亲人？你把方振东当成亲人啦？你要是再跟他死纠缠在一起，我可以立马撤了你的职！你不是质疑这么辛苦地工作有什么意义吗？你也可以主动辞职啊？你本来就是在肖省长的照顾下提上来的，好多人对你的提拔持保留意见，有本事的话，有自知之明的话，你可以，完全可以辞职不干啊！"

周朝礼的话，像一把钢刀狠狠地扎进刘清粼的心里，绝望、愤怒、羞耻，一时间所有难受的滋味涌上心头，让她感到忽而一阵烧灼、忽而一阵撕裂、忽而一阵冰凉。

她不再说什么了，默默地退出了周朝礼的办公室。

《江口都市报》的声援救助团队到达凌江的当天，报纸在头版以粗黑字体发出全报社的呼声：放人！放人！放人！同时报纸还刊发了一篇评论：《滥用强权打击记者可以休矣！》。一时间，凌江民间热议再掀高潮，《凌江论坛》上发帖跟帖人数瞬间超过10万！

更为甚者，东皋村的群访不仅未能平息，反而受此助推更加激烈，除个别村干部外，全村男女老幼几乎全部出动。他们不仅在市委广场上静坐，还到省城通往凌江的高速路上设置人墙，导致交通被迫中断。

事态引起省委、省政府高度重视，武警凌江支队集结待命。

眼看事态将演变至不堪设想的程度，省委主要领导指示：想尽一切办法劝退群众，以最快的速度恢复交通及社会正常秩序，立即成立调查组，彻查事情的来龙去脉，对于造成事态恶化的相关责任人绝不姑息，务必依法予以严惩！

当日，群访人员超过10人被拘留。

省委宣传部再次召见省报报业集团所有班子成员及江口都市报社主要领导开会，首先不由分说宣布了撤销袁田江口都市报社社长的职务，并勒令该报全社整顿，中层以上干部集中政治学习一个月，并建议对该报凌江记者站站长方振东给予严厉的纪律处分。

消息传到凌江后，已做好充分战斗准备的声援救助团队只好悄无声息地返回省城。

随即，在市委及南岸区委的指示下，厚坝镇党委作出决定：撤销刘雷东皋村村支部书记的职务，并对其在这次群访事件中的严重失职行为给予记过处分。

受到处分，刘雷感慨万千，个人得失倒无关紧要，可对一个老党员来说，名节比什么都重要！他在心里默默地问自己：我一生为党、为群众无私无畏地工作，没料到到头来落得个被处分的下场！难道我真的做错了吗？是事情本身就错了，还是评判对错的标准错了？

而方振东也很快收到报社对他的处理决定，报社重组的新班子经研究决定，给予方振东开除报社的处分，并扣罚本月工资、奖金，但当月的社保缴纳仍照旧执行。

刘清粼去拘留所看望了方振东，两人默默相对良久。刘清粼实在不知该说什么好。

还是方振东首先开了口："一个糟糕的结束或许正孕育着一个美好的开端！你不用担心，天生我材必有用，从这儿出去，我就离开凌江，去另一个地方闯出一片新天地。"

"你打算去什么地方？"刘清粼问。

"我想去南方看看，那里面朝大海，一定是春暖花开的天地。"方振东笑着说。

"你还真的那么天真？哪儿不都跟凌江一样吗？要找到春暖花开的天地，除非不干记者。"刘清粼说。

"如果迫不得已，又何尝不可！"方振东自信地说。

两人正说话，一名警察喊着方振东的名字，确认方振东后，那名警察将一份法律文书递给方振东，叫他签字。

方振东拿过来一看，不觉吃了一惊："什么？刑事拘留？我犯什么罪了？"

刘清粼也紧张万分地拿过来看，没错，公安局已将方振东由行政拘留改成了刑事拘留，那就意味着，后面还有对方振东执行逮捕、起诉、判刑。

天啦！怎么会这样？

"你们是不是弄错了？"刘清粼问那名警察。

"这个你要去问刑警大队,我回答不了你的问题。"那警察面无表情地说。

"你们这样诬陷我,我不会签字的!"方振东吼道。

"你签不签都一样,签了,你会轻轻松松地走,不签,你就会被铐起走。"那警察说。

刘清粼快急哭了,现在怎么办?再去向周市长求情?显然只会无功而返,她明白必须在方振东被带到看守所之前找到能救他的人。

可找谁呢?谁能起到比周市长还大的作用呢?她的脑子里突然闪出一个人的名字:肖宗华!不!她十分清楚,这个时候找肖宗华会付出什么代价!

可眼下实在没有别的办法!眼看方振东就要被强行带走,刘清粼心一横,只好拨打肖宗华的电话。

可是,一连打了好久,肖宗华都没有接听。

她万分着急,她甚至怀疑是不是因为自己上次得罪了肖宗华,而他故意不接电话?

应该不会,大领导应该有大肚量,或许现在不方便接听。刘清粼在心里这样安慰自己。于是,她给肖宗华发了条短信:首长,恳请忙完后回电,有要紧事!

事实上,当刘清粼拨来第一个电话的时候,肖宗华就看到了,他正在省政府开会,手机虽然开着静音,但毕竟放在眼前的。

要是以往,肖宗华看到刘清粼的电话,不管多重要的场合,他都会找个僻静的角落去接听,甚至还要尽可能地多说上几句。

可这次,他故意没接。短信他也是看到了的,他也故意没回。

人非圣贤,就算是大领导,有时候也未免表露出小人一般的卑鄙。肖宗华故意不理会刘清粼的紧急求援,脸上还滋生出洋洋得意的神情。

小样儿!不是很倔吗?这么急着接二连三地来电,想必是有什么事要我帮忙吧?那先急着呗。小样儿!你那倔脾气得好好地磨磨,不然,你哪儿晓得锅儿是铁铸的?

肖宗华心里这样想着,还不免自个儿笑了起来。忽然觉得自己有些失态,便正襟危坐地朝左右瞅了瞅,确认没人注意到他心底的秘密后,又聚精会神地开着会。

前夜

过了会儿，肖宗华简单地回了句：开会，有事短信里简要说。

刘清粼再次发来短信：一言难尽，会后通话，拜托！

开完会，肖宗华回到办公室，本想立即给刘清粼打过去，但他想了想，如果她真是有非我不能解决的急事，她还会主动打过来的。于是，他拿起的电话又放下了。

正在这个时候，刘清粼电话打来了。她在电话中把事情来龙去脉给肖宗华作了汇报，并恳求他给凌江打个招呼，争取尽快把方振东放了，实在不行的话，恳请不要刑事拘留。

这下，肖宗华全明白了，作为分管城市建设的省委、省政府领导，凌江发生的事情，他是知道的，他也清楚自己的堂弟肖松华在其中难脱干系。

本来一个电话也能让方振东免除牢狱之灾，但肖宗华不想这么做。他虽然没见过方振东，但听闻过他的一些事，更清楚刘清粼现在正跟方振东在恋爱，放了方振东等于成全了他和刘清粼，可要是不帮这个忙，刘清粼永远都不会再跟他发生任何丝毫关系了。

"这个……"电话中，肖宗华犹豫不决。

"求您了！首长！"刘清粼仍死死哀求。

"……嗯，这个嘛，小刘！如果我打这个电话，岂不是利用职权干预了司法公正？"

"我要的就是司法公正！我相信方振东是被冤枉的！"刘清粼说。

"哦？是吗？你就那么肯定？"肖宗华说。

"我敢以我的党性担保！我还敢以我的人格担保！领导，除非你不信任我的党性和人格！"刘清粼信誓旦旦地说。

"那……那也不是。"肖宗华仍在犹豫。

"我真的求求您好吗？领导！"刘清粼强忍内心的屈辱继续哀求。

"别那样，小刘！"肖宗华说，"我如果打了这个电话，这叫什么？叫徇私情！你说我跟你有什么私情可徇？要是那么做了，凌江方面会有人乱讲，人言可畏！这个道理你懂吧？"

刘清粼听肖宗华这么说，顿觉浑身发麻。"好了好了，您别说了。"

一滴泪从她眼角滑落，她无可奈何地闭上眼睛，"我明白您的意思，你只要答应打这个电话，等方振东出来了，我自会报答您的。"

"哎呀！你说什么呢？说什么报答不报答的？我什么都不缺，还需要什么？你别那么想！"肖宗华仍在装模作样地磨着刘清粼，嘴里吧嗒吧嗒地说个不停。

过了一会儿，肖宗华察觉到电话那头已没了声音。原来，刘清粼早就挂了电话。

肖宗华后悔自己没把握好度，为了不把这个良好机会白白丧失，他立即给周朝礼去了电话。当然，那边周朝礼没有半点推辞，满口答应：立即放人。

第四十一章

方振东出来了。但罗五洲进去了。

根据警方通报的情况，他涉嫌组织黑恶势力故意对他人人身、财产进行伤害，警方的依据是抓获的几名黑衣人的供述以及胡仇、老王等人的询问笔录。

但罗五洲本人及其家人一直喊冤不断。市委、市政府得知揪出了殴打东皋村村民的幕后黑手，勒令公安局尽快结案，并迅速移送检察机关提起公诉，以还人民群众一个公道。

没了方振东，凌江舆论一片哑然。喜欢挑事并从中取利的钱应来，也看到形势不对，采取了蛰伏的战略。市委宣传部许多人深感莫名的轻松，声称这才是凌江应有的状态。

凡事消停后，肖松华从省城回到凌江，而且是急急忙忙，是所谓那边生意一谈妥，茶都顾不上喝一口便马不停蹄地往凌江赶。到凌江一落脚，就立刻到公安局了解情况。

肖松华四处找人去公安局疏通关系，但公安局坚决不通融。这一切瞒得了别人，可瞒不了跟肖松华一起在省城待了几天的张玉玲。她算是彻底看透了肖松华的黑心和野心。

在省城，肖松华确实谈了一笔生意，但最多也只耽搁了半天时间，凌江的事，一直有人跟他保持密切的联系，他也常常背着张玉玲通过电话向这边发号施令、遥控指挥。

一次，张玉玲无意间闯进肖松华的房间，听到他狡黠一笑，并说了句："一切都在我的掌控中！"看到张玉玲，肖松华十分紧张，并训斥她为什么进屋不敲门。

张玉玲当时就料定其中有鬼。现在罗五洲莫名被抓，前后联想，张玉玲顿时毛骨悚然。

张玉玲决定去质问肖松华。"肖总，罗总被抓，怕是你的杰作吧？"张玉玲单刀直入。

"你怎么这样说呢？我们是一条船上的人，同舟共济还来不及，我干嘛要害他呢？"看到张玉玲气势汹汹的样子，肖松华轻蔑一笑，淡淡地说。

"我跟了他这么多年，我不相信他会组织黑恶势力去殴打村民，我们过去做了那么多项目，也曾出现过老百姓阻扰拆迁，但从来没有过找一些不三不四的人去威胁、去殴打！"

"过去不会，就敢保证他现在不会？"肖松华说，"我理解，他也是为了能尽快完成拆迁任务，能尽快让项目启动起来，能充分保证我们彼此在项目上的利益，但是……"

"总之，我相信罗总，我相信他的行事风格，我相信他的人格品质，我相信他的政策法律水平，不至于干出这么卑鄙、这么无知和愚昧的事情！"张玉玲气急败坏地说。

"那你给我说说，那些人是谁叫来的？是我吗？我就那么卑鄙、无知和愚昧吗？"肖松华响亮地拍了一下桌子，对张玉玲吼道。

"我不敢断定是不是你，但我敢肯定这绝不是罗总干的！"张玉玲针锋相对地说。

"那就奇怪了，难道是天助你我？上天知道我们在项目上遇到了困难，派出神的力量来帮我们扫除障碍？"肖松华一摊手、一歪脑袋的样子，在张玉玲看来就是十足的无赖。

"不行，我必须去公安机关说明情况，请他们重新仔细调查。"张玉玲说，"不为别的，就凭罗总这么多年对我的知遇之恩，我也必须尽我所能地去帮助他！"

"很好！我一万个支持和鼓励！"肖松华说，"希望你能有所收获。"

结果显然不如张玉玲所愿。她在公安局刑警大队噼里啪啦说了半天，人家头都没抬起来正眼看她。跑到看守所，那边也只是答应让她与罗五洲见一面，其他事情一概免谈。

两天后，鑫旺集团开会研究决定，鉴于盛世凌江董事长罗五洲涉案被刑事拘留，因此与其签订的共同开发东皋村的合同无法正常履行，宣布解除，东皋村由鑫旺集团独家开发。

"这才是你的真实目的吧？"张玉玲对肖松华说。肖松华看了她一眼说："料定你会这么说，我知道此刻我怎么解释你都不会相信；但不管怎样，项目还得进行下去，老罗在里面，盛世凌江公司谁能撑得起天？目前也只有这个唯一的办法了。"

"盛世凌江不是还有我在吗？罗总的案子还没有定论，我能代他承接所有公司的权利与义务。"张玉玲说。"你？你有他的授权吗？"肖松华说，"我正要告诉你，集团已经审议通过，决定聘你为我们的副总经理，年薪嘛，就是你上次提出的200万，怎么样？"

张玉玲感到莫大的羞辱："罗总被人陷害，而他公司的副总不在这个关键时刻撑起公司的大小事务，反而接受别人的高薪聘请！这跟过去的汉奸、卖国贼有什么两样？"

"有骨气！"肖松华拍了拍手掌，"你说我运气怎么就不好呢？干嘛就碰不上你这样忠心耿耿的人呢？这样……你如果觉得200万少了，我可以再加！直到你觉得满意为止！"

"你如果真的欣赏我的才干和忠心，就收回刚刚作出的与盛世凌江解除合同的决定，合同继续履行，由我全权代表盛世凌江，等这个项目完了，我一定跟你干。"张玉玲说。

"公司作出的决定不是儿戏，说改就改，你要我怎么跟董事会说？我说上午那个决定作废，然后照张总说的办，这不是朝令夕改吗？以后我还怎么管理企业？"肖松华不同意。

张玉玲接着说："既然无法收回，那就立即清算，把盛世凌江的投入连本带利退回去。""这个没问题，但不是立即，要等项目完成之后。"肖松华说。

251

前夜

接下来几天，张玉玲顾不了项目上的事，全忙在为罗五洲四处奔波上了。她为罗五洲请了律师，并去找了东皋村村干部及部分村民了解情况，还拜访了当天在现场采访的记者。

听方振东讲，当时罗五洲在场急得像热锅上的蚂蚁，事后还到医院看了受伤的村民，不应该是幕后指使者。

在看守所，但凡一看到警察的身影，罗五洲便会扯起喉咙喊："我申请见你们领导！我要反映情况，我是被冤枉的！"可每次都收效甚微，要么是没人理会，要么遭致一阵责骂，有时还要受到同室嫌犯的恐吓。

没奈何，他只有通过绝食来表达抗议。但结果是他只要绝一天食，晚上便有嫌犯将他反剪双手，硬往他嘴里塞脏兮兮的馒头，直到他实在咽不下去，或是恶心发吐为止。

一向养尊处优的罗五洲哪能受得了这般摧残和屈辱！但他的心中始终存留着不灭的信念，他坚信自己的清白终究会像火热的太阳一样升起，驱散暂时的阴霾。

罗五洲的抗议也不是没起到丝毫作用，检察院曾到看守所提审过罗五洲。每次提审都被他视作命运反转的一丝曙光，他会在回答问题之外尽可能多地抢抓时间陈述事情的来龙去脉，并给侦查人员作逻辑分析，企图以充分的事实和严密的推理来说服对方。

然而，他的陈述往往一开始就被打断，侦查人员根本不给他重启希望的机会。

"罗五洲，你说你是冤枉的，可你还是拿不出有力的证据证明你的冤屈，仅仅是你一个人的口头之言，我们不能相信你；相反，公安机关在侦办此案的过程中，为我们提供了足以证明你所犯罪行的充分证据，你还有什么好说的呢？"检察院侦查人员说。

"请问他们都提供了些什么证据？"罗五洲问。

"现在不能告诉你，到了法庭，这些证据自然会出示，你的辩护人也可以对这些证据进行质证。罗五洲，请你不要怀疑法律的公正，更不要藐视法律的尊严！"侦查人员说。

罗五洲冷冷地一笑："我从来没怀疑过法律的公正，以及藐视过法律的尊严，但我对少数执法和司法机关工作人员持怀疑和藐视的态度！是他们玷污了法律的公正和尊严！"

这话等于是在严重挑衅。侦办人员以拂袖而去应对罗五洲的不自量力。

在外面,张玉玲跟律师一直没有放弃证据的搜集。

时间一天一天的过去,律师接到了法院开庭的通知书。更让张玉玲吃惊的是,税务局也在立案调查盛世凌江,说有人举报公司涉嫌偷税漏税,并初步掌握了有价值的线索。

临近开庭的日子,律师突然打电话约见张玉玲。一见面,没等张玉玲开口,律师便叹息一声说:"张总,我预感这个案子不太理想,你要有充分的心理准备。"

"为什么?"张玉玲问。

"通过几次对关键证人胡仇和拆迁办老王的调查笔录,显然其背后有一只无形的手在掌控并支持他们,尽管我们怀疑他们在作伪证,但苦于没有攻破其伪证的有力证据。"

"那怎么办?"通过这段时间的忙碌,张玉玲也充分感觉到事情的复杂性。

"还记得燃气集团苏总的案子吗?"律师说,"一审也是我辩护的,尽管我的辩护在法庭上发挥得很精彩,但结果却出乎所有人的意料,法院还是判了有罪。"

"苏实的案子二审判了吗?结果怎样?"张玉玲问。

"二审虽然不是我辩护的,但结果我是知道的,在我的意料之中,维持了原判。"律师说,"在我们当前的司法制度中,律师可以说只是充当一个冠冕堂皇的摆设,判案完全取决于法官,很多案子在开庭之前就已经定了结果,开庭仅仅是一个程序而已。"

"难道法官可以不遵照事实和法律规定来判案吗?"张玉玲不解。

"你看每一份判决书,哪怕是过后被撤销或者被推翻的判决书,哪一份不都是写得事实充分、证据确凿?关键是法律意义上的事实与真相的事实,往往不是对等的。"律师说。

"那么法官就不怕舆论吗?就不怕事后担责吗?"张玉玲接着问。

"其实法官往往也不能主宰一个案子的判决,有些案件他们明明知道那样判是有问题的,但不得不那样判。"律师说到这里,张玉玲赶忙追问:"为什么?"

前夜

"为什么？你要我深说还是浅说？"律师笑了笑，"我想你是聪明的，就不用明说了吧。"

"是不是有人为的因素干扰了司法的公正？"张玉玲问。

律师说："据我多年的从业经验来看，不管是民事还是刑事案件，如果涉案当事双方均为普通人群，也就是毫无背景的群众，那么整个司法程序就会是绝对的公平公正。"

"我是说，这个案子是不是有人为的干预？"张玉玲希望律师正面回答。

"我不敢肯定，但可以这么说，苏实一案显然有人不希望他无罪释放，希望他待在里面，时间越久越好；罗五洲这个案子，会不会是这样呢？我想你是最清楚的。"律师说。

张玉玲没再追问，她彻底明白了，从她那天被肖松华带到省城起，一个可怕的陷阱就已经为罗五洲挖好了，他是跳也得跳，不跳也会被人逼着往下跳。

"难道就没有一点希望吗？"张玉玲自言自语地说。"眼下怕是希望渺茫，但要相信未来。"律师说，法律永远是公正的，执法不公、司法不公只是暂时，这一点，要有信心。

"案子我们都努力了，不管结果怎样，我们都无须自责，作为涉入其中的第三方，我们不必要耗费过多的精力与时间卷入涉案双方的角逐与博弈，我们该干嘛还是干嘛，要有充分的韧性面对当前的一切，更重要的是，等待时机。"律师劝慰张玉玲说。

张玉玲琢磨着律师的话。她明白律师都是见多识广之人，尤其是在其职业范畴之内，司法领域之中，对事件的分析可谓入木三分，律师的话往往就是提前显现的真知灼见。

什么叫要有充分的韧性面对一切？什么叫等待时机？言下之意罗五洲牵涉的案子很可能出现让人无法接受的判决结果，但要有抗争到底的信心和决心，等待有朝一日彻底翻案。

可这一天什么时候才会到来呢？在当前城市建设高歌猛进的年代，一家举足轻重的房地产开发企业的老总含冤入狱，与其说是对其个人的不公，不如说直接宣判了这家企业的死刑。这也许正是某些人不可告人的目的吧！张玉玲这样想着，心中越发痛恨起肖松华来。

事有凑巧，心中正惦念着某事，偏偏涉事之人就冷不防地闯了进来。这时，肖松华给张玉玲打来电话，说是省城来了一位客商，欲承接东皋村项目的整体消防工程，该客商在省内公安、消防领域颇有名望和人脉，公司晚上要隆重接待他，让张玉玲务必参加。

"我还不是鑫旺集团的人，干嘛非得要我去？"张玉玲厌烦地说。"你迟早会是我的人！"肖松华电话中的语气，虽然多半是严肃，但也不乏玩世不恭的口吻。"虽然你现在不是，现在还代表盛世凌江，可东皋村的项目也牵涉到盛世凌江啊！你更应该来才对。"

"咦？你不是解除了跟盛世凌江的合同了吗？"张玉玲问。

肖松华一时语噻。他支吾了一阵说："你不是一直反对吗？再说，你不是一直在为罗五洲喊冤鸣屈吗？我怎么也得照顾一下你的情绪不是？暂时还没解除，只是那么一说。"

"就是说，我只要答应你的条件，你就可以不解除跟盛世凌江的合同？"张玉玲顺着肖松华的话，扭住不放说。"嗯！……完全可以这么理解，你真聪明！"肖松华说。

张玉玲想了想，目前也没有别的办法。她想起律师说的那句话，要有充分的韧性面对当前的一切，那就从此刻开始展现我的韧性吧！于是她答应肖松华出席晚上的接待活动。

晚上的接待，张玉玲喝了不少酒。饭后，公司安排去KTV，张玉玲也只好跟着去。又是一阵啤、洋、红酒轮番轰炸，张玉玲已经难以招架了，要了一杯白开水，说啥也不再往肚子里吞下哪怕一毫克酒精。可白开水喝了一阵，她顿感头重眼晕，浓浓的睡意袭上脑门，不由慢慢地闭上了眼睛，瞬间便沉入到另一个黑暗的世界。

肖松华见张玉玲已进入他预期的状态，给身边的人使了个眼色，他们立刻懂起了，一边一个架起张玉玲的胳膊就往外走。肖松华吩咐说："等会儿我还要跟张总讨论工作，就先把她送到我办公室吧，让她躺会儿，等她休息好了，估计我们这里也结束了，我就过去。"

两人会意地点点头，架起张玉玲走了。

肖松华很自然地叫服务生安排了几个小姐进来，招呼大家继续喝酒、猜拳、跳舞，一直玩到凌晨一点才散去。司机二话没问，直接把肖松华送到了办公室。

前夜

第四十二章

　　中央这次至关重要的会议定在10月中下旬开，眼看日期临近，而本省进京开会代表名单还未公布。省里迟迟不公布肯定有其道理，但各市州政界重要人物不免胡乱猜测。

　　那一定是中央还没批下来。可中央为什么迟迟没批下来呢？人家省都公布了呀？那肯定是报上去的名单有问题。问题出在哪儿？谁出了问题？出了什么问题？谁也说不清。

　　心存狐疑一旦久了，就会演变成焦灼。这种焦灼甚至会让一些人坐卧不宁，严重的会彻夜失眠。去不去中央开会这么重要吗？当然重要。这可是深系个人政治前途的非常重要的风向标。在名单之列，意味着前面的路将是鲜花迎面，该在却没在之列，那就得当心了。

　　陷入这种焦灼的人中，就有周朝礼。按理说，他应该在名单之列，因为强劲的对手李永辉已经走了，凌江目前是他主持政治、经济大局。可问题是，本省为何偏偏晚于其他省公布名单呢？其他省都公布差不多一个月了，几乎每个市的一把手都在名单之列啊！

　　就在许多人狐疑、焦灼快要触及心理极限时，省委公布了进京开会名单。

　　周朝礼就像过去渴盼朝廷放榜的举子一样，捂住怦怦直跳的胸口，瞪大眼睛在名单里寻找自己的名字，可他前后左右上下仔细搜寻了老半天，不说他周朝礼，就连姓周的都没有。

　　李永辉的名字也没有！这让周朝礼心里稍许得到了些安慰。

　　可瞬间，他便体味到心中有一种强大的羞耻感在撕扯着，此时此刻，他确定名单中已没有他，政治前途仍然曲折坎坷倒不多令他担忧，倒是他将以何等面目面对凌江政界成百上千的下属同僚？他们又会以何等面目看待他这个暂居凌江党政一把手位置的领导呢？

他似乎听到了来自各个角落的讥讽、谩骂、攻击，还有幸灾乐祸的嘲笑，甚至落井下石所伴随着的一张张狰狞的面孔……

周朝礼一个人关在办公室，抱着头，并用手指薅着稀疏的头发，脸上的表情很痛苦。

他索性再鼓起勇气看了一遍名单，倒不是白费功夫地寻找自己的名字，而是寻找凌江还有谁的名字。他从几个疑似名字中一一排除，终于通过努力回忆，确定了一个，也是唯一的一个。此人为一个返乡创业带领家乡致富，后被推举为村支书的年轻人。

一个年轻人，党龄才那么几年！居然能代表凌江进京出席中央重要会议！组织上是怎么了？正百思不得其解之时，电话响了。周朝礼抓起来有气无力地喂了一声。

电话是省委组织部打来的！周朝礼立刻强打精神，认真地听着电话。

那边郑重其事地告诉周朝礼，明天省委组织部常务副部长将亲自到凌江，宣布凌江新任市委书记就任。当然，新任市委书记也将一并到达。

真是屋漏又遭连夜雨！难以形容周朝礼接过电话后的心情。

组织上没有认可他接替李永辉担任凌江真正的党政一把手。只顾心里难受了，新任市委书记叫什么名字他都没听得清楚，只是机械地对着话筒重复着好好好，应承完就挂了电话。

但仿佛即将就任的市委书记也姓李！叫什么来着？周朝礼重又倒回刚才接电话的情景，好像叫李龙海。这个名字怎么那么眼熟呢？仿佛在哪儿见过。

对！是见过，好像是刚刚见过。

周朝礼想起了那份名单，抓起来看，果然，李龙海的名字赫然在列。

一切都明白了。

新来的李书记将代表凌江参加中央的会议。他周朝礼算是彻底没有指望了。

偏偏都是姓李的跟自己过不去！这姓李的就是我周朝礼的灾星！想哪儿他堵哪儿！

事已至此，也万般无奈。周朝礼尽管十分沮丧，但不得不装作若无其事的样子。

前夜

新书记将来，还得商议怎么准备迎接。于是他叫市委办通知市委、市政府重要人物开紧急会。要是以往，他会强调说是开常委会，但这次，他意识到这样说不妥，因为他这个所谓的一把手即将过期。为了让自己和他人有一个适应的缓冲，他只是说有要紧事商议。

周朝礼宣布了省委组织部电话告诉他的消息。

会场气氛凝重，无一人说话，大家目不转睛地盯着周朝礼。"别盯着我呀！说说怎么办，原打算的开全市农村经济工作会，都通知下去了，是取消还是照样开？"周朝礼问大家。

从语气，大家嗅到周朝礼希望明天的会议照开。

但新书记要来，这才是头等大事呀！有人说。

"他来就来嘛！来了我们会暂停一下，等组织部宣读任命的仪式一结束，我们还可以立马邀请新书记做个重要讲话嘛！这可以显示我们工作作风的大转变嘛！"周朝礼说。

"那恐怕不行吧！"市委常委、组织部部长说："明天有省委的领导来凌江，代表省委宣布新书记任命，按照以往，我们必须停止一切工作，所有常委班子成员及四大班子领导必须到高速公路口迎接，并为此举行一个专门的会议。否则，就是对省委的安排不恭敬！"

"可我们就为了迎接一个新书记的到来，把准备已久的全市农村经济工作会取消了？难道一个领导干部履新比全市农村经济工作还重要？置全市农村经济工作之大局不顾，而要去追求一些上面三令五申禁止的有关对领导干部迎来送往的虚华之风！各位还是不是，还算不算为人民服务的党的领导干部？都扪心自问吧！都各自掂量吧！"周朝礼激动地说。

会场无人再说啥了。沉默了一会儿，周朝礼宣布散会。

可会后，有人立马组织另开了小会。召集的正是市委常委、组织部部长。

"市长不懂事，难道我们凌江班子成员都不懂事？别让省上领导看咱们的笑话！"这是组织部部长串联、鼓动其他领导重复强调的一句话。

这话很起效，大家都一致赞同，由组织部部长带领大家，不管周市长参不参与，干脆就不告知他！明天，大家一如既往地，像当年迎接李永辉那样，去高速公路口迎接省委组织部领导及新任书记一行，然后在市委会议室召开会议，听取省委组织部宣读任命书。

第二天一早，以市委组织部部长为首的市委、市政府部分领导早早迎候在高速路出口，鲜花、美女是必备的，群众夹道欢呼也是必须的，警车开道、鼓乐齐鸣也是不可或缺的。

而全市农村经济工作会议会场，九点钟正式开始的会议，主席台上只坐了两个领导，一是市长周朝礼，二是分管农业农村工作的王副市长，会议由市委农工办主任主持。

主席台上本来还准备了市委分管农业农村工作的副书记以及分管国土、水利、农村金融等板块的副书记和副市长，但这些牌子都空摆在哪儿，人却不知去向。

周朝礼心中十分清楚，这些人都去高速公路口迎接李龙海书记了，在他的意料之中。好在王副市长没走，他转过头去，给了王副市长一个点头和笑脸。王也尴尬地回了个礼。

高速路口，大家无比激动地翘首盼望。

终于在十点半钟，省委的车队出现在收费站。

车队老远就打着双闪，领头的车还按了一声粗壮的汽笛，那声音有点像三岁的黄牛叫，不，没有黄牛叫那么高亢，要低沉些，虽是低沉些，但在空气中造成的震动要大许多。

凌江这边有人一个手势，乐队便开始表演了，早已等得不耐烦的群众也开始表演了，他们疯狂地舞动着手里的鲜花，高呼：热烈欢迎省委领导！热烈欢迎李龙海书记！

市委组织部部长带着一干官员笑盈盈地凑近车队，哪知车队过了收费站，原本没打算停下来，往前滑了一段后才缓缓减速。又过了一两分钟，头车车门打开，一个戴眼镜的中年男子伸出脑袋，十分简单而又平静地说了句："直接去市委吧！"然后便迅速关上了窗子。

凌江官员出乎意料地纳闷了片刻，立即反应过来，一人回头向迎候的人群摆了摆手，大家都莫名其妙地呆着，面上都带些热脸贴上冷屁股的委屈。

就连刚才手持精美茶盘，时刻准备给省里领导斟上热茶递上湿巾的几个美女，都有些失望和气恼，以至于杏目圆瞪、腮红嘴撅了。

是啊！太不给面子了嘛！居然车都不下，还冷冰冰地说直接去市委吧！凌江官员中也有人心里这么嘀咕。但嘀咕归嘀咕，没人敢出声抗议。

前夜

人家摆架子、装清廉，也只得随着。

回市委的路上，大伙儿都不说话，就连此前一直喋喋不休的市委组织部部长也缄口不言了。

到市委会议室落座，省委组织部常务副部长四处看了看，问："朝礼同志呢？怎么没看见人？"市委组织部部长起身汇报："今天我市召开全市农村经济工作会，周市长在那边开会，我们已安排人去叫了。""哦！"省委组织部领导点点头。

大家在等待之余开始闲聊。

周朝礼得知新书记一行已经到了，他故意再拖延了五分钟时间，随即赶回市委会议室。

一进门，周朝礼便一副无限自责的表情："哎呀！那边开着会，没亲自去迎接，罪过！罪过！"大家相互握手，哈哈不断，笑声顷刻充斥着整个会议室，一扫先前的紧张气氛。

周朝礼在握手的时候，注意到了谁是新来的李龙海书记，他刻意双手紧握着对方的手："这位就是李龙海书记吧？我代表凌江600万人民热烈欢迎您啊！我本人也是早也盼，晚也盼，就差望穿双眼了！李书记来了，我心里就踏实了！肩上的担子也轻松多了！"

而这李龙海也非等闲之辈，军旅出身，仅就一米八的个头，和那炯炯的目光，还有一握手便迅速传来的那股震慑人的力量，足以在气场上压倒周朝礼。

就在握手的一瞬间，周朝礼嘴上虽然是笑语连珠，可心里面着实被浇了一桶冰水，身体还微微打了个颤。

"谢谢周市长！以后还离不了您的支持和配合！"李龙海话不多。

随即，省委组织部常务副部长亲自宣布了李龙海的正式任命。

按惯例，省委组织部要对前任的工作给予适当的点评，如果不是落马的，一般都会充分肯定；然后呢，对新任作一个简单介绍，并请新任作简单发言。

可奇怪的是，省委组织部常务副部长只字未提李永辉，只是谈凌江这几年的建设和发展取得了很好的成绩，凌江党政领导干部们带领600万凌江人民群众付出了辛勤的汗水。

台下都是人精，大家都觉察到这个微妙的不同，可在那个场合，没人提出疑问。

　　这李永辉怎么了？周朝礼当然很关心这个问题。提拔了？不可能，如果是提拔或者是将要提拔，省委组织部会更加高调地点名肯定他在凌江几年的政绩。

　　落马了？也没见任何官方或者是小道消息啊！即将落马？周朝礼想到这里，心里颤抖了一下，难道组织上还是没迈过那道坎？如果真是他即将落马，他周朝礼，不，周朝礼的老婆宋冬梅应该算是功臣一个。没别的可能，周朝礼甚至断定李永辉将在不久的将来落马。

　　他不由自主地抬头看了眼李龙海。

　　为什么要看李龙海？周朝礼说不清楚。反正是想到李永辉就想到了李龙海。想到了两个李书记就想到了市委书记这个位置，这是个万众瞩目的位置，也是个风口浪尖的位置，还是千种荣耀与万般风险同在的位置！

　　看你又能坐多久？

　　一阵掌声打断周朝礼的思绪。李龙海要作就职演说了。

　　李龙海起身向大家深深鞠躬，然后沉稳地坐下，并自然地环顾四周，尤其是那双极富穿透力的眼神把每一位都扫了一遍。

　　"……感谢组织上对我的信任，感谢凌江市委、市人大、市政府、市政协各位同仁，能如此热情地给我一个从今天开始就立刻让人感受到的蓬勃向上的工作、共事的环境和气氛！我李龙海出身军旅，从政才不过七八年时间，无论政策理论水平还是具体实践经验，都得向大家学习。我这个人军人性格突出，喜欢说一是一，喜欢直截了当，以后在工作中若有冲撞大家的地方，望多多包涵；还望大家多多支持和配合！……"

　　李龙海发言完毕，大家只是一个劲儿地默默鼓掌，那些早已准备好的溜须拍马之词，都不好意思或者是不敢说出口了。

　　是啊，李龙海的话，前半句还略微谦逊，可后半句分明就是锋芒毕露啊！

　　看来组织上给凌江派来了个冲锋枪，也可以说是狙击步枪，冷不防地瞄准哪个，呼地就是一枪！这威力够让人汗毛倒竖的。

　　反正李龙海不是个好伺候的主儿！硬角儿一个！大家对他的初步印象是这样。

而周朝礼虽然也有些虚火，可因为内心里十二分地不服，故而时时表现出嗤之以鼻。

李龙海就任后，没有立马召开全市党员干部大会，彰显他的施政方针，而是夜以继日地下区县调研，区县走了一圈后，便是走访市内重点企业，还深入社区，倾听基层群众的声音。

周朝礼呢？凡是李龙海下区县，他就组织开会，会议规模越大越好；凡是李龙海要开会，他就找理由下乡视察；总之，能尽量不跟李龙海尿一壶就尽量另外揣尿壶，不跟你玩儿！

就这些情况，有人在李龙海耳朵里奏报过，说周市长有点不顾大局，故意不跟书记保持一致。而李龙海总是说："这样好嘛！如果去哪儿都一路，那等于是浪费人力资源，一加一还是一，甚至会是零；大家各自忙各自的，一加一就等于二了，甚至会大于二嘛！"

第四十三章

就在各位代表纷纷赴京参加会议的时刻，省委组织部出文：任命李永辉为省委宣传部常务副部长，同时免去他中共诗城市委书记、常务、委员的职务。

李永辉虽然不是参会代表，但也一同随团进京，并负责本省大会期间重要新闻的发布，并主持分场新闻发布会。这究竟是弃用还是重用？很多人绞尽脑汁看不明白。

按理说，诗城市委书记调到省委宣传部常务副部长位置，属于正厅级平调，已不能主宰某一个领域的全局，且此次不在进京参会代表团成员之列，算是弃用。

然而，组织上又在这个关键的、巧合的、奇妙的时间点任免这一个干部，难道不是精心设置的一步棋？正因为这步棋下得妙，他李永辉才有随团进京代表本省发布重要新闻的特殊使命，这似乎又是在重用啊！

可很多人，尤其是官场之人都清楚，若是从省委宣传部常务副部长调任一个重要市的市委书记，才算是重用，反之未必。

这些推论和揣测的过程，周朝礼同样在心里暗暗进行过多次，探不出个究竟，就决定静观其变。可形势的发展往往不会允许你保持长久静观的状态。

就在中央会议快接近尾声的时候，省纪委发出通告：

凌江市市委常委、市委宣传部部长唐鹏程涉嫌严重违纪违法，被立案调查。同时被立案调查的还有凌江两个副市长，省内其他市两名副厅级领导干部。

巧合的是，这次被查的副厅级领导干部都出自凌江，且是同一批换届提拔上来的人员。

这个消息在凌江造成的震动，已非一般炸弹的当量所能匹敌，其他在位之人无不是草木皆兵，个个如惊弓之鸟。

虽然他们每天都还能看起来泰然自若地上下班，可大众肉眼所能看到的也仅仅是一副躯壳而已，其灵魂早已随公布的这几起案件飞至九霄云外。

那绝对不是扶摇而上的逍遥游，却反倒是惊魂飘忽，居无定所的精神状况。

网上的《凌江论坛》当然也热闹非凡。百姓观点千姿百态，但十之六七指向一年多前的贿选案。说什么此案原本风停雨歇，可偏偏被判有期徒刑八年的文治国不断地检举，终于才有了看似石沉大海、渺无音讯，而最终如一声惊雷，让无数人胆战心惊的结果。

周朝礼当然也时刻关注《凌江论坛》。他曾经一度十分厌恶这个平台，可厌恶归厌恶，自己又无能为力让它灭绝；在某些时候，暂无官方确切消息来源的时候，《凌江论坛》姑且可以当作民间预测事态演变的风向标，因为这里所言之事，十之八九是印证了的。

这些人是因贿选案牵连被查的？周朝礼不淡定了，他十分清楚那场贿选案是咋回事，而且自己也深陷其中，好在组织上还没查到自己头上。

可现在没查到不等于将来不查呀！将来不查也不等于那些人进去了，个个都能坚贞不屈，不背弃道义而狗一样地咬出其他人呀！

可李永辉怎么就在这个时候反而获得一个蹊跷的任免呢？他当时毕竟是市委书记，是市委班子的班长啊，难道他就丝毫没牵涉其中？

周朝礼使劲回忆，终于想起了，李永辉当时碰巧在中央党校学习，几名涉案人员搞动作时，他均不在凌江。不敢保证他是否牵涉其中，至少给了他在组织面前极力辩解的底气和砝码，又给了他传言中的后台保护他的充足理由。

周朝礼似乎明白了其中的奥妙：组织上虽没直接过硬的证据来处理李永辉，但你李永辉也不是洁白无瑕，不提拔也不处分，既保你又警告你！

如此看来，他的后台还真不一般。

可自己明明牵涉其中却为何不被查呢？是不是组织上因不查李永辉顺而惠泽到不查自己呢？那这样说来，李永辉岂不成了自己的贵人？呵呵！有点荒唐，简直是荒唐啊！

胡思乱想归胡思乱想，随即，周朝礼认为当务之急唯有稳坐钓鱼台是上策，否则，难道还有主动去打探的道理？被组织上察觉出做贼心虚，进而揪住不放，那才是偷鸡不成蚀把米。

可这样无动于衷，万一组织上已经在暗中调查怎么办？不行，还是得主动出击。

周朝礼立即派他的夫人宋冬梅去了趟省城，宋冬梅在去省城的当天，就传回了确切的消息：凌江几人突然被查，千真万确是因贿选案，省纪委不久将公布案情；另外，中央这次会议后，将以史无前例的力度反贪腐，并将施行、树立一系列的新举措和新规矩。

宋冬梅还打探到文治国在狱中不停检举以及其他人在不同方位检举的细节，以供周朝礼准确地拿捏当前的形势。

周朝礼听了后，本已焦灼万分的神经愈发脆弱了，就像一根细细的铜丝每天都要长时间通过超强电流一样，随时都让他感觉到有烧爆的危险。

那文治国，自从进了监狱，便日日以泪洗面，简直丢尽了一个厅级官员的脸面。监狱警察私下议论说，看他那副怂样，还不如抓的那些偷鸡摸狗的人，那些盗贼哪一个进去了哭哭啼啼的？而这贪官为何就那么弱不禁风呢？

那是因为官当久了，养尊处优所致。

是啊，他文治国在位时，对下呼风唤雨，对上游刃有余，日日有金银过手,夜夜有笙歌陪伴。正当要乘东风青云直上之时,却突然马失前蹄从天堂坠落地狱!刚刚慷慨解囊为自己捐得了一个更好的前程,可谁知还未施展手脚就锒铛入狱!

这瞬息间的骤变,这人生前后的强烈反差,非一般普通人所能体会到的呀!

倒好,哭泣了一阵后,文治国便开始振作精神,表示要紧密配合组织和司法部门,检举他人重大违纪违法行为,于是便有了一而再再而三、坚持不懈地向省纪委和省检察院递交检举信的行为。

可一连交了自己都不知多少封的检举信后,仍无相关人员被查的消息。文治国也曾悲观失望过,每当夜深人静的时候,他都哀叹不已,甚至自言自语:凭什么!凭什么你们仍大权在握、逍遥自在,而偏偏我一个人遭受牢狱之苦?凭什么呀?!

这次凌江数人及从凌江走出去的数人被查,也不全是文治国一人不断检举的功劳,还有一些关键人物的举报起了作用,又碰巧是在中央举行这次重大会议的前夕。

哪些人呢?其中一个重要人物就是,原凌江市国土局陈局长,本来已在差额选举候选人名单之列,且排位靠前,自己也认为是铁板钉钉的事儿了,于是乎疏忽大意,人家纷纷背地里搞小动作时,他明知而故作不知,懒得去喂那些张开的嘴,结果呢?落选了!

而有人没在候选人之列的,反而选上了,这选上的人就是文治国。人家那心里的不平衡,谁能体会呢?你文治国不先进去谁先进去呢?

有人说,那陈局长傻逼!眼看自己铁板钉钉了,就把长此以往的规则一脚踢开了?这种人上台了,还值得大伙儿信任吗?一个连基本道义都不讲的人,组织上值得委以重托吗?你就不能谦虚谨慎点儿,再出一次血,平安上船后再翘尾巴吗?你他妈差那一点儿钱吗?

这些骂他的人多是同僚,而如此调侃他的人则多是百姓。

同僚之所以要骂他,是因为其中就有几个已在候选人之列,排名也比较靠前,人家仍然小心谨慎地,循规蹈矩地遵照凌江早已形成的这一快成文化传承的门道,虽然胸有成竹,但还是慷慨解囊。不就几个钱吗?况且又不是掏自己腰包,而是找人或者在等候为之掏腰包的人中随意点一个,或者是干脆从单位小金库中,或者干脆从财政资金中巧妙挪借。

前夜

干嘛呀！这时候突然装清廉了！你清不清廉难道别人不清楚吗？都是千年狐妖，装什么神仙？不过，在候选人名单之列也慷慨解囊了，也并不是就都梦想成真了。

就有这么一位，凌江市下属一个县的县委书记。落选原因没别的，解囊是解囊了，大概是不够别人慷慨呗，或者说慷慨程度不如人家！

因此这位县委书记，没能如愿以偿，自然也加入了向上检举的队伍中。如此看来，凌江这潭水还真够深的，深得连营造这潭水的人都摸不清深浅了！

结合宋冬梅打探回来的零碎信息，加之自己对回忆的梳理，周朝礼心中算是有了肯定的答案。但这个犹如肿瘤一样的答案在他的胸口不上不下，加之还有只有他自己才明白的病毒侵扰，必须快刀斩乱麻地切除掉，否则任其滋长，说不定哪天就会拿掉他的性命。

周朝礼吩咐宋冬梅暂时不要回凌江，一是继续打探各方消息，二是伺机拜访某些人，尤其是曾经在党政军商界叱咤风云过的老干部老朋友，必要的时候可以不惜代价。

一向喜欢指使别人的宋冬梅倒是很听话，这次周朝礼说什么她都一一应允，并积极地按老周的指示去办了。

中央会议结束了，李龙海回到了凌江，接连开了两天市委全委会，第一天是传达这次中央会议的重要精神，省委有关贯彻落实这次会议精神的有关通知，尽管在座的人员在中央会议期间都通过电视、报纸知晓了会议的全部内容，但还得层层开会贯彻落实传达学习。

"……我敢说，中央这次会议，必将开启我们党的历史发展进程中，以及我们国家政治经济社会发展历程中一个崭新的时代，我们的发展理念、施政方针以及治理手段，都将会出现一些新的景象，尤其是在我们党的建设及其自身治理等方面，将会树立一些新的制度与规矩，很直白地讲，一些贪污腐败的现象，一些奢靡浮华的行为，一些主观主义、个人主义、享乐主义的作风，一些不以人民群众根本利益为最高原则的工作态度和方法，都将会以史无前例的力度予以遏制和整顿，甚至严厉打击……"

李龙海的讲话震撼了不少人。

李龙海还在会上正式定性了唐鹏程等人被立案调查所涉及的问题就

是贿选案。他还透露了此案已经引起了中央的高度重视，中纪委派出了专案组到省上，正在深入调查。

"……不妨再给大家透露一点，这次被查的人中，有人能量真大，动用了自己苦心经营起来的各种关系网，有的人跑关系还跑到了北京！省里也有一些领导想遮羞掩丑，甚至力劝中纪委专案组大事化小，你们猜怎么着？被痛骂了一阵，只好灰头土脸地闭嘴不言了。大家想想，而今是什么形势？中央对腐败已是零容忍了！任何人都别想抱着侥幸的心理……"

李龙海这些话句句像投枪匕首，深深扎入周朝礼的心。

中纪委直接插手此案，看来是凶多吉少啊！可是谁捅到中纪委去的呢？省里面想尽千方百计地阻止和堵截，谁又有那么大的能耐呢？

正这么想着，周朝礼收到宋冬梅一条短信，他万分紧张地东张西望，然后将手机平放在桌上，一只手拿笔假装在会议材料上勾勾画画，另一只手却忙着翻看短信。

宋冬梅的短信很长，她说：

那些人都耍滑头了，尤其是那些老头子，面都见不到，送过去的礼都退了回来，硬送的话，人家就说要交给纪委；王八蛋！我都想揍他们一顿，让他们把以前吃的都吐出来！

另外，听说是原国土局陈局长捅到中央去的，他恰好有一个拐弯抹角的亲戚在中纪委，不确信哈，待进一步核实。怎么办？你好好考虑下，我明日回，再商议。

这个陈局长，当初把文治国扳倒后，组织上为了平息事态，也为了平衡他的心理，特意把他提拔到省里，担任省司法厅副厅长，也算是解决了副厅级嘛！可他为什么还要继续往上捅呢？周朝礼不明白，相信其他人心里也不是很明白。

后来有人分析，这个陈局长因组织上照顾他情绪也把他提了，背地里却遭致更多的议论和谩骂，有些话骂的还很难听，传到他耳朵里后，他气得脸红脖子粗：

"我本来是该上的，却成了被照顾的人了，说什么都软了些，在别人看来还没有那些贿选上来的硬气！好像他们倒成了正当渠道，我却是走了歪门邪道！那我就继续告呗！"

前夜

古人云：祸从口出。这不？那些人也是活该！人家本来是被你们给挤掉的，自己都已经上去了，还见不得人家也上来？还管不住自己的长舌，议论人家，骂人家干嘛呀？这下好，把自己骂进去了！这些人的智慧怎么就一下归零了呢？

想到这里，周朝礼不由长长叹息一声。

正想着，李龙海讲话提高了嗓门：

"……我到凌江虽然时间不长，但我还是掌握了一些情况，在此我奉劝一些人，趁早收敛起深藏于你内心的那些见不得人的想法，早日回归到你应该踏步的正确轨道，如果仍然误判形势，仍然与正轨背道而驰，恐怕将来后悔莫及啊！……

"在此，我强调，我们率先在省内树立几条新规：从即日起，禁止公款吃喝、禁止公款娱乐；禁止权钱交易；禁止一切腐败；建立风清气正的经济社会环境；建立公平公正的行政司法环境……

"我建议，首先管住自己的嘴，各机关单位，尽快恢复单位食堂，首先从市委、市政府做起，今后，我们无论接待哪里的客人，不管他级别多高，一律吃单位食堂……"

李龙海的讲话被次日的《凌江日报》头版头条刊出，题目是《"四禁止两建立"，市委书记为凌江立新规》，接下来几天，《凌江日报》连续刊发评论员文章，表示要旗帜鲜明地、坚定不移地贯彻落实市委全委会精神，为凌江跨入一个新时代营造昂扬奋进的氛围。

第四十四章

初冬的阳光从早到晚都是那么温润，天上的云也变得斯文起来，不是一团团地聚来散去，而是一丝丝，一缕缕地，悄悄地飘洒着。

滨江路上锻炼的人多了，人们相见，谈论时事的热情也渐渐高涨，特别是有关新一届凌江市委班子，成为一个经久不衰的话题。不少人对李龙海书记的新官上任三把火，还是持肯定的态度。尤其是李龙海对于信访的态度，与前几任颇为不同。

"信访工作至关重要，不能仅仅把它当成我们党和政府工作中一个小小的点缀，而是要把它当成我们密切联系群众的一项重要工作来抓！既然要抓，就要抓得实实在在，抓得全心全意，抓得深得人心……"他说。

这些话看起来是官话套话，过去的领导也说过类似的话，但不管是官话套话还是接地气的大白话，只要说一是一，说到做到，那就是好话。否则，就是废话、谎话和鬼话。

对于这一点，老百姓是一杆秤，拿群众关心的事情作为砝码一称，就能立马显示斤两。

对于信访工作，李龙海所做的最受群众称道的是，把信访接待室从市委大院内移至市委大院外，免除了以前群众信访门难进的烦恼，而且规定领导值班接访一定要逗硬。

方振东被江口都市报社除名后，一直没有找到工作，凌江就那么几家媒体，且又是受市委宣传部管制，谁还敢聘用他？省内驻凌江新闻媒体吧，闻听他是被江口都市报社这么牛的单位除了名的人，谁还会深入细致地去了解个中详情而破格录用呢？

心高气傲的方振东，也看不起一般新闻媒体，就连江口都市报社，袁田被撤职后，他也心灰意冷了，表示其他人主政的江口都市报社，哪怕八抬大轿来抬他也不会重新踏入其门。

不过，天无绝人之路，《凌江广播电视报》要改成《凌江晚报》了，且有江口都市报社的股份介入，袁田先生一个得意门生将任总编辑，且给方振东伸出了橄榄枝。

从地市级党报到省级都市报再到地市级晚报，人家越走越高，他却越走越低！

好多人劝方振东不要接招，但他不这么看。"选择媒体，关键是看做新闻的理念，如果是真真实实地，挺直腰板地做新闻，无论级别多低，也是值得全心付出的。"方振东说。

况且，方振东也一直在关注凌江的时政，他每天都要把《凌江日报》逐字阅读，还要把凌江电视台播出的新闻都逐条不漏地看过一遍，他对

前夜

当前的时局充满信心,尽管是赋闲在家,但总是精神饱满,浑身上下力量充沛,随时等待机会要挥拳舞袖大干一场。

眼见方振东逐渐恢复状态,刘清粼自然是高兴,只要是没有应酬,她都尽量早点回到他俩临时的家,以便给方振东快乐的精神家园再添一朵娇艳的玫瑰。

她会亲自下厨为他做饭,她会营造一些浪漫的氛围,让他澎湃的激情始终奔涌在畅通无阻的柔软沙滩,让他疲惫的身心总是能得到足够热度的爱的温泉……

但两人冷静时刻的交流,偶尔也会有一些意见分歧的争吵。

就关于方振东还要不要继续当记者,刘清粼的观点就与他有些不同,甚至相反。

那次方振东都快被刑事拘留了,后来又莫名其妙地释放,他不是没有过疑问,也曾不止一次地问过刘清粼,刘清粼始终咬定说,是她在市领导面前据理力争,最终迫使公安局重新审时度势,最后以"事实不清,证据不足"为由,撤销了对方振东刑事拘留的处罚。

但事实呢?是肖宗华一个电话起了作用。肖宗华为什么会打这个电话?图的什么?不言而喻。过了没几天,肖宗华就到凌江视察工作,那晚,刘清粼照旧留宿肖宗华的房间,不该发生、不愿发生的事情,最终还是发生了。

"谢谢你帮了我,我说过会报答你的。"刘清粼说完,就脱光了衣服,钻进肖宗华的被窝,平躺在他一侧,闭上了眼睛。肖宗华皱了一下眉,他是嫌这样少了些情调,正要伸手去推刘清粼时,刘清粼身子一侧,背对着他睡了。"来吧,还等什么?"她淡淡地说。

"哎!"肖宗华苦笑着摇了摇头,他知道身旁这个倔强的女子,能做到这一步,已经是日头西升了,要是再提出其他要求,怕是连眼前的好事都要被搅黄。将就吧!只要有了今夜第一次,还怕没有以后的若干次?留得青山在,慢慢砍柴烧嘛!这样想罢,肖宗华扳转刘清粼的身体,然后扑到她的上面,开始他的动作了。

事后,刘清粼哭着说:"今晚的事,我会拼命将其忘掉,希望领导不要再逼迫唤醒我的记忆,更不要继续在我心中留下新的伤痕。"

可领导手中的权力就是一把无法抗拒也无可战胜的利剑!肖宗华时

不时会派人给刘清粼送来礼物，甚至有时候直接送到了办公室，引起同事们猜疑，闲话自然滋生了不少。

刘清粼强行拒绝了几回，丝毫无什么效果，礼物照常送来，甚至会是在大庭广众之下。仿佛对方有一对千里眼，故意挑选刘清粼无法拒绝的尴尬时刻送来，这让她十分恼火。

刘清粼几次躲在暗处打电话给肖宗华，责难、哀求、哭诉、咒骂，什么招都使遍了，礼物照常会时时送来。肖宗华到临近的市调研，非特意安排人来接她去伺候不可！刘清粼不去，对方就说：不去的话，他们就会给市上领导要人了！

最近，肖宗华告诉刘清粼说，他正在安排把刘清粼调到省城，以免她在凌江里外不是人。刘清粼坚决不从，对方传话来说：这事你得好好考虑，怕是最终由不得你哟！

果然，那天刘清粼正在办公室帮忙斟酌市文广旅游局提交上来的《全市新年音乐会》筹备方案，一名同事神秘兮兮地跑来说："恭喜刘秘书长又要高就了！"

"什么意思？"刘清粼半天没醒悟过来。

"你不是很快就要进省城了嘛！听说要当省女子职业技术学院学生工作处处长，今天那边都过来人考察了！难道你还不知道？"那位同事对刘清粼的反应很意外。

刘清粼一下明白了，这准是肖宗华的安排！她不由浑身打了个寒颤。

真把你自己当如来佛了？量我逃不过你的手心？我凭什么要接受你的安排？我对你的霸道！对你的蛮横表示强烈的抗议！刘清粼气愤地靠在椅背上闭上眼睛直摇头。

办公室窗外是一片正在如火如荼施工的工地，机器轰鸣声顿时让她头痛欲裂。

这天下班，刘清粼没有开车，她想走路回家，顺便看看滨江路的风景。

她走着走着，不觉来到那棵大黄果树旁，很自然地，她把目光移向江边那丛茂盛的芦苇。那里曾是她和江声涛多次幽会的场所。

芦苇尽管近水生长，但也逃不过四季轮回，芦叶已渐凋零，芦花早已开过，残留的飞絮随风飞舞，有的不幸落入水中，只好随波逐流地往东而

前夜

去。

哎！自己又何尝不是一朵轻微的飞絮呢？脚下承载她的大地，身旁日新月异的高楼，周围行色匆匆的人流，每天纷繁芜杂的工作、生活琐事，仿佛都一起搅和成一道滚滚洪流，自己没入其中，好比沧海一粟，哪怕使出浑身力量，也丝毫掀不起一丁点浪花，就算是拼个你死我活，说不定到头来仍然是困兽之斗，所面临的仍是被处置、被宰割的命运……

又不知不觉，刘清粼漫步到桥上，她停下来倚靠着栏杆，痴痴地望着江心，虽是一江秋水，不及那夏日的雄浑豪迈，但江心湍急的漩涡也足以让人胆战心惊。

忽然一叶小舟从她脚底被桥面遮掩之处冒了出来，船夫左右撑篙，顺江而下显得十分潇洒。可是，对面驶来一艘机动船，虽是逆流而上，但强大的动力还是翻耕出高高的大浪，那小舟上的船夫慌忙往一边击水，颇费了一番周折才躲过机动船的正面冲击，待重新搬回正轨，小舟又颇费了一番功夫。

刘清粼深感弱小生命的脆弱，她忽然有种想纵身一跃的冲动，但仅仅是一个短暂的闪念，理智的缰绳便强行勒住了她的冒然，一层微汗从鼻尖、脑门渗出，于是赶忙离开了大桥。

回到家，她像一只迷失的小兔见到妈妈一样，一下扑进方振东的怀抱。

方振东也正高兴，抢先告诉了她一个好消息："《凌江晚报》元旦就要创刊了！编委会决定聘我为记者部主任，12月起上班，接下来要忙着招聘记者，商讨版面、栏目的设置。"

刘清粼像是突遭锥刺一般皱着眉从方振东怀中挣脱，"你真的一心还想当记者吗？"

"是记者部主任，不是记者！嘿嘿！"方振东俏皮地说，他还没觉察到刘清粼的情绪。

"振东，你过去在省一级的都市报驻地市记者站当过站长，难道还没有你现在这个小小地市晚报记者部主任荣光吗？你以为这个记者部主任就好当吗？"刘清粼正色说。

"不能这么比较，过去虽然叫站长，但还是光杆司令一个，现在要带领一个团队作战，起码一二十人，这是我从业以来从未有过的体验，很具有挑战性！"方振东说。

"现实环境，你考虑到现实环境了吗？你总是理想主义，你总是把前面的路想象得那么美丽！你栽的跟斗还少吗？你还要在这条道走到黑吗？"刘清粼语气有些急促。

"你什么意思呀？不信任我？别一副领导的口气跟我说话好吗？"方振东不高兴起来。

"好！"刘清粼叹了口气，"你以为这个即将诞生的《凌江晚报》就可以按照你的思路来办吗？那可是要在市委宣传部和市广播电视局的双重管制下呀！能放开手脚吗？"

"你是说做舆论监督吧？我相信我们已经进入一个崭新的时代了，我对这个时代充满信心，我想上面不会不考虑，新闻媒体的舆论监督毕竟是推动党政工作不可或缺的力量！难道不是吗？我们可以很好地充当第三只眼，第三只耳！从他们正常的视觉和听觉看不到的，听不到的，我们可以替他们看到听到，并反馈给他们，进而促进工作的改进。"方振东说。

"哎！会不会像你幻想的那么精彩，到了撞南墙的那一天，你就会明白的。"刘清粼见方振东执念很深，不打算再劝什么。哪知这话又刺激了方振东。

"你怎么老是看不起人呢？清粼，我发觉你当了官说话越来越打击人了！"方振东说。

"不是我看不起人，是你现在官迷心窍了！我不懂一个小小的晚报记者部主任就那么让你兴奋！你是长时间不工作，闲得害怕了吧？也不至于别人给你个职位你就像救命稻草一样地去抓呀！你的学识，你的才华，适合你的工作很多，适合你的舞台很大！"刘清粼说。

方振东目不转睛地看了刘清粼片刻，没有说话。

半响，他坐到沙发上，平静地说："我意已决，你不用再劝我，最适合我的工作和舞台还是新闻，我要把记者当到60岁！"

"好吧！"刘清粼把语气缓和下来，"就算是当记者，也可以不在凌江当啊，可以去省城，或者干脆去其他省会城市，甚至去北京、上海！干嘛非要在凌江呢？"

方振东抓住刘清粼的手，温柔地说："那不是因为你在凌江吗？只要你在哪里，我就永远在哪里！"

前夜

"那要是我调到省城去了呢?"刘清粼随口这么一说,方振东一下敏感起来。

"去省城?你不是在开玩笑吧?你不是一直强调打死都不去省城吗?"方振东说。

"那是过去,现在,我真想调到省城去了。"刘清粼说。

方振东有些惊愕,他收回手,坐在那里一言不发。

"说话呀!如果我调到省城去了,你要不要跟我一起去。"刘清粼追问着,方振东一直不作答,仍然那样呆若木鸡似的坐在那里。

"怎么不说话?……你怎么了?……你心里在想什么?"

任凭刘清粼说什么,方振东都缄口不言。

刘清粼有些害怕,使劲地摇晃方振东的身体,渐渐地,他眼角滚出两颗泪珠。

"你要调走就走吧!别管我,我就留在凌江!"方振东说。

"你刚才不是说,我在哪里你就永远在哪里吗?"刘清粼不解地问。

"清粼,我不是傻瓜,有些事情……这段时间……其实我在装傻瓜……我很怕提及它,生怕一触碰,就会立马失去你!……"方振东说罢,不敢看刘清粼的脸。

刘清粼顿时明白了,她也默默地流下了泪水。

两人泪眼相看,对方清晰的面容变得模糊不堪,泪水顷刻间化作了浩瀚的银河,把刘清粼和方振东渐渐隔开,而且越分越开……

接下来几天,两人的共同语言就像冬眠的小动物一般躲藏了起来,哪怕是刻意去寻找也抓不到丁点儿踪影。他们虽同居一室,同睡一床,但彼此触碰身体,像是防着地雷一般。

又过了几天。一日,方振东一回家,就闻到一股浓浓的饭菜香味,其中还有他特别喜欢吃的酸辣鱼,他推开厨房门,见刘清粼正忙碌着做饭。

"下班这么早啊?饭都做好了!"方振东说。

"嗯,今天没啥事,就早走了,快洗手吧,马上开饭,桌子上有瓶红酒,开了醒一醒。"刘清粼说这些的时候,脸上笑盈盈地。这可是很久没有了的气氛,方振东顿觉浑身暖流涌动。

他从后面抱住刘清粼的腰,在她后脸颊亲了亲,"辛苦你了!"

两人幸福地享受着丰盛的晚餐,还不断地相互夹菜和碰杯,那场景好比一对新婚夫妻那么恩爱。"今天什么日子啊？这么犒劳我！"方振东说。

"难道非要什么日子才能这样犒劳你吗？告诉你，还有更美的事情犒劳你！"刘清粼说罢，羞涩地垂下头。方振东当然明白什么意思，他看着刘清粼，恨不得跑过去抱住她。

是啊！眼前这个女人，他是爱的！那份爱来之不易，也值得万分珍惜。方振东十分后悔前几天说那些话，他打算从此不再提及，仍旧装个傻瓜，就这样糊里糊涂地爱下去。

一切收拾完毕，两人洗漱后，该进入激动人心的时候了。

今晚的月光也很好，天一黑就亮晃晃地恨不得照遍城市每一只角落，刘清粼提议把灯全部关掉，但必须把窗帘全打开，让皎洁的月光朦胧地见证他俩即将演绎的故事。

方振东毫不犹豫地同意了。

方振东急不可耐地上了床，被刘清粼拉起来："时间还早，夜晚还长，我们要充分享受今夜的每时每刻，过去不曾有过的尝试，你尽管大胆地去想象，去实践，我百分之百地配合！"

"好啊！听起来非常有意思，我愿意接受你的指引！"方振东兴致勃勃地说。

"那我们把衣服都脱了吧，一丝不挂！"说着，刘清粼以十分优雅的方式摘掉了自己身上所有的累赘。方振东也慢慢脱光了，但动作要笨拙和丑陋得多。

"我感觉世界更亲近了！仿佛自己就要融入其中，感觉自己已是世界，不，是宇宙中不可缺少的一分子！"刘清粼望着窗外的月光，像沉浸在诗情画意中，她迷惘地闭上了眼睛。

"我来了！亲爱的……"方振东轻声说道，然后双手扣住刘清粼的腰，眼前俨然是一尊羊脂玉雕琢成的女神像！尽管他已看过何止千遍，此刻他才惊奇地发现，这样才是最美的！他吻着这尊美妙绝伦的雕像，从后颈到后背，依次往下……

这注定是方振东一生难忘的今宵……

第二天，直到日上三竿，方振东仍然睡意浓浓，而刘清粼却早早起床，收拾好一只装满衣物的行李箱，并为方振东准备好了早餐，在桌上留下一张便条。

她轻轻地在方振东脸上留下一个吻,环视一下这套曾经留存两人欢笑和泪水的房子,心中涌起无限留恋,她揉揉湿润的眼眶,抓起行李箱静静地走了。

第四十五章

刘清粼来到省城,汇入茫茫人流,她顿觉眼前是一片海。

无论你左顾右盼还是环视四周,只见高楼一幢接着一幢,一直延伸到视野的边际。

到了夜晚,黑色的海洋上车辆蚂蚁排队一般红着眼往前移,加之来自每幢楼宇的流光溢彩,共同组成一条条彩练在夜空中舞动。

在这片海洋里,随时随地都发生着精彩的故事,前一个故事发生后,不待迅速传播,新的故事又立马诞生,新故事传播的波段追赶着老故事的足迹,形成一副副变幻莫测的动感画卷,好似绵绵春雨洒落湖面,一圈圈美丽的涟漪不停地变换花样,让人目不暇接。

在这片茫茫大海里,无论多大的事,哪怕来时如何地惊天动地,可过不了几天就彻底被淹没,而去时一定是悄无声息,人们好像谁都没有兴趣对过去始终纠缠不休,都懂得视若平常的深刻内涵。这正是刘清粼想要的人文环境和生活氛围。她很快就适应了新的工作,对未来也是信心百倍。

她每天跟学生打交道,这些尚处稚嫩的年龄,就像六七月份的玉米,常因野猪和猴子的争抢引发一场场战争,她这个学生工作处的新官不得不亲临处理,即使弄得她身心疲惫,她还是觉得比在凌江快活一百倍。因为这里不用一出门就小心提防毒箭似的异样目光。

学生中有这样一个群体,让刘清粼尤其感兴趣,就是来自本省南部大山区里的女孩,他们就像是一朵朵采自乡野的鲜花,没有一丝城市雾霾浸染过的味道,浑身上下洋溢着泥土的清香和阳光雨露般的芬芳。她们的眼睛都很大,大得能装下蓝天白云。

她们最喜欢往刘清粼办公室和单身宿舍踊,她们给她讲各自童年的故事,少年的苦楚,还有青年时代的烦愁。应该说她们都算是幸运儿,能在同龄人中出类拔萃,来到省城这样的大都市接受教育。她们的梦想几乎千篇一律,就是毕业后回去建设自己的家乡。

不少人都说要回去当老师,她们说她们家乡奇缺教师,许多孩子因为穷或者因为学校少,或者是因为离学校远而小小年纪便放弃了学习。

她们还说她们那里几乎一年四季都春暖花开,今后一定是一个充满生机和希望的地方。

忙碌之余,刘清粼也会想方振东,自从她那个早晨悄然离去,他们便没互通消息。

她原想方振东会急不可耐地打来电话,质问她为何要不辞而别,她也做好了如何回答的充分准备,主要意思是要告诉方振东,她想用这个办法刺激方振东从梦中醒来,离开凌江来省城与她相会。然而,方振东却一直没来电话。

刘清粼难免失落,甚至有些后悔,她该再拿出更多的耐心和时间,极力劝说方振东跟她一起走,而自己那样冒然来个不辞而别,尽管在便条上说明了情况,可方振东是个犟脑筋,她不是不清楚,若要是刺激过度,适得其反该怎么办呢?她会不会永远失去这段感情?

这天下午,刘清粼忙完工作,正坐在办公室发呆,突然门口一黑,她惊愕地抬头一看,天啦!真是想谁来谁!方振东就像一根石柱一样矗立在门口。

刘清粼心头一热,脸一红,立刻笑容满面地迎了上去。

但这种幸福感只是一刹那,当她的目光与方振东的眼睛对碰时,这种感觉便立马消失了,方振东眼里放射的是怨恨般的光芒,甚至可以说像仇恨。

"怎么才来?"刘清粼都不明白自己为何说出了这句话。一说完,她便心跳加快,尴尬地垂下了头。"那你为什么要走?而且是悄悄地走?生怕我拖住你后腿似的!"方振东的话很硬,刘清粼感觉到心口遭遇一击,就像被一个有内功的人隔空打了一掌。

尽管这样，刘清粼极尽温柔地抓住方振东的手："别生我气了，咱们出去吧，晚上找个地方好好吃一顿火锅再说。"两人一前一后从校门出来，上了出租车，来到西都大学背后那条美食街。一路上，刘清粼情绪高昂，不断地指着这里那里让方振东看。

"你还没回答我的问题呢，为什么要走，为什么要悄无声息地走？"两人坐下后，刘清粼点了许多菜，她想唯有这样才足以表达她对方振东的到来是热烈欢迎的。

方振东一直在纠结那个问题，气氛顿时由热转凉，刘清粼不想让它结冰，便给方振东撒起娇："你烦不烦，吃了饭再说也不迟嘛！"方振东点点头，说了声好，但脸色依然板结。

刘清粼不断给方振东碗里夹菜，这犟驴总是紧绷着脸，换成省城土生土长的女孩，早就给他打燃火并抽身而去了，谁还放得下身段那般地伺候他？可刘清粼没有，方振东越是那样，她反倒暗暗高兴，她断定方振东已把她在乎成不知啥样儿了，有几次她还偷偷笑了笑。

刘清粼想把方振东逗笑，故意给他碗里夹了个煮变色了的青菜，皮面上裹了层厚厚的辣子油，方振东张开大嘴就吃，瞬间被辣得连咳带喘，流着眼泪和鼻涕，嘴巴裂得大大地，把刘清粼笑得前合后仰，总算把老成持重的方振东也逗乐了，脸上也挤出几分笑意。

晚饭后，两人回到刘清粼的住处，方振东再次提出那个问题，好像他这次来只有一个目的，就是追问一个问题的答案，没有这个答案，他来此一行就毫无意义似的。

"那我问你，你觉得我们在凌江还能继续下去吗？"刘清粼反问起来。

方振东一愣，不知该如何回答。

"你这么多天呆在凌江，还没想明白？既然想不明白，为什么不打电话给我？为什么不早点来省城？你这次来……对了，你的行李呢？你是空手来的？"

刘清粼这才注意到方振东两手空空，看来他来此一行的目的，真的只是为了寻求一个答案，并不是追随她并打算与其朝夕相处来的，她的心开始慢慢滑进冰凉的湖水。

"清粼，我跟你说过，我在凌江有了新的工作，而且是很具有挑战性的工作,说不准是我人生中一个崭新的起点,你怎么就不理解呢?非要来省城,你在凌江也是有人人羡慕的工作和前程的呀?为什么说走就走呢?为什么不跟我好好沟通再做决定呢?"方振东说。

"还是那句话,你觉得我们在凌江还能继续下去吗?"刘清粼严肃地看着方振东。

"为什么不能呢?"方振东问。"你是不相信我有足够的能力呵护我们俩的爱情?"

"像你今天这个样子,我真的担心。"刘清粼说。方振东要辩解,刘清粼打断他:"我为什么要执意离开凌江?那是因为我在那里越来越感到窒息,如果我继续待下去,无论我怎样去抗争,都难逃一个慢慢被扼杀的宿命;我向往更加广阔、更加自由的空间。"

"不会呀?你不是一直顺风顺水吗?"方振东说。刘清粼看了方振东半晌,两滴泪水从眼眶溢出,顺着脸颊滚落到地上。"这话真不像你方振东说出来的。我算是看清你了,你是个极端自私的人!也是个极度幼稚可笑的人!你把自己沉迷于一个虚幻梦想中自我陶醉难以自拔,反而不顾你爱人的苦痛,非要她以消磨生命的代价来陪葬你……"

刘清粼的话把方振东吓到了。他赶忙凑上去要拥抱她,而刘清粼含着泪把他推开。

"你在凌江很苦痛,难道来了省城就很快乐?没有我在身边,你很快乐?谁给你带来的快乐?"一气之下,方振东说出这样的话,把刘清粼心头的伤刺得更痛。

"你这话什么意思?难道快乐非要别人施舍?告诉你,方振东,你别太自大了,如果你不懂得珍惜幸福,而只顾自我陶醉地给别人带来伤害,那就请你立刻远离我!"刘清粼吼道。

"是我伤害你了吗?清粼,我一直是爱你的!我不希望你来省城,正是不想让你跟那匹豺狼离得近,你孤身一人在省城,让我怎么放得下心?你还不是他砧板上的肉?"

"……恐怕这才是你的心结吧!"刘清粼长叹一声,"我是接受了肖省长的安排,调到了这所学校,但请你相信我,我的心永远属于我爱的人,任何位高权重之人都无可动摇!"

"这点我相信,可是……这些人贪图的,并不是你的心……还有,省

前夜

城是比凌江大很多，可也不是你所想象的那样广阔、自由啊！我不相信在遭遇困惑的时候，你会有一个安全的藏身之地，而且，躲得了初一，躲得了十五？猎犬的鼻息是永远不会放过猎物味道的！"

"那好！振东，既然你有这样的见地，我们一起远走高飞吧？我们抛弃一切，什么工作呀，前程呀，私利呀，虚名呀等等，凡是身外之物统统抛弃，去一个没有尔虞我诈、勾心斗角的地方，去一个民风淳朴、和谐而又充满生机的地方……"

方振东沉默着。"看来你还是不想放下你所谓的梦想。"刘清粼苦笑了一声，"还有一个办法就是，你离开凌江来省城，这里同样可以重续你的新闻梦啊？省城的新闻媒体很多，随便挑一家总比凌江好，你怎么就那么死心眼要在一棵树上吊死呢？我真不明白。"

方振东想了想，说："清粼，我已经答应凌江晚报社了，如果……如果我离开了，岂不是言而无信？先给我这次机会好吗？如果情况不理想，我再来省城也不迟啊！"

"哎！你真是死脑筋！"刘清粼知道多说无益，便整理床铺准备睡觉。

躺倒床上，两人肌肤相亲，此前因争吵带来的不愉快渐渐烟消云散，激情之火迅速燃遍周身。方振东爬上刘清粼的身体，像是饥饿之人看到一碗肉汤面，张开嘴拼命地往里吸，并发出"嘶嘶嘶"的响声。刘清粼也很快酥软如棉，伴随着迷离的呻吟声缠绕着方振东。

不一会儿，小小的房间便遭遇了地震一般的冲击，单人木板床在屋里滑动，竟完全调转了方向，四只床脚鼓点一般叩击地板，那声音就像没固定好的洗衣机在飞速旋转。

两人久旱逢甘霖，兵来将往地一个回合接一个回合，不觉已是深夜，都累得气喘吁吁。但尽管如此，他俩仍旧意趣甚浓，只要谁一挑拨，对方立马杀将过来，接下来又是一阵短兵相接，厮杀得难解难分，直到楼下住户气冲冲地跑来砸门，他俩才吓得直往被窝里钻。

第二天早晨，两人几乎同时睁开眼睛，彼此对视后不免都不好意思地笑了起来。"昨晚我们洗衣服的动静是不是太大了？"方振东说。刘清粼羞红了脸，使劲地掐了他一把。

两人又在床上缠绵了好一阵，才恋恋不舍地穿衣起床。起床后，刘清粼忙着收拾屋子，方振东则闲坐在沙发上，准备泡一杯茶来喝。他翻开橱柜寻找茶叶，突然发现柜子里装满了各种规格的盒子，明眼人一看就清楚，那是一些包装精美的礼品盒，其中还有一些没有打开的包裹，他随便抽出一个，见上面投递人地址显示的是省政府，心中不由一沉。

"清粼，这是怎么回事？"方振东几乎是喊叫着问，刘清粼正在卫生间打扫，她扭转腰把头伸出来，诧异地看了眼方振东，心里闪过一丝慌乱，但顷刻镇静下来，淡淡地说："什么怎么回事？人家送的礼物，我都没打开过，表示我压根儿就不情愿接受。"

"既然不情愿接受，那为什么还要放在屋子里？该当面退还或者干脆扔掉！"方振东的脸色十分难看，说着，把手里那件未启封的包裹使劲地丢在地上。

刘清粼从卫生间走出来，"我要是能当面退还早就退还了，哎！你知道厚颜无耻有多难缠吗？所以我希望你早点来省城，然后……早点把我娶走，以免夜长梦多啊！"

"娶走？说得那么轻巧，我现在是一点儿事业基础都没有，你让我拿什么把你娶走？"方振东说着，不解恨地将地上的包裹踢了一脚。"人家送你的都是些什么呀？我倒要看看！"说着便要捡起来拆，被刘清粼呵斥住："你要是拆了，就等于我接受了，你还拆吗？"

"那我帮你扔掉吧！"方振东这样说，刘清粼还是没有同意。

"那你到底是什么意思啊？你要一直留着吗？要留到什么时候？"方振东不解地问。

"我要留到你下定决心娶我的时候。"刘清粼说。

"为什么？这样就相当于一把刀子时时刻刻在割我的心头肉啊！"方振东痛苦地说。

"那你就得赶快下决断啊！"刘清粼说。她多么希望方振东立马斩钉截铁地说，我决定了，现在起就不离开省城了，我要时时刻刻待在你身边。可是，方振东沉默不语了。

刘清粼失望地捡起地上那件包裹，重新放回柜子里。"除了寄来，他还时常派人送来，这里面都是，我想都是一些价值不菲的东西吧，我反正是千百次表达了我不稀罕，但他执意要送，就让他送呗，到时候我拿去卖了捐给福利院，就当是作了善事了。"

刘清粼收拾完柜子，坐到方振东身旁，安慰地帮他理了理衣领。"可

281

……可我总迈不过这个坎！"方振东仍旧表情痛苦地说，"你是不是来省城后一直在跟他来往？你们是不是还……"话到这里，方振东将后面几个字吞了回去，刘清粼像被针刺一样将手缩了回来。

"说下去！……"刘清粼的眼泪又瞬间涌了出来，"……还什么？说呀！"

方振东把脸别到一边不说话。"还上床了是吧？"刘清粼流着眼泪把方振东没说出的话补充出来，"你很忌讳是吗？你口口声声说爱我，其实你心里一直把我看成一个无耻、下贱、贪图名利、可以随便跟人上床的女人是吗？方振东！你要是有这顾虑趁早给我滚蛋！"

刘清粼呜呜地哭出了声，顷刻间，本来因一夜劳累就有些红肿的眼睛变得像两颗成熟的蜜桃，"也罢！我今天就索性把实话告诉你吧，我的确跟肖宗华上床了！你失望了吧？那还不赶快滚？别在我这个肮脏、卑鄙的烂女人这里玷污了你高尚、圣洁的灵魂……"

方振东万分惊讶地望着刘清粼，他不愿相信这是事实。他猜想这是刘清粼故意说出来气他的。他摇摇头，说："清粼，别那么作践自己，你说什么呢？我不相信！"

"我说的千真万确！"刘清粼闭上眼，一字一顿地说。

"不可能！"方振东的声音颤抖得十分厉害。

"千真万确！"刘清粼睁开眼，再次重复了一句，神情十分肯定。

"为什么？为什么？啊？"方振东顿感胸口一阵剧痛，他哭喊着抓住刘清粼的肩膀，使劲地摇晃，仿佛刘清粼身上有一千个谎言，他拼命地摇就可以将谎言摇散。

"是在来省城之后吗？"方振东继续追问。

"是在你被关起来的时候。"刘清粼平静下来说，"我不那样做，恐怕你现在还在坐牢吧。"

"不！……我宁愿坐牢，也不愿意你以那种方式来救我！清粼，你这是何苦呢？啊？"

"我吃错药了！"刘清粼擦干眼泪，面无表情地看着方振东，"现在你心里没有疑问了吧？我跟江声涛上过床，跟肖宗华上过床，也跟你上过床，我是不是下流肮脏到极点？"

看着方振东傻愣愣地样子，刘清粼突然冷冷地大笑起来。"振东，谢谢你！谢谢你此行给我浇了一盆冰水，把我从幻想中彻底惊醒了。你走吧，回凌江追求你的事业梦去吧！"

"听我说，清粼……"方振东话没说完，刘清粼一声怒吼："滚！我永远不想再看到你！"

第四十六章

中纪委和省纪委组成了联合调查组，并在凌江市纪委的充分配合下，进驻凌江实地调查，丝毫没有浅尝辄止的意思。

一些牵连其中的处级、科级干部也随即被双规，就连一些企事业单位和民间团体，也有人时常被传去问话，这样余震不断，导致凌江政治圈人人神经高度紧张。

一向以关注热点问题见长的《江口都市报》鸦雀无声了，其他媒体也保持了沉默。省委宣传部给省内媒体均打了招呼，称案件尚未查明，没有指令，一律不得报道。

方振东也一反常态，尽管外面的世界那么热闹，但仿佛热闹是别人的，与他丝毫不相干。完全一副事不关己、高高挂起的态度。其中最重要一个原因是，与刘清粼闹崩，抽走了他的精气神，连续多日，他把自己关在屋里，茶饭不思，衣冠不整，渐渐成了一个邋遢人。

这日，方振东在经历了一整夜忧思伤感、辗转难眠后，总算在凌晨时分浅浅入睡。突然，外面有人敲门，起初，这敲门声并没惊醒他。然而，那声音没有停止，且越来越大。

"谁呀？"方振东揉揉惺忪的眼睛，懒洋洋地问。

没人回答，敲门声仍旧不停，且越来越急。

方振东把身体从温暖的被窝里抽出来，走到门边开了门。

敲门人是钱应来。方振东淡淡地瞥了钱应来一眼，"你干嘛呀！不让

前夜

人睡觉！"说完，闭着眼睛打了个长长的哈欠。

"你还睡得着？有天大的新闻！"钱应来兴奋异常地说，"要不要讲给你听？"

"有话就说，有屁就放！讲不讲随你！"方振东钻进厕所，并关上了门。

"周朝礼两口子被抓了！"钱应来对着厕所门大声喊。

门开了，方振东似乎来了劲儿："是吗？多久的事？"

"就昨晚，在省城国际机场，两口子准备乘飞机潜逃，没想到被埋伏的警察一举抓获！凌江人民要是知道了这个消息，还不乐成啥样？"钱应来说着，自个儿呵呵呵地笑了。

"关你我屁事！"方振东忽又像泄了气的皮球，把门一关，在厕所里解决自己的问题。"怎么不关我的事？苏姝，知道吗？她爸爸的案子有希望了！"钱应来哼起了歌来。

方振东从厕所出来，"这倒是一件好事；嗨！该不止是贿选案那么点儿事牵扯的吧？"

钱应来说："肯定不止，周老虎的问题可大了！少说几千万，搞不好上亿甚至几个亿的问题，目前咱们都猜不了，等司法机关慢慢给他算呗，那家伙肯定是永远呆里面了！"

没有不透风的墙，周朝礼夫妇被抓，尽管没有任何新闻媒体报道，也没有官方消息公布，凌江民间却是传得沸沸扬扬。说起当时两人那副狼狈相，好多人的表情跟过年似的。

民间传言版本空前的多，完全可以跟周朝礼这个正厅级官员的身份相匹配。经过口口相传，然后再经一些思维逻辑缜密的人一筛选，比较可信的版本主要有四个。

版本一：贿选案调查组查到凌江市林山县红十字会会长高红娟头上，发现此女不仅挪用该会善款给县委书记竞争副厅级领导干部提供贿赂资金，而且该会近几年账目混乱，公私账户之间转账频繁，且高红娟本人的私人账户竟达二十余个！亦资金转账频繁，据办案人员初步统计，近三年期间，其个人账户转账资金总额高达5000余万元。

高红娟，35岁，原林山县一偏远乡镇某超市营业员，因颇有几分姿色，被周朝礼下乡调研时发现，暗示林山县有关方面调入县城内，渐渐地

284

提拔为县红十字会会长。高红娟被查后向纪检部门交代了她与周朝礼等长期保持不正当男女关系，并有其他共同犯罪行为。

周朝礼在察觉到高红娟有可能暴露后，跟其夫人宋冬梅策划走为上计。于是，就有了在机场被抓获的一幕。被抓那一刻，宋冬梅狠狠地瞪了他一眼，那一眼意味深长。

版本二：省纪委意外地收到一个从海外寄回的邮件，里面是一封检举周朝礼的匿名信，同时附带了一些纸质材料作为证据。经分析，该匿名信的写信人很可能是此前失踪的盛世凌江实业有限公司分管财务、后勤工作的副总经理谭月茹。

信中说周朝礼指示王波叫燃气集团借款5000万给盛世凌江，但从省城一家投资公司中转，从中获取高额利息，为了利用谭月茹开设多个账户将钱洗到海外，他枉顾谭系其妻妹之女的事实，不知廉耻地将其发展成情妇；为防事情败露，周朝礼又逼迫王波、谭月茹潜逃海外，后来又给当地司法机关施加压力，致使苏实被判挪用公款罪入狱。

版本三：罗五洲家人向省纪委提供了一份材料，其中也有谭月茹寄给罗五洲的那些资金流水信息，以证明周朝礼侵吞盛世凌江支付给燃气集团的借款利息，并通过谭月茹的多张银行卡，几经转账，将钱洗至海外。

罗五洲家人为什么要检举周朝礼呢？这要说到张玉玲。

那晚，张玉玲被肖松华等人灌醉，好像在饮料中还被下了药！张玉玲一睡不醒，一直睡到第二天早上7点多，而且整个睡眠过程中无任何知觉，就连梦都没做一个，脑子简直就像被冲洗过的唱片一样，无论怎么转动，除了吱吱作响，没有一点儿别的信息。

张玉玲醒来发现自己在肖松华办公室，不觉吃了一惊。随即，她感觉四肢疼痛，尤其是大腿，好比被重物碾压过似的。

她还嗅到一股奇特味道，那味道仿佛是从自己私处发出的，她不由伸手摸了一下，然后凑到鼻边闻了闻，她立刻断定是避孕套上润滑油才有的味道！

她又仔细检查了一遍身上的衣服，虽然一件不少，但很明显是先被人脱光又重新穿上的，因为内裤都被穿反了！张玉玲倒吸一口凉气，头脑一阵昏厥。难道……

张玉玲不敢往下想。顾不得走路东倒西歪,她拉开门跑了出来。还未正式上班,外面的大办公区没有人,她急匆匆地跑下楼,给肖松华打了个电话,叫他立即赶到滨江路。

两人见面后,张玉玲冲上去就是一巴掌,然而肖松华早有防备,顺势将张玉玲的手攥住了。"你个畜生!昨晚对我怎么了?"张玉玲歇斯底里地嚎叫起来。

"我说过,你迟早是我的人。"肖松华油腔滑调地说,"没错,我睡了你!那是你的荣幸!因为你已经是年薪200万元的鑫旺集团副总裁了!"肖松华说完,自个儿鼓起掌来。

"你休想!我要告你!"张玉玲说。"尽管告去!不过你在选择告我之前,先看看这些东西。"肖松华把手机打开,将昨晚拍摄的图片和视频一张一张地翻给张玉玲看。

张玉玲定睛一看,那全是自己一丝不挂的模样,甚至还有某些隐私部位的特写……

她顷刻泪如泉涌,一下瘫坐地上。

"本来我不想现在就睡你,可你总是那么执着地替那个傻瓜四处奔走,我怕你坏了我的大事,因此在迫不得已的情形下,就只好提前冒犯你了!"肖松华说。

张玉玲明白肖松华跟周朝礼穿的是一条裤子,在贿选案联合调查组进驻凌江后,她万般无奈之下,决定先揭发周朝礼,等周朝礼倒了,或许会撕开两人阴谋勾连的冰山一角。

于是,她将罗五洲此前让她保管的那些材料,交给了罗五洲的家人。

版本四:李永辉在凌江期间,对周朝礼所作所为并非毫不知情,在被周朝礼夫妇使出卑鄙手段挤走后,他一直怀恨在心,并安插了眼线潜伏在周朝礼身边,随时掌控周的行踪。

再者,李永辉经宋冬梅那么一搞,在省委组织部丢尽了脸面。省委组织部也是人组成的,是人难免就会有喜欢传播他人家丑的个别存在,慢慢地,从组织部大院到大街小巷,从省城到凌江,先是不起眼的毛毛雨,不久就是满城风雨,倾盆大雨,暴风骤雨……

为了保证李永辉还有政治前途,据说他的后台还逼迫他跟唐晓薇离了婚。可离是离了,不管是真离还是假离,那也只是一道法律程序,人家一提起唐晓薇，为了引起别人关注，还是会把他绑在一起，李永辉的前妻嘛！所以已经产生的污点再怎么地也清洗不掉。

  但是，凌江人对李永辉的印象，总体来说还算不错，至少目前没有发现他有贪腐的痕迹，他老婆的事，或者准确地说他前妻的事儿，就算已经家喻户晓，凌江人还是把恨都发泄到周朝礼夫妇身上。所以在传播这个版本的时候，给李永辉加了不少悲情分。

  这天突然线人来报：周朝礼夫妇非正常地离开凌江，惶惶不安地去了省城。

  李永辉判断周这次不是来寻求庇护，他或其夫人已来过省城多次，均未成功找到开脱罪行的可靠渠道。周在省城的几处房产，也在短时间内全部卖出。周潜逃的可能性最大！

  于是，李永辉通过他的个人关系，向省纪委和省公安厅有关领导说明了情况，两部门立即安排反贪工作人员和警察迅速在机场布控，才得以顺利将二人抓获。

  办案人员取得机场管理方密切配合，与监控、安检、边检等环节保持了实时联系，前两日一无所获，就在第三日黄昏时分，监控中出现了周朝礼夫妇疑似画面，办案人员通知各部门注意，就在他俩顺利通过安检、边检，放松戒备走向候机位时，办案人员围了上来。

  其实，周朝礼夫妇早就准备了假身份证和假护照，这个假不是在地摊上随便买一个造假的，也是通过公安部门出来的，从某种意义上说算是真的，只是他们给自己捏造了另一个姓名和身份。这不，周朝礼夫妇被抓时，一个叫什么唐向文，一个叫什么李春花。

  要不是周朝礼的行踪早就纳入了李永辉的盯梢范围，他俩还不就成功逃脱了？险！后来据有关方面深入调查，周朝礼夫妇一共为自己准备了五套假身份证和假护照！天啦！

  版本归版本，不知哪个更贴近真实，或许几个综合起来就是真相。但一件事可以肯定，周朝礼夫妇确实被抓了。官方也公布了消息：周朝礼涉嫌严重违法违纪正在接受调查。

  周朝礼倒台后，在钱应来的再三鼓动下，苏实的家人向省高院提交了再审申请，同时向省纪委提出再次调查申请。随着周朝礼案的深入调查，省高院很快启动了苏实一案的再审程序。钱应来借机大做文章，请

前夜

了记者将苏实一案重新拿出来炒作，引起了社会广泛关注。

省高院通过再审，采信了一些新的证据，但最终还是判决苏实挪用公款罪成立。

不过判决认为，导致燃气集团那笔借款本金及利息损失的主要原因是周朝礼等人的插手，燃气集团事后及时采取补救措施，与盛世凌江达成还款协议，并成功追回了借款，最大程度挽回了损失。因此，苏实虽然挪用公款罪成立，但刑期由过去的5年改判为3年。

苏实家人仍不能接受，律师解释说：就算没有周朝礼等人插手，就算那笔借款如期的收回了本金和利息，苏实挪用公款罪依然成立，只是情节轻重而已，判决刑期长短而已。

罗五洲的家人也看到了曙光，每天必到市信访接待室报到。

有幸的是，他们的材料转到了李龙海书记的手里。李龙海批示给市公安局，务必重新侦查此案，把案情彻底查清查实，以充分的事实为证据，再向检察机关提交。

公安机关通过多次实地走访，并对胡仇和鑫旺集团拆迁办老王等人的再次传唤，终于弄清了事实。胡仇、老王等人因在公安机关此前调查中提供虚假证言，已涉嫌伪证罪，并已对他人人身、财产造成严重损失，因此被刑事拘留。

至于他们为什么要作伪证，受何人支使，东皋村村民被不明身份人员暴力殴打的真相是什么，公安机关还在进一步调查。

罗五洲终于从看守所出来了。就在他踏出看守所大门的那一刻，他回过头耐人寻味地看了看守所一眼，若有所思地自言自语："想不到我罗五洲竟有今天！"

回到公司，罗五洲立即组织所有员工开了个会，会上他宣布了一个惊人的决定：公司从此放弃一切房地产开发新业务，做好整体转向农业开发领域的准备。

部下问他为什么，罗五洲半天才回答：城市的空气太污浊，还是农村好，那里天蓝、水清、草绿、人好……

第四十七章

东皋村人经过不懈的努力，总算争取到应有的权利。

李龙海亲自到东皋村调研，最后市委、市政府开会研究决定：对政府正式作出开发东皋村决定之前已建成房屋，均纳入拆迁补偿范畴，具体操作依照实际面积分类区别执行。

这里有三个关键词：已建成的房屋、实际面积、分类区别执行。

已建成的房屋就没说必须是有产权的，包含了已提交产权登记资料但尚未获得产权证书的，也包含了尚未提交产权登记资料的房屋。

实际面积四字算是彻底推翻了此前开发商测量的面积，按照李龙海书记的指示，市上安排了工作人员对此专门进行了核查，发现测量面积大幅缩水属实。

分类区别执行呢？根据市政府制定的实施细则，凡取得了产权登记证书的房屋，一律按实际面积给予补偿；对已提交产权登记资料但尚未获得产权证书的，家庭人均居住面积在全村平均标准以内的，给予全额补偿，超出标准的按60%补偿；对尚未提交产权登记资料的房屋，家庭人均居住面积在全村平均标准以内的，给予全额补偿，超出的按40%补偿。

而且，市政府对其他相关政策也及时作出了调整，凡东皋村土地一律由政府统一征收，然后以公开拍卖的方式出让给开发商，一切拆迁补偿工作均由政府及相关部门组织执行。

公告一出，东皋村人无不拍手称赞。新来的李书记就是好！办事雷厉风行，且公平公正！有这样的好领导，我们还说啥呢？无条件地、全力支持和配合政府工作！村民这样说。

可正当大伙儿沉浸在欢天喜地中时，有人发现，项目部已经几天无人来上班了，村两委感觉事情不妙，赶紧层层上报，市委、市政府也引起高度警觉，派人到鑫旺集团了解情况，员工都说他们自己也完全不知情，不过确认肖松华已没了踪影，也联系不上。

前夜

　　警方遂介入调查，并封存了鑫旺集团的账目、冻结了其所有银行账户。

　　接下来，一个惊天事实摆在面前，鑫旺集团银行账户上的钱已所剩无几！

　　警方随即调查了鑫旺集团银行账户近两月以来的资金流水，发现全是资金转出，而无一分转入，转出资金总额达二亿八千多万元！其中包括银行陆续下达的一亿多元的贷款！

　　李龙海书记亲自主持紧急召开常委扩大会议，他要求警方立即将肖松华列入网上追逃的重大经济犯罪嫌疑人，并鉴于他与省委常委、副省长肖宗华的特殊关系，李龙海向省委主要领导汇报，建议采取必要的防范措施。

　　省委立即报告中央，随即，肖宗华被限制出境。

　　凌江各大银行行长急得像热锅上的蚂蚁，放款给鑫旺集团最多的建设银行行长更是一夜白头。想起那六千多万元贷款在尚未有明确抵押物的情况下就提前发放了出去，后果会怎样他是清楚的。当然，这不能完全归咎于银行的冒失，主要原因还在于行政干预。

　　那还是周朝礼独揽大权的时候，肖松华跟他也正处于蜜月期，周朝礼为东皋村的项目召集鑫旺集团和各大银行开了几次协调会，要求银行尽快放款给肖松华。

　　尽管房地产开发领域遍地是黄金，但在没有明确抵押物的情况下，银行一般是不会放款的。起初，各大银行你看我，我瞧你，谁也不率先冒险吃螃蟹，生怕一张嘴就被夹了舌头。

　　然而，周朝礼生气了。"你们尽管帽子、位子和票子都不归我管，但我们有向你们上级机构提出批评和建议的权利！谁不支持凌江的经济建设，就请谁的上级机构把谁领走！"

　　按理说，领走就领走呗，换个地方不就行了？可上面就会考虑，换个人还是逃脱不了这样的命运，只要被扣上一个不支持地方经济建设的帽子，还得换人。如此循环往复，直到换成个乖乖听话的为止。与其这样，还不如给当初第一个做工作，叫他听话不就完了吗？

　　有一次周朝礼甚至说："接下来看你们的具体表现，谁要是一毛不拔，那我们有的是办法款待你！我们会让凌江所有机关、企事业单位，凡是姓公的，都把钱转存其他行！"

如此这般，谁得罪得起呢？故而，各大银行纷纷开内部会议商议办法，建设银行最后决定，只要政府有合法生效的土地出让协议，即使尚未取得土地使用权，鑫旺集团也可先凭与政府签订的协议获取银行贷款。这对鑫旺集团来说，当然不难，协议很快就搞到手了。

于是，建设银行准备放贷一亿五千万元给鑫旺集团，款项分期到位。其他银行见已有出头鸟了，也纷纷付出实际行动。最终，鑫旺集团与各银行签订的贷款合同总金额高达三亿多元，并很快进入到陆续放款的步骤，要是周朝礼晚倒几天，后果更不堪设想。

如今各大银行拿着与鑫旺集团签订的合同找到市委、市政府，声称东皋村的土地已经抵押给银行了，政府不能再予以拍卖，即使拍卖，所得款项也必须先偿还银行贷款。

在经历多方法律、政策咨询后，市委、市政府正式作答：鉴于鑫旺集团董事长肖松华涉嫌重大经济犯罪在逃，此前与政府签订的土地出让协议终止履行；银行在未充分评估其风险的情况下，违反金融政策和贷款程序发放贷款，其损失由银行自行承担。

各银行行长费尽周折找到李龙海，李龙海也表示爱莫能助，他摇头叹息说："我只能这样给你们保证，今后像这种行政权力干预金融秩序的事情，凌江市委、市政府绝不会干了！至于你们能否挽回损失，能挽回多少，那得看司法机关案件侦办的成果如何。"

各行长面面相觑，默不作声，都知道李书记这话对他们目前所面临的困境来说毫无价值，那还再说什么呢？多说无益。这个新来的书记，他们从没有直接正面接触过，但从其他途径得知，那是个说一不二的人。因此，能否挽回损失，恐怕是希望渺茫得如大海捞针。

肖宗华自被限制出境起，他就意识到一切都完了，限制出境就等于监视居住，自己好比瓮中之鳖，人家想什么时候逮就什么时候逮。

这可是中央作出的决定，他懂得其中的威力。自那次重要会议过后，他时时有一种不祥的预感，没想到厄运这么快就降临到他头上。

是福不是祸，是祸躲不过。肖宗华索性静下心来等待最终结果。

每天照常上下班，每天照常有专车接送，每天一进办公室，照常有秘书无微不至地关心和伺候，照常有人送文件让他批阅。他也十分珍惜这些似乎是最后的省部级待遇，每一件事他都尽心尽力地去办。

偶尔闲暇之余，他会自己泡一杯茶，点一支烟，默默地回味自己的人生。他这一生坎坷曲折，他这一生又丰富多彩；他这一生政绩斐然，他这一生又即将以耻辱和可悲告终。

作为新中国成立之初出生的那一代人，他有幸见证了国家波澜壮阔的发展历程，自己也在这段时代洪流中动荡起伏。"文革"结束，他十分幸运地成为恢复高考后第一届大学生。

大学毕业后，肖宗华就步入仕途，从乡镇办事员做起，一步一步靠自己的能力、魄力和学识、才干赢得了一个又一个荣誉和成绩。在他40岁的时候，便成了省内最年轻的正县级领导干部之一，那时，国家正迎来一个蓬勃向上的快速发展时期，他算是赶上了时代。

也正是从那个时候开始，肖宗华深深感受到权力的超强魅力，权力好比是上帝赐予的一把金斧，任何挡在他面前的艰难险阻，只要他举斧一挥，就算是山穷水尽也会立刻柳暗花明；权力就像是一只神奇的魔法棒，只要他心里想什么，然后朝那个方向轻轻一指，不管是金钱还是美女，都会自觉地朝他走来；权力就如似伸至云端的天梯，只要你掌握了登梯秘笈，你就会一步一步青云直上，而每上升一步，上面的风景便越是美不胜收……

哎！这辈子，什么人都见识了，什么地方都去过了，什么好吃的好玩的都体会把玩过了，应该是没有遗憾了！可是……怎么说没有遗憾呢？虽然什么人都见识过了，但真正可以敞开胸怀交心畅谈的有几个呢？什么地方都去过了，可是真正属于自己所有，能给家人带来开心和快乐的家园又在哪儿呢？他是有妻子儿女的人，房屋财产不计其数，可真正让他有家的感觉，能让他感受到天理伦常、人间温情的地方又有几个呢？什么好吃的好玩的都体会把玩过了，可是在他的记忆中，儿时妈妈的味道，成年妻子的拿手菜，还有儿女们送给他的第一份礼物，他还有几分印象呢？想来想去，他看似什么都有了，但又仿佛什么都没有。

这到底怎么回事呢？自己究竟是在什么时候丢失了这些呢？自己又究竟是在哪个地方迷失的自己呢？肖宗华越想越不是滋味，顷刻间一种莫大的孤独感犹如沙尘暴一般袭来。

他想起了上大学时，母亲把攒了大半年的钱拿出来给他买的那双黄胶鞋，他想起了在乡镇工作时老乡们争先恐后地请干部去家里吃饭，他想起了担任县交通局长时，自己身先士卒、夜以继日地忙碌在全县历史上第一条一级公路的修建现场……

他想起了自己担任县委书记时，有一年中秋节，一个包工头把一盒月饼放在他办公桌上就走，他发现里面全是钱，居然没有叫那人转来！那是他接受的第一笔贿赂……

他想起了就在他即将提拔为副厅级领导干部时，一个平时颇值得信任的下属请他吃饭，桌上特意安排了一个据说是拍过某电视剧的女演员，春风得意时倍觉秀色可餐，于是乎杯来盏往过后，晃晃悠悠、稀里糊涂随了他人安排，也就借着酒醉享受了一夜春宵……

他想起了他担任凌江市委书记时，城市仿佛只听他一人的使唤，一天天发生着天翻地覆的变化，围绕他转悠的开发商、建筑商络绎不绝；在他的启发和鼓励下，凌江上下掀起了一个又一个旧城改造、新城拓展的高潮，各县委书记、县长成了他忠实的崇拜者，大家崇拜他最真实的理由是，通过城市建设，大家就像收割一望无垠的稻谷一样收获了财富……

他想起了晋升为副省长，进而进入省委常委班子的这几年，每至一个地市调研，都免不了饭后酒后歌舞升平，前后左右美女环抱的超高待遇，且每个地方领导似乎都热衷于、尽心于这样的安排，基本到最后，他们都会安排一个专职接待人员同住一套房里，那当然是女性，而且绝对的年轻漂亮，他没有觉得合适不合适，反而是理所当然地一一笑纳了……

走到这一步，他早已不屑于接受什么"夹心月饼"、"假冒茶叶"等类的礼物，也根本正眼瞧不上来路不明的庸脂俗粉了。敛财嘛，那必须是"走程序"的，"按规矩"的，与他本人"毫无瓜葛"的，有关部门"不易觉察"的，司法部门一时半会儿"无法查证"的办法和渠道，也就是说，始终强调取财之道务必高明和高雅。贪色嘛，那必须是才貌双全，有知识、有文化、有职位、有品级，最好是根据他的癖好量身挑选、精心培育，这不，凌江挑选的这个刘清粼他就万分满意，甚至满意得连他自己一个副省级领导都有些自卑了……

哎！刘清粼，多好的女孩儿！他有一个好父亲，有一份好工作，本来也会有一个好前程，还会有属于她自己的美好生活、幸福家庭以及美满的婚姻和爱情。

可是，她偏偏遇上了他肖宗华！除去天生的丽质，刘清粼与生俱来的聪颖和单纯，还有她性格中的小小倔强，尤其让肖宗华着迷。他甚至认为刘清粼是他所遇到的所有女性中最出类拔萃的一个，他甚至为了占有刘清粼，并乞讨刘清粼的欢心，狠心地把在其他市州跟了他多年的情妇一一打发。他不敢说也不配说更无资格说他已经爱上了她，但他无法自拔的内心冲动和关于他对刘清粼的一切言谈举止，都毫无掩饰地彰显了他对刘清粼的那种情感，的的确确是一种……姑且叫作痴狂的畸形的爱吧！

想到这里，肖宗华胸中波涛涌动，他感觉自己无比的卑鄙和丑恶！把一个纯净如雪莲的姑娘给毁了，自己还要以肮脏的所谓的爱来试图掩盖自己的罪恶，简直是无法饶恕！

肖宗华紧闭双眼老泪纵横，尽量压制不让自己抽泣声传至门外。

事到如今，自己还能有什么办法来弥补刘清粼呢？自己又能有什么办法来拯救她呢？于是，他拨了个电话，过了会儿，一个年轻人走进他办公室。

在耳朵边小声吩咐几句后，年轻人点点头出去了。

第四十八章

肖宗华急于捍卫其"主权"，在省委、省政府尚未作要求的情况下，抢先给他分管的厅局委办下达了指令。然而，下面人回答称，主要领导没发话，不敢擅自行动。

肖宗华听了后气愤至极，一个个打电话臭骂："我还没被免职呢！我还在位呢！你们就不听我的了？一群势利小人！屁眼儿虫！"接电话的人任凭他怎么骂，都无人作声，骂完后挂断电话，就像什么事都没发生似的，各行各事，仍将肖宗华的指令当成耳边风。

　　面对这种局面，肖宗华无可奈何，也只有无声地叹息，默默地哀怨。后来，省政府工作报告初稿形成了，往常的话，办公厅会将初稿发给每位副省长审阅并提修改意见，肖宗华在办公室等了几天，也未见秘书送来。

　　一天清晨，肖宗华忍不住问秘书怎么回事，不料秘书吞吞吐吐欲言又止，他不由疑虑顿生，气冲冲地跑到办公厅质问：为什么不送给他？

　　这一问更让肖宗华七窍生烟。初稿已经所有副省长审改完毕，并形成了定稿。"你们这是违反纪律和程序的！我要去找省长！找书记问个清楚！"

　　然而，省长下市州调研了，省委书记进京开会未归。

　　肖宗华立即拨通了省委书记的手机，简要叙述了心中的疑问。

　　省委书记在电话中安慰他不要激动，等他回省后再说。这让肖宗华心里直打闪，一向对他十分客气和温和的省委书记，电话中的语气毫无温度，话中还有责备他的意味。从自己被限制出境，到而今工作不让他插手，难道接下来就是停职？免职？甚至双规、查办？

　　事关自己的生死存亡，似乎别人都已全局掌控而心照不宣，可自己完全被蒙在鼓里，或者被关在一间透明的玻璃房子中，外面可以洞察里面一切，而里面往外看却是黑咕隆咚一片，别人将他当成了可以随意戏耍的猴子，而自己却还在那里自我陶醉地表演，真臊皮！

　　肖宗华毕竟是肖宗华，大领导的定力最终发挥了作用。

　　关于自己的问题，在中央没有明确意见的情况下，千万不能自乱阵脚，以给其他想打倒他的人提供可乘之机。他这样想。

　　于是乎，管他能不能看到文件，管他能不能插手工作，反正他还是每天一早来到办公室，没有新文件批阅，他就将过去的旧文件拿出来翻来覆去地看，手里还捏着一支笔，随时在上面勾勾画画。眼睛看累了，他便取下眼镜揉一揉，口渴了，他便端起茶杯喝一口水。

　　咦！怎么是空杯？这天，肖宗华看文件正入神，忽觉口干舌燥，顺手端起杯子凑到嘴边，可直到把杯子仰了个底朝天，杯子里滴水未有。

　　于是，他扯起嗓门叫喊秘书。

　　秘书半天才进来。肖宗华奇怪地看了秘书半天，指指杯子，"怎么没

295

前夜

给我泡茶？"

秘书这才默默无声地上来给他泡了杯茶，然后默默无声地退出房门。

肖宗华看文件的兴趣顿消，他明显感觉到身边的工作人员已然不把他当成领导了！两滴眼泪悄然从眼角滑落。

省委书记终于从北京回来了。

肖宗华看到了一丝光明，他急不可耐地给书记办公室打电话，不料无人接听；他直接拨书记的手机，仍然是没有人接。他只好给省委办公厅打，表示要向书记汇报重要工作。

那边联系了半天也没答复，他也不敢冒然登门。

要是以往，他是可以直接去找书记的，也没有人会拦他，近来的变局将他的胆子削弱了不少。一连殷切盼望了五六天，肖宗华都没能见到省委书记的面。

最后，他顾不了那么多了，径直冲向省委书记办公的那幢楼。

可是，门口的武警将他拦住了，说什么都不让进。

肖宗华顿时火了，他大骂武警："我是肖宗华！省委常委肖宗华！你们瞎狗眼了？"

不管怎么骂，武警都是那句："对不起，请先跟里面预约，然后由里面人带您进去。"

"我预约什么呀？我省委常委见省委书记还要预约？你叫里面的人出来！"

肖宗华大声喊叫着。里面的人被惊动了。

不一会儿下来一个，在武警耳边小声说了些什么，然后那人又凑近肖宗华，"不好意思，肖……省长！我给您通报一声吧，您先等着啊！"说完后上了楼。

肖宗华高昂着头斜瞥了看门武警一眼："都他妈把我当老百姓了！"

大约半分钟后，看门武警手里的对讲机响了，里面有人说："请肖省长进来，书记在办公室会见他。"武警答了声收到便端直给肖宗华敬了个礼，并用手示意他进去。

肖宗华气冲冲地走进省委书记的办公室。"哦！老肖啊！来来来，坐坐坐。"省委书记笑容满面地从座位上起身，将肖宗华引到沙发边坐下，又重新回到办公桌后的椅子上。

肖宗华感觉到这些微妙的差异。要是往常,省委书记一定会坐在他的旁边,亲切地问他有什么要紧的事。

肖宗华在心里狠狠地"哼"了一声,脸色极度难看地盯着省委书记。

省委书记也正目不转睛地盯着他。两人就那样默默地相互盯着,足有一分钟时间。

肖宗华感觉对面的那双眼睛射来的是两束激光,渐渐地让他有些招架不住了。

他想起以前多次到省委书记的办公室,也曾那样四目对视过,过去此情此景,他会在心里想,对面那个位置说不准哪天就是他的,这样想时他便很快在脸上浮出笑容。

今天他却不敢再有这样的想法。他想到的却是,省委书记一定从北京带回了什么有关他的秘密,或者是暂时不便公开的最高指令,这样想时他心里便七上八下惊慌起来。

"老肖,什么事就直接说吧!"省委书记率先打破沉默。

肖宗华想了想,决定还是先诉苦要紧。于是他把最近自己遭遇到的状况向省委书记汇报了一遍,他越说越激动,仿佛自己成了一个遭遇不公的上访者。

"我现在跟一个捆绑手脚的囚犯有什么区别?组织上究竟要把我怎样?就干脆利落点吧!这样钝刀子割肉,还不如一刀致命!"肖宗华七分委屈两分悲情一分不满地说。

省委书记冷若冰霜的脸上没有一丝微风,他还是那样目不转睛地看着肖宗华。

组织上究竟要怎么处置肖宗华,省委书记一样被最高机密隔绝于外,肖宗华要探个究竟,他该怎么说呢?因此只有纹丝不动地保持着威严,让肖宗华摸不透猜不着自己去掂量。

肖宗华作为省部级高官心里也是清楚的,他的问题该由中央下结论,省委书记虽然是中央委员,但如果是连他都知道了最终结果,那恐怕中纪委早已有了定论。省委书记缄口不言,怕是还没有到那一步。他自我安慰地吁了一口气,自嘲地说:"看,我问你这些干嘛!"

"老肖,一个共产党员的最基本的品格是光明磊落,面对组织,你要高度信任,坦然面对,组织绝不会冤枉一个好人,也绝对不会放走一个

前夜

坏人。"省委书记说了这句话。

这其实是一句锈迹斑斑毫无价值取向的纯属于敷衍人的话。

肖宗华失望地耷拉下眼皮,似乎读出了压在省委书记舌根下的那句无声的言语:"你就等着乖乖束手就擒吧!"他不想再费什么口舌,便不由自主地起身要离开。

"你发这么大的火一定要见我,就是为了问这个?"省委书记说,"你还有别的问题吗?'两会'后我又会上北京,你想想,把你想问的问题都一块儿问了吧!"

肖宗华真的在脑子里刻意搜寻了一阵,是有一些问题,他很想知道答案,刚要吐出嘴皮又忍住吞了回去,因为他断定,这些问题省委书记也不一定知道答案。

临了,肖宗华迎着省委书记那双犀利的目光随便说了句:"我想下市州去调研。"

省委书记沉默了片刻,轻轻地摇了摇头。

"最后一次,可以吗?"肖宗华细微的声音几乎只有他自己才能听见。

话一出,他胸口顷刻潮涌一阵酸楚,就像个没讨到饭的乞丐。

"老肖,工作你就先放下吧!别的我也不说了,还是那句老话,你要相信组织。"省委书记一改冷峻如冰,从座位上起身,走到肖宗华身旁,还跟他握了下手。

尽管省委书记脸上还挤出些微笑容,但他的手很冰很湿,就像刚刚玩过雪蛋一样。

这算是彻底告别吗?

肖宗华皱着眉头看了省委书记一眼,心中百感交集,眼泪差点掉了下来。

从那以后,肖宗华没再嚷着要见这个那个,不让看文件,不让插手工作,不让开会他都毫不在意。渐渐地,他悟出了一句哲言:快乐和痛苦都是自找的,只有做自己精神世界的主人,才能化痛苦为快乐,才能战胜来自于身外的一切麻烦。

身边的工作人员见了他逐渐只是微微一笑或者是干脆扭头视而不见,他也不再火冒三丈。一段时间里,他就像个被驱离群体的病弱狮子,一天天孤苦等待着一个可怕的最终结局,而他始终没有自灭一个曾经的王者拥有过的尊严和威风。他的头还是昂得高高地。

他的司机换了一个又一个，多数是安排了因为司机不愿意吵着闹着要换，他也变得不再挑肥选瘦，表现得特别大度和包容。最后的一个是常给县处级干部开车的司机，万般无奈只有跟他，他也仅仅是微微一笑，并主动和蔼可亲地跟自己的又一个新司机套着近乎。

那天下班，司机迟到了几分钟才把车开到他办公室楼下，也不给他拉车门，稳坐驾驶台呵欠连天。肖宗华已经习惯了自己拉车门，自个儿钻进去，并笑着对司机点点头。

司机默无声息地将他往家的方向运送。

正值下班高峰期，省城大街小巷全是车辆横冲直撞的阵地，肖宗华乘坐的这辆很不打眼的帕萨特也被堵在路上，司机疯了似的按着喇叭并连爆粗口，也没有人愿意给他让路。

"真是撞到你妈的鬼了！"一路上，司机抱怨声不断。

司机在长吁短叹中接受了道路拥堵的现实，打开车载收音机消除烦闷，就在这一刻，肖宗华听到了令他万分震惊也万分绝望的消息。

省城交通广播电台最新消息：就在当天下午，公安机关成功抓获了涉嫌经济诈骗等犯罪行为并潜逃在外的原鑫旺集团董事长肖松华！

肖宗华心里顿时敲起黄河大鼓！强悍的鼓点震撼着他的心门和脑门，让他感觉强烈的晕眩。他很害怕司机把肖松华和他联系到一起，心里默默念叨着这条消息快点播完！

起初，司机还真没引起注意，可这条消息老是播不完，并反复提及肖松华这三个字，还是被本来一直留意前后路况的司机无意捕获，他侧过脑袋惊讶地看着肖宗华。

肖宗华瞪了司机一眼，示意他开好车。司机没说什么，默默地驱使车子缓缓前移。

奇怪的是，司机一直挂在嘴边的吁叹和粗陋的责骂消失了。

更为可怕的是，司机似乎在思考！他在想什么呢？他大概在想：看肖宗华那么惊魂不定的样子，这个肖松华跟他一定有千丝万缕的瓜葛，传言中有关肖宗华倒台甚至将被查办收监的消息就要水落石出了，就要被一个已经被证实了的事实而证实了！

过了好一阵子，司机又开始长吁短叹了，可不是因为堵车，这时道路已经疏通了，车跑得很快，他究竟还吁叹什么呢？他在吁叹自己怎么那样倒霉跟了个即将查办的贪官呢！以后再也捞不到丁点儿好处不说，这种倒霉运气说不定还会影响到他其他领域的事业。

一个司机会有什么事业呢？那要看是什么司机，凡重要机关大院里的司机，人人在外有经营实体已是公开的秘密，这位一直只能给县处级干部开车的小司机，也仅是在省委大院旁边开了个几平方的小吃店，生意红火得像年三十晚上的烟花，年营业额轻松过百万。

前面又开始堵车了。"操！"这个小司机趁势吐出这个压抑在舌根几十分钟之久的词，同时作出惊人之举，他转过头讪讪一笑："领导，你看这车堵得……你看是不是……"

肖宗华明白了司机的意思，他点点头，意味深长地一笑："我自个儿走回去呗！"

肖宗华打开车门下了车。

"不好意思啊！领导，你走回去最多十分钟，要是堵在这里，恐怕三十分钟走不了！"司机多此一举的解释，让肖宗华听来十分恶心，他迈开步加快往前走了。

一阵冷风吹来，一粒沙尘飞进肖宗华的眼睛，瞬间，他眼泪哗哗流淌。

第四十九章

新年的钟声敲响了。

这一年，注定是一个不平凡的年头，是中央那次重要会议过后，国家发展历程中一个具有标志性新阶段的第一年，无论是省城还是凌江，人们都满怀期待。

对某些人来说，这一个年头，又是让人担惊受怕的。

他们希望历史的车轮停滞不前，哪怕只暂时停滞一些时间，或者甚至倒回去那么一点儿，以让自己能有充分的时间调整思路和状态，做好要么下车或要么转车的决定。

可历史犹如开弓之箭，哪有回头的可能呢？

于是乎，悔不当初的感悟是许多人共同心境，前路该如何选择呢？就好比经历了一场大战，料到败局已定，要么毅然自裁以保名节，要么干脆投诚以保性命，要么存一丝侥幸化妆隐形，混迹于普通百姓之中，从此不再言战，或能苟且偷生。

可自裁也需要足够的智慧和勇气，敢于实践者凤毛麟角。

肖宗华就算这样的智者。就在新年第一天，就在他即将被正式宣布"双规"的前两天，他独自一人在省城西郊一座湿地公园的高档别墅里，安安静静地，永远沉睡不醒了，只留下歪来倒去的几个安眠药空瓶。他的家人也消失得无影无踪了。

大概，这里十有八九经历过一次争吵激烈、严肃悲壮的家庭会议，然后大家含泪作出决定：一人以死坚守，其余的带上一切重要之物，以迅雷不及掩耳之速转移。

如此惊天猛料必然要引起巨大震动的。消息迅速以省城为圆点四向扩散，传至省内每一座大小城市，然后又传至乡村田野，肖宗华的故事也随即成为城乡闲民热议的谈资。

肖宗华真的死了吗？他真愿意就死了吗？他舍得那帝王一般的生活，就那么说死就死了吗？有一些人不相信，不相信的理由是基于高官对高品质生活的无比贪恋和执迷。

肖宗华确实是死了吧！这么重大的消息绝无空穴来风的可能。还是有些人比较理性。

那他是怎么战胜生的留恋和死的恐惧的呢？一些人从各种角度来揣摩肖宗华临终前的心理逻辑：他必定是想到倒回去不可能，逃走无望，等待只有绝路一条，还得苦熬几十年牢狱生活，就算是熬出头了，风烛残年、名利全消，那又有何活着的价值呢？

所以啊，还不如现在一死了之。恐怕好多人，也就是他那个圈子里的人也巴不得他这么识相吧？死掉一个人，安心一大片。以一个人的死换取了多数人的平安，保住了生前含辛茹苦贪污受贿来的那些财富，保证了

前夜

其子孙后代继续挥金如土、逍遥自在的生活……

元旦过后第五天,省委公布了有关肖宗华死亡的消息,说是因长期工作压力大,身患抑郁症多年,自己与疾病抗争多年无效,万般无奈方选择了自杀。且有其遗言为证。

果然,肖宗华以死赢得了一个冠冕堂皇的盖棺定论。

一些期待着省内首只大老虎进笼子的人颇有些失望,认为这死得蹊跷,死得太不过瘾,连给看热闹的人们踹上几脚的机会都没留!

肖宗华的死对方振东触动很大,得知消息后他第一个反应就是,刘清粼呢?她现在怎么样?于是赶紧给她打电话,可无论怎样打都无人接听。他很着急,她到底怎么了?

方振东不断地给刘清粼拨打电话,他毫不犹豫地作出决定,要亲自再往省城一趟,而且是立刻!立即丢下手里的工作,这个原本让他充满期待却到头来大失所望的工作。

现在还有什么能比刘清粼的安危更重要的呢?方振东看了看周围,那些新招来的年轻记者,个个似乎都劲头十足,从他们身上,仿佛看到了当年自己的影子。

对不起了!说好要跟你们一起战斗下去的,为了我伟大的爱情,我要食言了!

但愿你们不要重复我当年的轨迹和命运!

《凌江晚报》元旦如期创刊,人马大部分是原广播电视报的,而且个个以元老自居,一来就抢占轻松安逸的位置,几乎没人想留在采编一线;市里各部门的头头脑脑又塞进了一些关系户子女,也基本属眼高手低之辈,所以新招来那些人基本挑了采编一线的大梁。

总编辑尽管是袁田先生的高徒,跟方振东也算是彼此的知音,可两人也感慨英雄错投了用武之地。为了元旦的创刊号,他们不止一两个通宵地策划,并拿出好几个重量级选题,也安排人采写了质量还算不错的稿件,可临近出刊,市委宣传部突然要求看大样。

结果可想而知,几乎那些他们认为有可能让凌江人耳目一新的稿件全都被枪毙了!

唐鹏程因贿选案被查后,任槐因是常务副部长暂时主持市委宣传部的工作,枪毙那些稿件的人正是他。总编辑想与之理论,被方振东劝阻。

他说：白费功夫，省省心吧！

总编辑不信邪，非去找李龙海书记申诉，因为从李书记来凌江后的种种迹象判断，李应该是思想超前的。方振东没阻拦。哪知，总编辑仍没从李龙海处获得半点同情和支持。

之后几天的晚报依然老调重弹，从街头巷尾垃圾桶到处丢弃的都是近几日的《凌江晚报》来判断，凌江人开始是抱着莫大新鲜感的，可没新鲜几天就相当厌倦了。

偶尔报社有人走到外面，还会亲耳听到这样的话：

什么垃圾报纸呀！登的这×××内容啊？难看死了！办报的人真是一群猪！

方振东不想再这样在凌江摧残自己的生命了。所以啊，一听到肖宗华的死讯，因十分担心刘清粼的安危，给了他立马离开凌江去往省城的决心。他丝毫没犹豫，只花了一分钟就写好了辞职信，也顾不上去财务处结算工资，就跟躲避灾难一样，心急火燎地逃走了。

在去往省城的长途班车上，方振东仍不停地给刘清粼打电话。

终于有人接了，是个男的。"你好，请问找刘清粼什么事？"

"……"方振东有点懵。半天，他提心吊胆地小声问："你是谁呀？"

"你又是谁呢？"对方语气冰冷得如冬天刚融化的雪水。

"我是方振东，刘清粼的……男朋友。"

方振东以为要跟对方有一场唇枪舌剑，故意将后面三个字说得很重。

对方一时沉默。"喂喂喂！你到底是谁？"方振东紧张得嗓子眼都快干了。

"我是省纪委的，我们正在办案，恐怕你几天内见不到刘清粼，抱歉。"对方说完就挂了电话。方振东惊呆了，拿电话的手一直像党员宣誓一样举着，直到手酸了才放下。

到了省城，方振东第一时间去了省委，不料有武警站岗的大门没让他进。

向人打听，人家哪会理你呢？再说，他所打听的那些人，又怎么知道纪委办案的情况呢？他只好去省女子职业技术学院，听说是刘清粼的男朋友，学校倒网开一面让他进去。

"我只晓得前几天她被人带走，说是配合调查，后来有人到学校搜查

前夜

了她的宿舍，带走了几大包东西，好像是别人送的礼品。她现在在什么地方我们不清楚。"学校领导说。

方振东想再问更多，学校领导只是不停摇头，摇头的同时还面带着微笑。看来，刘清粼在学校留下的印象还不错。再三要求下，方振东被允许看了刘清粼的办公室和单身宿舍。

来到那间曾让他俩销魂的宿舍，门上了锁，只能从窗外往里看，里面拉了窗帘，只能从没遮严处看到一线光景。他看到了那张单人木床，歪歪斜斜地摆在屋中央，就像上次他俩经过一夜鏖战后的情景。但这次他很肯定地判断，是办案人员搜查房间后造成的乱象。

从学校出来，方振东就在附近找了个宾馆住下，天天都要去学校问问最新情况。

大概又过了四五天，方振东总算在校门口守株待兔地等到了刘清粼返校的身影。他顿时激动万分，三两步跑上去喊道："清粼！"

刘清粼看了他一眼，表情十分淡漠，也没答应，便径直往学校走。

方振东默默地跟在后面，他知道，此时此刻，他说什么都是多余的。

刘清粼回到办公室的第一件事，就是写辞职报告。写好后，她没去领导办公室，只是往桌上一扔，扭头就出来了。接着，刘清粼来到她的单身宿舍，打开门开始收拾东西。

"清粼！你这是……"方振东觉得奇怪，但一句要问的话只吐了一半又咽回去了。

他已经看明白了刘清粼要干什么，问岂不是明知故问？何必要增添她的新烦恼呢？

等刘清粼收拾完东西，两人仿佛心有尚存的一点灵犀，方振东很自然地替他把箱子接过来，一前一后地出了门。一路上，有人给刘清粼打招呼，她也只是点点头而已。

出了校门，两人并肩走着，仍无一句话。

方振东只顾往他入住的宾馆带，刘清粼还是那样默不作声地跟着。

进了酒店，方振东要往电梯口走，发现刘清粼直奔总台。她另外开了房。

方振东只好随着她，陪她一起到了她开的房间。

"现在几点？"没等方振东回答，刘清粼抬起手腕看了眼表，"下午两点，你回你房间吧，我想洗个澡，我要好好洗洗，估计时间会有点久，大概……六点钟，你再来我房间吧！"

谢天谢地，她终于开口讲话了！

方振东连连点头，像个听话的门童，后退着出了门，并轻轻地把门带上。

下午六点钟，方振东准时来到刘清粼房间。她已经换好衣服，还喷了香水，神采一下子又回到从前那般妩媚动人。两人目光对视时，她还给了方振东一个浅浅的微笑。

"清粼，接下来怎么办？"方振东说，"凌江我已决定不再回去了，什么晚报的记者部主任我不再有半点儿留恋了，我想跟你在一起，我们……一切从头再来，好吗？"

刘清粼就像没听见似的，又闭口不言了。急得方振东不知如何是好，尴尬得手足无措。

片刻，刘清粼为方振东冲了杯咖啡，并亲手递给他，这时，她说话了："难道你不想问问，上次我们在省城分手后的这段日子中的……某些事情吗？"

"哦……已经过去了，就让它过去吧，我们所要面对的是……未来！"方振东说。

"别那么虚伪，既然你不问，那还是我来说吧！免得你心中留个疙瘩，"刘清粼说，"自你走后，肖宗华还是千方百计地来讨好我，给我送东西，但他送的东西我一样没动，都放在那里。也幸好如此，他死了，纪委和警察找到我，我如实说了，并叫他们拿走了那些东西，你知道那里有什么吗？"

方振东望着刘清粼，用表情传达问的意思。

"元旦前，他安排人送来一盒首饰，里面藏了一张存有一千万元现金的银行卡！这把办案人员都惊呆了，当然也把事后才知的我也惊呆了！我惊呆不是感动，更不是后悔，是庆幸！无须多言；仅此证据足以证明我的清白。"

"经历了这么多，仿佛一场梦，梦醒了，一切化作烟云四散而去。"刘清粼冷冷一笑。

"现在，我脑子里唯有深刻印记的，是那些大山里走出来的孩子，他

前夜

们对知识的渴求，对美好生活的向往，全都通过那一双双山泉般清澈而又泛着涟漪的眼睛流露了出来。"刘清粼喃喃地说。

"你打算怎样呢？"方振东问。

"你不是向往春暖花开的地方吗？我想那里就是，那些孩子的家乡就是啊！"刘清粼动情地说。"我想……我要去偏远山区支教。"

刘清粼说罢，定定地看着方振东。

"我跟你一起去！来一场说走就走的新征程！"方振东说完，将刘清粼紧紧抱在怀中。